삶의 여정에서
건져 올린 조각들

삶의 여정에서 건져 올린 조각들

발행일   2024년 12월 26일

지은이   김벤
펴낸이   손형국
펴낸곳   (주)북랩
편집인   선일영   편집   김은수, 배진용, 김현아, 김다빈, 김부경
디자인   이현수, 김민하, 임진형, 안유경   제작   박기성, 구성우, 이창영, 배상진
마케팅   김회란, 박진관
출판등록   2004. 12. 1(제2012-000051호)
주소   서울특별시 금천구 가산디지털 1로 168, 우림라이온스밸리 B동 B111호, B113~115호
홈페이지   www.book.co.kr
전화번호   (02)2026-5777   팩스   (02)3159-9637

ISBN   979-11-7224-443-9 03810 (종이책)   979-11-7224-444-6 05810 (전자책)

이민자의 시선으로 그려낸 공감과 위로의 인생 이야기 ───────

삶의 여정에서
건져 올린 조각들

김벤 지음

북랩

작가의 말

원고를 다 넘기고 '이제 다 끝냈네' 하고 있는데 출판사에서 작가의 말을 써 달라고 연락이 왔다. 첫 책을 내는 거라 준비한 게 없었다. 뭐든 첫 자가 들어가는 데에는 서툴고 모자라고 아쉬운 게 많다. 첫사랑이나 첫 입맞춤이 그렇듯이. 그리고 책 제목도 정한 게 없었다. 여러 장르의 글들을 모아 놓은 거라 나로선 난감해하고 있는데, 출판사에서 『삶의 여정에서 건져 올린 조각들』이란 제목을 제안하길래 덥석 받았다. 내 심중을 뚫고 꺼내 온 것 같았기 때문이었다.

캐나다, 미국에서 수십 년, 이민으로 겪어 온 삶의 부침을 글로 썼다. 교민 사회의 언론에 기고한 글이나 문학 관련 협회에 등단한 소설이나 수필, 시나리오 등을 모았다. 그야말로 내 삶의 여정에서 건져 올린 글 조각들이었다. 또한 그림이 숨겨져 있는 것 같은 홀로그램이랄 수도 있겠다. 이제 어떤 그림을 찾아보느냐 하는 문제는 오롯이 독자의 손에 달려 있다.

난 모른다, 재주도 별로면서 글이랍시고 쓴 죄밖에.

김벤

차례

작가의 말 _5

수필

단편 소설

서간문

시나리오

수필

가난했던 과거는
영웅도 훈장도 아니다

　노무현 전 대통령 서거했을 때, 슬픔이나 충격보다 더 슬프고 씁쓸한 건 일부 노사모의 광기를 보았던 것이다. 이들은 도대체 누구인가. 무엇이 이들을 이렇게 만든 것일까. 마치 봉화 나라에 노사모의 비자라도 받아야 조문할 수 있는 형국이었다. 이명박 대통령의 조화는 밟히고 그 당 관계자들의 조화도 뒷전으로 밀려나 있거나 내놓지도 못하고 있다니.

　나는 이런 광경을 보면서 옛날 공주 시골 큰집에 사시던 할머니가 들려주던 이야기가 문득 떠올랐다. 6·25가 나자 어제까지 집에 고용살이로 살던 동네 머슴이나 소작 농민들이 갑자기 세상이 바뀌었다며 증표처럼 이상한 완장을 차고 미친개처럼 마을을 휘젓고 다녔었다는.

　이데올로기나 주의, 주장, 사상, 철학, 교리, 등등은 대단한 곳에서 나오는 게 아니라는 것을 나는 안다. 모두 과거로부터 배우고 듣고 경험한 것들을 믿고 신봉하면서 의식에 누적되어 관념을 만들어 내는 것이다. 사람마다 이 관념들로 성립된 사상, 주장이 다르면 분쟁 혹은 전쟁이 일어나지 않는가. 상대의 주장이 틀렸고 내 주장이 옳았음을 증명해 보이거나 상대를 내 주의에 굴복시키기 위함일 것이다. 그래서 때로는 소수의 집단이 따르는 사람들을 많이 만들어 그 다수를 지배하기도 한다.

지금까지 역사적으로 모든 전쟁의 배경에는 이런 인간의 마음들이 서로 하찮은 다름 때문이라는 걸 알 수 있다. 이런 상황에서 대화나 타협, 인내 대신 억압이나 과격한 폭력을 선동하거나 앞서는 사람들 면면의 마음들을 보면 공통점이 있다. 그건 가난하거나 불행한 어린 시절, 혹은 상처나 서러움을 받으며 살아온 사람들이 많다는 점이다. 이들은 늘 사회에 문제를 제기하며 개선을 하기도 하지만, 때로는 사회를 뒤엎기도 한다. 국내외로, 역사적으로 이런 공통점을 갖고 있는 사람들은 많이 있다.

노 전 대통령이 대통령이 되었을 때 노사모에게 영웅처럼, 혹은 그가 그들에게 입지전적 대리 만족을 시켜 줬을 거란 걸 위의 근거로 본다면 충분히 이해는 간다. 돈 없어서 가난했던 시절, 돈 없고 뒷배 없어 설움 받았던 사람들은 그 한을 어쩔 것인가. 그런데 노 전 대통령은 그런 역경을 딛고 성공했던 것이다. 사람들은 대통령까지 했으니 노 전 대통령은 가난의 한이나 성공에 대한 욕망을 풀었을 거라고 믿었을 것이다. 그래서 노 전 대통령은 더더욱 이들의 영웅이 되어야 했다.

그러나 노 전 대통령이 과연 한을 풀었을까? 다른 건 몰라도 가난했던 과거와 그로부터 얻었던 설움의 한을 풀고 죽었을까? 내 답은 '아닐 거다'이다. 외형적으로 권력을 잡고 부를 이뤄 한의 근본을 넘은 것 같은, 그 이상 대단한 뭔가를 성취했을 때 한이 소멸하거나 풀었을 것이라고 추측한다. 물론 다 그런 건 아니지만 부자가 되었어도 가난했던 시절의 아픔과 설움을 죽을 때까지 못 놓고 가는 경우도 많다.

그런데 왜 그의 부정한 일이 들통나서 수사를 받았단 말인가? 그는 청와대에 있으면서도 정신적으로는 여전히 가난의 불안이 있었을지도 모른다. 즉, 대통령이 됐어도 여태 한을 못 풀었던 것이다.

한을 풀려면 오직 의식을 성장시키는 수밖에 없다. 의식의 고양 없이, 즉 그 잠재되어 있는 가난했고 서러웠던 의식을 그냥 놔두고, 끊임없이 채우고 움켜쥐고 한들 한이 없어지지 않는다. 의식만이 의식을 승화시킬 수 있다. 마음이 괴로움을 만들고 또 마음만이 그 괴로움을 해결할 수 있듯이. 사람들이 착각하는 것은 부를 쌓거나 명예, 권좌로 한을 풀 수 있다고 믿는 것이다. 잘못된 판단이다.

그러므로 노사모의 일부 근본주의자들(Fundmentalist)은 이제 노 전 대통령 스스로도 한을 못 풀고 돌아가신 분임을 알고 이제 6·25 때의 빨간 완장을 두른 사람들처럼 되지 말았으면 한다. 이제 가신 그분은 더 이상 그대들의 우상도 영웅도 아니다. 성공이랄 수도 없는 그저 한 사람의 전 대통령이었고, 가족의 치부가 드러나자 체면 때문에, 혹은 가족이 취했던 돈을 보위하고자 스스로 목숨을 끊은 실패한 전 대통령일 뿐이다.

진정 일부 노사모들에게 필요한 것은 잠재의식에 있는 나쁘고 아픈 기억과 정보들을 고양하고, 승화시키는 일에 전념하는 일이다. 괜히 가난했고 불우했던 과거가 훈장인 것처럼 가슴에 달고 남에게 분풀이하듯 똘똘 뭉쳐서 힘쓰게 할 일이 아니다.

가을, 고향 그리고 희야

9월쯤이면 가을은 내게 여인처럼 다가온다. 불그스레한 색을 입힌 듯한 깡마른 낙엽들은 짓궂은 소슬바람에 도망치듯 쫓기며 몰려다닌다. 집 뒤뜰 잔디와 언덕배기에 짐을 풀고 나그네처럼 쓸쓸히 눕는다. 밤이면 가까워 손에 잡힐 듯 명징한 별들을 하늘에 잔뜩 이고 가을은 그렇게 온다. 채비를 서둘러 고향에 달려간 마음은 홀로그램을 좌우상하로 움직여 숨은 그림이 드러나듯 시공간 없이 넘나든다.

고향엔 돌아가신 어머니와 지금은 늙어 버린 누이가 감쪽같이 젊었을 적 모습으로 거기에들 와 있다. 마당 끝 감나무 꼭대기, 발가벗어 추워 보이는 앙상한 가지 끝에는 어머니의 배려로 까치나 새 밥으로 남겨 둔 빨간 연시 두 개가 매달려 있다. 연시는 곧 닥쳐올 찬바람과 겨울이 무서운지, 아니면 혼자 남겨진 게 외로워 심

술을 부리는지 고개를 숙이고 한 줌의 미풍에도 몸을 흔든다.

어머니는 그러고 있는 연시를 보고 "아직도 거기 있는겨?" 하고 말을 건넨다. 뭘 발굴하려는 듯 울타리 밑을 열심히 파내는 닭들을 보고 '요 년, 조 년' 하며 야단을 친다. 할 일 없어 마루 밑에서 낮잠만 자던 팔자 좋은 강아지가 기어 나와 느닷없이 마당에서 빈둥대던 닭들을 쫓아내고 느긋이 배를 깔고 눕는다.

불알친구 길성이도 거기 있다. 그의 흘러내린 콧물은 철로길 굴 입구에 고장 난 기차처럼 멈춰 서 있다. 누런 기차는 우리보다 두 배쯤 큰 콧구멍 굴속으로 혹하고 들어갔다가 금세 내쫓긴 듯 도로 나오기 일쑤다. 누런 코는 굴속을 제집처럼 들락날락하지만 대부분 그냥 맡아 놓은 제자리인 듯 코 밑에 붙어 있을 때가 많았다. 코주부라 불리는 그는 논의 익은 볏 잎에 앉아 있는 잠자리나 메뚜기를 잡으려고 살금살금 다가가 낚아채기 전, 고요와 긴장을 요하는 그 중한 순간에 내내 잘 있던 콧물을 훌쩍하고 불러들이는 바람에 산통을 깨곤 했다.

고향엔 희순이도 있었다. 그녀의 크고 까만 눈은 아무것도 담겨 있지 않아 텅 빈 듯 순결하고 깊어 보였다. 나는 희순이와 그녀의 예쁜 눈하고 어릴 적부터 친하게 지냈다. 우리는 초등학교에 들어가서도 어른들이 말리기 전까지 냇물이나 방죽에서 발가벗고 물놀이를 했다. 희순이와 나 그리고 길성이 등 친구들은 중학교 때까지 한 동네에서 정답고도 거칠게 무럭무럭 자랐다. 내가 고등학교를 서울로 갈 때 희순이는 '우리 형편엔 중학교도 과분했다'는 제 아버지의 형편에 따른 결정으로, 중학교만 마치고 집안일과 소작 농사일에 붙잡혔다. 내가 서울로 떠나던 날 그녀는 우리 집 마당의 우물가에 쪼그리고 앉아 돌로 바닥만 긁고 있었다. 우린 어쩌다 서로 안녕 인사도 못 했다. 나는 그녀가 눈물을 흘리며 외면하려 돌리는 얼굴을 흘깃 보았고, 그 젖은 얼굴은 내내 서울까지 내 가슴을 파고들며 따라왔다.

동네에서는 희순이를 부모가 부르는 대로 '순'이라고 불렀다. 내가 여름 방학에 돌아가 그녀를 부를 때 서울 티를 내며 '희'야라고 부르자 그녀는 간지러운 느낌이 든다면서도 무척 좋아했다. 희는 늘 나의 방학을 나보다 더 손꼽아 기다렸다지만 나는 학년이 올라가며 서울에 더 익숙해졌다. 여름엔 학교 친구들과 당시 유행했던 무전여행이나 해수욕장에 다니느라, 겨울엔 여학생들과 어울리는 크리스마스 파티도 하고 놀러 다니느라 늦게야 고향을 찾았다. 나의 귀향은 점차 뜸해졌다. 나는 고향의 희를 조금씩 잊어 갔고, 서울의 희들과 점점 친해져 갔다.

내가 고등학교 3학년 때였던가, 추석을 쇠러 잠시 고향에 다니러 갔을 때 희를 만났다. 어릴 적 뛰놀던 동산에 올랐다. 파란 하늘은 구름 한 송이 없이 넓기만 할 뿐, 혼자 심심해 보였다. 들판과 앞산의 울긋불긋한 나무들은 서로 정다워하고들 있었다. 희는 다 익은 꽃처럼 피어나 있었다. 우리는 중심 없는 많은 얘기를 나눴다. 그녀는 뭔가 미진한 듯 망설이다가 '사랑'까지만 말하고 연시처럼 얼굴을 붉히고 더 잇지를 않았다. 사랑이라는 단어로 시작되는 노래 제목을 말하려는 거였는지, 자신의 사랑이나 내 사랑이 뭔지 알고 싶어 물으려는 거였는지 나는 지금도 모른다. 원래 말수가 적은 희는 가라앉은 목소리로 그간 자신에게 일어났던 일들과 그즈음의 심사를 조곤조곤 꺼내 놓았다.

그녀는 알지도 못하는 내 남녀 공학 급우 여학생들과 내가 아는 서울의 희들을 막연히 질투했었다고 말했다. 자기 부모를 원망하며 서울로 도망갈 궁리와 계획을 무수히 세웠었다고 과거 완료로 말했다. 그녀의 콧잔등엔 어느새 땀방울이 송골송골 배어 있었다. 나는 손끝으로 쓱 문질러 준 다음 지난해 그녀와의 달콤함을 떠올리며 또 입을 맞췄다. 입을 맞출 때 희의 감은 눈꺼풀은 떨렸고, 얼굴은 노을처럼 곱고 쓸쓸해 보였다.

희나 나나 우리는 서로 사랑한다고 약속한 적도 없으니 슬퍼하거나 붙잡을 일도 없었다. 그녀는 좀 전에 과거 완료 시제로 말하는 것으로 보아 나를 마음에서 놓으려는 것 같았다. 나는 촉촉이 젖은 검고 거칠어진 그녀의 손을 잡고, 나도 그녀와 그녀의 고운 눈을 남겨 놓고 가야 할 것 같아 잘못도 없이 죄지은 사람처럼 억울하고 착잡했다. 나는 앞산으로 시선을 돌렸다. 그것이 희와 마지막이었다.

내가 대학에 든 해, 우리 집은 서울로 이사를 했다. 얼마 후 길성이는 희가 이웃 당골에서 과수원을 크게 하는, 나이 차가 좀 나는 박가네로 시집갔다는 소식을 전했다. 희를 잡지 않은 건 난데도 괜스레 박가 놈만 쓸데없이 질투해 댔다.

나는 가을과 세월이 숱하게 흐른 뒤에야 그게 사랑인 줄 알았다. 아, 희에게 이쯤 가을의 길목에서라도 뒤늦은 나의 사랑을 전할 수는 없을까?

그게 무슨 신인가?

9·11, 2001년, 뉴욕의 상징이랄 수 있는 세계무역센터 두 빌딩이 두 대의 자폭 비행기로 차례로 공격당하고 또 한 대는 국방부 펜타곤에 추락한다. 뉴욕은 아수라장으로 변했다. 미국민들은 절망과 공포에 휩싸였고, 세계는 충격의 도가니에 빠졌다. 영화 〈Flight 93〉은 같은 시각 뉴저지에서 샌프란시스코로 향하던 유나이티드항공이 네 번째로 납치되어 승객들이 납치범들이 차지한 조종실을 문을 부수고 공격함으로 그들의 목표물을 벗어난 펜실베이니아 외곽에 추락하는 과정을 그린 영화다.

사건 5년 뒤에 나온 영화지만, 영화를 보고 나왔을 때 내 가슴은 또 답답하게 막혀 있었다. 9·11사태는 물론 국제정치 역학의 단면이긴 해도 그 밑바닥엔 중동의 종교 배경과 깊게 연관되어 있다. 영화의 끝이 어떻게 되리라는 것을 뻔히 알고 본 영화지만 충격은 새로웠고, 더 컸다. 물론 비행기 안의 상황은 가상으로 그려진 것이고 납치범들의 감정이나 표정들도 모두 배우들의 연기와 감독의 연출일 테지만 나는 감쪽같이 속았다. 마치 멍청한 범인들이 그 알량한 알라신에게 속았던 것처럼. 멍청하기로는 아랍 민족 모두가 그렇고 하나님을 믿는 종교인들 모두가 멍청함에 있어서는 거기서 거기 아닌가 하고 생각해 봤다.

납치범들이 9월 11일 아침, 숙소에서부터 긴장과 초조 그리고 연약함과 공포로 가득한 얼굴로 알라신에게 기도를 했다. 기도는 비행기에 탑승한 후에도, 승무원의 목에 칼을 대고 협박하는 바람에 열린 조종실에 들어서 기장과 부기장을 죽이고 조종간을 잡고도 기도, 기도, 기도. 추락한 비행기의 잔해에서 발견된 범인들의 가방 속엔 지령이 있었다는데, 온통 예언자의 말씀과 신의 코란 경전을 인용한 내용들이었다고 한다.

범인들이 아침에 일어나 몸의 털을 깎는 장면이 나온다. 지령에 '죽음을 각오하는 맹세를 하고 몸의 쓸모없는 털을 깎고 향유를 바르고 몸을 씻으라'고 지시했다고 한다. '수시로 알라신을 기억하시오. 그리고 성스러운 경전을 읽으시오. 여러분이 심판 날에 만나게 될 그 분의 말씀이라는 사실만으로도 충분합니다.', '여러분의 천국에서의 혼인 잔치는 멀지 않았소. 예언자들과 동지들, 그리고 순교자들과 선한 백성의 무리와 함께 영원한 축복을 누리게 될 것이오.'

지령은 또 비행기 납치를 벌이기 전날 밤과 공항으로 향할 때의 마음가짐과 탑승 후 좌석에 앉고 난 후의 기도를 부분별로 세세

하게 나누어 지령했다고 한다. 이 지령을 내린 사람도 납치범들의 불안과 공포를 예상했는지 불안할 때는 계속 기도를 하라고 지시했다고 한다. 그럼에도 그들의 행동이 불안과 초조에 떨고 평안하지 못한 마음이라면 그것은 신의 지령일까 아니면 그런 신을 만들어 낸 악마 같은 인간들의 지령일까. 그들은 거짓 신, 마치 구약의 욥기에서처럼 욕심과 분노로 가득 찬 하느님? 알라에게 속은 것이다. 속은 사람들이 써 온 경전이나 교리로 된 종교의 추종자들은 또 속는 것이다. 꼬리에 꼬리를 물고 속고 속이는 짓들을 백천 년을 이어 오고 있다. 그게 무슨 신인가. 그런 신이 어디 있겠나? 그들만의 경(經) 안에, 그들의 교리와 사원에 허상의 신을 가두어 두고 그들의 뜻을 신의 뜻이라고 했던 게 아닌가?

곧 알라신의 희생자가 될 승객들이 아내와 엄마와 가족에게 전화로 비행기 안의 극적 상황을 알리며 죽을병에 걸려 몸져누워 운명을 눈앞에 둔 환자도 아닌데 공포와 눈물로 유언을 보낸다. 죽게 될 자신을 위해 기도해 달라고, 나를 위해 주의 기도문을 읽어 달라고. 그들의 사랑은 전화의 보이지 않는 무선의 끈으로 가냘프게 연결되고 있었다.

비행기 안에서는 일부 용감한 남자 승객들이 납치범과 맞설 준비를 시작하자 가족들에게 마지막 인사를 나누던 승객들도 합세해 격투가 벌어진다. 조종석 문이 부서지며 승객들이 안으로 쳐들어가 조종사를 제어하는 동안 비행기는 땅으로 곤두박질치는가 싶더니 얼마 후 영화는 끝나고 화면은 그냥 까맣게 바뀌었다. 나는 어두운 화면에다 대고 소리 지르고 싶었다, 신은 뭐 하는 놈이고 종교는 도대체 수천 년 동안 인류에게 무슨 짓을 하고 있는 거냐고. 아직도 십자군 전쟁이 계속되는 거냐고.

그 엄청난 9·11사태와 이 영화는 나로 하여금 이제 종교들이 인간에게 허상을 심어 주고 거짓 위안을 주는 속임수로부터 깨어나게 했다. 나가던 성당도 시시해졌고, 도대체 앞뒤가 안 맞았다. 내가 영성을 닦고 명상에 심취하게 된 계기가 되었다. 테러가 일어난 지 며칠 후 워싱턴의 한 성당에서 미국의 각 종교계 대표들이 모여 합동 장례식을 치르는 상황을 아침 출근길에 라디오를 통해 생중계로 들으며 나는 종교라는 위선과 허상에 토할 뻔했던 기억이 있다. 문제는 어느 신이나 종교는 물론 믿음과 신앙도 세계의 혹은 개인이나 집단의 어떤 문제도 해결을 못 한다는 것이다. 문제를 일으킬 수는 있어도, 수많은 문제를 일으켜 왔어도.

십자군 전쟁, 유럽 종교 전쟁, 북아일랜드 전쟁, 발칸 분쟁, 카슈미르 분쟁 등등 셀 수 없을 만큼의 많은 전쟁의 역사는 종교 전쟁이었다. 얼마나 많은 사람들이 그 바보 같은 전쟁으로 죽었을지, 그 수를 헤아릴 수 있는 귀신 같은 재주 있는 사람이 있을까? 인간 지구의 역사는 종교 전쟁의 역사 아니던가? 종교가 어떤 신을 내세우고, 인간들이 어떻게 추앙하고 믿든 그런 종교 안에 갇힌 신이 무슨 신인가? 그들이 추앙하고 믿던 그 여러 종교의 신들이 21세기 지금은 제정신을 차리고 철이 들었을까?

요즘 벌어지는 우크라이나와 러시아의 전장에서 각 나라의 군인들은 자기가 믿는 신들에게 기도하겠지? 세계 갈등의 핵인 이스라엘과 하마스의 징글징글한 2천여 년이 넘게 이어 오는 싸움질에서의 양쪽 신들은 옛날부터의 내내 장기 집권의 같은 신들일까 아니면 옛날 신은 늙어 죽고 새로 임무 교대한 뉴 신일까?

나는 영화가 끝나고 엔딩 크레디트 자막이 나올 때 배경 음악으로 존 레논의 〈Imagine〉이라는 노래를 깔았으면 어땠을까 하는 생각을 했었다. 진리를 기막힌 시와 음률로 말한 그 노래 가사는 이렇다.

Imagine there's no heaven
It's easy if you try
No hell below us
Above us, only sky

Imagine all the people
Living for today··· Ah

Imagine there's no countries
It isn't hard to do
Nothing to kill or die for
And no religion, too

Imagine all the people
Living life in peace··· You

You may say I'm a dreamer

But I'm not the only one

I hope someday you'll join us

And world will be as one

Imagine no possessions

I wonder if you can

No need for greed or hunger

A brotherhood of man

Imagine all the people

Sharing all the world··· You

You may say I'm a dreamer

But I'm not the only one

I hope someday you'll join us

And world will live as one

천국이 없다고 상상해 보세요

시도해 보면 쉽습니다

우리의 땅 아래에 지옥은 없어요

우리의 위에는 하늘뿐입니다

세상 사람들을 상상해 보세요

오늘을 위해 살잖아요

국가라는 게 없다고 상상해 보세요

상상은 그리 어렵지 않습니다

죽이거나 죽을 이유가 없습니다

종교가 없대도 마찬가집니다

세상 모든 사람들을 상상해 보세요

평화롭게 살아갑니다

당신은 날 보고 몽상가라고 할지 모르지만

사실 나만 그런 게 아닙니다

언젠가 당신도 우리와 함께하길 바라요

그리고 세상은 하나가 될 겁니다

소유하고 점유하는 게 없다고 상상해 보세요

그렇게 상상해 볼 수 있나요

탐욕할 필요도 배고플 필요도 없어요

세상 모든 사람들이 형제애 안에서 서로 나눌 수 있답니다

당신은 내가 꿈꾸고 있다고 말할지 모릅니다

사실 나만 그런 게 아닙니다

언젠가 당신도 우리와 함께하길 바라요

그리고 세상은 하나가 되어 살아갈 것입니다

The Older I Get
(나이가 들수록)

The Older I Get– Alan Jackson

The older I get

The more I think

You only get a minute,

better live while you're in it

'Cause it's gone in a blink

And the older I get

The truer it is

It's the people you love,

not the money and stuff

That makes you rich

And if they found a
fountain of youth
I wouldn't drink a drop andthat's the truth
Funny how it feels I'm just
getting to my best years yet

The older I get
The fewer friends I have
But you don't need a lot
when the ones that you got
Have always got your back
And the older I get
The better I am
At knowing when to give
And when to just not give a damn

And I don't mind all the lines
From all the times I'velaughed and cried
Souvenirs and little signs
of the life I've lived

The older I get
The longer I pray

I don't know why, I guess that I've

Got more to say

And older I get

The more thankful I feel

For the life I've had and all

the life I'm living still

나이가 들수록 더 생각합니다

잠깐의 삶이지만 살아 있는 동안 잘 살아야 합니다

그마저도 눈 깜박할 사이에 지나가기 때문입니다

사실 나이가 들수록 돈이나 그런 것들보다

사랑하는 그들이 있어 더 부유해집니다

사람들이 불로장생의 신비한 샘물을 발견한대도

나는 한 모금도 마시지 않을 겁니다

싱거운 소리 같지만 나는 아직 남은 일생

최고의 시간을 향해 가고 있기 때문입니다

나이 들고 보니 친구라고는 몇밖에 없습니다

그러나 누군가 곁에 있어 줄 하나라도 있다면

그렇게 많은 친구가 필요치 않습니다

나이가 들수록 언제 신경을 쓰고 언제 그럴 필요가 없는지

분간할 줄 알게 되어 다행입니다

그리고 나는 주름살들을 신경 쓰지 않습니다

그것들은 내가 웃고 울었던

지난 세월로부터 생긴 것이고

살아온 생의 기념이자 흔적인걸요

나이가 들수록 기도는 더 길어지더군요

아마 할 얘기가 아직도 많은가 봅니다

그리고 나이 들수록

지금까지의 생애와 아직 살아 있는 오늘의 삶에

더 감사함을 느낀답니다

컨트리 가수인 앨런 잭슨(Alan Jackson)의 노래다. 들을수록 딱 내 얘기를 대신해 주는 듯, 내 주제곡 같아서 요즘 자주 듣는다. 노래는 노인의 걸음걸이처럼 느리지만 멜로디는 저녁노을처럼 아름답고 쓸쓸하다. 30여 년 전에 데뷔해 올해로 나이 60 중반이 된 그의 중후함과 완숙미로 듣기에도 그지없이 편하다.

내게 나이 들어 변한 것 중 하나는 컨트리 음악이 옛날보다 더 좋아진 것이다. 주로 미국 시골 사람들의 사랑과 이별의 애환, 애인만큼 좋아하는 픽업트럭에 얽힌 이야기나 술집 바에서 벌어지는 흔한 사랑이나 이별 같은 시골의 일상들이 노래가 되어 불려지기에 친근하다. 특히 시골 웨스턴 컨트리 바에 가면 카우보이모자와 부츠를 신은 남녀 수십 명이 컨트리 음악과 줄에 맞춰 추는 라인댄스 광경을 흔히 볼 수 있다. 세계 어느 나라의, 어떤 장르의 음악과 춤이 이런 장관을 연출할 수 있을까. 미국에 수많은 장르의 음악이 있지만 컨트리 음악이 가장 독보적이고 미국적이지 않나 싶다. 그래서 세계는 미국의 다른 것은 다 모방해도 이 음악과 춤,

카우보이 부츠와 모자, 드넓은 초원에서 말을 타고 소몰이를 하거나 먼지 나는 들판이 없어서 불가능하다.

나이 들어 감에 따라 나는 가족이나 사회 혹은 젊음으로부터 조금씩 밀려나는 감을 느끼며 현상을 받아들인다. 자식들이 어른이 되어 가고, 손자들이 크는 걸 보면 '자식도 결국 남이구나' 하는 자각이 들 때가 있다. 사랑하는 제일 좋은 '남' 말이다. 밖으로부터는 나를 찾는 전화가 점점 잦아든다.

나이 들어 달라지는 건 또 있다. 요즘엔 뭘 결정하는 데에 시간이 오래 걸린다. 일종의 결정 장애다. 결정 후에 따라올 결과에 대한 두려움이 더 크기 때문이리라. 어느 길을 선택하던 모험이긴 마찬가지이기에 망설일 필요는 없는데도 말이다. 이론적으로는 이해도 하고 맞는 말이다. 그러나 별것 아닌 일에도 결정을 있는 대로 미루고 망설인다.

자주 뒤따라오던 차가 보란 듯이 쌩하고 추월해 달아난다. 내 운전이 옛날보다 느려졌다는 것일 테고, 한편 여유가 생겼다는 증거일 것이다. 뿐만 아니라 요즘엔 도로에서 다른 차가 코앞에 갑자기 끼어들어도 내가 부딪치지 않게 된 것만으로도 고마워한다. 그 끼어든 운전자에게 내가 옳았고 너는 틀렸다며 버릇을 고쳐 줄 요량으로 경적을 울리고 가운데 손가락질을 했던 적이 있었다. 돌이켜 보면 과연 나름 급해서 끼어들었던 그가 내 경적을 듣고 나의 옳았음과 자신의 틀렸음을 받아들이고 참교육이 되었을까? 너는 틀렸다는 표시로 올린 경적이 아무 의미도 없이 상대와 내 기분만 엉망으로 만든다는 것을 깨달은 것은 그리 오래되지 않았다.

『기적수업(Course in Miracle)』에 나오는 '당신은 옳은 것과 행복해지는 것 중에서 어느 것을 택하겠느냐?(Do you prefer that you be right or happy?)'라는 물음에 행복 쪽을 택하려고 애쓰는 중이다. 내가 아무리 옳았어도 행복해지지 않는다면 무슨 소용이냐 싶기 때문이다. 이것도 〈나이가 들수록〉 노래처럼 변화된 생각들 중 하나다.

나의 강원도 동해시(市)로의
임서기(林棲期)

　임서기란 인도의 힌두교에서는 사람의 일생을 네 기(期)로 나누어 청년 시대를 학습기, 20대 중반에서 50까지를 가주기라 한다. 결혼해서 아이들 낳고 교육시켜서 키워 낸 후 50세부터 75세까지는 임서기로서 집을 떠나 숲속에서 명상을 하면서 온전히 자신의 구원(깨달음)을 위해 사는 기간이다. 이어 76세부터는 유랑기로 나그네처럼 무소유의 삶을 살다가 길에서 죽음을 맞이하는 것을 말한다.

　나는 이런 임서기와 유랑기를 겪는 어느 수행자의 이야기를 책으로 읽었던 적이 있었다. 그 후로 나의 글쓰기에 참조하는 인덱스 카드에 '임서기'를 늘 간직하고 있었다. 임서기가 맘에 든 건 자식들 다 키워 놨으면 의무를 다했으니, 이제는 온전히 자신만의 수행을 위해 자식들과 세상에 대한 인연이나 미련도 내려놓고 숲이나 아슈람[1]으로 떠나는, 소위 내려놓음과 비움의 성스러움 때문이었을 것이다.

내게는 엄청난 난공불락의 성벽같이 단단하기만 했던 아내가 세상을 뒤로하고 저 너머로 먼저 떠났을 때 내가 깨우친 것은 제행무상(諸行無常)의 허무였다. 지금까지 내가 배우고 중심 삼으려 했던 여러 경經들과 가르침, 철학들은 아무 쓸모가 없었고 위로도 되지 않았다. 목숨을 놓으며 떠나는 순간, 그리고 그녀의 지내 온 삶을 내 입장에서 돌이켜 본 바로는 아무 의미가 없어 보였고, 동반했던 내 삶도 별수 없이 아내의 삶과 똑 닮아 있었기 때문이었다. 나도 왜 태어난 줄도, 왜 사는지도, 내가 누구인지도 모른 채, 실체도 없는 성공을 향해 그냥 열심히 질주만 하다가, 아프다가, 그리고는 어느 날 목숨이 꼴깍하면, 그냥 그걸로 끝일 것이기 때문이었다. 죽기 전에 내가 일부러 부여한 의미를 일기나 유언장에 적어 놓거나, 산 사람들이 특별한 의미를 부여하고 비석을 만들어 기린다 해도 살아서 깨달음에 이르렀거나 살아 있을 때 구원받지 않은 다음에야 죽은 자에게는 아무 의미 없기는 마찬가지 아닌가.

나는 예수의 성경이나 어록 중에 가장 짧은 한마디 가르침인 도마복음의 42절 '나그네가 되어라'를 좋아한다. 힌두교의 4기 중 유랑기에 속하는 같은 말이다. 나그네는 집착 없이 '무소유'하고 떠다니는 사람이다. 나는 유랑기까지는 몰라도, 한국에서 산 세월보다 더 오래 살았던 미국을 훌쩍 떠나 강원도 동해시 실버타운으로 역

---

1 인도 고행자들의 수도원

이민했다. 내겐 그간 막연히 동경하고 염두에 두었던 임서기를 결행한 셈이 아닌가.

24평 남짓한 5층 방에 홀로 살며 큰 창을 통해 아래로 펼쳐진 오른쪽 왼쪽 산의 가랑이 등선 사이로 펼쳐진 바다를 자주 내다본다. 완만한 V 자 속에는 반쯤 차 보이는 바닷물이 곧 이쪽으로 흘러 내려올 듯이 넘실대는 파도와 그 파도가 흰 이를 드러내듯 뱉어 내는 거품들도 보인다. 백 번을 생각하고 미국에서 호기롭게 정리하고 왔지만, 아직도 익숙하지 않은 방에 쓸쓸히 앉아서 가까이에 있던 자식들을 멀리 두고 이렇게 와 있는 건 무엇 때문인가? 'What am I doing in here?'를 나 자신에게 잠깐씩 묻곤 했다.

식당에 가면 낯선 이들로 둘러싸인 가운데에서 냉냉한 기운에 영혼 없이 겉도는 인사를 주고받으며 때때로 차디찬 고독과 망연함을 느낄 때도 있었다. 그러나 내가 남에게 어떻게, 누가 날 위해 따뜻하고 다정한 말을 걸어오길 기대할 수 있단 말인가. 이렇게 고독이 흘끔거리며 찾아들 땐 눈을 감고 '후회하는 건 아니지? 두고 온 새끼들이 그리워서 그러는 건 아니지?' 하고 또 자신에게 되묻기도 했었다. 그리고 떠오른 생각을 들여다보고는 '여기가 아니면? 캘리포니아, 풀러턴 씨뷰 드라이브의 집에 있었다면? 그럼, 지금쯤 뭘 할 거였는데?' 뒤뜰 정원을 가꾸거나 피트니스 센터에 가 운동을 하고 있을지도 모르지. 길버트 드라이브 길로 나가 로스크랜스 애비뉴에서 오른쪽으로 돌아 비치 길을 따라 식료품을 사러 H 마트를 향해 운전하고 있을지도 모르고. '아, 나는 지금 여기의 실버타운을 포기하고 다시 미국으로 되돌아가고 싶어 하는 것은 아니

잖은가?'

그렇다, 그런 생각에 내가 흔들릴 때 나는 깊은 호흡과 고요함 속에서 따뜻한 시선으로 그런 생각을 들여다본다. 50년을 살았던 곳을 떠나 임서기를 행하는 데 따른 한의학에서 말하는 일종의 부작용 같은 효력 있음의 반응, 그러나 부작용은 아닌 '명현현상' 이 아닌가 치부하며 스스로를 달래기도 했다.

실버타운의 내 집? 암자는 작아서 욕실만 따로 있지 거실로 향하는 중간에 오븐이니 싱크대가 한 발짝 안에 다 있다. 화덕이 앞뒤로 두 개뿐인 미니 전기 오븐, 그 화덕 밑에는 건조기 기능도 함께 있는 꼬마 세탁기가 있다. 캘리포니아의 건조한 기후에 비해 여름의 습도가 엄청나게 높아서 셔츠를 하루밖에 못 입는다. 그래서 빨래할 게 서너 개만 있어도 돌리는 속전속결의 간편 세탁기가 맘에 든다. 그 옆엔 싱글 싱크대가 있다. 싱크대 위엔 그릇 건조대가 선반처럼 매달려 있고, 그 옆과 위로는 찬장이 있다. 싱크대 앞엔 사이를 두고 2인용 작은 식탁이 있다. 앞뒤 좌우로 돌아서면 다 손에 닿는다. 하도 간소해서 어떨 땐 소꿉장난하는 기분이 들 때도 있다. 밥 세 끼는 뷔페식 식당에 가서 해결한다. 되도록 먹고 싶은 양의 80%만 배를 채운다. 앞으로 이곳에서 장기전을 펼칠 텐데, 그래야 질리지 않고 늘 시장기를 느끼고 매 끼니를 맛있게 먹을 수 있을 것 같아서였다.

방엔 싱글 침대 하나와 의자 두 개가 딸린 작은 원탁이 창 앞에 놓여 있고 마트에서 구입한 책꽂이가 딸린 책상이 있다. 방 한가운데엔 넓은 방석이 깔려 있고, 그 위에는 엉덩이를 받치는 두툼한 명상용 방석이 있다. 방이 작다 보니 생각과 행동, 그리고 실내 생활이 자연스레 단순해지는 것 같았다. 뭐든 단순하면 행복해진다는 말로 작아진 환경을 위로 삼는다.

아름다운 실버타운 10층 건물 앞 마당엔 맨발 걷기를 위한 황토길이 있다. 또 여름철 가족 물놀이를 위한 원형 수영장이 두 개나 있다. 고맙게도 실버타운 입주자는 입장료도 안 낸다. 실버타운 단지를 벗어나 숲길을 따라 1.5km쯤 내려가면 망상 해변이 있다. 하루 한 차례씩 젖은 모래 위를 맨발로 걷거나 수영복만 입고 모래 위를 뒹굴며 일광욕을 한다. 프라이팬에 부침질하듯 몸이 햇빛에 노출되어 골고루 익으라고 앞뒤를 번갈아 눕고 엎드리며 뒤집는다. 그리고 모래는 마른 수건으로 툭툭 털어내면 된다.

생활 패턴이 여기서도 전과 똑같이 유지되도록 월요일, 화요일, 수요일에는 다운타운에 있는 월드 피트니스 센터에서 운동을 한다. 이제 내게 단백질로 근육질 몸 만들기와 납작한 배(Flat belly) 유지는 탄수화물과의 숙명의 대결처럼 현존의 문제다. 수요일 저녁엔 마린 요가 필라테스에서 요가 수련을 한다. 미국에서 하던 요가는 거의 100% 다 소화를 했지만 여기 한국 동해시의 마린 코어 요가에서는 대략 10배가량 힘들어 50%밖에 소화하지 못한다. 마치 나훈아의 노래가 기름친 듯 너무 매끄럽고 너무 잘하니 난 근접할 수가 없어서 그의 노래는 할 줄 아는 게 없듯이 우리 요가 강사의 유연함은 나를 절망시키곤 한다.

화요일, 목요일 오후 2시엔 색소폰 연주자가 있는 드럼 동호인회 아지트에서 드럼 연습을 한다. 이런 일상의 정해진 시간 외에는 집

필의 시간으로 삼았다. 실버타운을 임서기 장소로 정한 데에는 공간과 시간, 환경이 글쓰기에 마땅하다는 점이었다. 넉 달을 살아 보니 내 예상이 맞았다. 주말 이틀을 빼고 5일간 매일 일정이 하나씩 잡혀 있지만 모두 한 시간에서 두세 시간짜리들이므로 마켓이나 은행 등 이런저런 볼일을 본다고 해도 글을 쓰고 책 읽을 시간은 충분해서 좋다. 게다가 옆에 아무도 없으니 외롭고 고독하긴 해도 자유스럽다.

손주들이 여럿 생겼다

실버타운 내에 입주민을 위해 요가 명상반을 열었다. 나 자신도 그렇지만 노인들에게는 과거에 대한 수많은 굴곡의 기억들이 많다. 석양처럼 얼마 안 남은 짧은 미래에 대한 염려들은 막연한 불안 같은 것이 수시로 찾아든다. 호흡 명상을 통해 과거와 미래에 대한 생각에서 벗어나 지금 여기에서 고요와 평안의 마음을 가져 보자는 의도였다. 또한 어차피 내가 하고 있는 명상을 주위 입주자들과 공유하고 싶은 생각에서였다. 실버타운 원장에게 내 의도를 설명하자 명상할 장소로 지하층의 소극장 무대를 제공해 주었다. 전단지를 만들어 식당 입구에 놓고 두 개의 엘리베이터 안에 전단지를 붙였다. 월요일부터 금요일까지 매일 아침 6시부터 몸 풀기 요가 20분, 명상 30분을 수련한다고 광고했다. 전단지는 수십

장이 나갔는데도 7-8명만이 참여했다. 8명 중엔 체험 숙박 온 외부인이 1-2명이 섞여 있었다. 광고 전단지에는 이렇게 적었다.

"마음을 고요히 하고 평안을 누리는 방법으로 명상이 좋습니다. 마음이 지금 여기에 머물지 못하고 지난 과거와 아직 오지 않은 미래에 머물면 괴로움이나 걱정 불안 등이 내게서 떠나질 않습니다. 편안한 자세로 앉아서 깊은 들숨과 날숨, 들고 나는 호흡을 들여다보면 갈애, 욕망, 집착과 야생마처럼 날뛰던 생각은 사라지게 됩니다. 이때 비로서 마음은 고요와 평안, 그리고 행복을 누릴 수 있게 됩니다. 모든 어려움은 마음이 만들어 내고 그 해결책도 마음에서 찾을 수 있습니다. 종교와 상관없이 명상으로 마음을 고요히 할 수 있습니다."

2주쯤 지나자, 내부에서 아침 6시가 너무 이르다고 저녁으로 옮기자는 의견에 따라 저녁 7시로 옮겼더니 참석 인원이 반으로 줄고 며칠 후에는 딱 한 명만 남았다. 나는 이 명상반을 그만하자고 했다. 그 한 명이 남자 같았으면 내 방에 와서라도 함께 계속할 수 있지만 그렇지 않았다. 나는 차라리 마중물아동센터에 일주일에 한 번 하는 수업의 일수가 부족하다는 생각을 가지고 있던 터라 아이들에게 더 시간을 쏟을 수 있지 않겠나 해서 내심 미련 없이 홀가분하게 결정했다.

나는 실버타운에 입주하고 3주 후쯤에 실버타운 입주 계약을 신고해야 한다기에 망상동 행정복지센터(옛날의 동사무소)에 계약서를 들고 갔다. 나는 민원과에서 일을 다 마치고 복지과가 눈에 띄길래 그리로 갔다. 나는 팀장에게 얼마 전 LA에서 중앙일보 본국지에 실린 병환의 할머니를 모시고 사는 한 어린이에 대한 기사를 읽은 적이 있었고, 한국엔 그런 사회의 사각지대에 놓인 어린 가장들이 많다는 기사를 읽은 내용도 말했다. 나는 팀장에게 혹시 이 지역에도 그런 아이들이 있으면 한두 가정 정도 경제적으로 도움을 주며 학생들에겐 영어 회화도 가르치고 싶다고 했다. 팀장은 대뜸 실버타운이 있는 망상동의 '마중물지역아동센터'에 영어 재능 기부를 해 주는 게 어떠냐고 했다. 그리고 거기서 도움이 필요한 아동이 있으면 도움을 줄 수 있을 거라고 했다.

마중물 아동센터는 동해시에서 부모들의 맞벌이 때문에 방과 후 돌봄이 필요한 아동들을 보호하고 교육하는 아동센터라고 했다. 나는 '내 도움이 필요하다면?' 하고 생각해서 곧바로 센터를 찾아가 센터장을 만났다. 센터의 현황을 듣고 내 아이디어를 얘기했다. 나는 초등생 5-6학년과 중학생들의 영어 회화를 가르치기로 했지만, 그것만으로는 좀 미진하고 아쉬운 생각이 들었다. 방금 교실로 들어오면서 본 학생들이 떠올라 센터장에게 다른 제의를 했다, 모든 학생들에게 명상을 수련시키는 게 어떠냐고 했다. 그리고 명상이 끝나면 영어반만 남아서 영어 수업을 하는 게 어떻냐고 했고, 센터장은 흔쾌히 동의했다.

나는 교재로 쓸 『English 900 Book 1』을 인터넷에서 다운받아 프린트했다. 이 영어책에는 한국말 번역이 없다. 센터에 복사기가 있다니 거기서 아이들에게 줄 쪽수만큼 복사하면 될 일이었다. 또 명상 수련에 사용할 음악도 준비했다. 조용한 피아노 음악에 대나무 통에서 물 떨어져 흐르는 효과음이 가미된 명상 음악, 그리고 미국 인디언의 피리 연주 음악 등이었다. 그리고 영어 회화 시간이 끝나면 함께 팝송을 즐겁게 합창하며 배우는 팝송 영어를 시도해 볼 참이었다. 첫 노래로는 Bonni Tyler의 〈If I sing you a love song〉이라는 노래로 정했다.

수요일 오후가 되어 센터의 초·중등 학생 모두가 참여한 가운데, 나는 센터장의 소개로 학생들과 인사를 나눴다. 나는 명상이 우리에게 어떤 도움이 되는지, 어떻게 호흡을 하는지 등을 설명해 주고 음악을 틀고 명상을 시작했다. '코로 숨을 깊게 들이마시고, 잠깐 멈추었다가 아랫배까지 들어왔던 숨을 잠깐 멈췄다가 길게 다 내쉬고. 이것이 호흡 하나. 또 숨을 깊게 들여 마시고 길게 내쉬고, 이것이 호흡 둘.'

아이들은 역시 아이들답게 빨리 몰입이 되는 듯했고, 아이들의 얼굴은 금세 천사처럼 고요와 평안이 깃들어 있는 것 같았다. 나는 전화기로 몇 장의 사진과 동영상을 찍으면서 방금 전 발랄하고 부산스럽게 떠들던 아이들이 어떻게 이렇게 빠른 몰입으로 티 없이 아름다울 수가 있는 건지, 나는 가슴이 울컥 치밀어 올라오는 걸 느끼며 한꺼번에 이렇게 여럿의 손주를 얻었다는 기쁨에 마음이 벅차올랐다.

아이들의 명상하는 얼굴들에서 '어린아이처럼 되어야 천국에 갈 수 있다.'는 예수의 말이 문득 떠올랐다. 어떤 아이들은 눈을 감고 합장한 두 손을 가슴에 대고 기도하는 듯한 이 천진하고 순백한 얼굴에 깃든 고요가 천국이 아니면 뭐란 말인가? 천국은 마음 안에 있지 하늘에 있는 게 아니다. 하늘엔 하늘밖에 없지 않은가?

명상이 끝나고 영어 회화 수업을 위해 초등학생들은 다른 교실로 들어가고, 초등학교 5-6학년생들과 중학생만 남았다. 『English 900 Book 1』 첫 페이지부터 내가 먼저 큰 소리로 읽거나 따라 읽게 하고를 반복하고 또 반복했다. 큰 소리로 읽으면 문장 전체를 외우게 되고, 반복함에 따라 더불어 발음도 조금씩 좋아지기 때문이다. 아이들에게 이해를 시켰다. 학교에서는 이렇게 반복해서 읽고 또 읽고 할 시간이 없지만, 우리는 시간이 많이 있으니 얼마든지 많이 읽고 또 읽자고. 그리고 일주일 후 다음 시간까지 한 페이지를 다 외워 오는 숙제를 내줬다. 외우는 것도 큰 소리로 읽고, 읽고, 또 읽어야 외워지고 발음이 다듬어진다고 당부했다. 마치 조각할 때 많이 쫄수록 좋은 조각 작품이 나오듯.

그리고는 팝송 노래 시간이었다. 준비한 노래는 비교적 가사도 쉽고 멜로디도 단순한 편이었다. 대형 프로젝트 스크린에 가사가 나오자 아이들은 더듬더듬 노래를 함께 불렀다. 몇 번 반복하자 나중엔 다들 큰 목소리로 자신 있게 잘 따라 불렀다. 반복의 힘이었다. 합창 소리는 아름다웠고, 새로운 것을 접하는 아이들 얼굴은 기쁨으로 물들어 있었다. 나는 예쁜 손주들과 함께하는 명상도, 영어 회화도, 팝송을 함께 부르는 것도 행복했다. 내 손주들하고도 못 나눠 본 기쁨과 보람을 누리고 있으니 말이다.

명상과 영어 실력의 향상

그다음 주 수업 시간에 나는 놀라고 말았다. 발음은 거칠고 서툴렀지만 두 명을 빼고 대부분이 다 외워 왔던 것이었다. 전혀 기대 안 했던 결과였다. '손주들과 이 명상과 영어 놀이 굿판을 벌이길 잘했구나'라는 생각이 들기도 했다. 또 이 수업은 일주일에 한 번으로는 부족하지 않나 하고 생각했다. 마침 실버타운의 입주 노인들을 위한 요가 명상을 안 하기로 했으니 마중물지역아동센터에 하루 더 시간을 낼 수 있을 것 같아 센터장에게 얘기해야겠다고 마음먹었다.

목요일 저녁, 초·중학교 전체 학생들의 명상 수련 시간이었다. 아이들을 모두 일어서게 한 후 두 팔을 위로 뻗은 다음, 두 손을 깍지 낀 채 두 팔을 위로 뻗어 올리게 해서 등과 허리, 팔을 기지개 펴기를 했다. 숨을 내쉬고 뻗어 올린 팔과 상체를 좌우로 틀게 했다. 앞뒤로, 좌우로 목 돌리기 운동도 시켰다. 그리고 자리에 앉힌 다음, 우리는 모두 두 손을 합장하고 큰 소리로 '사랑합니다, 감사합니다'를 복창했다. 우리는 부모님에게, 센터와 학교 선생님들에게, 그리고 우리를 도와주는 동해시에 감사하고 강원도, 대한민국과 지구에 감사하고 사랑해야 한다고 일렀다.

명상 음악을 틀고, 깊은 호흡이 코로 들어오고, 나가는 숨을 들여다보라고 했다. 다른 건 다 그만두고 오직 숨이 들어오고 나가는 것만 관찰하라고 했다. 그러면 생각들이 멈추어 마음이 고요해진다고 했다. 애들은 역시 순수해서 그렇겠지만 감응이 훨씬 빨랐다. 나는 금세 삼매경에 빠진 듯한 아이들의 천사 같은 얼굴들을 볼 때마다 가슴이 벅차오르는 것을 억누르느라 애쓰곤 했다. 나는 손주들의 명상 모습을 전화기로 사진을 찍으면서 '사랑합니다, 감사합니다'를 화두 했다. 그리고 그 사진들을 미국의 내 친구와 자식들, 친지들에게 보냈다.

이튿날, 나는 센터에 찾아가 센터장을 만나 일주일에 수업을 두 번을 할 수 있다고 말했다. 센터장과 선생님들은 좋아했다. 센터장은 그간 아이들의 반응과 변화에 대해 긍정적이라면서 3주가 지나고 Bonnie Tyler의 〈If I sing you a love song〉라는 노래를 자신에 차서 우렁차게 부르는 합창 소리를 들으며 놀랐다고 말했다. 나는 매주 화요일과 목요일 저녁 6시 반에 수련과 수업을 하기로 일정을 잡았다.

나는 센터장의 아이들에 대한 따뜻한 관심과 헌신적 사랑에 정말 놀랐다. 그의 부인과 딸, 그리고 선생님들 몇 분이 함께 아이들을 돌보는데 마치 끈끈한 사랑으로 가득한 피를 나눈 대가족 같았다. 센터장은 아이들 하나하나의 상황과 상태를 파악하고 있는 듯했다. 내가 만난 한 아이를 사랑으로 껴안고 받아들이자 당장 변화된 아이의 태도를 센터장은 놀라워했다. 그 아이에게 어떤 어려움이 있었는지를 듣고 나는 안도의 숨을 내쉬면서 이런 센터장을 만나게 된 것에 속으로 '사랑합니다, 감사합니다' 하고 화답했다.

마중물 아이들에게 시간을 추가로 더 쏟기로 한 첫 화요일 강의 시간이었다. 초등생부터 중학생까지 모든 학생들이 함께하는 명상 시간이었다.

"자, 이제 눈을 감고 명상을 합시다. 코로 숨을 들이마시고 그 숨이 아랫배까지 내려가서 배가 불러 오는 느낌을 들여다보고는 다시 숨이 배에서 빠져나와 코로 나가는 경로를 보는 거예요. 그렇게 숨 하나를 쉬었고, 또 똑같이 숨이 들어오고 나가는 걸 들여다보면서 숨 두 개를 쉰 거예요. 그렇게 숨을 열 개까지 세어봐요. 열 개를 다 세었으면 또다시 하나부터 세어 나가는 겁니다. 자, 계속 숨을 쉬어 나가세요. 여러분은 지금 오직 숨 쉬는 것, 그리고 숨을 들여다보고 느낄 수 있을 뿐이에요. 다른 건 할 것도 없어요. 그러다 혹시 어떤 생각이 마음 안으로 들어오면 그 들어온 생각도 들여다보는 거예요. 그리고는 다시 숨이 들어오고 나가는 것을 들여다보고 느껴야 해요. 자, 계속 숨을 쉬어요."

두 아이만 제외하고 모든 아이들은 몰입하고, 침잠한 듯 보였다. 대부분은 무릎 위에 손을 올려놓게 했지만, 시키지도 않았는데 책상 위에 뒤꿈치를 놓고 두 팔을 세워 손을 합장하고 기도하는 듯 명상하는 아이들은 천사처럼 보였다. 나는 천국의 정원에서 천사들과 노니는 착각이 들 정도였다. 죽은 아내 생각이 문득 떠올라 미안하고 한없이 고맙다는 생각이 들었다. 아내를 먼저 보내고 나 혼자 남아 누리는 이 천국 놀음이 미안해서였던가 보다. 나는 이 아이들과 지금 여기가 행복했다. 음악은 여전히 흐르고 아이들은 고요와 평안 안에서 영원히 지지 않을 꽃처럼 아름답고 성스럽게 피어나고 있었다.

명상이 끝나고 모든 학생들이 부를 다음 팝송을 소개했다. 유튜브에서 영어 가사가 있는 Boyzone의 〈No Matter What〉이라는 노래를 준비했다. 초등학생들에게는 노래 가사의 단어 발음을 한글로 표기한 걸 준비했다. 지난 3주 동안의 Bonnie Tyler의 〈If I sing you a love song〉이라는 노래를 복습처럼 한번 불렀고, 바로 오늘의 노래로 들어갔다. 처음 불러 보는 노래라 더듬거렸지만 두 번째에는 금방 잘 따라 했다. 아마 집에서 연습을 해 온다면 다음 시간엔 더 매끄러워질 것이다. 이제 곡목이 두 개로 늘었다. 결국 나는 내가 좋아하는 노래를 아이들과 함께 부르고 싶었던 거였고, 세미클래식 같은 음악이나 명상 음악들도 차차 나눌 것이다. 뿐만 아니라 내가 추구하는 마음의 고요와 평안을 꾹꾹 눌러 아이들에게 많이 건네주고 나눌 것이다.

올 년 말까지 팝송이나 한국 노래 포함 총 10개 정도의 곡과 영어로 자기 이야기나 동화를 들려주고 악기 연주 등을 준비해 발표회를 가질 계획이다. 센터장과 선생님들에게만 계획을 말했고, 아이들은 아직 모른다. 동해약천온천실버타운 극장 무대에서 실버타운 입주 노인들을 위문하고, 마중물 아동센터를 지원해 주는 동해시 관계자와 아동들의 부모님들에게 감사와 성은의 뜻을 전하기 위한 것이다. 아이들의 합창과 그들의 밴드 연주 및 영어로 하는 이야기 발표회를 가진다면 아이들에게 긍정적 자신감도 심어 줄 수 있을 것이다.

'사랑합니다, 감사합니다'를 7주째 이어 오는 동안 기도하듯 두 손을 모아 이 구호를 외칠 때마다 아이들 얼굴에는 사랑과 감사의 빛으로 해맑아진 듯 보였다. 그러면서 집에서 엄마, 아빠나 학교에서 선생님에게 '사랑합니다, 감사합니다'라고 말하며 껴안으라고 했다. 그리고 다음 시간에 실행에 옮겼는지 확인하면 대부분이 이행을 했다. 한번은 한 녀석이 손을 들지 않기에 너는 엄마, 아빠에게 안 했느냐고 물으니 엄마에게 다가가서 '사랑합니다, 감사합니다' 하면서 껴안으려고 했더니 엄마가 밀쳐 내며 '저리 가. 얘가 왜 이래.' 하더란다. 그래서 나는 그건 엄마가 네가 그러는 게 싫어서가 아니라 안 하던 일이니 괜히 멋쩍어서 그러는 거니까 오늘 집에 가서 다시 꼭 해 보라고 일렀다. 그리고 다음 수업 시간에 그 녀석에게 확인을 했다. 녀석의 말로는 엄마에게 다가가서 껴안으려고 하니까 또 못하게 하더란다. 그래서 '엄마, 나 이거 숙제야. 나 꼭 해야 돼.'라고 했더니 엄마가 가만히 있더란다. 그러고 나서야 엄마를 껴안으며 '사랑합니다, 감사합니다'를 할 수 있었다고 했다. 우리 모두는 재미있게 웃었다. 그리고는 명상 수련을 10분 동안 했다.

영어도 회를 거듭할수록 발음이 나아지고 있었다. 특히 그 어려운 'Thank you', 'This', 'That', 'They', 'Think', 'Mr. Smith' 같은 'th'가 들어가는 발음을 이제는 모두 잘한다. 혀를 윗니 밑에 붙이고 발음을 뱉어 내는 연습을 집중적으로 했다. 외워 오는 숙제도 곧잘 해 온다. 6주째에는 L과 R 발음 연습을 했다. 'Left or Right', 'Listen and Repeat', 'Learning or Running' 등도 잘 익히고 있다. 그리고 Josh Groban의 〈You raise me up〉라는 노래를 시작했다. 8주째부터는 전인권의 〈걱정하지 말아요 그대〉라는 노래를 새 곡목 리스트에 넣었다.

걱정하지 말아요. 지난간 것은 지난간 대로 그런 의미가 있죠. 우리 다 함께 노래합시다.

아이들과 미국 여행 계획

마중물아동센터 아이들 중 영어 문장 외워 오기 숙제를 잘해 오는 아이들 몇 명을 선발해 2025년 여름 방학 때 미국 여행을 계획하고 있다. 이보다 더 넓고 큰 좋은 꿈을 심어 줄 수 있는 다른 일이 뭐가 있을까? 나는 이 계획을 센터장과 상의를 했지만, 아이들은 아직 모르고 있었다. 두 달 전쯤에 수업과 숙제해 오는 태도가 좀 느슨해지고 있다는 걸 느끼고 미국 여행 카드를 던졌다.

"여러분, 좋은 소식이 있어요. 이 중에서 영어 회화를 열심히 훈련하고 숙제도, 영어도 잘하는 학생 몇 명은 내가 미국에 데려갈 거야."

그랬더니 똑똑해 보이는 남학생 하나가 물었다.

"돈은 누가 내요?"

"음, 내가."

아이들은 좋아했지만 당장 실감이 나지 않는 눈치였다. 그도 그럴 것이, 어린 녀석들 대부분은 미국이 뭐 하는 곳인지, 어디에 있는지도 모를 터이니 말이다. 그러나 6학년 학생들은 시간이 지나면서 영어 수업에 임하는 태도가 점점 진지해졌다. 어쩌다 한 번씩 그 카드의 풍선을 티트러 주의를 환기시켰다. 그래서 그런지는 몰라도 몇몇 학생은 읽고 암기해 오라는 숙제를 수업 전 교실 구석 여기저기에서 열심히 하고 있는 모습도 보였다. 그리고 수업 시간에 큰 소리로 따라 읽게 하고 발음을 교정하는 반복적인 작업도 열심히 따라 주었다. 나는 이 묘약을 쓴 게 동기 부여를 위해 잘한 일이라고 생각했다. 그렇지 않으면 무엇이 이 동해의 아이들에게 영어 말하기 연습을 열심히 하게 부추길 수 있겠는가?

나는 이 이야기를 실버타운의 가까운 친구에게 했더니 돈이 많이 들 텐데 대단하다고 하길래 그랬다. 나는 무슨 재벌이나 돈 많은 부자도 아니다. 미국 떠나 올 때 모두 정리한 재산을 은행에 연단위로 CD에 묻어 둔 데에서 나오는 이자가 있다. 거기에 맞춰서 미국 데려갈 인원과 경비를 계산하면 되리라고 생각했다. 나는 매달 죽을 때까지 나오는 연금으로 살면 충분하다. 은행에서는 그 이자를 복리로 담가 두라고 권하지만, 그걸 복리로 쌓아 두고는 나중에 뭘 할 건지도 모르겠고, 그 나중이 언제가 될지도 모르겠기에 내린 결정이고 계획이었다. 나는 먼 미래가 아니라 오늘 열심히 재미있고 건강하게 살고 싶은 것이다. 게다가 나는 아들 둘, 딸 하나에 손주가 여덟이지만 그 손주들은 그 애비, 애미가 책임질 일이고 자식들은 모두 제 앞가림한다. 그런 자식들이 얼마 되지도 않는 아버지의 유산에 군침을 흘리게 해선 안 된다고 생각했다. 그 기대감으로 게을러져선 안 되기 때문이다.

한국을 떠나 오던 때에 자식들과의 송별 파티를 열었다. 나를 포함해 모두 열다섯이 모였는데, 나는 그랬다. 리빙트러스트에 큰놈에게 34%, 작은놈에게 33%, 막내딸에게 33%로 설정은 해 놨다만, 그건 내가 죽을 때까지 쓰다가 그래도 남는 돈이 있을 때의 분배를 약정한 것이다. 그렇다고 아직 돈이 넉넉히 남아 있을 때 아빠 빨리 죽기를 기도하진 말라고 부탁했고, 애들은 "No!" 소리를 길고 강하게 하면서 부정했지만 나는 자식들의 인스턴트 같은 효도를 잠깐 만끽하면서 웃고 말았다. 그러니 내가 죽을 때 은행에 잔고가 얼마가 남아 있든, 바닥을 쳤든 나는 아무것에도 꺼릴 게 하나도 없다. 분명 새털처럼 가볍게 날아갈 것이다.

나는 오래전에 LA Times에서 소위 세계 아동복지나 난민, 특히 아프리카의 가난한 나라 사람들을 돕는 자선 기구나 재단의 실상을 파헤치는 특집 기사를 읽은 적이 있다. 미국의 그런 재단에 들어오는 재정의 60-70%를 자체 경비로 쓴다는 기사였다. 또 어느 종교 단체는 그런 성금을 모아 캘리포니아 해변의 비싼 주택들을 투자용으로 구입해 세를 놓고 있기도 하다는 실상을 접한 적이 있다. 실제 아프리카나 재난 지역에 전달되는 돈은 겨우 30-40%밖에 안 된다는 것이다. 그들은 아파서, 굶주려서 뼈만 앙상하게 남은 아프리카 아기들의 측은한 모델을 사진이나 동영상으로 사람들의 감성과 동정을 자극해 재단의 몸집을 키우는 게 아닌가 의심하게 되었다. 나는 텔레비전에 그런 영상이 나오는 걸 보면 잠시 가슴이 답답해진다. 그 기사를 접한 이후 나는 귀찮더라도 도움이 필요한 곳에 가능한 한 직접 도우려고 하고 있다. 경주 최씨 부자네는 가훈 중에 자기 집 주위 100리 안에 굶는 사람이 있어선 안 된다며 가까이에 있는 도움이 필요한 사람을 도왔다고 한다.

나는 무엇보다도 영어를 잘해서 선발이 된 손주들의 미국행 티켓은 값질 것이고, 그들에게 자신감과 행복과 꿈을 심어 줄 것이라고 생각한다. 그 나머지 학생들은 또 다음 기회를 엿보며 영어 말하기 연습을 게을리하지 않을 것이다. 나는 이 계획을 실천하는 데에서 오는 기쁨과 보람은 모두 죽은 아내에게 돌릴 것이다. 보이지 않는 그녀의 힘이 크기 때문이다.

　마중물아동센터의 아동들이 미국 캘리포니아에 가면 내가 살던 LA에서 남쪽으로 26마일쯤 떨어진 오렌지카운티 풀러튼 시에 여장을 풀고 밴 트럭을 빌릴 것이다. 그리고 디즈니랜드나 시월드 혹은 유니버셜스튜디오 등에서 즐길 것이다. 또 UC LA나 UC Irvine 캠퍼스, 박물관도 가 보고, 라스베이거스 서커스 서커스도 묵으면서 들러 볼 계획이다. 또 내 아들이 경찰로 근무하고 있는 샌타 애나 경찰서 견학 방문 등을 계획하고 있다. 내 손주들이 기뻐하는 모습을 상상하면 나도 벌써 행복해진다.

나의 명상 그리고 공(空)

'지금'은 시간이 아니다. 시간의 지배를 받지 않는 치외법권이다. 순서나 앞뒤, 과거나 미래가 들어갈 틈이 없는 정점이다. 정오(Noon)나 자정(Midnight)도 '지금'처럼 오전(AM)이나 오후(PM) 어느쪽에도 속하지 않는다. 그래서 정오를 오후 12시라고, 또는 자정을 오전 12시라고 말할 수 없는 이유다. 그냥 정오나 자정일 뿐이다. 즉, 시간과 공간이 존재하지 않는 유일한 순간, 지점이 지금이다. 지금은 순간의 찰나이기도 하지만 또한 영원이다. 영원은 끝없이 지속되는 미래가 아니다. 시간의 전과 끝을 초월한 존재고, 그것은 지금 여기에서밖에 없다.

현존하는 나의 삶은 지금뿐이다. 내가 추억이나 괴로움에 물들어 있을 때는 마음이 과거에 잡혀 있을 때이고, 염려나 걱정을 할때는 마음이 와 있지 않은 미래에 미리 가서 잡혀 있을 때이다. 과거와 미래를 지금 여기로 가져올 때 지금의 현존은 사라지고 괴로움과 걱정거리들에게 자리를 내준다. 그럴 때 마음은 시간을 살아 움직이게 하고 시간 안에 포위되어 살게 된다. 지금 여기에서 그 많은 소중한 것들을 잃는 줄도 모르고 잃는다. 지금 여기 말고 어디든 언제든 실재하는 것은 아무것도 없다.

내가 하는 명상은 고요히 내면에 들어 온전히 지금 여기에 있기다. 생각을 멈추고 과거와 미래의 시간으로부터 해방되는 것이다. 과거 혹은 미래의 오고 가는 온갖 생각들에 마음이 잡히면 도시의 네거리에서처럼 마음은 복잡해지며, 지금 여기는 흔적도 없이 사라진다. 명상은 괴로움이나 집착, 번민을 만드는 생각을 차단하고 그로부터 자유스러워지려는 방편이다. 그럴 때라야 나의 본성, 내면 깊이에 있는 고요의 참나에 머물게 된다.

나의 밖, 에고의 세상이 만들어 낸 이념이나 관념들은 믿을 게 못 된다. 많은 사람들은 유명 철학자나 종교에서 가르친 대로 자신의 삶의 의미나 이정표로 삼기도 한다. 자신이 내면으로 들어가 '나는 누구인가?' 하고 스스로에게 던진 치열한 의문으로부터 얻어 낸 답이 아니다. 요즘 카카오톡에서 예쁘게 치장하고 디자인한 그림이나 글 등 동영상에 음악까지 곁들여 보내는 이의 영혼 없는 퍼 온 글들을 또 퍼 나른다. 대부분 읽지도 않지만 읽어도 남의 시간만 축낼 뿐 무의미한 것들이다.

많은 사람들이 태양이 편편한 지구를 돈다고 알고 있다가 지동설로 뒤바뀌니까 믿어 왔던 것들을 뱉어 내야 했다. 그러나 그런 종교적 교리나 교시, 이념 등은 헤아릴 겨를도 없이 이미 많은 사람들에게 진리적 고정불변의 습관이 되어 버렸다. 나는 누구인지 혹은 내가 아는 진리가 진리인지 의문을 던질 겨를이 없다. 게다가 기존 종교들은 손님을 놓칠세라 진리 탐구 같은 짓은 못 하게 하고, 믿고 따르기만 하면 천국에 간다고 떠들어 댄다. 세상엔 스스로 내면으로 들어가 답을 얻어 낸 사람들이 참으로 드물다. 예수와 부처가 그렇게 했는데도, 그들이 했던 대로 실천하고 따르는 사람들은 별로 없고, 뭔지도 모르고 '믿습니다' 하는 자들만 수두룩하다.

마음은 즐거움이나 쾌락이 있어도 금방 괴로움이나 걱정에게 임무를 교대하듯이 자리를 내준다. 이 괴롭거나 불안한 마음을 어찌한단 말인가? 나는 깊고 느린 호흡으로 고요의 내면에 든다. 예수가 '천국은 네 안에 있다'고 한 말의 진정한 뜻을, 세상의 그렇게 많은 크리스천이 있어도 제대로 인식하고 있는 이가 별로 없다. 사실 내 마음 안에 모든 문제들이 있고, 또한 마음 안에 해답이 공존하고 있다. 이 문제들의 답은 비움, 공(空)이다. 마음의 비움이라는 마스터키 하나로 모든 문제의 답을 얻을 수 있다. 방이든 그릇이든 비워져 있을 때라야 비로소 쓸모가 생긴다. 비어 있어야 신성이나 불성의 속성인 고요와 평화가 피어난다. 잡동사니로 가득한 방은 쓸모가 없다.

방을 치웠을 때 생겨나는 빈 공간은 어디 외부에서 온 것이 아니라 본래 거기 있었던 것이다. 과거나 미래에 사로잡혔던 수많은 기억과 생각들을 들어내면 본래 거기 있던 비움, 공이 드러나는 것이다. 깨달은 인도의 성자 라마나 마하리쉬는 '땅에 구덩이를 파면 거기엔 본래 그 자리에 있던 비움이 드러난다'고 했다.

예수의 생애 첫 공개 강연(산상수훈, 마태복음 5장)에서 '성령이 가난한 자는 복이 있나니 하늘나라가 그들의 것'이라 했다. 도대체 성령이 가난하다는 말이 무슨 말이란 말인가? 나는 일생 동안 이 구절을 정확하게 해석한 설교나 강론을 들어 본 적이 없다. 지금이라도 인터넷에 들어가 보시라, 목사 신부들이 뭐라고 횡설수설하고 있는가를. 바로 마음 비우기를 말한 것인데, 마음을 비우는 사람은 행복하다고 해석했더라면 간단하고 쉬웠을 텐데 말이다. 성경은 안타깝게도 이상하고 어렵게 '성령의 가난함'이라고 번역했다. 성령의 가난함은 풀 길이 요원하다. 영어 성경 번역도 마찬가지다. 'Blessed are the poor in spirit, for their is the kingdom of heaven.' 즉, 'poor in spirit'이 도대체 어디에 해당하는 무슨 말이냐? 아마 한국말 성경은 영어를 고대로 번역했기 때문일 것으로 추정된다. 그러나 놀랍게도 중국 성경의 이 구절 번역은 한국어나 영어 성경보다 쉽고 간결하고 딱 맞다. '허심적인 유복료(虛心的人有福了)', '마음이 비어 있는 사람이 복이 있다.' 허심의 허(虛)가 비운다는 뜻이 아닌가? 불교에서 가장 중요시 여기는 경전이 반야심경(색즉시공 공즉시색, 色卽是空 空卽是色; 물질이 공이요 공이 곧 물질이다)과 금강경이다. 모두 비움에 관한 경이다. 예수와 붓다는 마음 얘기를 똑같이 했고, 시대와 지리를 초월해 공, 비움에서 둘은 늘 만난다.

나의 명상은 늘 그렇게 하지는 못하지만 때때로 108배로 시작한다. 15분 정도 걸리는 한국식 절 요가인데, 15분간 그렇게 팔다리, 어깨, 허리 등 전신 운동이 되는 게 또 어디 있겠는가? 108배를 하고 반가부좌로 앉으면 몰입이 훨씬 잘 된다. 명상은 동작 없이 호흡을 들여다보거나 깊게 들숨과 날숨의 수를 세기도 한다. 그러다 보면 지금 여기에서 일어나고 있는 호흡과 세는 수 때문에 생각이 끼어들 여지가 없거나 줄어든다. 혹시 생각이나 잡념이 들어왔다면 그 끼어든 생각을 들여다본다. 그러면 호흡의 들고 남으로 다시 돌아와 마음은 고요와 평화로 유지된다. 그렇게 계속하다 보면 들여다보던 호흡도, 세던 수도 마침내 사라진다. 내 손이 어디에 놓여 있는지 위치와 감각 의식도 모른 채, 나도 너도 없는 고요와 공, 비움과 무아 무상의 경지에 들 때가 있다. 사실 이때부터가 과거와 미래로부터, 그리고 괴로움으로부터 벗어난 온전히 자유와 평안의 상태가 된다. 나는 이것 때문에 명상을 한다, 지금 여기에 머무는지 모르는 채 머물기 위해서.

수행문(마음, 괴로움)

모든 괴로움은 다 내 마음이 일으킨다.
그러나 대부분의 사람들은 이 괴로움이 밖으로부터
혹은 남에게서 온다고 생각한다.
그래서 종교나 사찰, 스승을 찾아 답을 구하려 다니지만
끝내 얻기가 쉽지 않다.
괴로움과 집착을 없애고
하찮은 일에 마음이 흔들리지 않는 경지는

마음 밖에서는 결코 얻을 수 없기 때문이다.

언제 어디에서 일어난 괴로움이라도
가만히 안으로 살펴보면
그 뿌리는 다 내 마음 가운데에 있고
그 마음도 사실, 빈 것인 줄 알면
모든 괴로움은 저절로 사라진다.

(필자의 2022년 9월 학기 재학 당시 들은 온라인 수업 속
정토불교대학 교재에서 옮겨 옴)

마음이 문제를 만들고,
해결도 마음이

2007년 4월, 미국 버지니아공과대학교 총기 난사로 32명이 죽고, 23명이 부상한 최악의 총기 난사 사건 중 하나다. 범인은 강의실과 휴게실 등을 돌며 묻지 마 무차별 총격을 가했다. 정신적 문제를 가진 한국인 학생 조승희가 범인이었고, 사건 직후 그는 자살했다. 내가 이 소식을 처음 접했을 때는 네팔의 히말라야 트레킹 마지막 밤을 보내던 데우랄리라는 곳에 있을 때였다. 수천 미터의 히말라야 산길을 오르락내리락하면서 진정 '나'가 아닌 껍데기의 '나'라는 에고를 버리고자 고행의 트레킹을 하던 중이었다. 나는 네팔 신문을 읽은 가이드가 번역해 준 소식을 듣고 참담한 생각이 들었다. '도대체 조승희의 마음속엔 무엇이 들어 있었을까. 그리고 그런 마음들은 왜, 언제부터 생겼던 것일까?'

공교롭게도 일주일 전쯤, 나는 트레킹을 막 시작하고 이튿날, 티

케둥가 롯지를 떠나 거의 7-80도 경사의 산길을 오르며 덴마크에서 가족과 함께 왔다는 '이반'이라는 심리학과 의사와 인사를 하고 동행을 하게 되었다. 목까지 차오르는 숨을 헐떡거리며 "왜 당신이나 나는 이런 달콤한 고통을 사서 하는가, 도대체 네팔에 안 와도, 이런 고통스러운 트레킹을 안 해도 살 텐데 군이 왜 이 짓을 하는 걸까?" 하고 서로 묻고 답하며 가파른 산을 올랐다. '삶은 뭐냐, 죽음의 의미는 무엇일까'에 대해서도 얘기를 나누었다. 그런 와중에 그가 하는 일이 자살을 생각하는 사람들을 상담하고 치유하는 것이 그의 직업이라는 것도 알게 되었다. 나는 그에게 자살을 고려하고 있는 환자가 찾아왔을 때 당신은 어떻게 도움을 주느냐고 물었다. 그는 신경 안정제나 우울증 약을 처방하고, 상담도 하는 등의 지극히 교과서적이고 학문적인 답을 했더랬다. 그래서 나는 이런 의견을 던졌다.

사람은 몸과 마음이 하나이면서도 또 둘로 나눌 수 있는 구성체랄 수가 있다. 태어날 때 영혼과 육신이 합쳐졌다가 죽을 때는 다시 갈라져 육신은 땅으로 돌아가고, 영혼은 왔던 본래의 자리로 돌아가고. 그리고 살아 있을 때는 몸과 마음이 하나 되어 몸은 끊임없이 마음의 영향과 지배하에 놓이게 된다. 분노를 많이 하면 폐가 상하고, 염려나 걱정을 많이 하면 위장이 상한다든가, 불안 공포에 오래 노출되면 콩팥이 상하는 등의 질병이 몸에 나타나는 것이 그 증거 아닌가? 그래서 요즘의 많은 질병들이 마음으로부터 오는 심인성 혹은 신경성 질환이라고 하지 않는가.

이렇듯 몸 마음이 하나로 되어 있지만 또 따로 떼어서 조절할 수 있음은 다행이기도 하다. 괴로운 마음이면 괴로운 마음을 없애고 내려놓으면 될 것을 애꿎은 몸까지, 더구나 남까지 죽이다니. 몸은 억울하다고 하고 창조주는 화날 일이 아니겠는가. 우리는 그렇게 신과 히말라야, 그리고 마음과 몸에 대해 많은 얘기를 했었다. 히말라야 트레킹을 시작하는 초입에 '이반'과 그 얘기를 나눴는데, 트레킹 마지막 날에 참사 소식을 들었다.

범인 조승희는 9살 때 이민을 가서 적응을 잘 못하다가 중학교 때 왕따를 당하며 말 없고 소심한 사람으로 변했다. 고등학교와 대학교 때까지 사회 부적응자의 시절을 보냈다고 한다. 그의 마음, 내면이라는 그릇에 그가 받았을지도 모르는 상처들이 뭔지, 언제부터 어떻게 담겨 쌓여 왔는지를 짐작해 볼 수 있다.

2년 전인가, 한국의 KBS에서 〈생로병사의 비밀〉이라는 프로그램의 이 모 PD가 특별 제작한 '마음'이라는 다큐멘터리가 방영되었을 때 당시, 엄청난 사회적 반향을 일으켰었다. 이 다큐멘터리에서 보면 현재를 사는 사람들은 모두 95%의 수면 아래로 잠긴 빙산의 일각 그 하부에 저장되어 있는 과거의 기억, 그림자들의 지배와 영향을 받으며 살아가고 있다고 했다.

그렇다. 이 기록들, 즉 빙산의 일각 그 아래에 숨어 있는 좋고 나쁜 감정이나 상처들의 영향을 받지 않으려면 그 기억과 상처들을 버려야 한다. 아무짝에도 쓸모없는 쓰레기 같은 것들을 뭐 하려고 애지중지 간직하고 있는가? 이게 마음들을 버리고 비워야 하는 이유이고, 예수의 '무거운 짐 진 자들아 내게 오라'는 진짜 의미도 이해하게 될 것이다.

나는 '이반'과 얘기를 마치면서 당신도 명상이나 참선을 수련을 해서 어느 정도 명상의 길을 터득한 후 당신의 클리닉 한편에 공간을 만들어 환자들에게 명상 수련을 시켜 보라고 했다. 특히 자살을 생각하는 사람이 있으면 몸까지 죽이지 말고 단지 마음만 죽이고 버리면 되는 수련장을 만들어 보라고 권했다.

눈을 감고 아무 데서나 편안히 앉아 깊은 들숨, 날숨의 호흡으로 마음을 가라앉힌 다음, 과거의 기억을 하나하나 떠올렸다가 버린다. 이렇게 수많은 기억과 감정들을 떠올렸다가 버리기를 반복하다 보면 어느새 당신의 마음은 전보다 훨씬 가벼워지고, 고요와 평안의 마음을 느끼게 될 것이다. 마음이 만든 괴로움은 마음만이 없앨 수 있다.

미국에서 동해로 아주 살러 왔다

　캐나다와 미국에서 오래 살다가 인생의 파이널 챕터 3막을 동해에서 보내기로 하고 역이민했다. 이곳 청정 지역이라는 강원도 동해실버타운 둥지에 몸을 푼 지 6주쯤 지났다. 나고 자랐던 고향이 천안인데, 여기로 오게 된 건 실버타운에서 내려다보이는 푸르른 바다와 아무 때고 달려가 모래 위에 벌렁 누워 일광욕을 맘대로 하거나, 바닷물에 발을 적시며 맨발로 걸을 수 있는 망상 해변의 아름다움 때문이었다. 지난해 11월경, 이곳에서 일주일간 체험 숙박을 하고 반했던 것이 바로 이 도시와 실버타운이 있는 주변 환경 때문이었다. 2년 전, 전라도 K시에 있는 실버타운도 가 봤지만, 내 관심을 끌지는 못했었다.
　실버타운에서 해변으로 걸어갈 때는 새들의 지저귀는 소리와 냇물 흐르는 소리를 들으며 인적이 드문 숲을 지난다. 1.5km, 걸어서 25분쯤 걸려 해변에 이르면 부드러운 모래밭, 푸른 바다와 파도, 갈매기들이 날아다니는 것들을 보고 나는 '바로 여기야!' 하고 마음으로 결정을 했더랬다. 2년 전, 아내가 세상을 뜬 후 덩그러니 혼자 빈 집에 남아 있다가 유튜브에서 얻은 동해실버타운의 정보가 내게 맞아떨어져 날 여기로 오게 했다.

렌트카를 타고 다니며 미국에서의 일상과 똑같게 하려고 동해 다운타운에 있는 월드 피트니스 센터와 마린 요가 필라테스에 가입했다. 월드 피트니스 센터의 운동 기구들은 미국에서 못 보던, 인체 친화적이면서 최신식 기구들이어서 나를 놀라게 했다. 그 장비들은 모두 한국산 장비들이란다. 마린 코어 요가는 극치의 저항성 수련으로 미국에서보다 훨씬 더 힘들었다.

새 주민으로 정착을 위해 처리하고 가야 할 곳들은 많은데, 도로와 신호등에 익숙지 않아 운전하고 다니는 게 서툴렀다. 특히 신호등이 파란 불일 때 반대편에서 오는 차가 없어서 미국에서의 습관대로 발한로의 똑같은 네거리에서 좌회전을 세 번 했는데, 네 번째에는 앞의 한 차가 같은 상황에 꼼짝도 안 하는 것이었다. 나는 '무슨 곡절이 있구나' 하는 순간 파란불이 노란불로 바뀐 다음에 곧 파란 왼쪽 방향 화살표가 나타났다. 앞 차는 그제야 좌회전을 하는 것이 아닌가. 그러나 신호등 양옆이나 어딜 봐도 감시 카메라가 보이질 않아 조금 마음을 놓았다.

빨간 불일 때 우회전이 가능한지 어떤지 몰라 우물쭈물하고 있으면 뒤에서 빵빵대는 바람에 얼떨결에 우회전을 하기도 했다. 실버타운의 간호사에게 그 얘기를 했더니 '초보 운전' 스티커를 붙이

라는 충고를 해 주어서 다이소에 가 사서 붙였다. 미 대륙에서 50
년 무사고 운전자가 초보 운전 스티커를 뒷유리창에 붙였는데, 체
면을 구기기는커녕 '따고 배짱'의 마음이랄까, '빵빵댈 테면 해 봐
라'는 식으로, 마음이 좀 느긋해진 기분으로 여유 있게 시내 운전
을 즐겼다.

동해의 크고 작은 도로엔 도심지건 주택가건 빨간색의 '일단 정
지' 사인을 구경하기 힘들다. 뒷골목 좁은 도로에서 큰 도로로 나
갈 때라든가, 신호등이 없는 네거리에서 일단 정지 사인이 없으니
목을 있는 대로 길게 빼고는 양쪽을 쓱 훑어보고 건너는 식이다.
골목 네거리마다 네 군데의 Stop(일단 정지) 사인이 넘쳐나는 내가
살던 곳에 비해 좀 위험하긴 해도, 훨씬 더 효율적이고 신사적이
라는 생각을 했다. Stop 사인이 많다는 건 그만큼 서로 신사적이
지 못하고 서로 상대의 운전자들을 못 믿겠다는 것이 된다. 그 사
인 없이는 사고나 질서가 없게 될 것이라는 간접적 방증이잖은가?

좌회전을 할 때 파란불에 '비보호'라는 사인 없이는 앞에서 오
는 차가 없어도 마냥 화살표 신호로 바뀌기를 기다려야 하는 곳이
동해시 곳곳에 너무 많다. 그리고 기다리는 시간도 40-50초 정도
로 너무 길다. 일단 정지 사인이 거의 없는 의도와 비보호 사인을
너무 적게 설치한 의도가 모순처럼 상충한다. 네거리에서 일단 정
지 사인 하나 없어도 괜찮다는 시민 의식을 믿는다면 같은 셈법으
로 비보호 사인을 더 많이 설치해서 동해 시민의 성숙한 운전 의
식을 믿어도 되지 않을까?

사실 이보다 더 시급하고 심각한 교통 문제가 있다. 차를 이용

하는 시민 활동을 비경제적, 비효율적으로 만드는 게 바로 24시간 학교 앞 운행 속도 30km 제한이다. 이런 장님 같은 교통 행정이 정확히 누구의 소관인지는 모르겠으나, 언어도단이다. 도대체 밤 늦게나 자정이 넘어서도 달리던 차들이 뇌출혈이라도 온 것처럼, 아니면 도둑질하고 도망가다가 들킨 사람이 시치미 떼고 천천히 걷듯이 갑자기 시속 30km로 서행을 하는 건 웃픈 코미디에 가깝다. 미국의 모든 주가 학교 근처의 스쿨존에서 서행할 수 있는 시간은 대개 오전 7시부터 오후 5시 혹은 오후 7시까지다. 지금 학교 앞 커다란 속도 제한 노란 사인의 하단에, 예를 들어 '오전 7시부터 오후 7시까지'라는 문구를 넣기만 하면 되는데. 또 그럴 만한 공간도 충분하던데.

비보호가 더 필요한 많은 네거리와 등하교 시간이 지난 시간에 학교 앞 30km 서행으로 월, 혹은 연 단위로 통계를 내 본다면 많은 시민들의 엄청난 시간과 기름 자원 낭비를 발견하게 될 것이다. 기름 한 방울 안 나 온통 수입해다 쓰는 나라인데 말이다. 아마 어느 대학이나 연구 기관에 용역을 줘서라도 살펴볼 필요가 있지 않을까 한다. 혹은 어느 대학원생이 연구 논문으로 택해도 좋을 듯하다.

인공지능과 무인 운전, 드론 등의 발달이 눈부신데 왜 신호등은 아직도 19세기 방식을 고수하는가. 옛날 1960년대 서울의 퇴계로 회현동 네거리에서 낮에는 경찰이나 해병헌병대의 예술적 손 신호를 기억한다. 신호등도 인공지능화해서 어느 방향에 차가 있고 없고를 읽고 경찰의 손 신호처럼 융통성 있게 교통을 정리할 수 없을까? 아마 이 스마트 인공지능 신호등을 누군가 만들어 낸다면 세계적으로 큰 부를 얻을 건 확실하다. 세계 어느 나라도 스마트 인공지능 신호 시스템을 운영하는 나라는 아직 없으니까. 그 수요는 얼마가 될지 상상하기 힘들다.

이제 동해의 거리들을 많이 파악하고 나니 대부분의 관공서와 주요 기관이 모두 다운타운의 시청 로터리를 중심으로 서로 엎어지면 코 닿을 곳에 귀엽게 옹기종기 모여 있는 것을 알게 되었다. 신호등이 없으니 대부분 정지 없이 매끄럽게 돌아가는 시청 로터리와 그 외 여러 크고 작은 로터리에도 정이 갔다. 게다가 시청 로터리 주변의 길거리 주차는 미터기에 동전이나 크레디트 카드를 넣는 대신 주차 요원이 일일이 수금을 해서 편리하고 인간 친화적이었다.

출입국관리소나 보건소, 행정복지센터의 직원들은 생각보다 훨씬 친절했다. 동 행정복지센터에서 출입국 기록을 뗄 수 있다거나 보건소에서 미국 운전 면허를 한국 운전 면허로 교체하는 신청서와 신체 검사를 동시에 처리해 주는 데에 놀랐다. 강릉 운전면허시험장의 한 직원은 약간 부족한 서류에도 어떻게든 면허증을 내주려고 하는 성의에 나는 감동을 하지 않을 수 없었다. 게다가 정말 내 입을 다물지 못하게 한 일은 휴대폰 가게에서 일어났다. 점심때가 되어도 일이 끝나지 않아 가게 주인과 밖으로 점심을 먹으러 가게 되었다. 주인은 문단속 대신 앞뒤 문을 활짝 다 열어 놓고 책상 위에 휴대폰 하나와 노트를 올려놓았다. '점심시간에 외출 중이오니 이 전화기로 여기 번호에 전화해 주세요.' 주인 말로는 감시 카메라도 있는 데다 동해는 안전한 도시라는 것이었다. 진열장엔 새 휴대폰이 여러 대 있는데도 말이다. 감시 카메라의 위력이랄 수 있겠지만, 아무튼 도둑이 줄어든 건 확실히 살기 좋은 것 아닌가?

오늘 아침에도 애국가에 나오는 '동해 물'을 만나러 해변에 나갔다. 해가 중천인데 파라솔들은 날개를 접고 눈을 꼬옥 감은 채 늦잠을 자고 있었다. 밀려오는 파도를 누워서 알몸으로 껴안아 주는 모래밭을 맨발로 걸으며 나는 지금 아름다운 동해와 점점 사랑에 빠져 가고 있는 중이다. 미국의 친구들과 아들딸들에게 사진과 글로 강원도와 동해 자랑을 하고 있다. I love you, Donghae!

밥 딜런의
〈천국을 노크하는 노래〉

　지금 미국과 세계는 '밥 딜런'이 노벨상 받은 것을 두고 찬반이
한창 엇갈리고 있다. 시나 소설을 쓰는 문학인들 일부는 노래에
웬 문학상이냐고 못마땅해한다. 록이나 팝 뮤직을 좋아하는 사람
들은 노벨상이 의연을 벗어난 혁명적 결단이라고 환영하고 있다.

　요란한 일렉트릭 기타가 아닌 간결하고 명징한 음을 내는 통기
타를 치며 노래하는 '밥 딜런'의 포크/록 음악은 1960년대로부터
세대를 가리지 않고 많은 이들의 사랑을 받아 오고 있다.

　그의 대표적 노래 'Blowing In The Wind'는 '피터 앤 폴&마리'
가 부른 노래로 더 알려져 있을 것이다. 한국에서도 윤형주의 번
안 포크송이 나왔었다. 그 즈음 젊은이들은 포크송을 부르며 정
치나 사회에 저항 의식을 키웠다. DJ들의 팝송 라디오 프로그램에
단골로 뜨기도 했다.

1973년에 나온 〈Knocking On Heaven's Door〉는 '밥 딜런'이
세계적 록 가수로서 확고히 자리매김한 노래였다.

Mama, take this badge off of me
I can't use it anymore
It's gettin' dark, too dark to see
I feel I'm knockin' on heaven's door
Knock, knock knockin' on heaven's door (repeat)

Mama, put my guns in the ground
I can't shoot them anymore
That long black cloud is comin' down
I feel I'm knockin' on heaven's door
Knock, knock, knockin' on heaven's door (repeat)

여보 이 배지를 떼어 줘요
나는 더 이상 이걸 사용할 수가 없어
나는 어둠에 빠져들고 있고, 너무 어두워서 볼 수가 없구려
나는 천국의 문을 노크하고 있는 느낌이라오
천국의 문을 똑똑 두드리고 있다오
여보, 내 총을 땅바닥에 내려놓아 줘요
나는 그들을 더 이상 쏠 수가 없다오
길게 깔린 먹구름이 몰려오는구려

나는 천국의 문을 노크하고 있는 느낌이라오
천국의 문을 똑똑 두드리고 있다오

미국과 영국 등지에서 여러 가수들이 리메이크를 했는데, '건스 앤 로제스'는 일렉트릭 기타와 강한 비트의 완전 록으로 불렀고, '에릭 클랩튼'은 재즈가 아니라 뜻밖에도 자메이카 록 풍인 레게로 불렀다. '클랩튼'은 아마 '밥 딜런'이나 '건스 앤 로제스'와는 다른 스타일로 가기 위해서였을 거라고 짐작해 본다. 그중 영국 출신인 '레인(Raign)'이 리메이크한 노래는 가히 불후의 명곡이라 할 만하다.

레인이 부른 이 노래 전주는 마치 명상 음악으로 애용되는 뉴에이지 음악처럼 고요하다. 안개 낀 대지에 있는 듯 묵직한 분위기에 여성의 허밍이 나오면 은인이 된 듯 내 눈은 스르르 감긴다. 레인의 목소리는 맑고 예리하다. 느리게 시작한 노래는 완급을 오가며 죽음은 삶의 완성임을 알리려는 듯 승전고 같은 대북 소리가 내내 가슴을 마구 두드린다. 노래가 북소리를 딛고 절규하듯 고음으로 오를 때는 처연한 슬픔으로 빠져들게 한다. 밥 딜런이나 다른 리메이크 가수들의 노래에서와는 사뭇 다른 신비의 소리다.

이 밥 딜런의 노래를 어떤 이들은 반전과 평화를 위해 만들어진 노래로 알고 있지만, 실은 1973년에 밥 딜런과 친분이 있는 데이빗 샘 페킨파 영화감독의 부탁으로 서부 영화 〈Pat Garrett & Billy The Kid〉을 위해 만든 삽입곡이다. 유명 배우 제임스 코반과 배우이며 웨스턴 컨트리 가수이기도 한 크리스 크리스토퍼슨이 출연하고 밥 딜런도 잠깐 조역으로 얼굴을 비춘다. 이 서부 영화에서 60대의 보안관이 악당들의 총을 맞고 쓰러지고 보안관 일을 돕는 동지 같은 아내가 죽어 가는 그에게 다가가자 배경으로 이 노래가 깔리고, 가사 내용은 숨 거두기 직전에 보안관이 내뱉는 내용이다.

가사에서 'Mama'라는 건 엄마나 어머니가 아니라 미국의 남부나 나이 든 사람들은 애들 엄마인 아내를 부를 때 흔히 마마라고 부르기도 한다. 노래 가사에 나오는 배지와 총도 물론 이 보안관의 것이다. 영화는 참패를 했지만 노래는 영화의 스토리와 만들어진 배경이 반전 노래와는 상관없이 엉뚱하게 대성했다. 결과적으로 밥 딜런은 기막힌 노래를 만들었고, 레인의 리메이크와 노래는 더 걸작 중 걸작이다.

부자들의 가난함

최고 권력자였거나 부자들의 본의 아니게 드러난 가난한 마음들을 보노라면 참으로 뜻밖이고 안타까울 때가 많다. 노 전 대통령이 죽고, 이 전 대통령이 구속되었던 것을 보면서 든 생각이었다. 대한민국의 천하를 다 얻은 대통령이 되고도 무엇이 부족해 부정을 챙기고 이런 망신과 고통을 당하는가. 대통령 임기를 마치면 죽을 때까지 연금도 나오고 경호에다 품위 유지를 위한 보장이 있잖은가. 도대체 만족할 줄 모르는 걸신들린 듯한 이 궁핍 의식은 어디에서 오는 것일까.

몸은 청와대에 들어갔어도 마음속 잠재의식에 숨어 있던 과거의 가난에 대한 한을 못 내려놓았나 보다. 공부도 꽤 하고 직책도 높이 올라 성공한 사람들이 가난의 한을 채우려다 무너져 내려앉는 걸 자주 본다. 가난한 마음, 시세 말로 '헝그리' 정신은 목표나 성공을 향해 내달릴 때 동기를 부여하거나 박차를 가하는 힘이 되지만, 허구한 날 그 정신을 붙들고 살 수는 없는 노릇이다. 마라톤처럼 뛰어야 할 인생의 긴 여정을 100미터 달리기처럼 질주할 수는 없다.

가난의 강을 건너와 좀 살게 되었으면 불교 아함경에 나오는 가르침처럼 강을 건널 때 타고 온 뗏목은 버려야 하지 않겠는가. 역대 몇몇 전직 대통령들 혹은 그 아들들, 가족들은 그 가난의 강을 건네준 뗏목을 청와대까지 메고 들어간 것이 아닐까? 이만하면 충분하다는 멈춰도 좋을 순간을 놓친 셈이다.

예수가 산에서 행한 생애 첫 설교에서 마음이 가난한 자는 행복하고, 천국이 바로 그들의 것이라고 했다. 가난한 사람들의 쌀독이나 창고는 비어 있다. 마음 안에 있는 미움이나 증오, 집착과 탐욕을 비워 가난하게 하라는 것이다. 이들을 지우고 비우기란 사실 시도해 본 사람들은 알겠지만 실제로 금고 안의 재물을 내다 버리는 일만큼 어렵다.

잡동사니들로 가득한 방을 치우면 빈 공간이 나타난다. 마음속의 미움과 집착, 탐욕 등을 내려놓아 비우면 고요와 평안이 온다. 우리가 삶에서 궁극적으로 추구하는 것이 그것 말고 뭐가 있겠는가. 사실 그 빈 공간이나 고요, 평화는 어디 다른 곳에서 온 것이 아니다. 원래 거기 있었던 것이고 잡동사니, 탐욕이나 집착을 치우자 결국 드러난 것이다. 사실 그것 밖에 달리 드러날 게 없다. 예수는 그걸 천국이라고 했다.

이 전 대통령의 구속이나 노 전 대통령의 죽음은 범죄 사실 관계 여부를 떠나 전 정권에 대한 새 정권의 복수전 성격이 짙다. 영화에서는 복수를 하고 나면 대개 영화가 끝나지만, 실제 오늘의 현실에서 속담처럼 원수 갚으려다가 새 원수를 또 만드는 반복됨이 걱정이다.

과거에서 비롯한 가난이나 결핍, 미움이나 증오의 한을 풀기 위해 원수 갚듯 권력을 잡고 복수하듯 부와 명예를 쌓아 올린다면 이는 기억의 상처요 마음의 병일 것이다. 그래서 노점상을 했었다는 이 전 대통령이나 어렸을 적에 몹시 가난했었던 전직 대통령들, 또 소년공이었다는 어느 유명 정치인처럼 고생고생하다가 자수성가한 사람들을 나는 별로 믿지 않는 편이다. 의식의 마음이 고양되었거나 치유된 경우를 제외하고는.

나는 예수의 가르침을 부처의 『안반수의』 호흡 명상으로 탐욕과 집착으로 가득한 내 마음을 비워 보려고 지금도 안간힘을 쓰고 있는데, 잘 안 된다. 어렵다.

불량 노인의 요가 수행기

내가 여기 오기 전 미국에서 요가를 한 지는 1년이 된다. 수십 년 동안 매주 월요일, 수요일, 금요일 피트니스 센터에서 운동을 2시간씩 하고서도 남는 시간을 죽이기도 할 겸 시작한 것이었다. 나는 늘 근육 운동을 하기 전에 매트에서 20-30분씩 요가 스트레칭을 해 왔다. 그럼에도 7학년 8반 줄에 들어선 때문이겠지만 유연성은 예전 같지 않고, 몸은 점점 굳어져 가는 것을 느끼던 차였다. 잊어버렸던 어떤 동작을 오래간만에 하려면 잘 되지 않았고, 그 동작으로의 회복은 더디고 힘이 들었다. 내가 오래전 단학 수련을 배운 걸 기억하면서 자습하는 식이었다.

나는 센터의 에어로빅 홀 앞에 붙어 있는 요가나 줌바 댄스, 에어로빅 스케줄을 보고 요가 두 개를 찍었다. 내가 운동하는 날 사이의 화요일 저녁과 토요일 오전 반이었다. 같은 요가지만 화요일은 여자 강사고, 토요일은 남자 강사인데, 둘 다 히스패닉계에다 좀 비대한, 요가 강사스러운 몸은 아니었다. 그러다가 몇 달 전 한국, 동해시로 아주 살러 와서도 월, 수, 금은 피트니스센터에서 운동을 하고, 일주일에 하루는 요가 수련을 한다. 여기서 내가 하는 요가는 근육이나 뼈, 관절 등을 바르게 하고 에너지 채널(차크라)을 열어 에너지가 신체에 고루 흐르도록 하는 하타 요가인데, 미국에서 하던 요가는 여기서와 비교해 보니 보건 체조 수준이지 요가라 할 수도 없다. 여기서의 요가가 열 배는 더 힘들기 때문이다.

우리 요가 선생님은 날씬한 건 두말할 필요도 없고 유연하기는 문어와 맞먹어도 될 만했다. 앞뒤, 상하좌우 구부리고 펴는 몸의 동작은 막힘없이, 그야말로 자유자재다. 도대체 인간적으로 볼 때, 비인간이 아니고선 어찌 그리 유연할 수 있다는 말인가. 무릎을 세우고 서 있다가 뒤로 허리를 굽혀서 손이 발뒤꿈치나 바닥에 닿는, 마치 땅에서 솟아오른 분수가 포물선을 그리고 땅으로 떨어지듯 하는 동작을 하면서도 얼굴색 하나 안 바뀌고 그 자세로 조곤조곤 설명까지 다 한다.

요가 선생님은 그 흔한 갈색이나 노란 머리로 물을 들이지 않은 까만 머리에 긴 머리를 목뒤에서 질끈 묶었다. 정갈한 시골 색시의 머리처럼 단촐하고 오롯하다. 얼마나 많은 한국의 젊거나 나이 든 여인들의 아름다운 검은 머리가 무차별적으로 갈색이나 노랗게 물들여져 더 늙어 보이게 하는지 모를 일이다. Black is beautiful. 검은색이 매혹적인 색인 것을 놓치고 있는 한국의 뜻 모를 유행이

나로선 이해 불가다. 또한 검은 머리는 한국인의 아이덴티티이기도 하다. 얼마 전 할리우드의 캐서린 헤이글이라는 금발 미녀 여배우가 심장병을 앓고 있던 10개월 된 한국 여아를 입양하고는 까만 머리로 염색했다. 첫째는 입양한 딸이 자기의 금발을 보고 놀랄까 봐서. 둘째는 딸의 검은 머리 아이덴티티를 응원해 주기 위해서라고 했다. 그런데 우리 선생님은 그 아름다운 한국의 원조 검은색 머리다. 자고로 우리 몸에 난 털은 어디에서 나오든 동일해야 헷갈리지 않는 법일 터.

선생님이 몸의 부위와 포지션 혹은 동작의 방향을 손가락으로 설명할 때 팔은 물결처럼 너울거리며 양 허리 골반 위에 얹힌 다음, 발의 위치나 간격을 가리키기 위해 길게 펴는 검지는 나머지 접혀 있는 손가락들 위로 마치 군계일학처럼 곧게 뻗어난다. 어느 TV 기상캐스터가 지도상의 도시나 기온을 가리킬 때의 손들에서 난, 한 번도 본 적 없었던 우아하고 매력적인 동작이었다. 이런 팔과 손의 동작이 요가로부터 터득한 기술인지, 그녀의 타고난 본능적 재능인지 난 모른다.

나는 열댓 명의 20-40대 젊은 여성 수련생들 중에 그곳에 어울리지 않는 짝신처럼 보일까 봐 맨 앞에서 선생님을 마주하고 수련하고 싶어도 뒤나 옆으로 자리를 잡는다. 날렵하고 유연한 젊은 여인들보다 한 수 뒤로 처지는 노인이 맨 앞을 차지하고 모범을 보일 수는 없는 노릇이기 때문이다. 그런데 지난주에 선생님은 어떤 동작을 하기 전, 수련생 모두가 몸의 방향을 우향우, 오른쪽으로 돌아서게 했다. 맨 오른쪽 줄에 서 있던 나는 본의 아니게 맨 앞

줄에 선 게 되었다. 선생님은 날렵한 제비처럼 사뿐히 내 코 앞으로 날아와 안착하더니 동작 시범을 보이기 시작했다.

다리를 벌리고 몸을 뒤틀어 상체를 바닥에 숙이는 동작이었다. 그녀의 밋밋하게 내려오던 상체가 허리에 와서는 더 좁아지는데, 상체를 수그리고 머리가 바닥에 닿을 듯한 동작에서 솟아오른 선생님의 골반은 마치 뒤집어 세워 놓은 고려청자 매병의 풍만함을 닮아 그 곡선의 아름다움은 너무나 완연했다. 허리를 구부려 엉덩이가 하늘을 향하고, 꽈리고추처럼 헐렁한 요가 바지가 팽팽해져서 속 팬티의 비밀 같은 선이 바로 내 눈앞에서 희미하게 돋아났을 때, 나는 그 선이 누르고 있을 살갗의 경계에서 잠시 우왕좌왕했다. 그리고 그 3.8선이나 판문점 같은 경계선으로부터 도망쳤다. 그러나 잘 도망쳐지지도 않았고, 그렇다고 그 나타난 현상을 되새김질할 상황도 아니었다. 나는 순간 '공즉시색색즉시공', '물질(色)은 공(空)이요, 또한 공은 물질과 다르지 않다'는 생각을 떠올렸다. 생뚱맞게 그 생각이 왜 거기서 나왔는지 나는 지금도 잘 모른다. 아마 내 딴엔 물질은 궁극적으로 공한 것이거늘 괜한 것에 끌리지 말자는 수도승 같은 각성의 발현이 아니었나 한다. 하지만 나는 상체를 있는 대로 구부린 채, 단지 그 힘든 동작을 따라 해야만 했다. 그 동작이 너무 힘들어 나도 모르게 혼자 중얼거렸다.

"아주 날 죽여라, 죽여. '공즉시색색즉시공', 흐흐흐."

한 시간 요가 수련이 끝나면, 나는 벌 받다가 풀려난 어린아이처럼 해방감으로 충만해진다. 그리고 내 몸의 행복 지수가 올라간 것을 나는 확실히 느낀다. 아무튼 이 요가 선생님 앞에서 나는 때때로 불량 노인이 되기도 하지만, 요가 수련을 하고 나면 아무튼 기분이 좋다.

사랑하기에 딱 좋은 나이가 있다면

'시간은 누구도 기다려 주지 않는다.'는 제목의 똑같은 광고 편지를 한 네 번쯤 받았다. 편지는 죽어서 화장할 거면 미리 예약하라는 화장터 광고였다. 가격도 저렴하고 지금 예약하면 물가 상승에 따라 인상되지도 않는다며 유혹했다. 내가 시셋말로 7학년 6반쯤에 와 있는 걸 그들은 귀신같이 알아내어 유망고객 잡기에 나선 것이다. 그런데 미안하게도 나는 20여 년도 전에 운전 면허를 갱신할 때 내 시신을 주 정부에 기증하기로 약속을 했고 연명치료 거부 의향서에도 못 박아 두었던 터다. 하지만 나는 그 광고 편지를 받을 때마다 자세히 읽곤 했다. 마치 LA Times 일요판의 부고 기사를 읽으며 망자의 경력과 자랑을 공감하며 그들의 삶을 잠깐씩 상상해 보듯 내 시신이 화장로 안에서 불에 타는 과정을 마음속에 그려보곤 했다. 물론 내가 기증하기로 약속한 내 시신은 아마도 캘리포니아의 어느 의과대학 해부실에서 의대생들에게 마지막 공헌을 한 후 자디잔 조각으로 남아 소각될 것이었다. 그 조각들은 죽은 사람, 내가 아니기 때문에 나와 상관없고 아무런 가치나 의미를 지니고 있지 않을 터.

이제 뭔가를 이루고 성공해야 한다는 굴레에서 벗어났다. 점점 더 빠르게 혹은 느리게 늙어갈 일만 남았고 치매와 풍의 방비에는 운동이 답일 것 같아서 그거 하나는 열심이다. 게다가 지난 20여 년간 내가 다니는 피트니스 센터에서 가깝게 지내던 80대 후반과 90대 초반의 네 명의 미국인 친구들의 죽을 때를 보면 모두 병원에 입원하고서 10일 넘긴 적이 없었다. 그들은 거의 매일 운동하러 오다시피 했던 운동 중독자들이었다.

얼마 전 호주 과학자 데이비드 구달 박사는 104세에 몸 여기저기가 고장 나고 하나둘 기능을 잃어 가기에 고통스러운 데다 세상과 주위에 짐만 된다는 이유로 자식들과 상의 끝에 스위스까지 가서 조력사로 스스로 삶을 거뒀다. 한국의 신흥사 조실 무산 스님은 날을 잡고 20일간 곡기를 끊고 있다가 입적했다고 한다. 부산의 관음사 연관 스님도 암의 전이가 발견된 후 항암치료 대신 곡기를 끊고 2주 만에 입적했다고 한다. 이렇게 집착을 버리고 곡기를 끊고 스스로 죽음을 맞이한 이들은 많다. 지금까지 인류의 역사에 스스로 목숨을 거둔 자유 죽음을 택한 이들이 지구상에서의 어떤 재난이나 전쟁으로 죽은 이들보다 더 많다고 한다.

오스트리아의 문학, 철학 박사인 장 아메리가 1976년에 쓴 『자유 죽음』이라는 책이 있다. 어떻게 죽는 것이 삶의 존엄을 지킬 수 있는가? 병들고 희망 없는 무기력한 몸과 마음을 양로병원의 영혼 없는 간호사들에게 맡긴 채 연명을 위해 몸부림치거나, 그러다 죽어 가기보다는 꿈이었던 세상에 당당히 고별의 악수를 하고 스스로 하늘길로 걸어가야 한다고 말한다. 동감이다. 그토록 소중히 해 왔던 내 몸이 병약해져서 나 스스로 어쩌지 못해 타인의 손에 맡겨져 죽음을 맞고 싶지 않다. 내가 장 아메리의 책을 읽고 나서는 더 그 생각이 굳어진다. 게다가 죽음은 환생의 순환 지점이니 두려워할 것도 없다.

미국에만도 임사 체험을 한 사람이 약 1천만 명이나 된다고 한다. 의학의 발달이 가져온 새로운 현상이다. 사고나 수술로 인해 사경을 헤매거나 죽음의 고개를 넘었다가 되돌아오는 것이다. 이 사후의 경험자들은 아무도 빈손으로 오는 사람이 없다. 모두 천국을 경험하고 온다. 『티벳사자의 서』에 나오는 죽고 나서 49일간 영혼이 머무는 '바르도'를 말하는 것일 텐데, 그 천국이란 것이 단어의 풀이대로 하나님이 거하는 하늘나라가 아니다. 모두 자신의 마음 내면에 머물다 온 것일 뿐이다. 찬란한 빛과 터널을 지나고 아름다운 낙원이나 정원에서 죽은 부모나 형제를 만나고 가졌던 종교에 따라 예수님이나 석가모니 부처님을 만나기도 한다. 그리고 바르도에 대해 얘기할 때 어둡고 음울한 흐린 빛과 무서운 짐승의 울음소리를 듣기도 하지만, 이들은 모두 자신의 내면 깊은 곳에 쌓였던 기억이 드러나는 것일 뿐 외부 어디에서 오는 것이 아니라는 것이다. 그러니까 지옥이나 천당이 분명 따로 있는 것이 아니다. 임사 체험을 한 어느 누구도 '아이고, 지옥 불구덩이에 들어갔다가 죽는 줄 알았다'고 증언한 사람이 없다. 이제 종교들이 '죄지으면 지옥 간다'를 들먹이며 사기 칠 수가 없게 됐다. 어떤 이는 물론 임시 비자를 가지고 잠깐 맛보기로 다녀온 거니까 지옥을 안 보여 준 거라고 천당 지옥 이론을 고집할 수도 있겠다. 그러나 죽은 몸을 벗은 영혼은 고치 안에서 누에가 죽어 번데기가 되듯이 다음 생으로 환생하기 위해 바쁘다고 한다. 그러니 죽음을 무서워할 이유가 없다. 내가 죽음 보다 무서워하는 건 치매와 중풍이다.

치매와 풍은 인간으로서의 격과 품위 말살은 말할 것도 없고 차라리 짐승만도 못한 삶을 살다 가야 하는 비극이다. 사실 지금, 나는 아직 치매나 중풍도 없으니 죽기에 딱 좋은 나이일지도 모른다. 내 나이가 어때서? 유행가처럼 사랑하기에 딱 좋은 나이가 있다면 죽기에 딱 좋은 나이가 있지 않을까, 생각한다.

아내 몰래 하는 명상

아내와 다툴 때마다 아내가 사용하는 단골 무기가 있다. 내겐 희미하지만, 내 과거 잘못 들추기다. 내게 죄의식을 심어 주기 위한 방편일 것이다. 마치 교회에서 멀쩡한 신자들에게 원죄라는 죄의식을 심어 주듯이. 그러던 아내가 최근에는 색다른 태클 무기를 들이댔다.

"그렇게 화를 내는 사람이 명상은 왜 해!"

어럽쇼, 명상을 한다면서 웬일로 자기에게 대드느냐는 의미일까? 깨달음을 얻고 구원받는 것이 내 삶의 궁극 목표고, 그래서 명상을 하고 있지만 아직 그 근처에도 못 가 본 내게 아내는 턱도 없는 무리한 바람을 갖고 있는 것 같았다.

전문직에 종사하는 아내는 나보다 돈을 많이 번다. 조그만 광고 사업을 하면서 집에 가져다주겠다고 아내에게 약속한 액수는 내 최대 가능성이었다. 약속한 날짜와 액수를 지키려 방방 뛰지만 늘 힘들었고, 스트레스였다.

아내는 정원 가꾸기나 집수리 등은 물론이고 수입 지출의 재정, 하다못해 자식 교육까지도 나를 배제한 채, 과부도 아니면서 꼭 과부처럼 혼자서 꿋꿋하게 잘도 해 나갔다. 내 구두나 양말, 와이셔츠, 양복 등을 미리미리 사다 놓는 바람에 내가 사고 싶은 게 있어도 살 필요가 없었다. 아내는 나를 양육하듯 바라지를 해 왔고, 대신 집 안에서 내 무력감은 커 갔다. 그렇게 비밀처럼 흘러간 세월이 이제 서쪽 바다의 끝에 붉은 노을로 피어날 때쯤 나는 집에, 은퇴의 항구에 닻을 내리고 붙박이 항구가 됐다. 심수봉의 '남자는 배 여자는 항구'라는 노래가 있지만, 이제 노래와는 거꾸로 나보다 일곱 살 젊은 아내는 아직도 항구를 들고나는 배였고, 나는 항구의 남자 같았다. 물론 지금 우리에게 만남과 이별이 늘 뒤섞이는 항구와 배 같은 눈물이나 사랑의 애절함이 있는 건 아니다. 그러나 붙박이 항구 사람이 아니고 어찌 연락선이나 고기잡이배처럼 떠날 수 있단 말인가? 떠나지 못하는 항구는 드넓은 바다가 점점 그리워지고 있었다.

그러던 중 어느 날, 도대체 나는 누구인가. 내 스스로가 궁금해서 스스로에게 묻고 또 물었다. 그 모르는 스스로가 자신에게 누구냐고 묻다니, 어찌 답이 나오겠는가. 소크라테스도 끝내 못 찾았던 것이기도 하고. 역사적으로 답을 찾아낸 여럿의 성인, 성자들이 있지만 그분들 중에서 원수를 사랑하고 마음을 가난하게 하라는 어려운 숙제를 준 분도, 생겨난 것은 사라지고 세상 만물은 모두 공

空한 것이라는 심오한 가르침을 남긴 분도 가 버렸다. 나는 그 두 분이 남긴 숙제와 가르침을 공부하며 열심히 수행하고, 따르려고 애쓰고 있다. 언젠가 나도 답 찾고 성자가 될 수 있을지 누가 알랴.

내 명상의 편력은 참 '나'를 찾고자 시작되었다. 명상은 깊은 내면에서 신성神性이나 불성佛性을 향해 피어나려는 고요와 평안의 꽃이다. 만일 내가 고요와 평안의 상태라면 삶에서 더 이상 무엇을 바랄 게 있겠는가. 억만장자나 세상을 호령하는 권세가 추구하는 것이 이거 아니던가? 붓다나 예수 같은 위대한 성자들이 우리에게 내면으로 들어가라, 탕아가 아버지의 집으로 돌아가라고 말했던 이유 아닌가. 내면과 집으로 말이다.

나는 느리고 깊은 들숨과 날숨을 한 호흡씩 알아차리면서 내면으로 든다. 들판의 야생마처럼 거칠게 날뛰던 마음들은 무중력 상태에서 힘을 잃고 유영한다. '이 뭐꼬', '나는 누구인가'라는 물음을 던져도 답은 늘 '몰라'다. 내 이름이 뭐지? 나이는? 하고 물어도 답은 '몰라'다. 궁극엔 대답할 자도 없고, 물은 자도 없다. 호흡도, 손, 발의 위치와 느낌, 감각도 없다. 점 하나도 남지 않는, 나도 너도 없고 보는 주체도, 보이는 대상도 없는 무주공처에서 무념무상無念無想 무아無我지경이다. 마음을 초월해 과거도 미래도 없고 시간과 공간도 없다. 미움도, 원망도, 죄, 죄의식도, 성경도, 불경도, 종교도 아무것도 없다. 이런 와중에 부처를 만나면 부처를 죽인다.

누구도 나에게 진정 내가 누구인지, 내 참자아에 대해 말해 줄 수 없다. 오로지 스스로 경험할 수 있을 뿐이다. 그러나 '아!' 하고 깨달았다 해도, 이것을 언어로 설명하기란 불가능한단다.

나는 아내를 변화시킬 수 없는 걸 아는데도 눈곱만큼이라도 내 생각대로 변화되어 주길 늘 기대하며 살고 있다. 가당찮은 기대기 때문에 내게 평화는 오지 않는다. 마음의 평화가 오는 원리는 상대나 세상을 바꾸려 들기보다는 나의 세상 보는 눈과 의식을 변화시키는 것이다. 이것이 내가 명상을 하는 이유이기도 하다.

우주인들의 경험담을 들으면 우주에서 태양은 내가 위치를 잡기에 따라 어느 방향에서든 뜨고 지며 좌, 우, 상, 하, 동서남북이 없단다. 이 지구상의 이치라는 것들이 실은, 사람들이 기준을 정하고 거기에 의미를 부여한 것에 불과한 것이 아닌가. 안 만들고 정하지 않으면 이치도 의미도 없고, 그냥 아무것도 아니다. 세상 만물은 모두 인간들이 부여한 의미들로 꽉 차 있지 않은가?

주중 아내가 출근하면 나의 삼매도량인 뒷마당에서 명상으로 든다. 그러나 아내가 집에 있는 주말이면 동쪽 담 구석의 석류나무 그늘 아래로 숨어든다. 나는 아내가 어떤 불평을 해도 묵묵히 입 다문 성자이길 바라는 아내를 충족시킬 자신이 없어서다. 그러나 내가 내면에 들면 거기서 무슨 짓을 하는지 아내는 알까?

나는 아내를 버린다. 아내와 세상과 내 과거, 미래를 미련 없이 버린다. 생각을 놓을 때라야, 내 마음이 가난해지고 마음이 공할 때 나는 평화하다. 아내가 명상 중에 나타나면 나는 '당신 누구시더라?' 시치미를 떼고 '몰라', 모른 척한다. 그러나 그렇게 초월한 그 너머에는 분리 없이 하나로 가득한 빈 충만이 있다.

그러나 명상에서 현실의 오프라인으로 돌아오면 나는 아직도 힘들다.

아내가 없어졌다

몇 달 전에 갑자기 아내가 없어졌다. 그녀의 침대는 그 후로 죽
비어 있다. 은퇴한 처지니까 일을 나가진 않았을 테고, 외출했나?
곧 돌아올 것 같은 착각도 든다. 아내가 쓰던 달력은 아직 종착역
도 아닌데, 긴 잠을 자듯 3월에 멈춰 서 있다. 옷장의 옷들, 신발
장의 구두들은 눈 한번 뜨지 않고 고대로다. 응접실의 세간도 그
렇고 부엌에 가면 그녀가 꾸려 놓았을지 모를 반찬이 아직도 냉장
고에 있을 듯하다. 아내가 가꾸던 앞뜰과 뒷마당 잔디밭 끝의 나
지막한 비탈 위로 화초와 꽃들은 속없이 활짝 웃는 듯 피어나고
있다.

오랜 병고에 시달리던 아내가 몇 달 전에 하늘나란지 어딘가로
떠났다. 죽기 2주 전, 응급실에 들어갈 때 늘 그랬듯이 하루 이틀
응급처치 후 집으로 돌아올 줄 알았다. 간호사였던 그녀는 자신의

상태를 꿰뚫고 있어서 상태가 안 좋은 때에도 응급실에 가야 하는 거 아니냐고 아무리 다그쳐도 스스로 가늠하고 여부를 결정했다. 그러나 이번엔 그게 아니었다. 응급실에서 이런저런 검사를 한 후에 집으로 돌아오는 대신 중환자실로 옮겨졌던 거였다. 그간 몇 차례 수술할 때를 제외하곤 중환자실은 처음이었다. 저혈압 상태가 심각하다고 했다. 숨 쉬는 것조차 버거워했다. 아내는 직장암 수술에다 소장이 꼬여서 했던 수술 자리와 방사선 치료의 후유증으로 인한 통증을 견디지 못해 비명을 질러댔다. 진통 효과가 떨어질 때마다 의료진은 모르핀 주사로 아내 몸뚱어리의 단단한 고통을 흐트러트리고 멈추게 했다. 그녀의 통증은 내 것처럼 받아들이기에 너무 힘들어서 나는 의료진에게 제발 아내의 통증만은 없게 해 달라고 간절히 부탁했었다.

모르핀 진통제의 함량은 날마다 점점 높아져 갔고, 코에 끼웠던 산소 호스로는 부족해서 얼굴을 덮어쓰는 큰 산소마스크로 바뀌면서 아내의 몰골과 의식은 현존하는 세상과 점점 멀어져 가고 있었다. 아내는 거역할 수 없는 강물의 물살에 밀려 가물가물 세상과 멀어지는 것 같았다. 차디찬 손을 잡아 보지만 떠내려가는 그녀의 온기를 되찾아올 수 없었다. 살려 달라고, 도와 달라고, 아니면 최소한 잘 있으라는 작별의 인사 한마디도 못 하고 있었다.

마지막 숨을 거칠고 힘겹게 쉴 때 내 마음에 담아 준비해 뒀던 '내가 당신한테 잘못한 게 너무 많아. 미안해. 용서해 주고 다 내려놓고 가녀이……' 그리고 『티벳사자의 서』에서, 또는 많은 임사 체험자들의 증언대로 '어디선가 황홀한 빛이 나타나면 두려워하지 말고 그 빛을 따라 들어가.'라는 말도 건네주지 못했다. 길 떠나는 아내에게 끝내 노잣돈 한 푼 못 주고 낯선 먼 길을 빈손으로 보내는 것 같았다. 거칠게 쉬던 숨이 잦아들다가 멈춰 버리자, 결국 그게 그녀의 세상과의 마지막이 되었다. 태어나 꽃피고 아름답고 슬펐던 삶이라는 한바탕 꿈이 끝나는 찰나였다. 또한 삶의 괴로움과 병고의 고통으로부터의 해방의 순간이기도 했다.

그러나 한편으론 남겨지는 나와 식구들과 작별하는 아내의 마지막이 어떻게 이렇게 엉성하고 허무할 수 있단 말인가? 인간과 세상을 창조했다는 신은 창세기에서 왜 자신이 창조한 모든 것들이 언젠가는 사라질 거라고 귀띔이라도 안 해 주었나?

밀려오는 통탄, 내 아내에게 준 많은 잘못과 상처들을 용서받지 못한 회한 등 엄청난 무게의 슬픔이 마치 파도처럼 밀려오고 또 밀려왔다. 나는 희미한 온기가 남은 아내의 벌어진 눈과 입을 꼬옥 눌러 죽음을 닫았다. 신의 사랑이라든가, 무슨 계시나 은총 같은 공허한 약속들도 밖으로 새어 나오지 못하게 아내의 죽음에 함께 가둬 버렸다. 지금까지 내가 긴가민가하면서 알고 있거나 추구했던 삶의 의미나 죽음에 관한 지식이나 신관, 종교나 철학적 사고는 무용이었다. 내가 알지만, 내 반쪽이었던 아내의 삶은 이 마당에서 허무맹랑할 정도로 무의미했다. 세상 만물에 대한 의미도 내가 어떻게 부여하느냐에 달렸을 뿐 어떤 고정된 절대적 가치는 없는 것처럼. 그러니 아내가 살아온 삶과 남겨진 추억에 의미를 부여하는 일은 부질없고 무의미한 일이었다. 그녀의 예순아홉 생애는 죽음 앞에서 백 살을 산 사람이 있다고 한들 매한가지리라.

나는 장례식 없이 가족만 모여서 조용한 이별식을 한 후에 화
장하기로 장례 회사와 계약했다. 평소 조문객 불러 모아 치르는
장례식을 싫어했기 때문이다. 대부분의 장례식은 죽은 자와는 상
관없이 산 자들 위주로 치러졌고, 별로 아름답지도 않은 시신을 진
열하고는 장례식장 입구에서는 부조금을 접수하는 방식을 나는
혐오해 왔던 터였다. 그리고는 그 접수된 부조금으로 장례비 계산
하고, 밥도 먹고, 술도 마시고. 그래서 나는 카톡이나 메시지로 가
까운 친지들에게 카톡이나 전화로 부고를 하면서 부조금은 정중
히 사절한다고도 했다.

아내와 평소에 그런 죽음 후의 절차를 상의한 적도 없으니 그
사항은 공란이었다. 나 혼자 내린 결정의 이유이고 배경이었다. 그
러나 곧 내 결정을 수정해야 했다. 자식들과 처가 형제들이 반대
했다. 그래서 부랴부랴 장례 일정을 잡고 장례 회사와 연계된 작
은 교회를 정했다. 장례식은 교회에서 불교식으로 치렀다. 시작할
때 나는 조문객에게 일러 뒀다. 기독교 신자로서 태어나서 지금까
지 예수님을 따랐으나 이제부터는 석가모니 부처님을 따르겠다며,
몇 년 전 불교에 입문했으므로 불교식으로 진행하게 되었다고 인
사를 했다. 그러면서 내겐 예수와 석가모니 부처와의 경계가 없노
라고 덧붙였다.

장례식을 끝내고 화장한 유골함을 영정 사진, 꽃과 함께 집 안
응접실에 봉안해 모셨다. 산소에 갈 필요가 없어 좋았다. 때때로
사진을 보고 '왜 그랬어?', '미안해', '고마워'라고 말을 건네곤 한
다. 요즘엔 '왜 그랬어?'는 원망 투라서 뺐다. 딸내미도 제 아들 생

일에 유니버셜스튜디오에 다녀왔다고 제 엄마 영정에 보고하는
걸 봤다.

석가모니 부처가 말했잖은가, 생겨난 것은 모두 사라진다고.
이제 시간은 몰래몰래 흘러서 후회되는 아픔도, 그리움도 조금씩
옅어져 간다. 아내가 없어졌듯이 그리움도, 미안함도 차차 없어
지겠지.

여보, 왜 그랬어?
미안해, 고마워

아내와 함께했던 31년, 사랑하고 정다웠던 날들보다 아파했던 날들이 더 많았다. 그리고 2년 전 아내는 서둘러 갔다.

우리가 중매로 만났을 때 그녀는 노처녀, 미국에서 속말로 Brand new, 나는 아들이 둘이나 딸린 중고, Used one이었다. 그녀는 LA 카운티병원의 면허 간호사였고, 나는 콜로라도에서 교포 신문사 일을 정리하고 LA로 와 마켓팅 광고회사를 막 시작한 홀아비 영세업자였다. 두말할 필요 없이 기운 운동장이었다. 그럼에도 불구하고 당시 나의 자존감이나 용맹은 하늘을 찌르고도 남았다. 10여 년을 애들 데리고 혼자 살아온 경험이 있는 홀아비와 장미꽃처럼 가시와 자존심이 세었던 노처녀와의 결혼은 서로 간절했던 만큼 달콤했고, 신혼은 아름다웠다.

내 사업은 기존 고객이 없기에 맨땅에 헤딩 하기였다. 수입이 많은 아내가 마치 후원자처럼 버팀목이 되어 주어 잘 버텨 나갔다. 우리의 결혼 생활은 자연스레 아내의 주도로 흘러갔다. 아내는 내게 필요한 옷이나 구두 양말 등을 미리미리 사다 놓았다. 사이즈를 재거나 물어 온 적도 없는데 한 치의 오차도 없었다. 나는 쇼핑을 하거나 집안 대소사에 손 하나 까딱할 필요가 없었다. 왕자가 된 기분도 잠깐씩 들었지만, 처음 겪는 일이라 한편으로는 낯설기도 했다. 아내는 나를 양육하듯 보살피며 다스렸고, 공동으로 숙의하고 대처해야 할 집안일도 아내 혼자 결정했다. 하다못해 집수리 혹은 마루를 새로 깔고 지붕을 새로 덮거나 페인트칠할 때도 내 의견은 무시되었다. 나는 매달 버는 돈에서 할당받은 액수를 내놓는 것도 벅찼지만, 아내의 수입이 정확히 얼마인지 집의 재정 상황도 깜깜이었다. 여러 해, 그렇게 무시당한다고 생각할 때마다 왜 싸움을 안 했겠는가. 이번 결혼에 실패해선 안 된다는, 마치 하나님의 계명 같은 내 결심에 충실하느라 설사 싸움이 벌어져도 일진일퇴의 부부 싸움은 아니었다. 오히려 내게 고마워할 줄 모른다고 핀잔이었다. 나는 아내를 돌이킬 겸, 또 그녀의 말에 일리가 있기도 해서 참회와 고마움 그리고 하심(下心)을 담아 108배 절을 100일 동안 해 보기도 했다.

아내는 애를 가지고 싶어도 생기질 않아 우리는 LA에서 한국 여아를 찾아 입양했다. 아이가 다섯 살 무렵부터 피아노에 발레, 재즈 댄스, 바이올린, 첼로, 수학 학원, 테니스 교습, 수영 등의 학원과 교습소를 10여 년을 순례하듯 차례로 다녔다. 아내는 매번 학원이 바뀔 때마다 '애 ○○ 학원에 등록했으니 몇 시에 데려가고 몇 시에 데려오라'는 틀에 박힌 통보만 하는 식이었다.

아마 결혼 생활 10년 차쯤부터였을까, 사업은 궤도에 올랐지만 삶이나 사업에 대한 재미나 동기 부여 없이 나는 우울의 늪으로 가라앉고 있었다. 내과 주치의가 처방해 준 약은 나에게 자살 생각을 더 많이 하게 했다. 의사는 세 번째 다른 약으로 바꿔 줬지만 이게 약 먹는다고 해결될 일이 아니란 걸 알게 되었다. 내 발로 정신과를 찾았다. 정신과 상담을 통해서 마주하는 상황에 내가 어떻게 반응하느냐에 따라 괴로움을 유발한다는 사실과 일체유심조(一切唯心造)의 진정한 뜻을 알게 되었다. 그리고 상담사의 권유로 이혼을 결심하고 변호사를 고용했다. 그러다 아내의 사과와 바꾸겠다는 8가지 약속을 받고 소송을 취하했지만, 몇 년이 지나도록 단 한 가지도 바뀐 게 없었다. 그렇게 소송과 취하를 모두 세 번을 반복했다.

나는 살길을 스스로 찾아야 했다. 짐에 가서 격렬히 라켓볼을 치거나 근육 운동을 하고 사우나로 마무리하면 세라토닌이나 도파민 같은 호르몬 분비 때문인지 기분이 훨씬 나아졌다. 나는 장르를 가리지 않고 음악에 도취했고, 명상에 심취했다. 한국의 고향 천안에 호두마을이나 미얀마 선원을 찾아 명상 수련을 했다. 그리고 나는 글쓰기도 수련이라 생각하고 열심이었다. 또 고행을 위해 네팔 히말라야 안나푸르나 남봉의 베이스 캠프까지 트래킹을 하기도 했다. 자유인처럼 혼자서 그런 여행을 다녀오면 나는 더 안정적으로 되어 갔다.

아내는 늘 완고하고 완벽주의적 삶을 살아온 태도 때문이었는지 두 번이나 암 수술을 받으며 고생하더니, 70도 못 넘기고 나보다 먼저 갔다. 화장을 해 뒤뜰 비탈진 정원에 뿌렸다. 정원에 아내 이름으로 'Kyung's Garden'이라는 간판을 세웠다. 세상의 숱한 죽음이 다 그렇겠지만, 살면서 느꼈던 행복, 불행의 짐을 다 내려놓고 떠났다면 미움도 용서도 필요하지 않다. 그러나 나는 지금도 아내의 죽음이 실감이 안 날 때가 종종 있다. 생각이 나면 하늘을 올려다보거나 정원 간판을 보고 그랬었다. '여보, 왜 그랬어? 미안해. 고마워.'

그녀가 가고 나서도 내가 가장으로서 인정받지 못하고 변방인 취급을 받은 이유는 도무지 풀 길 없어 완전 범죄처럼 미스터리로 남을 것이었다. 그래서 물었던 것이었다, 왜 그랬느냐고. 한편 아내에게 잘해 주질 못해서 미안했고, 아내가 남긴 것들이 생각보다 충분해서 나는 놀랐다. 그렇다고 친구 말대로 '참으면 복이 있나니'라고 할 처지도 아니었다.

지난해 고향 천안에 다녀갔었다. 고향 친구들과 저녁을 먹고 헤어져 거리로 나오자 '사주 궁합' 간판이 불현듯 눈에 띄었다. 안에는 50대 초쯤으로 보이는 여자분이 있었다.

"저, 늘그막에 여자 친구가 하나 생겼는데, 사주 궁합 얼마죠?"

"두 사람 걸 다 봐야 하니까 4만 원입니다."

나는 돈을 건네고 죽은 아내의 생년월일과 내 것도 주었다. 그 여자는 이 책, 저 책을 뒤지며 짧은 연구 끝에 말했다.

"이 여자분은 어려운 고비를 여러 번 넘겼는데, 남자였으면 좋았을 만큼 대장감 사주예요. 이분 사업하시나요? 사람들을 거느리는."

나는 밖으로 후다닥 뛰쳐나갔다. 더 들을 필요도 없었다. 나는 하늘을 향해 포효했다.

"Oh! God dammit."

미스터리가 이렇게 싱겁게 풀리다니. 믿거나 말거나 왜 진작 사주 궁합을 안 봤을까. 혹시 미리 알았더라면 내가 한 수 접어 주었거나 마음고생도, 다툼도 덜 하지 않았을까?

나는 아내 생각이 나면 하던 화두 '여보, 왜 그랬어? 미안해. 고마워.'에서, 마침내 '여보, 왜 그랬어?'를 내려놓았다.

오강남 교수의
『예수는 없다』를 읽고

기독교 신자들로부터 몰매를 각오하고 썼다는 『예수는 없다』라는 책은 예수를 부인하는 것이 아니라 진정한 예수 찾기 선언이다. 단숨에 읽고는 몇 권 더 구입해서 친구 친지들에게 보내기도 했었다. 책을 다 읽었다는 한 친구로부터 전화가 왔다.

"나는 이제 신앙에 관한 진정한 자유와 해방을 얻은 기분이야. 그래서 지금 두 번째 읽기 시작했어."

그 말은 내가 읽고 나서 느낀 것과 같은 것이었는데, 그 친구는 자유와 해방이라는 말을 똑 짚어서 잘도 표현했던 것이다. 나나 그 친구는 무엇으로부터의 해방과 자유를 얻은 것일까?

책에서 저자는 무조건 기계적으로 하나님의 계명에서 요구하는 사항을 준수하는 것이 최대의 관심사가 된다. 자연히 우리가 하는 일 하나하나가 계명에 어긋나지 않나 전전긍긍하는 삶을 살아갈 수밖에 없게 된다. 종교 생활이 온통 '해야 한다', '하면 안 된다'의 연속이면 그것은 고역이다. 내면적이고 체험적인 신앙이 아니라 하나님의 눈치나 다른 사람의 코치를 의식하면서 자기 행동을 조절하거나 치장하는 외면적이고 위선적인 삶, 엄격하게 말하면 '처신(How to behave)'이 주가 되는 삶으로 전락하게 마련이다. 율법주의적 신관, 율법주의적 믿음을 오히려 마음에 큰 부담으로 작용한다고 말하고 있다.

내가 느낀 기쁨은 더 컸다. 그때까지도 나의 신앙은 교회에서 문자적으로 일러 주는 대로 배우고 간직해 왔던 신앙이었으니까. 우물 안의 개구리가 갖고 있을 법한 협소하고 단세포적인 신앙생활이었다는 것을 알게 된 것이었다. 왜 그동안 한 번도 의문을 품어 보지도 못했는지 모를 일이다.

나는 오 교수가 1983년에 낸 『길벗들의 대화』라는 책에서 종교, 기독교의 허상과 실상이 무엇인가를 밝힌 적이 있었다. 그는 허상을 제공하는 종교의 율무에서 벗어나라고 주장하면서 성경은 무슨 책인가, 성경을 어떻게 읽어야 하나 등에 관해 얘기했지만, 그 책은 시쳇말로 '맛보기'였고 이번 『예수는 없다』는 『길벗들의 대화』 출간 후 18년여 동안 연구하고 강의했던 학문적, 신앙적 결정체가 아닌가 한다.

책에서 다섯 살 난 철수의 생각, 행동 등을 자라나야 할 신앙의 성장 단계와 비유한 예문이라든가, '홍부전과 성경을 믿는가?'라는 질문에서 홍부전을 믿느냐고 묻는 것이 부질없는 질문인 것처럼, 성경을 믿느냐고 묻는 것도 의미 없는 일이라고 했다. 그리고 책에서 철수가 일곱 살이 되어 재동초등학교에 들어가게 된 것은 순전히 이 학교가 자기 동네에 있었다고 하는 그 한 가지 이유 때문이었지 전국에 있는 모든 초등학교를 조사해서 이 학교가 모든 면에서 최고라는 확신을 가진 다음에 이 재동초등학교를 택한 것이 아니라는 뜻이다. 학교에 들어간 철수는 그때까지 알지 못하던 노래도 배우고 재미있는 이야기도 듣고 신이 났다. 자기 학교가 자랑스러웠다. 철수뿐만 아니라 다른 친구들도 마찬가지였다. 모두 '재동 초등학교 최고'를 합창했다. 그들에게 옆 동네에 있는 교동 학교는 똥통 학교였다. 그 교동 학교가 무슨 학교인지, 어떻게 가르치는지 알아볼 필요도 없고, 알아볼 의사도 없었다 그저 '우리 학교 최고, 남의 학교 똥통' 하면 되었다. 재미있는 예문은 오늘 많은 기독교 회와 신자들의 타 종교에 대한 무조건적인 배타적 사고가 어디서부터 어떻게 생겨났는지를 잘 나타내 주고 있다.

저자는 신앙, 혹은 신관도 단계적으로 자라나야 한다고 주장한다. 자라나지 않으면 어린아이의 단계에서 멈추어 버리고 마는데, 이는 어른이 되어서도 산타 할아버지가 틀림없이 올 것이라는 굳센 '믿음'을 놓지 않는 것이다. 그렇게 되면 신앙은 억지와 위선으로 가득 차게 된다는 것이다. 내 순백하고 순진한 영혼이나 정신이 케케묵은 구약이나 신약 시대의 문자적 논리에 얽매여 있다는 것은 안타까운 일이다.

진정한 의미에서의 신앙의 자유와 해방의 기쁨을 위해 오 교수의 『예수는 없다』에 귀 기울여 보는 것이 어떨까?

웬 삶의 짐이 이리 무거울까
-네팔 트래킹에서-

네팔 왕국의 히말라야 안나푸르나 남봉(7,219m)의 베이스 캠프 (4,130m)에서 트레킹을 하고 왔다. 2주간의 여행이었다. LA에서 인천, 인천에서 네팔행 비행기로 환승, 약 20시간 만에 네팔의 수도 카트만두에 도착했다. 네팔 여행 안내와 민박업을 겸해서 운영하는 한국인 집에 이틀을 묵으며 네팔의 수도 카트만두 관광을 했다.

카트만두의 서쪽 언덕 위에 스와얌부나트라는 불교 사원을 찾았다. 사원엔 관광객보다 원숭이들이 더 많은 듯했다. 그래서 일명 '원숭이 사원'이라고도 한단다. 힌두교 성지인 파슈파티나트 사원에서는 시신들을 노천에서 화장하고 있었다. 여러 개의 화장단에는 모두 시신이 불타오르고 있었고, 화장단 주위에는 유가족들이 슬픈 표정 없이 사무적이었다. 시신이 반쯤 탄 듯싶으면 장작과 시신을 뒤적이면서 불길을 가르거나 부추긴다. 몇 시간 후 다 탄 시신은 바로 앞에 흐르는 바그마티 냇물에 재를 밀어 넣는다. 어린 소년들은 강에서 떨어진 시신 부스러기들 가운데 쓸 만한 뭔가를 찾느라 물속을 헤집는다.

카트만두에서 이틀간 관광을 마치고 가이드와 포터(짐꾼) 하나를 데리고 포카라행 비행기에 올랐다. 곧 부서져 내릴 것처럼 덜그럭거리는 소형 여객기는 이륙을 위해 달릴 때도, 떠올라 온 하늘에서도 계속 몸체를 떨며 덜그럭거렸다. 40분간의 비행을 한 후 포카라 비행장에 내렸는데, 무사히 내렸다는 고마움과 안도감으로 한숨을 쉴 수 있었다. 공항 건물은 한국의 옛날 시골 역사처럼 초라하고 네팔스러운 맛이 나긴 했다. 공항을 나온 우리는 연식이 20년은 더 됐을 것 같은, 역시 타고 왔던 소형 비행기처럼 덜그럭거리는 토요타 코롤라 택시를 타고 한 시간 반을 달려 나야폴이라는 곳에 도착했다. 거기가 트레킹의 시발점이었고, 고행의 시작이었다.

점심 식사 후, 출발선인 나야풀 마을을 벗어나자 대뜸 높은 산들이 위압감을 주려는 듯 앞에 병풍처럼 버티고 서 있는 듯했다. 왼쪽으로는 부룽디라는 작은 강이 흐르고 있었다. 공기는 맑고 달아서 깊은 호흡으로 맘껏 산소에 취하고 싶었다. 강 건너 가파른 산 중턱엔 주름살처럼 생긴 계단식 밭들이 있고, 띄엄띄엄 초가집들이 혹처럼 박혀 있었다.

네팔에선 애나 어른이나 마주하거나 서로 지나칠 때면 두 손을 가슴 앞에 합장하고 '나마스테'라는 인사말을 건넨다. 당신의 뜻을 존중한다는 의미도 있고, 당신 안의 신에게 내 안의 신이 인사한다는 뜻도 있단다. 수백이나 되는 힌두교의 신들 중에 내 안의 신이 당신 안의 신에게 인사한다는 말은 나와 네가 서로 인정과 포용을 한다는 의미일 것이다. 또 신과 내가 너와 내가 둘이 아니라 하나라는 뜻이 있다니, 얼마나 영성적인가? 나는 이 인사말의 의미를 알고 큰 축복이라고 생각했다. 그래서 이 인사말 하나만 가지고 트레킹을 멈추고 집으로 돌아간대도 밑질 게 없다는 생각을 했다. 나는 신이나 하나님이 하늘 위 어딘가에 있는 게 아니라 내 안에, 내면에 있다고 믿어 왔고, 주기도문의 '하늘에 계신 아버지 하나님' 대신에 '내 안에 계신 하나님'이라고 해야 한다는 생각을 가진 처지였으니 나마스테를 만나고 얼마나 반가웠겠는가.

평지를 몇 시간 걸어서 저녁 무렵, 티르케퉁가의 한 롯지에 도착했다. 트레킹의 첫날 밤이었다. 내일부터는 장난 아니게 높고 험한 산을 올라야 하니 일찍 잠을 푹 자 둬야 한다는 가이드의 당부에도 나는 제까짓 게 높아 봐야 얼마나 높겠나, 아랑곳하지 않고 그와 짐꾼을 데리고 식당에서 맥주를 마시며 히말라야에서 맞은 첫 밤을 자축했다. 부활절이 지났는데도 산의 밤은 매섭게 추워 슬리핑 백을 꼭꼭 여미며 추위에 떨어야 했다.

이튿날, 해발 2,874m의 고라파니봉을 올랐다. 약 70도 경사의 산길을 3-4시간가량 올라야 했다. 한 계단, 두 계단, 열 계단. 그렇게 가파른 산길에 두 발을 번갈아 땅에 디딜 수 있을 뿐 목까지 차오르는 가쁜 숨밖에 허락되는 게 없었다. 생각도 끊기고 의식도 사라져 무아의 제경처럼 나도 없었다. 머리와 얼굴 등에서 흐르는 땀은 옷과 몸을 흠뻑 적시고 있었다. 나는 발을 옮기고 숨을 쉴 때마다 나도 모르게 '아니야, 아니야, 몰라, 몰라'라는 주문을 지껄이고 있었다. 위를 올려다보면 오르막 산길이 하늘로 뚫린 듯 하도 까마득하고 끔찍해서 들었던 고개를 숙이고 잠시 멈춰 서서 눈을 꼭 감아 보았다. 눈에 보이지 않으면 없는 거니까. 눈을 뜨고는 올라왔던 아래를 내려다보았다. '저 천만 길 같은 낭떠러지에서 내가 여기까지 걸어 올라왔다고?' 앞으로 올라야 할 절벽 같은 경사진 산의 공포와 고통을 이겨 내며 기어 올라온 대견함이 나를 혼란하게 하고 있었다. 그때 가이드가 눈치를 챘는지 '위도 아래도 보지 말고 그냥 여기 내딛는 발만 보라'고 말했다. 그렇다, 나의 지금 실재는 내딛는 발과 땅 아닌가. 내겐 지금 여기에 내디뎌야 할 이 길과 발자국만 있을 뿐이라고 알아차리며 올라갔다.

저 아래 세상에서 나는 탐욕과 실체도 없는 성공에 대한 강박감에 시달리며 탈진해 가고 있었다. 그러다가 막다른 골목으로 쫓기다 도망치듯 빠져나왔던 것이었다. 비행기를 타고 네팔로 날아왔고, 히말라야의 산길로 들어선 것이었다. 나는 여기서 뭘 하고 있나? 마음을 비우자. 다 내려놓자. 온갖 기억과 생각들에게 시달리며 살아온 내 세상을 버리자. 이런저런 그럴듯한 의미와 자만심이 깔린 이름들의 이름표를 떼 내자. 참나가 누구인지, 어디 있는지 알아보자. 찾아보자.

발은 천근만근 무겁고, 땀 범벅이 된 몸이 벅찬 숨으로 헐떡이면서도 나는 한편으로 극한의 저항의 상황에 내맡겨진 몸에서 피어나는 달콤한 고통을 즐기고 있는 것 같았다. 그때 한국말을 좀 할 줄 아는 가이드가 '형님!' 하고 부르더니 손으로 북동쪽의 산머리를 가리키며 내게 안나푸르나 산을 소개했다. 거기엔 이름 모르는 우람한 산 가랑이 사이로 하얀 면사포를 쓴 듯한 안나푸르나의 설산 봉우리가 고개를 수줍은 듯 조금 내밀고 있었다. 내 달콤한 고통에 보너스 같은 깜짝 선물이었나? 나는 '아!' 하고 탄성을 지르며 두 손을 합장하고 '나마스테'라고, 내 안의 신성이 안나푸르나의 신성에게 인사했다.

참나는 마음이다. 마음 안에 참나와 신은 둘이 아니고, 하나다. 하나인 걸 둘로 갈라놓고 깨닫지 못한 인간들이 깨달은 이의 메시지를 지들 마음대로 요리하고 재단해 놓은 것이 이 세상 대부분의 종교들 아닌가? 인간은 여기 있고 하나님과 천국이 저 위에 있다고 믿었던 유태인들의 2원론은 구약까지였다. 예수는 혁명적으로 구약을 뒤집는 1원론, 즉 신과 천국이 네 안에 있다고, 네가 변화 (Metanoia: 그리스 말로 회개가 아니라)해야 천국이 임한다고 누차 말했는데도 마이동풍으로 듣고는 수천 년을 헛발질만 하고 있다. 이 진리는 기원전 5백 년 전에 붓다에 의해서 전해졌고, 이스라엘 사람들은 다른 목소리를 냈다.

이 진리를 깨닫기 위해서는 내면의 고요와 모든 생각들이 사라진 후의 공(空)이어야 가능하다. 내가 둘로 알았던 신과 내가 하나임을 깨닫고 하나가 되기 위해서는 신과 참나의 본질적 속성이 같아져야 한다. 기름은 서로 기름이래야 하나가 되듯이. 고요와 평화 그리고 공이어야 하는 이유가 그 때문이다. 이 하나뿐인 '참나', '신'은 믿음의 대상이 아니다. '믿습니다'라고 해서 될 일이 아니다.

됨(Being)이어야 한다. 이 세상과 우주엔 온갖 것들이 있고 내가 있지만, 생겨난 것들은 모두 죽거나 사라질 것들뿐이다. 하다못해 태양과 달 지구도 수억 년 후면 수명이 다해 사라지지만 참나와 신은 영원하다.

티르케퉁가에서 고레파니로 올랐던 가파르고 험난한 산길이 하도 고생스러웠기 때문이었는지 그 후부터의 안나푸르나 남봉까지의 나머지 약 1,000m의 오르막 트레킹은 변화무쌍했지만 아무것도 아니었다. 몸과 마음에 여유가 생겼다. 나는 장한나의 첼로 연주 '콜 니드라이'가 든 CD를 워크맨에 넣고 들으며 걸었다. 유대 민족이 속죄하므로 신께 다가갈 수 있다며 아예 '속죄의 날'을 정해 불렀던 성가를 '막스 브루흐'가 다시 만든 곡이다. 첼로의 묵직하고 느린, 그래서 마음을 짓누를 것 같은 멜로디는 히말라야의 거대함과 어울려 나는 그만 까닭 모를 눈물을 흘리고 있었다. 나 때문에 상처받고 아파했을 사람들은 분명 내 가까이 있는 사람들이었을 터. 나는 음악을 계속 재생하며 참회의 눈물을 쏟아 냈다.

웬 마음의 짐이 이리 무거울까? 말없이 내 무거운 항공 백을 메고 가는 짐꾼은 네팔 여행사 에이젠스가 겨우 하루 일당으로 주는 $10을 받으며 가파른 산을 가볍게 오르건만, 나는 왜 이리 내 마음 하나 가누지 못하고 비틀거리며 징징 짜고 있는가? 아, 내려놔야지. 비워야지. 그리고 지금 여기를 알아차리면서.

나는 눈물과 참회의 의식을 접고 장사익의 〈하늘 가는 길〉 CD를 넣었다.

'간다 간다 내가 돌아간다 왔던 길 내가 다시 돌아간다 하늘로 간
다네 바람 타고 갈까 구름 타고 갈까 하늘로 간다네'

내가 가는 길, 종국에는 죽음의 길, 하늘길로 나 있는 것일까?
오름길이든 내림길이든, 산길이든 저잣거리길이든 끝내는 그리로
향해 있다. 나는 한 발 한 발 앞으로 가고 있지만 궁극적으론 빙
돌아서 왔던 길을 되돌아가는 것이다.

나는 분위기를 바꾸기 위해 가방에서 장사익의 다른 노래를 골
랐다. 장사익의 노래 중 내가 가장 좋아하는 노래다. 김동환 시인
이 쓴 「웃은 죄」라는 시를 노래로 만들었는데, 반은 랩 송이라 할
만하다.

'지름길 묻길래 대답했지요
물 한 모금 달래기에 샘물 떠 주고
그러고는 인사하기에 웃고 받았지요'

나는 장사익이 이 시를 골라 곡을 붙인 것은 정말 놀랍다. 나는
김동환 시인이 이북 출신이라는 것과 옛날옛적에 읽은 「산 넘어 남
촌에는」이라는 시를 기억하고 있을 뿐이었다. 나는 장사익의 노래
중에 이 노래를 제일 좋아한다. 이 간결한 몇 마디 노래에 무거운
짐을 내려놓은 듯했다. 나는 이 노래를 따라 부르며 평양성에 해
안 뜬대도 내 책임 아니라는 평양 아가씨 때문에 히말라야 산천을
둘러보며 웃을 수 있었다.

음성 꽃동네에서의
마지막 춤

  몇 해 전, 늦은 가을에 생전 생각만 굴뚝같았던 충북 음성 꽃동네를 다녀왔다. 고향인 천안, 호두마을에서의 명상 수행과 1일 1식으로 몸과 마음이 조금은 가볍고 맑아졌기 때문이었을까, 내가 가진 것들에 고마움을 모르고 사는 자신을 일깨우고 싶었다.

  자원봉사실로 전화해 약속한 날짜를 잡고 이튿날 아침 일찍 버스를 타고 오전에 도착했다. 나는 번듯하고 높은 5-6층의 붉은 벽돌 건물들 여러 채가 산 숲속 여기저기서 위용을 떨치고 서 있는 게 보였다. 풍광 좋은 산속의 어느 대학교 캠퍼스 앞에 서 있는 듯했다. 나는 잘못 찾아온 건 아닌지 하는 생각이 들 정도였다. 나는 아마도 40여 년 전 설립 당시 뉴스로 보고 들어왔던 꽃동네의 상상에서 멈춘 후 더 이상 발전을 하지 않았기 때문이었을 것이다.

  자원봉사실 담당 수사님은 봉사자 숙소를 향해 걸어가는 동안 내 낙담은 아랑곳없이 "얻어먹을 힘만 있어도 그것은 주님의 은총"

이란 설립자 오웅진 신부의 신조를 내게 읊고 있었다. 한 10여 분을 꾸불꾸불 올라가 5층 붉은 벽돌 건물에 도착했다. 1층의 자원봉사자 숙소는 딱 실내 농구장을 개조했나 싶게, 실내는 넓고 천장은 높았다. 한쪽 벽은 이불이 빼곡히 들어찬 이불장 캐비닛이 이어져 있었다. 전성기 때에는 봉사자들로 꽉 차기도 했다는 그 큰 강당에서 나는 혼자 자야 했다.

내가 그 즉시 배치받은 부서는 요한의 집 4층이었다. 청년부터 성인까지 심신 장애인들이 거처하는 곳이었다. 중증이 아닌 청소년들은 스테이션이 있는 넓은 맨바닥의 홀과 2개의 빈방에서 지내고, 중증의 성인들은 주로 여러 침대에서 꼼짝 못 하고 누워 지낸다. 밥도 떠먹여 주고, 기저귀를 갈고, 채워 줘야 한다. 대부분 의사소통은 이뤄지지만 소통 내용은 "밥 더 줘?", "물 줘?", "그만 줘?", "추워?", "더워?" 하는 단순한 것들이라 그들은 분명 언어를 잃어 가고 있는 것처럼 보였다. 그 이상의 언어가 사용되지도 않았고, 필요해 보이지도 않았다. 나는 한 환자에게 밥을 떠먹이다가 대화를 시도해 봤으나 말을 알아듣는지 어떤지도 모를 정도로 흐릿한 초점의 눈빛은 온전히 밥그릇과 자신의 입으로 왔다 갔다 하는 밥숟가락만 따라다니고 있었다.

20대 후반에 1미터 60쯤의 키에 통통하게 살이 찐 김광수(가명)이란 청년은 헬렌 켈러보다 더한, 보지도, 듣지도, 말도 못 하는 데다 정신박약까지 있는 4중 장애인이다. 그는 도무지 거칠 게 없다. 옷 입히기를 하루에도 수십 번을 반복해도 그는 5분도 안 되어 홀랑 벗어 버린다. 아무 데서 똥도 싸고 오줌도 싼다. 그는 두 팔로 감싼 무릎을 세우고 얼굴을 묻고 지낸다. 밤에도 그렇게 자고, 몸은 그렇게 굳어 가는 듯했다.

나는 광수를 간신히 일으켜 세워 그의 두 손을 잡고 뒷걸음질로 걸어 보았다. 처음엔 서툴게 따라오다가 곧 익숙해지자 한 손만을 잡고 나란히 걷게 되었다. 차츰 그는 좋아하는 눈치가 역력했다. 그러던 중에 키는 6피트가 넘을 정도의 큰 키에 기나긴 목, 삐쩍 마르고 휘어진 장대 같은 이정식(가명)이라는 청년이 광수하고 걷고 있는 내게 다가와서는 나의 임자 없는 다른 빈손을 슬며시 잡는 것이었다. 그는 늘 홀과 복도, 중환자 장애인의 방에 볼일 없이 기린처럼 껑충껑충 뛰어다니기만 하던 스무 살 안팎의 청년이었다. 그는 내 잡은 손을 끌며 자기 방식대로 껑충껑충 뛰고 싶어 했다. 그러나 광수 때문에 그건 어려운 일이었다. 나는 브레이크를 밟듯 정식의 손을 지그시 당기며 진정시키는 동작을 반복했다. 나는 그렇게 서로 다른 의지와 상태를 서로 받아들이도록 중계했고, 우리는 조금씩 나를 통해 서로에 보조를 맞추는 데에 익숙해지고 있었다.

한 번은 걷다가 좀 쉬려고 그들을 바닥에 앉히고 나도 주저앉았다. 그런데 광수는 느닷없이 나를 향해 얼굴이고 머리고 두서없이 마구 주먹을 날리는 것이었다. 내가 뒤로 나뒹굴자 정식은 광수를 밀어젖혔고, 거기 직원이 와서 그들을 말렸다. 직원의 짐작으로는 광수는 더 걷고 싶은데 왜 그만두느냐는 뜻일 거라고 했다.

"오, 하나님! 먹고 똥이나 싸는 돌덩이 같은 광수가 주먹으로나마 의사 표시를 하다니요."

광수에게 얻어맞은 내 눈두덩이가 얼얼했지만 우리 집 강아지가 처음 말귀를 알아들었을 때보다 더 기쁘고 대견했다.

일주일이 되는 마지막 날, 여전히 정식은 기린처럼 껑충거리며 방과 복도를 들락거리고 있었고, 광수도 역시 방의 구석에 알몸으로 쪼그려 앉아 있었다. 나는 '마지막 춤'을 위해 정식에게 다가가 손을 잡았다. 그는 종전처럼 표정이 전혀 없는 포커페이스로 침을 흘리며 야생마처럼 펄쩍펄쩍 뛰기 시작했다. 나는 그를 진정시키며 광수에게 다가가 그의 손도 꼭 잡았다. 그의 손은 여전히 따듯했고 통통했다. 그는 내 손을 알아챈 듯 벌떡 일어서 내 몸에 다가와 강아지처럼 또 냄새를 맡았다. 정식과 광수의 일어선 모습은 숲에 버려진 못난 나뭇가지처럼 구부러졌고 엉성했지만, 얼굴엔 반가움의 빛이 피어오르고 있었다. 정식은 출발 선상의 경주마처럼 몸을 앞뒤로 들썩거리며 빨리 걷고 싶어 안달을 하고 있었다. 우리는 손을 잡고 약간은 경쾌하게 춤을 추듯 걸었다. 그러나 손에서 손으로, 걸음을 떼는 발자국마다에 우리들만 아는 뭔가가 비밀처럼 흐르고 있을 것이었다. 광수의 걸음걸이는 그답지 않게 거침이 없었고, 정식은 철이 든 듯 놀랍도록 차분했다.

우리의 마지막 춤, 서로의 손에서 손으로 흐르던 온기와 그 비밀을 끊어 놓아야 할 시간이 됐다. 바지에 똥 지린 것처럼 엉거주춤 서성거리며 똑같은 작별 인사와 껴안기를 몇 번 반복하다가 뒤도 안 돌아보고 그냥 나왔다. 그것도 헤어짐이라 그런지 힘들었다. 다시는 안 온다고 마음먹으며 그곳을 떠났다. 더군다나 그곳은 독지가들의 고정적 재정 도움으로 인해 더 이상 자원봉사를 필요로 하지 않을 만큼 든든해 보였기 때문이기도 하다.

이웃사촌을 영어로
'네이버 커즌'?

　20여 년 전부터 살아오고 있는 우리 집의 좌우 양쪽엔 내 또래의 은퇴한 인도인들이 살고 있다. 우리 집 뒷마당에서 북쪽을 보고 서서 오른쪽 집의 육 피트 키의 거구에 짙은 눈썹, 회색 머리칼의 오마 샤리프를 닮은, 그러나 똥배가 있는 대로 나온 남자를 우힌두라 부른다. 작은 키의 똘똘한 인상에다 아인슈타인처럼 양쪽에 흰머리의 가장자리가 있고, 머리 한가운데는 길이 난 신작로처럼 머리가 벗겨진 것을 빼고는 내가 좋아하는 코미디언 배삼룡을 닮은 왼쪽 집 남자를 좌힌두라고 부른다. 서로 통성명을 했어도 이름이 인도의 '간디'처럼 간단치 않아 나 스스로 작명을 했고, 우리 집 안에서만 국내식 이름으로 그들을 그렇게 불렀다.
　어느 해 봄인가, 우힌두가 심각한 얼굴로 찾아왔다. 남쪽으로 향한 그 집 앞 잔디밭과 우리 잔디에는 경계가 있었다. 어른 팔뚝

크기의 블록이 일렬종대로 누워 있었는데 중간의 블록 한 개의 끝이 어긋난 채 옆으로 튀어나와 있었다. 그 블록들은 우힌두네 것이었다. 그는 15피트쯤 큰 우리 집 목련의 뿌리 때문이라며 날 보고 고쳐 내라고 하는 것이었다. 그러나 삐져나온 블록을 들춰내 삽으로 땅속을 쿡쿡 쑤셔 봐도 아무 뿌리도 걸리는 게 없었다.

10피트쯤 되는 길이의 블록 종렬을 죽 훑어봐도 다른 곳은 간격이 어긋나거나 벌어진 데가 없었다. 군대에서 훈련병들에게 일렬종대로 '간격 좁혀!' 하고 교관의 명령이 떨어졌을 때 떨떨한 병사 하나가 일렬횡대인 줄 알고 얼떨결에 옆으로 튀어나온 것도 아닐 텐데 무슨 희한한 일이냐 싶었다. 그러던 중에 퍼뜩 기억이 떠올라 그에게 말했다.

"삼 년 전쯤 이웃 도시 라 하브라시에서 7.2 강도의 강진이 있었던 것 당신 기억하지? 그때 아마 당신네도 그릇이 깨지거나 집에 금이 가는 피해를 봤을걸? 맞지?"

내가 난감함에서 벗어나는 순간이었다. 그때 우리 집에서는 찬장에 있던 그릇들이 쏟아지는 등의 피해가 있었던 것이었다. 그러나 우힌두는 내 얘기는 들은 척도 안 하고 대뜸 하는 얘기가 가관이었다.

"당신, 이거 고쳐 놓지 않으면 법정에 가야 할 거요."

"당신 바보야? 이 돌덩이 어긋난 걸 가지고 법정에 가자고? 내가 지진이라도 일으켰다는 거냐? 인도에서는 지진 나면 이웃 걸고 법정에 가니? 당신 멍청이야? 이웃사촌끼리는 먼 친형제보다 가깝게 지내야 하는 것도 모르냐?"

나는 '이웃사촌'이라는 영어가 마땅한 게 얼른 안 떠올라 그냥 '네이버 커즌'이라고 거침없이 직역했다. 말해 놓고도 찜찜했다. 그런 말은 여기서 수십 년을 살아온 나도 들어 본 적이 없었기 때문이었다. 그는 내가 한 욕설과 '이웃사촌'의 듣도 보도 못한 미숙한 영어 표현을 무시한 건지 아무런 대꾸 없이 제 집 문을 꽝 닫고 들어가 버렸다. 나는 현장의 이모저모를 사진 찍었다. 한두 달이 지나도 법정에서 아무 소식도 없었고, 그 일은 잊었다.

그러나 착한 좌힌두는 쓰레기 수거차가 지나간 다음에 도로에 떨어진 게 있으면 빗자루를 들고 나와 내 집, 네 집 안 가리고 쓴다. 또 우리 집의 큰 솔가지 낙엽이 좌힌두네 잔디에 떨어져도 그는 쓸어 내기는 해도 불평은 안 했다. 좌힌두는 덩치에 비해 넉넉하고 대범했다. 사람을 식물이나 나무에 비교하는 일이 좀 뭣 하지만 수박이나 호박, 참외 같은 큰 과일은 대개 땅을 기어다니고 작은 과일이나 열매는 나무가 크다. 딱 좌힌두가 그랬다.

우힌두는 우리 집 나무의 가지가 담을 넘어가 떨어지는 낙엽에 대해 불평을 한 적이 있었다. 나는 늘 까칠한 기분으로 담 너머 그쪽으로 뻗치는 감나무와 장미, 석류나무의 가지를 신경 써서 잘라 내곤 했다. 가운데에 있는 나는 좌·우힌두가 대중목욕탕의 냉·온탕처럼 딴판이라 그 둘을 대하는 내게도 얼굴 표정을 수시로 바꿔야 하는 어려움이 있긴 해도 어쩔 수 없다.

집 뒷마당 잔디에서 20피트 끝에서는 약 45도 경사의 언덕이 시작되고, 그 언덕은 세 집 모두 지형이 같아서 한눈 안에 들어온다. 봄과 여름 가을이면 벌새나 참새, 나비 등은 우힌두네나 우리 집,

좌힌두네 담 넘어서 자유로이 넘나든다. 그들만이 아니다. 각각의 집에서 계절 따라 피어나는 꽃들은 여기저기 향기를 뿜내고 날아다닌다. 단골 다람쥐는 종횡무진으로 이 집, 저 집, 큰 나무들을 넘나들며 네 것, 내 것 없이 담에 걸쳐 있는 사과나 감, 석류들을 밤새 먹고 나서는 '내가 먹었다'는 쪽지를 써 놓듯 담 위에 먹다 남은 흔적을 남긴다. 양쪽 담을 활보하는 다람쥐를 발견한 우리 집 강아지들은 적의를 품고 사생결단으로 짖으며 담 밑에까지 달려가지만 다람쥐는 눈 하나 깜짝 안 하고 태연히 하던 짓을 계속한다. 그뿐인가 우리 집 뒤뜰에서 가끔씩 굽는 갈비의 기름진 냄새와 그들의 카레 음식 냄새는 서로 시차를 두고 섭섭지 않게 교차한다. 그렇게 바람과 꽃향기, 새들과 음식 냄새는 물리적 경계를 모르는 채 넘나드는데, 물심의 경계를 만들어 놓은 우리 인간들과 강아지는 그 안에 기꺼이 갇힌다.

그해 연말이 되어서 뒤뜰 오른쪽 담 너머로 우힌두의 머리통이 왔다 갔다 하는 게 보였다. 언뜻, 새해 오기 전에 맺힌 게 있으면 풀어야 한다는 생각이 들었다. 나는 집에 수집해 놓은 달력 중에서 어느 한인은행의 고급스러운 벽걸이 달력과 꽃이 가득한 정원을 담은 탁상 달력을 골라 들고 우힌두네 쪽 담으로 갔다. 한 계단을 높인 꽃밭이 시작되는 둔턱에 올라섰다. 담을 가슴에 안고 서서 우힌두와 그의 아내에게 인사를 했다.

"안녕하시오? 해피 뉴 이어!"

나는 손을 내밀었다.

"해피 뉴 이어!"

우린 악수했다.

"지나간 일 다 잊읍시다. 여기 이 달력 받아요."

나는 또 '네이버 커즌'인 우리는 친하게 지내야 한다는 말을 할 뻔했지만 직전에 멈췄다. '이웃사촌'의 마땅한 영어를 그때까지 알 아내지 못했기 때문이었다. 나는 전에 그 일이 있고 나서 한영사전 을 찾아봐야 했지만 몰라도 당장 먹고사는 일에 지장이 있는 것도 아니어서 잊고 있었다. 아무튼, 그는 달력을 받고는 활짝 웃으며 답했다.

"고맙소. 이 달력 멋지군요."

나는 좌힌두네도 예년처럼 벽걸이와 탁상 달력을 주었다. 좌 힌두, 우힌두 두 사람의 얼굴엔 공히 늙은 호박 같은 웃음이 피어 났다.

지진 때문인 줄도 모르고 떨떨하다는 오명을 뒤집어쓴 그 블록 도, 그 옆 가까이서 뿌리 때문이라는 누명을 썼던 목련 나무도 서 로 무심한 얼굴로 내내 그렇게 서 있었다.

한국, 실버타운으로 떠나며

스물아홉에 캐나다로 이민 와 10년, 미국에서 40년을 살아온 북아메리카의 삶을 접고 한국으로 영구 귀국하려 한다. 인생극 3막, 파이널 챕터를 고국에서 마무리하고 싶었다. 50년을 살아온 터전을 옮기는 일은 의외로 어렵지 않았다. 2년 전 아내를 잃은 게 큰 이유를 차지했다. 아들 둘은 다 가정을 꾸렸고, 막내딸은 괜찮은 놈을 만나 혼인날 잡는 일만 남았다. 혼자 집에 덩그러니 남아 때때로 아내가 나타날 것 같은 착각을 종종 하면서 고독이랄지 외로움을 실감하곤 했다. 처음엔 두렵고 낯설었지만 이것도 익숙해졌는지 나는 어느덧 홀로 있음을 즐기고 있었다. 우울할 필요도 없었고, 더 이상 후회할 일도 없었다. 세자 막대기 휘둘러 봐도 걸릴 게 없다. 오히려 절의 일요일 법회에서 108대참회문을 봉독할 때면 짜증이 났다. '지금껏 살면서 충분히 후회도 많이 했는데 뭘 또 108가지씩이나 참회를?'라는 생각이 들기도 했다.

지난해 가을 한국 방문길에 강원도 동해시의 실버타운에서 체험 숙박을 일주일 해 보았다. 실버타운 5층 방에서 아침에 눈을 뜨면 동쪽으로 난 넓은 창문으로 짙푸른 동해바다가 파노라마로 펼쳐졌고, 새소리를 들으며 숲속을 25분쯤 걸어 내려가면 망상해수욕장 모래사장에 이른다. 내가 살던 풀러턴 캐슬우드 트레일에서처럼 매일 맨발로 젖은 모래를 밟으며 걸었다. 철썩이는 파도 소리와 갈매기들이 까불 듯이 울음소리를 내며 내 머리 위로 날아다녔다. 간간이 스치는 바닷바람은 지난 것들은 다 잊고 지금 여기, 내가 서 있는 곳에 깨어 머무르라고 나를 흔들었다.

실버타운의 세 끼니 식사는 내게 매일 생일 잔치상 같았다. 늘 색다른 반찬에 생선이나 고기 등 단백질 음식도 빠지지 않았다. 점심 식사 후에는 운동실에서 운동을 하고, 저녁엔 노래방에서 어울려 목청을 높였다. 약천 온천수 목욕탕엔 사우나가 네 군데나 있었다. 평소 일광욕이나 사우나가 체온을 높여 땀으로 몸의 독소를 빼 줄 뿐만 아니라 엔도르핀이나 세라토닌, 도파민 같은 호르몬이 많이 생성된다고 믿고 실행해 온 터라 행운이다 싶었다. 과일이나 인삼을 햇빛에 말리거나 수증기에 찌면 당분이나 영양분의 수치가 높아지는 원리와 같다. 생과일이 상온이나 냉장고에 있어도 얼마 지나면 부패하지만 말린 과일이나 찐 홍삼 등은 수명과 당분, 영양분이 훨씬 높아지듯 사람의 몸도 마찬가지다.

나는 이런 시설의 혜택과 숲길, 바다 등의 환경이 맘에 들어 바로 정했다. 뿐만 아니라 스키장이 가까이 있다니 겨울 스포츠를 즐길 수 있어 좋을 것 같았다. 또 속초에서 남쪽으로 삼척까지 이어진 65번 동해고속도로는 경부고속도로처럼 부산스럽고 복잡하지도 않았다. 차만 있으면 설악산이나 오대산 월정사, 무릉계곡, 울릉도행 여객선이 있는 묵호항 등을 쏘다닐 수 있을 것 아닌가?

서울이나 수원 등 복잡한 도심의 고급스러운 고층 타워의 실버타운은 내 관심을 전혀 끌지 못했다. 풀러턴에서 26마일 떨어진 LA만 올라가도 번잡함이 싫었는데, 노후 생활에 대도시가 웬 말이냐는 느낌이 있어서였다. 사무실에 이듬해 12월쯤 들어오겠다며 대기자 명단에 올렸다. 집을 정리하고 미국을 떠나는 데에는 1년여의 시간이 필요할 것 같아서였다.

풀러턴으로 돌아와 집 안팎에 직접 페인트를 하고, 욕실의 욕조도 윤을 내어 개조하고, 정원에 꽃을 더 사다 심고, 때로는 산길을 걷다가 눈에 띄는 들꽃이 있으면 파다가 심었다. 2월에 내 마음과 주변의 정리가 다 끝나자, 실버타운의 맛있었던 식사와 숲길, 바다의 파도 소리, 모래밭 맨발 걷기 등이 그리워졌고, 예약한 12월까지 기다릴 이유를 찾지 못했다. 나는 3월에 집을 내놓으며 실버타운에 전화를 했다. 집을 내놨는데 7월 초순이면 다 정리하고 갈 수 있으니 몇 달을 당겨 달라고 했더니 며칠 후에 방이 준비된다는 연락을 받았다. 이제 여기를 정리하는 일만 남게 되었다.

내가 여기 어디 다른 곳으로 이사를 가는 것이 아니기에 모든 살림살이를 정리해야 했는데, 가구는 물론이고 책, 오디오 시스템, CD, LP 음반 등 강심장이 아니고는 처분할 수가 없을 것 같았고 엄두가 나지 않았다. 자식들과 주위에 주고도 남은 것들은 2주에 걸쳐 가라지 세일을 했다. 가라지 세일이라는 게 희한하게도 사람들이 돈을 내고 물건들을 처분해 주는 것임을 깨닫게 되었다. 어디서 그렇게 물건들이 꾸역꾸역 나오는지, 치우면서도 계속 놀래야만 했다.

나는 사진과 앨범, 비디오 영상 같은 마음속의 짐들은 오래전에 버리고 태워 없앴다. 그런 면에서 보면 난 과거가 없는 사람인 셈이다. 아들 둘, 딸과 8명의 손주들도 벌써 내려놓았다. 평소 집착 없이 서로 독립적 삶을 살자고 실행해 온 터라 자식이나 손주들이 눈에 밟혀서 전전긍긍하는 일 없이 자유스러웠다. 얼마나 다행인지 모른다.

그렇게 선언해 두었다.

여기서 반백 년을 살다 보니 이제 미국 생활이 별 불편 없이 익숙해졌다. 이민 중 후반쯤엔 자리가 잡혀서 그랬는지 정치적 성향이 진보 민주당에서 보수 공화당으로 바뀌었고, 영어는 어느덧 손짓, 발짓을 면하고 불편 없이 구사하게 되었다. 군대에서 군 생활 알 만해지자 제대한다는 말이 있듯이, 나는 지금 미국 생활을 알 만해지자 병장으로 만기 제대 하는 기분이다. 이민 올 때 낯선 땅, 짧은 영어, 다른 문화에 대한 불안과 기회의 나라라는 기대가 범벅이었던 때에 비하면 한 바퀴 돌아 제자리로 돌아가는 역이민은 내게 달콤한 회귀의 설렘이 있다. 미국을 떠나는 지금 미련이나 후회도 없다. 오늘 아침에, 살던 집에 가서 앞뒤 정원의 꽃들과 과일나무들에게 마지막으로 물을 뿌려 주면서 하나하나에게 예쁘게 잘 크라고 작별 인사를 했다.

이제 이놈들이나 집과 거리, 이 도시가 생각나기도 하겠지만, 어쩌겠나, 이제 그리워하지 말아야지. 놓고 가는 지나간 꿈이었던 것을.

단편 소설

두 개의 소원 쪽지

"박 서방, 자네 퇴근길에 여기로 좀 들러 줄 수 없겠나?"

LA의 11월 가운데쯤, 해가 중천인데 노인 주영석의 전화 목소리는 청량한 가을 날씨 따위는 아랑곳없이 흔들리고 있었다.

"무슨 일이신데요?"

"뭐, 별것은 아니고, 전화로는 그렇고……."

"예, 이따가 퇴근하는 길에 들르죠."

박 서방은 주 노인의 둘째 사위로, 보통의 키에 야간 살이 쪄서 호인형의 편안한 인상을 풍기는 마흔여덟의 박준태다.

주 노인은 1.5리터짜리 싸구려 보드카를 사 놓고 페트병에 대략 술 30에 물 70쯤의 비율로 섞어 들고 다니면서 마신다. 여든셋인 영감은 평소 애주가였지만, 의사의 권유로 한참 술을 줄이는 듯하다 넉 달 전 아내가 치매로 양로병원에 입원한 후 독거노인이 되자 우울증이 왔고, 다시 애주가에서 폭주가로 변해 갔다.

주 노인은 소일거리로 LA 한인회관 3층의 서예협회에 자주 나가 서도를 닦기도 했다. 준태는 가끔 아파트까지 데려다 달라는 장인의 전화를 받고 협회 사무실에 들를 때면 그에게서 술 냄새와 체취가 섞인, 역겨운 냄새를 맡곤 했었다. 주 노인의 말로 보드카는 다른 술에 비해 입에서 술 냄새가 덜 난다고 하지만 그런 것 같지도 않다. 노인의 손엔 늘 물병이 들려 있었다.

준은 퇴근길에 LA 다운타운 힐 스트리트의 시영 노인 아파트로 갔다.

응접실은 전기료를 아끼느라 불을 꺼놔서 어둑하고 냄새는 탁했다. 준은 불을 켠 다음 커튼을 젖히고 베란다 문을 활짝 열었다. 주 영감이 방에서 나왔다.

"아버님, 아직 그렇게 춥지 않으니까 문을 약간만이라도 열어서 늘 환기를 시키세요."

준이 들를 때마다 하는 말이지만 소용없는 일이었다. 준은 방 안의 역한 냄새와 밖의 새 공기가 교차하는 것을 얼굴과 코로 느꼈다.

"저녁 식사는 하셨어요?"

"그래, 방금 끝냈다. 자네는?"

"집에 가서 먹어야죠. 근데 하실 말씀이 뭔데요?"

주 노인은 앙상한 팔뚝으로 침실로 따라오라는 신호를 허공에 그으며 들어갔다. 방 안엔 더블 침대가 방을 거의 다 차지했다. 작은 책상이 있고, 그 옆으로 낡은 책들이 책장 하나에 가득했다. 책상 맞은편 벽엔 위로 딸 둘과 그 아래로 아들 셋의 오래된 흑백 사진들 여러 개가 종합 선물 세트처럼 박혀 있는 액자가 걸려 있었다. 그리고 침대 양쪽 벽엔 '반야심경', '천부경' 같은 붓글씨들이 표구나 액자 안에, 혹은 그런 치장이 없는 것들은 맨몸을 서로 비비듯 비좁게 다닥다닥 매달려 있었다. 노인과 준은 침대에 나란히 걸터앉았다. 노인은 한숨을 내쉰 다음 어렵게 말을 꺼냈다.

"내 오늘 마누라 보려고 택시를 타고 양로병원엘 다녀왔네. 자네 장모가 날 보더니만 '이 사람이 누구냐, 왜 내 손을 잡느냐'고 간호사에게 묻더군. 애절 복통할 노릇 아닌가? 밥도 못 얻어먹는지 수척해진 데다가 완전히 딴사람이 되었어. 불쌍해서 못 보겠더라고."

노인은 착잡한 얼굴로 책상 위에 있던 쪽지를 집어 준에게 건네주었다.

자식들에게 청원하고자 한다.

1. 자식들, 며느리, 사위, 손자들 다 모여 함께 저녁도 먹고 술도 한잔씩 나누고 싶다.
2. 각자 집에서 소주, 간단한 안주 하나씩 가져오면 밥은 내가 준비한다.
3. 손자들 못 본 지도 오래라 보고 싶다. 그 애들 용돈도 좀 마련해 놨다.

쪽지의 글씨는 주 노인의 흔들리고 허해 보이는 몸짓과는 딴판으로 힘 있고 꼿꼿했다. 준은 '자식들에게 청원하고자 한다.'라는 제목이 무슨 공식 문서의 제목 같기도 하고, 자식들에게 청원한다는 것도 좀 어색하다고 생각했지만 뭐 어쩌랴. 주 노인은 사위에게 간절한 눈빛을 보냈다.

"자네가 이걸 좀 주선해 줄 수 없겠나?"

"아니, 지난 9월에 생신상 차려 드렸잖아요."

"그래, 안다. 그래도 언제 자식들, 손자들 다 모인 적이 있나, 어디?"

"알았어요. 참, 올해도 시제 지내려 한국 가시나요?"

"다음 주 25일, 토요일, 밤 11시 50분 비행기다."

"예? 시간이 없네요. 쇠뿔은 단김에 뺀다고, 그럼 다음 주 금요일밖에 없네요."

"가능하겠나?"

"당연히 가능하죠. 죽은 사람 소원도 들어준다는데."

주 노인은 생일날을 셈하는 어린애처럼 환해진 얼굴로 달력을 살폈다.

"아버님, UN총회라도 열자는 겁니까? 왜 느닷없이 가족 총동원하실 생각을 하셨어요?"

"느닷없는 건 아니고, 얼마 전부터 생각했던 것인데 별 이유는 없다. 한국 다니러 가기 전에 여기 한자리에 모두 모인 거 보고 싶어서 그러지. 그리고 내 없는 동안이라도 병원에 있는 엄마 자주 찾아보라고 당부도 할 겸해서. 그리고 손주들 용돈도 준비할 끼라."

준의 기억으로도 장인 장모의 생신이나 팔순 때도 오 남매 중 한두 형제가 억지춘향으로 조촐한 상을 차려 드리곤 했었다. 자손들이 빠짐없이 모인 적이 없었고, 그나마 따뜻한 정이나 온기도 없었다. 생신 차림은 마치 마을버스가 한적한 동네의 빈 정거장에 잠시 섰다가 시간표에 따라 무심히 떠나는 것처럼 쓸쓸했다.

"그러세요, 그럼 다음 주 금요일 일곱 십니다. 그때까지라도 약주 많이 드시지 마시고 아껴 뒀다가 식구들하고 그날 좌악 한잔하시자구요. 우울증에 혼자 술 많이 드시는 거 독약이나 마찬가지래요, 아셨죠? 저 이만 가 볼게요."

준은 집으로 향하는 차 안에서 당장 그의 처형한테 전화했다. 처형 부부는 고등학교에 다니는 아들, 딸을 두고 있었고, LA에서 세탁소를 운영하고 있었다. 전화가 연결되자 장인으로부터 받은 쪽지의 내용을 전했다.

"준비물은 각자 반찬이나 안주 하나 하고 소주 한 병. 날짜는 다음 주 금요일 저녁 7시 아버님 아파트입니다. 손자들 용돈도 두둑하게 준비해 놓으셨답니다. 이만하면 간단하죠? 그리고 참, 가족 모임 그 이튿날 토요일 밤 비행기로 한국에 시제 지내러 떠나신답니다."

준은 순간 소주 얘길 꺼낸 게 마음에 걸렸다. 남편이 장로인 데다 교회에 엄청 열심인 그들은 예수님이 술이 떨어져 난처해하던 잔칫집에서 포도주를 만들어 줬고, 또 십자가에 매달리기 전날 제자들과의 쫑파티 때에도 포도주 마신 걸 성경 읽어 알았을 터인데도 늘 술을 죄악시하고 있기 때문이었다.

"아니, 정말 웃겨요. 아버지가 뭐 자식들한테 해 준 게 있다고 술잔을 받으신대요? 끊었던 술을 요즘 다시 마시나 본데, 지금 엄마가 병원에 있으면 아버지라도 얌전히 성경이라도 읽으며 엄마를 위해 기도나 드리지 뭐 잘한 일 있다고? 할아버지네 집은 냄새 난다고 싫어하는 손자새끼들은 주르르 불러다 놓고 술 타령 하겠다는 거예요? 그것도 몸에 나쁘다는 소주를. 참, 기막혀서 말이 안 나오네요."

준은 처형의 반응을 예상은 했지만, 그 정도까지는 아니었다. 준은 예수 믿는다는 그들의 아버지와 부모 존경의 태도에 기가 막혔다.

"그럼 처형은 인삼주, 아니, 홍삼 엑기스 같은 몸보신하는 걸로 사 오시든지요. 아무튼 그날 동서 형님하고 다 만납시다."

준은 집에 돌아와 아내에게 그 쪽지를 건네며 처형에게 전화한 얘기도 했다. 아내는 한동안 쪽지에 얼굴을 박고 꼼짝을 안 했다.

"아버님 그간 혼자 우울증으로 힘드셨을 텐데 한국 가시면서 기분 전환을 하고 싶으신 건 아닐까? 당신이 세 남동생들한테 전화할래?"

"아버지가 우울증이래?"

"허허, 당신 딸 맞아? 어떻게 이럴 수가."

"아버지가 자기한테 부탁한 거니까 자기가 해. 그런데 참, 잘들 오겠네."

"누가 안 와. 왜? 당신 단칼에 그렇게 초를 쳐도 돼? 늙으신 아버님의 이런 조촐한 부탁도 안 들어주면 사람들도 아니다."

주 노인의 큰딸 효정과 둘째 효숙은 아버지에게 뿌리 깊은 불만과 한이 가슴에 박혀 있었다. 노인은 위로 딸 둘을 대학에 안 보냈다. 장손과 아들들에 대한 선호와 집착이 남달랐던 노인은 밑으로 아들 셋을 대학 공부시키기 위한 꿍꿍이였다. 수원의 어느 작은 목재회사에 경리 직원으로 있던 월급으로 딸들까지 대학에 보낸다는 일은 언감생심이었다. 두 딸이 차례로 고등학교를 졸업하자 취직하라고 내몰았다. 두 딸은 직장에서 버는 돈의 대부분을 집으로 가져가면 이다음에 큰 집을 사기 위해 저축하는 줄 알았지 세 남동생들의 대학 등록금을 예비하는 줄을 몰랐었다. 세 남동생들이 하나씩 대학에 들어가고 난 후에 안 사실이었다.

아버지에게 가장 불만이 많은 큰딸 효정은 수원에서 공장에 다니면서 집안 살림까지 거들어야 했다. 그러나 둘째 딸 효숙은 서울로 올라가 보험회사에 들어가 사환 일부터 했다. 효숙은 자취를 하면서 버는 돈의 일부를 집으로 보내는 와중에도 돈을 모아 야간 대학을 마친 억척이었다. 그 직장 경험으로 미국에 와서도 보험회사에 다니다 보험 에이전시를 차렸고, 지금은 어엿한 보험회사 사장이다.

두 딸은 오래전에 미국에 정착한 고모부와 고모의 주선으로 큰딸, 둘째 딸 순으로 이민을 왔고, LA와 근교에 살며 뒤늦게 이민온 부모들과 남동생들보다 어엿하게 자리를 잡았다. 딸 둘은 아버지를 향한 원한과 동생들에 대한 열등 의식이 은연중에 발동하곤 했다. 가족 모임이 있을 때면 큰딸은 아버지에 관해선 으레 자식된 도리라는 명분으로 사사건건 뒤틀거나 반대했다. 두 누이들의 보이지 않는 증후군 증세와 위압에다 마음의 빚을 진 남동생들은 입도 뻥긋 못하는 편이고, 주 노인은 무력했다.

이튿날 출근길에 준은 LA에서 자동차 정비업을 하는 큰 처남에게 전화했다.

"매형, 저 다음 주 금요일엔 골프 모임이 있는데요."

"히야, 금요일에 골프 치는 걸 보니 팔자 늘어졌네. 그럼 자네 처는 애들하고 올 수 있겠지? 애들 용돈도 준비하신대. 그리고 둘째 처남한테는 자네하고 잘 통하니까 연락해 줘. 막내 처남한테는 우리가 할 테니까."

준이 십오 년 전 서른셋에 효숙을 만나 결혼을 하게 될 때 좋았던 것은 그녀에게 부모님이 다 있는 것이었다. 준에겐 일찍 돌아가신 부모에게 못 다한 공경이나 효를 대신이라도 갚고 싶은 속죄 의식 같은 것이 있었고, 그녀와 결혼하는 것이 그 기회라고도 생각했다.

여섯 달 전, 주 노인은 치매가 오기 시작한 아내가 똥을 싸서 침대가 엉망이 되었을 때 박 서방을 불렀다. 당황해서도 그랬겠지만 참으로 엉뚱하고도 이상한 일이었다. 주 노인은 어디에 이런 아들이 있을까 싶게 박 서방의 보살핌이 늘 만만했고 고마웠다. 하다못해 벽시계가 죽어도 사위에게 전화하면 배터리를 갈거나 새로 사기도 했다. 어떤 문제가 있거나 손이 필요하면 자식들 다섯은 고스란히 다 놔두고 늘 그 바쁜 박 서방만을 찾았다.

준의 장모가 양로병원에 입원하게 된 날도 그랬다. 다급한 장인의 전화를 받고 온 준은 응접실에 들어서자 달려드는 똥 냄새가 뭘 의미하는지 알아챘다. 원 베드룸의 안방은 주 노인이 쓰고 마누라용으로 싱글 침대를 하나 더 들여놨다. 준은 응접실 베란다 쪽의 침대에 누워 있는 장모를 벽 쪽으로 향하게 하고 잠옷 바지를 내렸다. 일 터진 지 꽤나 된 듯, 똥은 팬티에 난장을 치다가 죽은 듯 반쯤 늘어진 엉덩이 살가죽에 매달려 있었다. 그러나 생생한 똥 냄새는 '나 아직 안 죽었소.' 하고 준의 코로 파고들었다. 준은 장모를 안고 화장실로 가 욕조에 수도꼭지 쪽으로 엉덩이를 향하게 하고 팔과 무릎을 세워 엎드리게 했다. 그리고 엉덩이와 사타구니를 씻었다. 과거 아버지의 치매를 오랫동안 돌봤던 경험이 있는 준에게 이런 일은 식은 죽 먹기였다. 주 노인은 욕실 문을 양손으로 잡고 서 있었다.

"아버님, 아무래도 어머니를 양로병원에 입원시켜야 할 것 같네요. 이렇게 씻겨 드리는데도 전혀 부끄러워하지 않으시네요."

"자네 저 지난주에 있었던 일 알지? 꼬리곰탕 끓인다고 오븐을 켠 채 파를 사러 버스 타고 마켓에 갔던 거야. 연기가 방안을 채우고 화재경보기가 울리고 소방차까지 출동했던 거 알지? 며칠 전엔 한인 타운에 갔다가 버스를 잘못 타고 엉뚱한 곳으로 가는 바람에 경찰차를 타고 집에 왔다니까. 내가 요즘 매일 이 사람 땜에 두통에 시달려서 죽을 지경이다."

"그럼 지금 당장 양로병원에 입원시키는 게 어떨까요?"

"지금? 그래야 되겠지?"

노인은 체념의 눈빛으로 준을 바라보았다. 준은 한인업소록을 보고 여기저기 전화해서 당장 입원할 수 있는 잉글우드 양로병원을 찾았다. 준은 병원에서 준비해 오라는 소셜 번호와 신분증을 준비하고 나섰다. 주 노인은 준의 차가 있는 데까지 와서는 벌 받는 어린애처럼 그렁한 눈물을 머금은 채 서 있다가 준이 같이 가겠느냐고 묻자 따라가지 않겠다고 했다.

준은 병원에 도착하고 소셜 워커와 인터뷰를 했다. 그녀는 검은 머리를 한 뚱뚱한 히스패닉계로 보였다. 빈틈도, 영혼도 없을 것 같은 형식적인 미소에 자신은 그 일 오래 해서 뻔히 다 알고 있다는 듯이 준의 질문보다 앞질러 답을 내놓곤 했다.

준은 수속을 끝내고 장모를 두고 나오면서 오 남매 아들딸들과 한마디 상의도 없이 장인과 둘이서 결행한 이 상황의 전말을 아내에게 어떻게 얘기를 해야 할지 잠시 망설이다가 전화를 걸었다.

"자기, 수고했어. 그렇지 않아도 그 생각을 하고 있던 참이었는데."

준은 자신이 저지른 방법 외에 달리 뾰족한 수가 없는 걸 알긴 해도 아내가 간단히 수긍한 반응에 한편 어이가 없었다. 누군가의 아내이자 다섯 남매를 낳아 기른 어머니로 살아온 삶의 늙은 끝자락이 이렇게 폐품 처리되듯 간단해도 되는 건지 싶었다. 준의 머릿속에는 박 서방 따라 집에 가겠다며 아기처럼 떼를 쓰던 장모가 어른거려서 가슴이 저렸다.

주 노인과 약속한 다음 주 금요일까지 준은 바빴다. 준은 비타민과 영양제들을 도매와 소매로 판매하는 사업을 하고 있었다. 타 주에는 선금 거래지만 지역 소매점들에겐 한 달 외상을 주는데도 수금이 순조롭질 못해 거래처 여러 곳을 찾아다니기 때문이었다.

금요일 저녁이 되자 퇴근 후 근처의 식당에 들러 주문 해놓은 조갯국과 곰장어구이를 찾았다. 그리고 마켓에서 6개 들이 산山소주 한 박스를 사 들고 노인 아파트로 향했다.

주 노인은 환한 얼굴로 사위를 맞았다. 평소의 파자마 차림이 아니고 헐렁한 회색 신사복 바지에 계절과 안 어울리는 하와이안 풍의 알록달록한 무늬의 남방셔츠를 입고 있었다.

"아직 아무도 안 왔나요?"

"응, 막내네 성미 어미가 아귀찜 안주를 놓고 갔다."

노인은 오븐 위의 냄비를 가리켰다. 준은 처남댁이 왜 달랑 음식만 놓고 갔는지 장인에게 묻지 않았다.

"큰 처남은 골프 모임 있어서 못 온대요. 제 처라도 보내라고 했는데."

준은 포장해 온 조갯국과 곰장어구이를 풀고 소주도 한 병 식탁 위에 올렸다. 그리고 아내에게 전화를 했다. 안 받았다. 준은 초조했다. 사무실에도 집에도 마찬가지였다. 약속한 일곱 시는 이미 와 있는데 거기 와있는 사람은 준 말고는 없었다.

"둘째하고 처형한테는 연락이 왔었나요?"

"아니."

주 노인의 대답은 힘이 없었고, 준은 속에서 거친 기운이 일어나는 것을 알아차렸다.

"근데 이것들은 뭐에요?"

크리스마스 때나 쓰는 빨간색 바탕에 흰 눈꽃 무늬의 세련된 선물 포장지로 엉성하게 싼 여러 개의 봉투들이 식탁 끝에 있었다.

"응, 별거는 아니고, 손자들 선물이다. 그래도 현찰 선물이 제일로 좋을 것 같더라. 그래 백 달러씩 넣었다. 전부 여덟 개라, 맞지?"

"어휴, 거금 쓰셨네요."

준은 건성으로 대꾸하고는 벽시계를 흘긋 보았다.

"아버님, 시장하시죠? 늘 저녁 식사는 일찍 하시잖아요. 우선 우리끼리 먼저 시작할까요? 올 사람은 오겠죠 뭐."

둘은 쫓기듯 암묵으로 술잔을 채웠고, 적막한 응접실엔 소주잔 부닥치며 내는 쨍쨍 소리만 비명처럼 또렷했다. 노인도 준도 어쩌면 불길한 예감에 이미 압도당하고 있는 듯했다. 준은 털어 내고자 머리를 흔들었다. 적막을 깨야 한다고 생각했다.

"아버님, 이 산山소주 전에 드셔 보셨어요? 저는 이 소주 이름을 누가 지었는지 술 이름으로는 참 기막히다고 생각합니다. 자, 보세요."

준은 대뜸 일어나 왼손에 소주병을 들고 "짜잔." 하고 시범을 보였다.

"이 소주병 산山이 왼쪽에 있고 제가 사람 인人 자가 옆에 붙으면 무슨 글자가 됩니까? 신선(神仙) 선(仙) 자가 되잖아요. 그렇죠? 히히, 이거 죄송합니다. 어르신 번데기 앞에서 애 번데기가 주름 있는 대로 잡았네요, 히히히. 그러니까 우린 지금 신선주(神仙酒)를 마시며 신선 놀이를 하는 겁니다, 아버님."

"아, 그렇구나. 그래, 맞다. 하하하."

노인은 주름 가득한 얼굴에 가지런한 흰 틀니를 드러내고 웃었다. 준은 노인을 웃긴 것에 고무되어 의기양양해하면서 의자에 앉았다. 장인과 사위는 불안하고 절망해 가는 마음이 이심전심인 듯 부지런히 신선주를 마셨다. 둘은 신선이 돼 가는지 낙낙한 취기로 세상만사와 노인의 소원을 적었던 쪽지와 그 쪽지의 내용은 점점 잊혀져 갔다.

"아버님, 컴퓨터 사 드릴까요? 그걸로 시간 죽이기는 제법일 텐데요. 제가 가르쳐 드릴게요."

"할망구가 없어서 좀 적적하긴 해도, 마, 이 정도는 지낼 만하다. 이러다 적당한 때에 죽는 거지 뭐 별거 있나?"

준은 장인의 입에서 죽음이라는 단어가 나온 것이 반가워 귀를 쫑긋하며 주목했다. 영성이나 구원, 명상이나 깨달음, 죽음, 환생 등은 준의 관심 사항들이기 때문이었다. 준은 취기의 힘으로 직구를 날렸다.

"혹시, 아버님, 죽음에 관해 진지하게 생각해 보신 적 있으세요?"

"그라몬, 죽는 거에 대해 몇 번 생각해 봤지."

"에이, 노, 노, 노. 유 라이어. 말도 아니 됩니다. 지금 연세가 얼만데 죽음에 대해 겨우 몇 번만 생각해 보셨다고요?"

"죽는 게 별거 있나, 혼은 조상들한테 가고 몸은 땅에 묻히는 거지. 몇 날 앓다가 자식들 다 모인 데서 눈감는 게 최고라. 아니면 자다가 가든지, 그것도 아니면 심장마비로 후딱 뜨는 것도 괜찮은 기라."

"저도 심장마비에 한 픕니다. 오랜 치매나 중풍, 암 투병 하느라 비인간적으로 시달리며 사는 건 누구에게도 의미나 가치가 없으니까요. 누가 심장마비나 다른 이유로 급사했다면 사람들은 너무 갑작스럽고 끔찍하다고 동정하지만, 사실, 그렇지 않습니다. 병들어 병원이나 집을 왕복하면서 본인과 죄 없는 가족의 진을 빼놓고 가기보단 종착지를 가로질러 가는 Short cut, 즉 본인이나 가족들에게 친절한 죽음 아닐까요? 죽는 거 안 두려우세요?"

"솔직히 말하자면 나도 죽는 게 두렵기는 하지."

"당연하지요. 누구나 죽음 후에 대해 이런저런 설만 있지 확실한 게 하나도 없기 때문일 겁니다. 염라대왕 앞에서 심판받는 일이 벌어질지, 아니면 그냥 아무것도 없이 깜깜한 밤 같은 굴속으로 사라질지 아무도 모르니까요. 더구나 성자처럼 살아온 사람이 아니고는 천당 지옥이라는 종교적 틀로 세뇌된 사람들이라도 문서로 된 하나님의 천당행 보증서를 손에 쥐지 않고서는 불안하겠죠. 또는 천국을 여는 쇠붙이나 플라스틱 열쇠 같은 것을 가지고 있거나요. 그렇지 않고서야 감히 어떻게 죽음을 두려워하지 않을 수 있겠습니까?"

"그래, 죽음에 관해 확실한 게 없어. 다들 짐작만 하는 거지."

"저는 죽음과 죽은 사람들이 궁금해서 일요일이면 LA타임즈의 부고 광고 기사를 꼭 봅니다. 망자들의 사진과 함께 삶의 여정이 나열되고 가족들 앞에서 평화롭게 영면했다고 하죠. 그런 건 대부분 비슷하지만 죽은 장소가 병원이었는지 집이었는지는 달라요. 또 망자들은 태어난 해는 달라도 죽은 해는 같죠. 그런데 태어난 해와 죽은 해 사이에, 예를 들면 '1956-2022'에서 가운데 가로로 그어진 짧막한 대시 부호는 마치 그들의 삶을 압축 해 놓은 메모리 칩 같은 거 아닐까요? 언제 태어나 어떤 학교 다녔고, 무슨 일을 했으며, 어떤 병을 앓았는지 등의 긴 삶의 명세서를 압축해 놓은 칩 말입니다. 그리고 가끔 저는 도로 옆에 있는 공동묘지를 지날 때 시간이 허락하면 들어가 보지요. 비석엔 삶의 여정에 관한 기록은 없고 대개는 태어나고 죽은 연도만 있습니다. 어떨 땐 사랑했던 누가 여기에 영면했다는 문구들이 들어 있기도 하고요. 묘지에 묻힌 이들은 부부나 가족이 아닌, 담에야 생전 만나 보지도 않은 사람들이 죽어서 땅에 묻히며 이웃으로 만나 그 속에서 하나가 되더군요. 언젠가는 저도 그들처럼 죽어서 무의식으로 그들과 하나가 되는 것을 상상하면 인간들의 삶과 죽음, 그리고 육신의 묻힘은 참 기묘한 일이라는 생각도 듭니다."

"자넨 희한한 인생 연구를 다 하는구나."

"그저 삶, 죽음이 뭔지를 생각하는 거지요. 아버님, 자식들이란 게 어렸을 땐 조금 특이한 짓이라도 하면 뭐가 될 놈이라며 크나큰 기대도 해 보고 대단한 의미를 부여하지요. 그러나 다 컸으면 그 기대와 의미는 물론이고 내가 키운 공도 따라서 없어지는 거 아닐까요? 새나 개, 동물들은 새끼를 낳아 날개와 다리에 힘이 생길 때까지 지극정성으로 돌보지만 힘이 붙으면 떠나가잖아요. 새끼들은 효도할 생각을 할 필요 없고, 어미는 키운 공을 기억하지도 않죠. 그런 면에서 그들은 서로 자유스럽습니다. 그런데 대부분의 사람들이 죽을 때까지 짊어지고 가야 할 무거운 짐들이 뭔지 아세요? 자기로부터 가장 가까이에 있는 부모나 자식, 형제 간의 관계래요. 개인 간의 다툼이나 국가 간의 전쟁도 멀리 있는 나라보다는 가까운 나라 사이에서 생기잖아요. 사람들은 나이가 들면서 홀가분하고 자유스러워지기 위해 그 관계들을 느슨하게 놓는 대신 의미를 더하고 집착하니까 마음의 짐은 서로 더 버거워집니다. 이제 아버님이 자유를 원하신다면 자식들을 놓으세요. '내가 자식들을 어떻게 키우고 공부시켰는데' 하는 생각일랑 버리세요. 그건 한국의 연속극에서나 써먹으라고 하고요. 사실 스스로 홀가분하고 자유스러워지는 방법도 모르고 용기도 없기에 구속되고 얽매이는 거라고 봅니다. 어깨의 짐에 오래도록 익숙해졌고, 다른 한편으로는 어깨가 허전해지는 만큼 외로워질 것이라는 두려움도 있고요."

준이 장황한 설을 풀어 놓는데도 아무도 문을 열고 들어오는 자식은 없었다. 준은 문 쪽을 힐끔 보고는 더 이야기를 풀기로 했다.

"아버님, 사실 외로움은 자유스러움이나 홀가분함의 동전 바로 뒷면입니다. 그러나 어쩌겠습니까, 홀로서기를 하셔야죠. 팔십 평생을 살아오신 아버님 마음의 평화나 자유가 자식들이 내게 어떻게 하느냐에 좌우된다는 게 말이 됩니까? 다행히 고마운 미국 효자 정부가 매달 어김없이 꼬박꼬박 주는 생계보조금으로 자식들 도움 없이 잘 사시잖아요. 아버님이 재벌이 아닌 이상 다들 제 밥벌이하는 자식들에게 공자의 알량한 효심을 기대하지 마세요. 그 유효 기간은 벌써 끝났습니다. 그건 우리들이 옛날 변소에서 신문지 비벼서 뒤 닦던, 못살던 때의 얘기고, 지금은 못사는 다른 나라 사람들 얘깁니다."

준이 얘기하는 동안 노인은 벽시계를 몰래 힐끗 올려다보았었다. 준도 얘기를 끝내고 노인처럼 몰래 손목시계를 봤다. 벽시계 바늘은 기다리지 않고 몰인정하게 째깍거리며 거기 여덟 시 십 분에 와 있었고, 자식들은 끝내 아무도 거기에 오지 않았다. 주 노인이 의도한 바는 아니었을 테지만 손자들에게 줄 용돈 미끼도 소용없었다. 노인의 얼굴과 어깨는 준이 집 안에 들어올 때의 꼿꼿함은 사라지고 곧 식탁으로 고꾸라질 것처럼 위태로워 보였다. 노인은 소주를 한입에 붓고는 무겁게 입을 열었다.

"자네 말이 맞다. 이유를 모르겠는데, 사실 지금 나는 사는 것도 두렵고, 미래도, 한국 다니러 가는 것도 다 두렵네. 그래서 애들 다 보고 가려고 했었든 기라. 그러면 좀 나아질까 해서. 그런데 두 딸 희생시키면서 대학 공부 시킨 아들 세 놈들, 그런 걸 못마땅해하는 두 딸들까지, 내가 잘못 생각했고 잘못 키웠네. 효나 예는 가르쳐야 생기는 거고 부모가 어떻게 했느냐가 좌우한다고 하잖나? 그래도 처음이자 마지막 부탁인데, 이리될 줄은 몰랐네. 나쁜 놈들 같으니라고. 자네라도 있어 줘서 고맙네, 박 서방."

술잔을 잡은 노인의 손은 지금껏 살아온 삶의 흔적인 주름과 검버섯으로 얼룩져 있었다. 잘못한 것도 없이 막연한 두려움에 눌린 듯 손끝은 가늘게 떨리고 있었다. 빛이 사라지면 원래 거기에 있었던 어둠이 스스로 피어나 어두워지듯 일말의 희망과 기대가 사라진 방안엔 절망과 무거운 적막이 깔리고 있었다. 시간은 열 시에 다가서고, 노인은 가슴속에서 자식들에 대한 배반감에 소리도 못 내고 울고 있었다.

준은 아내가 나타나지 않은 일이 너무 화가 나서 그녀에게 전화할 엄두를 내지 못하고 전전긍긍하고 있었다. 식탁 구석엔 속이 빈 초록색 산이 몇 개 서 있었다. 그 옆에는 손자들에 대한 할아버지의 가망 없는 간절한 사랑과 백 달러씩을 품은 빨간 봉투들이 마치 교통사고를 당해 피를 흘리며 죽어 가는 부상자들처럼 처참한 몰골로 누워 있었다. 준은 악몽 같은 상상에서 깨어나려는 듯 머리를 도리질하며 자리에서 벌떡 일어섰다.

"아버님, 저 갈래요. 참, 이거 치워야죠."

"아니다. 나 혼자 치울 수 있다. 그런데 자네 운전 괜찮겠나? 여기서 자고 가는 게 어때?"

"괜찮습니다, 이 정도는요. 저보다도 아버님 괜찮으시겠어요?"

용기를 내어 문을 향해 일부러 씩씩하게 걸으려는 준의 발길은 술기운이기도 하겠지만 쇳덩이가 매달려 있는 듯 무겁고 서툴렀다. 허리를 꾸부려 구두를 신은 다음 준은 허리를 편 다음 식탁을 향해 천천히 뒤로 돌아섰다. 노인은 두 손으로 식탁 의자의 등받이를 잡고 서 있었다. 등은 꼽추처럼 휘어져 있었고, 앙상한 양 어깨뼈는 양쪽 귀까지 솟아올라 몸뚱어리에 비해 훨씬 커 보이는 머리통이 여차하면 어깨 속으로 파묻힐 것만 같았다. 준은 가슴에는 형언하기 어려운 슬픔이 일었다. 그는 구둣발로 노인에게 달려가 와락 껴안았다.

"죄송합니다, 아버님, 오늘."

"자네가 왜? 개않다, 난."

노인의 몸은 장작개비 다발처럼 메말랐고 얼음처럼 차가웠다.

준이 껴안은 팔에 조금이라도 더 힘을 주면 그의 몸은 바스러질 것 같았다. 준은 팔을 좀 느슨하게 푼 다음 두 손으로 노인의 등을 아래위로 더듬었다. 그러나 노인의 등은 한겨울에 불 안 땐 냉구들처럼 차가웠다. 혹시나 해서 준은 장인의 양 볼에 얼굴을 번갈아 대 보았지만 거기도 마찬가지였다. 아니, 그렇게 여러 잔의 소주가 들어갔으면 몸에 군불을 땐 셈인데도 냉기가 가시지 않았다니. 사람의 체온이 1도만 떨어져도 건강의 적신호라는데, 준은 가슴이 저려 와 견딜 수가 없었다. 준은 똑같이 마신 술인데 혼자만 뜨거워진 몸뚱어리가 미안해서 자신의 체온을 이월시키기 위해 노인의 양 볼에 얼굴을 번갈아 한동안 대고 있었다. 준의 귀엔 노인의 목에서 나는 낡은 자동차가 주저앉기 직전의 노쇠한 엔진 돌아가는 소리처럼 그르렁 그르렁 소리가 크게 들렸다.

주 노인은 사위가 하는 짓들이 엉뚱하고 민망하긴 했지만 밉지는 않았다. 사위가 자신에게 왜 이러는지 잘 알기 때문이었다. 노인이 얼굴을 떼려고 시도해 봤지만 준은 어림도 없다는 듯이 얼굴과 몸을 더 밀착시켰다. 그리고 음악 없는 부르스 춤을 추기 시작했다. 스텝을 모르는 사람들이 추는 제자리에서 좌우로 몸을 흔드는 것처럼 기울이는 식이었다. 준은 자신의 체온이 전해지려면 좀 더 시간이 필요할 거라고 생각했다.

주 노인은 추운 겨울밤, 허허한 바다, 오는 이도 가는 이도 없이 육지와의 끈이 끊겨 버려진 그야말로 외딴섬이었다. 준은 그 춥고 고독한 섬을 가슴에 안았지만, 그러나 그 섬 안으로 온전히 들어갈 수가 없어 애가 탔다. 준의 목과 가슴은 꾸역꾸역 부풀어 오르는 연민으로 터질 것만 같았다.

"아버님, 이렇게 사위랑 부르스 추시는 거 어때요?"

"괜찮다. 내 걱정 하지 마라."

"진짜 기분 괜찮으신 거죠? 정, 기분이 뭐하시면 저랑 우리 집에 가실래요?"

"아니다. 나 괜않다."

"아니면, '나, 내일 한국 간다?'고 누구 약 올리듯, 노래하듯 기분을 살려 보세요. 한국 가서 기분 전환 하실 거니까요. 안 그래요?"

"그래, 알았다."

준은 노인을 그렇게 한참을 더 안고 있다가 팔을 천천히 풀었다. 그리고 문을 향해 돌아서서 서둘러 냉정하게 걸어갔다. 노인은 몸을 휘청거리며 의자에 가서 앉았다. 준은 문고리를 잡으며 뒤돌아서서 인사를 해야 한다고 생각은 했지만, 무슨 배짱으로, 어떻게 그를 마주 볼 수가 있단 말인가? 준은 그냥 문을 마주한 채 등 뒤의 장인에게 큰 소리로 말했다.

"아버님, 저 가요. 참, 내일 저녁에 공항 모셔다 드리러 올게요."

"그래라. 운전 조심하고."

준은 다운타운에서 110번 북쪽 방향으로 타고 가다가 터널을 지나 버뱅크로 가는 5번 북쪽 방향 프리웨이를 갈아탔다. 준은 장인어른이 걱정되어 저장된 번호를 눌렀다가는 바로 껐다. 서로 참 담함밖에 확인할 게 없는 일을 왜 하나 싶어서였다. 그리고 그는 라디오를 켰다. 흘러간 록 음악 Journey의 'Don't Stop Believing'

이 나오고 있었다. 준은 옛날에 그룹의 리드 싱거인 스티브 페리와 그의 이 노래를 환장하게 좋아했었다. 준은 볼륨을 올리고 노래를 함께 불렀다.

피아노 음의 키보드 혼자서 단조롭게 반복되는 전주는 가수의 노래가 시작되고도 둘이서만 간결하게 이어지다가 후렴 'Strangers waiting, up and down the boulevard, Their shadows searching in the night, Street lights, people livin' just to find emotion, Hidin', somewhere in the night'부터는 숨죽이고 있던 나머지 악기들이 집단으로 부활하듯 일제히 일어나 아우성을 쳤고, 유난히 둔탁한 베이스 드럼 소리는 준의 가슴을 사정없이 후려치고 있었다. 준은 노래를 따라 부르며 두 손은 핸들을 잡고 어깨는 들썩이며 춤을 추었고, 이 후렴구부터는 머리까지 흔들며 오르가슴을 불러오려는 사람처럼 격렬하게 허우적대고 있었다. 준은 가슴에 막아 놨던 봇물이 눈물로 터져 쏟아지고 있었다. 그는 이유 모를 설움에 받쳐 운전하며 노래하며 어깨춤을 추며 울었다. 그렇게나 빠르고 격렬한 록 음악 박자에 맞춰서 울다니, 아마도 장인이 자식들과 손자들에게서 찾으려다 실패했던 그리운 정이 그 노래 가사와 엇비슷했기 때문인지도 몰랐다.

'낯선 사람들이 기다리고 있습니다.
그들의 외로운 그림자들도 이 밤에 뭔가를 찾고 있습니다.
가로등의 불빛들, 그리고 사람들도 밤 어딘가에 숨어 있을 정을 찾으려고 오고 갑니다.'

준은 자신이 하고 있는 짓이 뭔 지랄이냐 싶었지만 그 지랄은 준에게는 슬프고 더러운 기분의 정화요 배설이었다. 그는 노래가 끝나자 볼륨을 줄이고 깊은 호흡으로 마음을 가라앉히며 집으로 향했다.

준이 집 안에 들어섰을 때, 그의 아내는 그를 기다린 듯 자지 않고 있었다. 그녀는 준의 눈치를 살피는 듯했다.

"당신 뭐야. 온다고 했잖아. 왜 전화도 안 받았어. 뭔 다섯 년 놈 중에 단 한 새끼도 안 나타난 거냐? 당신 나한테 시집올 때 집 안 자랑 오지게 늘어놓더니 겨우 요거냐? 무슨 놈의 자식들이 노조 동맹파업 하냐? 이거 당신네 형제들이 아버님에게 집단적, 정신적으로 폭력 휘두른 거야, 알아? 이건 범죄야. 집단 폭력 범죄. 이 싸가지 개뿔도 없는 것들! 아버님이 이제 사시면 얼마나 사신다고. 노인이 돈을 달래냐, 부양이라도 해 달래냐?"

효숙은 성난 사자처럼 식식대며 포효하는 준이 무서워 아무 말도 못 했다. 그녀는 준이 이렇게 쌍욕을 해 대며 분노하는 건 처음 보았다. 그녀는 사태가 이렇게 심각해질 줄은 짐작도 못 했다.

준은 두 딸들이 가지고 있는 아버지에 대한 원망과 한을 어느 정도 이해는 하지만 그 아들 새끼들은 뭔 생각인지, 보통의 인간으로서는 참으로 불가사의한 일이라고 생각했다. 준은 마누라가 꼴도 보기 싫어 위스키병을 들고 서재에서 잘 심산으로 문짝이 부서질 만큼 문을 거칠게 닫고 들어갔다.

이튿날 아침결, 준은 전날 밤의 불쌍한 장인어른 모습이 비몽사몽간에 자꾸만 떠올랐지만 도리질 치듯 밀쳐 내고 꿀 같은 토요일 아침의 허가받은 늦잠을 못 자고 일어났다. 준은 장인에게 전화를 했다. 여섯 번째 신호 끝에 전화가 열렸다. 여섯 번째의 신호까지 걸리는 6초의 시간은 준이 미궁에 빠진 것처럼 절망적으로 길게 느껴졌다.

"잘 주무셨어요?"

"그래, 잘 잤다."

노인의 목소리는 미풍에라도 날아가 버릴 것처럼 힘도, 무게도 없었다. 준의 아내가 옆으로 다가와 휴대폰을 달라며 손짓했다.

"아버님, 힘 나시게 밖에 나가서서 산책이라도 하세요. 저녁 여덟 시쯤 모시러 갈게요. 그리고 효숙이 통화하고 싶대요, 잠깐요."

"아버지, 어제 못 가서 죄송해요. 한국에 건강하게 잘 다녀오세요. 다녀오시면 근사한 파티 열어 드릴게요. 여보세요? 아버지?"

전화가 중간에 끊어진 모양이었다. 준은 아내의 말은 안 들은 걸로 치부했다. 그날 종일 준은 이해 불가한 아내와 말도, 눈도 섞고 싶지 않아 침묵했다. 게으름을 피우며 침묵하는 것도 힘들어 근처 공원에 나가 열 바퀴를 뛰었다. 한 2마일쯤 되지 싶었다. 땀에 젖은 몸과 마음은 한결 가벼워진 걸 느꼈다. 뜨겁게 달궈지고 땀 흘린 몸에 세로토닌 호르몬이 많이 생성됐는지 아내를 용서하고 이해할 수 있다는 생각이 들었다. 그러나 공원에서 돌아와 집에 들어서서는 아직도 미움의 잔불이 꺼지지 않았음을 알았다.

준은 여덟 시가 좀 안 돼서 집에서 출발해 삼십 분 후쯤 노인 아파트에 도착했다. 준은 장모가 사용하던 키가 있어서 노크도 없이 집 안에 들어섰다.

"아버님, 저, 박 서방 왔어요."

커튼이 열린 채 베란다 문을 통해 들어온 불빛만이 삐딱한 직사각형의 모습을 응접실 바닥에 누워 있을 뿐 아무 기척이 없었다. 그리고 방문 옆에는 그 빛을 비켜선 자리에 보초 서 있는 항공백이 세워져 있었다. 준은 아무 대답이 없음에 불길한 예감으로 타격을 입은 듯 침실로 돌진했다.

장인어른은 침대 위에 누워 있으면서 눈은 뜬 채, 위로 뒤집어져 있었고 틀니 없이 벌어진 휑한 입 언저리와 목 그리고 베개에는 토사물이 범벅을 이루고 있었다.

"오, 마이 갓, 아버님! 정신 차리세요."

준은 장인어른의 몸을 흔들었다. 그리고 얼굴을 쓰다듬다가 토사물로 범벅이 된 손으로 귀밑 옆 목을 짚어 봤지만 맥박 없이 차갑기만 했다. 준은 다리가 풀려 침대 가장자리에 털썩 걸터앉아 부들부들 몸을 떨었다. 눈앞이 캄캄했다. 꿈이 아닐까, 눈을 질끈 감았다가 떠 보기도 했다. 책상 위에는 예닐곱 개의 주황색 처방 약병들이 속을 비운 채 흰 뚜껑들과 어지러이 흩어져 있었다. 그리고 처방 없이도 살 수 있는 애드빌 피엠이라는 진통과 수면 두 가지 기능을 가진 빈 약병도 보였다. 장인어른이 손자들에게 주려던 여덟 개의 빨간 봉투들과 태극마크가 새겨진 항공사의 비행기 표가 들어 있을 재킷은 모두 임자와 주인을 잃고 넋을 놓고 있었다. 준은 바로 그 옆에 지퍼로 된 두툼한 성경책 위에 놓인, 전에 자식들에게 청원한다는 쪽지와 똑같은 모양의 종이를 발견했다. 숨을 들이마시고는 쪽지를 읽어 갔다.

박 서방,

성경책을 열면 돈이 있을 걸세. 이 돈은 수원의 사촌이 가로챘던 선산 문제가 해결되어 시제 지내러 한국 갈 때마다 조금씩 받아서 가져온 것이라네. 이 돈으로 내 마누라를 양로병원에서 구출해 줄 수 없겠나? 자네가 이 아파트나 자네 집에서 풀 타임 가정부를 두고서라도 부양해 줬으면 하네. 정부에서 나오는 돈하고 이돈이면 가능하지 않겠는가? 자네 장모가 살면 얼마나 더 살겠는가? 내가 너무 어리석어 이 생각을 지금서야 하게 되었네. 그리고 나는 내 자식들에게 섭섭한 감정 다 풀고 용서하고 가네. 자네도 그 애들을 미워하지 말기를 바라네. 끝으로 자네 장모를 잘 부탁하네. 고맙고 미안하이, 박 서방.

11월 25일 주영석

준이 떨리는 손으로 배가 터질 듯 퉁퉁하게 부른 성경책의 지퍼를 열자 책 알맹이는 없이 고무줄로 허리가 묶인 백 달러 지폐 묶음 아홉 개가 들어 있었다. 준의 머릿속으론 오래전 장인이 한국 갔다가 LA 공항에 들어올 때 1만 달러만 넘지 않으면 세관에 신고 안 해도 되느냐고 두 번인가 물어 온 적이 있었던 게 스쳤다. 준은 손에서 돈다발이 스르르 책상 위와 바닥에 쏟아지는 것도 모르고 천장을 올려다보며 서 있었다. 어젯밤, 장인이 자고 가는 게 어떻겠냐고 물었을 때 잠깐 '그럴까' 생각은 했었지만 실행하지 않은 걸 후회했다.

준은 쪽지에 적은 장인의 첫 번째 소원은 내 아내를 포함한 처

가의 후레자식들의 무관심으로 못해 드렸지만, 이 두 번째 소원이
자 마지막 유언은 아내 하나만 설득하면 이뤄 드릴 수 있다고 생각
했다.

주 노인은 죽었다. 노인은 그렇게 두렵다던 죽음을 저승사자가
데리러 올 때까지 기다리지 않고 스스로 자유 죽음을 택했다. 누
가 인생은 나그네 길이라고 했나. 그는 스스로 하늘길을 향해 나
그네처럼 떠났다.

삶이 그대를 속이더라도

뚜, 뚜.

"여보세요? 응, 티나 엄마? 나야. 교회는 갔다 왔어?"

"----------"

"그럼, 나도 갔다 왔지. 애 아빠는 오늘 교회도 안 가고 또 골프 치러 갔어. 전지전능하시고 아니 계신 곳 없다는 하나님이 유독 왜 골프장엔 안 계시겠느냐면서."

"----------"

"티나 아빠는 아침에 빌딩 청소 점검하러 갔다고? 금요일 밤에 해야 할 걸 술 마시느라 못 하고, 토요일엔 술병 나서 못 하고 대신 오늘 갔다고? 까짓것 어때, 모로 가도 서울만 가면 된다잖아. 아휴, 요즘 우리 애 아빠는 주말이고 주중이고가 없어. 허구한 날 골프야. 가게는 멕시칸 종업원한테 맡겨 두고는, 골프 치고 와서는 거꾸로 종업원 눈치를 보더라니까, 글쎄. 티나 엄마, 난 요즘 있지, 문득문득 사는 게 재미도 없고 '이게 뭔가?' 싶기도 하고, 외로운 섬에 혼자 갇힌 것처럼 답답하다는 생각을 많이 해."

"——————"

"애를 주렁주렁 달고 문학소녀도 아니고 무슨 엉뚱한 소리냐고? 아냐, 내 얘기 좀 들어 봐. 그 생각만 하면 지금도 속상해 죽겠어. 세일이 시작되는 지난 목요일에 한국 마켓에 갔다가 미세스 추를 만났지 뭐야. 있잖아, 그, 남편은 페인트 사업 하고 돈 잘 벌어 마누라 호강시킨다는. 그래도 생각 안 나? 왜, 다이아몬드 반지에, 있는 대로 보석 끼고 매달고 다니는, 머리 갈색으로 물들이고 색 화장을 한 건지, 화장을 하고 다니는 여자 말이야. 그 전에 이 아파트 단지에 살다가 그럴듯한 집 사서 이사 가면서 자기네가 제일 빨리 이 동네를 탈출한다며 동네 부인들 속 다 뒤집어 놓고 간 여자. 생각나? 아니, 우리들은 여기 감옥소에 갇혀 사나? 그래서 지들은 탈출한다고? 글쎄, 그 여자를 마켓에서 만났는데, 날 보더니 다짜고짜 뭐랬는 줄 알아? '어머, 이게 누구야? 미세스 공 아냐? 근데, 어머머, 얼굴에 왜 기미가 그렇게 많이 꼈어? 전보다 까칠해졌네. 뭔 고민 있우? 호호호.' 그러잖아. 글쎄 날 보자마자, 그것도 마켓 안에 사람들한테 광고 방송이라도 하듯이 그 우렁찬 목청으로 말이야. 최소한도 아는 사람을 오랜만에 만나면 일단 '하우 아유?' 정도는 하는 게 순서가 아닌가? 근데 난 그날따라 화상도 안한 맨얼굴에다 머리도 부스스한 채로 청바지에 슬리퍼를 신고 갔었잖아. 그래도 그렇지 고 무식한 여편네 첫 인사가 그거였어. 그러니 나는 얼마나 당황하고 야코가 팍 죽었겠어. 나는 대꾸도 하는 둥 마는 둥 도망치듯 카트를 끌고 일단 그 자리를 벗어났지. 잰걸음으로 급한 척 여기저기 돌고 돌아 이것저것 되는대로 담다가 콩나물이 눈에 띄기에 비닐봉지에 마구 퍼 담았지 뭐야. 글쎄, 비닐봉지에 마치 옛날 서울의 출근 시간대 지하철에서 지하철 요원이 승객들 밀어 넣듯이 콩나물이 비닐봉지에 만 원인데도 순이 부러지거나 말거나 마구 쑤셔 넣었지. 콩나물이 만만했나 봐. 그런데 그때 '아점마 이거' 하면서 야채를 정리하던 멕시칸 종업원이 새 비닐봉지를 내게 내밀면서 씨익 웃고 있는 거야. 에구머니나! 난 그제서야 내 정신으로 돌아왔어. 그리고 집에 와서 보니 사야 할 것은 안 사고 콩나물 잔뜩 하고 새우깡하고 초코파이, 건빵 같은 것들만 사 왔지 뭐야. 생각하면 할수록 무식하고 교양 머리 없는 고 여편네가 미워 죽겠어서 초코파이 한 상자를 다 먹어 치웠지 뭐야. 말 한마디에 천 냥 빚도 갚는다는데, 고 여편네는 빚 갚을 게 없는 여잔지, 어쩜 고렇게 남이 불쾌해할 말만 골라 하면서. 아휴, 그 여자는 내게 천 냥 빚 진 거야. 내가 고 빚 언젠가는 꼭 받아 낼 거야. 티나 엄마, 이따가 티나 데리고 저녁 먹으러 와. 콩나물 잔치 벌여 줄게. 콩나물밥, 매운 소고기 콩나물국, 무침 등등. 목요일 저녁에 그렇게 밥상을 차려 놨더니 애 아빠가 뭐랬는 줄 알아? '마켓에서 오늘 콩나물 세일 했나 보지?' 그러는 거야. 지금까지 그렇게 먹어도 콩나물이 줄질 않네? 저녁때 꼭 와, 콩나물이 남아돌으니까 부른다고 생각하지 말고. 아무튼 그때 그 기분은 좀 풀리긴 했어도 그 여편네에 대한 완전한 용서는 아직 미진한 상태야. 오늘 교회에 갔어도 목사님 설교는 귓전에서 맴돌기만 하지 귀속으론 들어오지도 못하더라고. 난 예배 끝나고 친교 시간이 젤 좋더라. 밥도 먹고, 커피도 마시고, 수다도 떨고, 누구네 뭐 들여 놨고, 누구네 집 사서 이사했고, 누구네 가게 샀고, 누구네 망했고. 아휴, 이민 사회의 인생살이 축소판이 펼쳐지는 게 그 시간이야. 그래서 난 그 시간에는 나와 다른 이들의 수다를 즐기며 섬에 혼자 갇혀 있다는 생각에서 벗어날 수 있거든. 티나 엄마는 친교 시간이 안 좋아?"

"_____"

"자기는 숫기도 말주변도 없지만 남의 애기 듣는 건 좋아한다고? 하기야, 듣기를 잘하는 사람이 실수를 덜 한대. 나 같은 수다는 짐 안 실린 빈 달구지 지나갈 때처럼 소리만 요란하지 뭐. 아무튼 교회에서 밥도 많이 먹고 과일에다 커피도 두 잔이나 마시고 왔더니 배도 부르고 또 따분해지는 기분이야. 그래서 전화했어. 뭐 좀 신나는 일 없을까?"

"_____"

"뭐라고? 아까 내가 왜 문득문득 섬처럼 외롭다는 생각이 든다고 그랬느냐고? 뭐? 표현이 문학적이고 그럴듯하다고? 호호호, 문학까지야 뭐, 그래, 땡큐! 사실 소녀 시절에 문학소녀 아니었던 사람 어디 있나? 티나 엄마도 그랬을걸? 토머스 하디의 『테스』를 읽을 때는 테스를 울린 그 두 남자를 미워하면서 눈물을 흘리기도 했다고. 에밀리 브론테의 『폭풍의 언덕』을 읽으며 절망하고 새침해지기도 했고. 옛날 애 아빠하고 데이트할 때 어쩌다 분위기 잡아 보려고 소설이나 시를 꺼내면 이 양반은 삼국지하고 일지매 같은 소설이 죽여 준다며 몇 번씩 독파했다고 자랑을 하더라고. 그것도 소설과 고우영 만화로 읽었다면서. 더 이상 무슨 대화가 오갈 수 있겠어. 그 담엔 얘기가 진도도 안 나가고 데이트 분위기를 고렇게 여러 번 말아먹더라고. 참 내, 기가 막혀서. 그런 애 아빠가 오늘 새벽에 골프 치러 가면서 '자기 교회 가면 좋지? 수다 실컷 떨고. 교회 다녀와서 애들 데리고 공원에라도 다녀오지 그래? 가을을 타나? 싱숭생숭해진 것 같아.' 그러는 거야. 골프 치러 가는 게 미안했던지 아주 큰 인심 쓰듯이 립서비스를 내놓고 가더라고. 그래, 맞아. 요즘 괜히 사는 게 뭔지 외롭다는 생각에 싱숭생숭하지 뭐. 그 사람은 눈치 하나는 귀신이야. 내 표정을 보고는 뭐든 딱 집어내는 데 1초도 안 걸려. 재채기도 안 했는데 감기 기운 있는 걸 딱 맞히는 식이야. 난 사실 가을이 오면 가끔씩 여고 때 그 영어 선생님이 생각나."

"_____"

"짝사랑했던 선생님이냐고? 거기까지는 아니고 혼자 사모하는 마음만 품다가 금방 제풀에 시들었던 적이 있었지. 그 선생님은 원래 불어 전공이었대. 그래서 베를레에느의 시를 가끔 불어로 들려주고 번역도 해 주었는데, 와, 난 불란서 말이 그렇게 예쁘고 섹시한 언어인 줄 그 선생님 때문에 알았다니까. 그중에서 시 내용은 다 생각이 안 나는데, 제목은 「내 마음에 눈물 내린다」. 그리고 시는 대충 이렇게 나가. '거리에 비가 내리듯 내 마음에 눈물 내린다 내 마음에 스며든 이 우울함은 무엇인가 대지와 지붕에 내리는 부드러운 빗소리여……' 뭐, 어쩌구 하는 좀 울적한 신데, 나 그거 듣고 그날로 선생님한테 뿅 갔었어. 아! 그 선생님은 금방 낙엽이 흩어지고 비 내리던 센 강가를 거닐거나 아니면 베를레에느가 보았던 대지와 지붕 위에 내리는 비라도 맞고 온 사람처럼, 축축한 강바람 냄새 같은 것이 풍기는 것 같았고, 진짜 불란서 그 자체처럼 보였었어. 나는 실제 불란서엘 가 보지 않아 모르지만, 또 그 선생님도 거길 가 본 적이 있는지 어떤지 모르지만 말이야. 거기에다가 바바리코트까지 입고 다녔었거든. 아무튼 그땐 그랬었지. 그래, 영어 시간만 되면 시 들려 달라고 졸라서 불란서 시 한 수 듣고 수업에 들어가곤 했었지. 지금 생각하면 그 선생님도 센 강가는커녕, 우리들처럼 집에서 김치하고 국에다 밥 말아 먹고 버스나 전철 속에서 부대끼며 출근했을 게 빤할 텐데도 말이야. 그때는 어떻게 그 선생님에 대한 아련함이 그토록 절절했는지 몰라. 선생님이 불란서 시나 죽여 주는 불어 발음 하나로 풍을 떤 것이었든, 소녀의 가슴에 떴다가 곧 사라질 두서없는 봄바람 같은 분위기를 불어넣었든 그런 추억을 놓치기에는 아깝다는 생각이 들어. 그 선생님 때문에 사실 시나 문학 등에 흥미를 갖게 되기도 했지만 말이야. 아까 재채기 얘기를 했지만 사실 이런 추억을 끄집어내는 것도 일종의 외로움의 재채기인지도 모르지. 가슴속에 숨어 있다가 느닷없이 나오는 재채기 말이야. 고 주책바가지인 미세스 추도 내 얼굴에 낀 기미를 보고 그 눈치를 챘던 것인지도 모르고. 사실 우리가 남의 일이라고 상관 안 해서 그렇지, 모르면 몰라도 이 이민 사회는 물론이고 미국인 사회도 도처에 많은 사람들이 외로운 재채기를 하면서 살고 있을 것이라는 생각이 들어. 요 얼마 전에 신문에 난 기사를 보니까 LA의 어느 가정상담소에 걸려 오는 상담 전화의 상당한 수가 외로움을 호소하는 전화였대. 내가 그래서 그런지 좀 유심히 주위 사람들을 보면 다들 그렇게 보이는 거야. 애들 아빠도 지난 주말인가, 골프꾼들과 한잔 걸치고 들어오던 날……."

"――――――."

"뭐라고? 웃어, 실컷. 왜 골프꾼들이라 하느냐고? 꾼은 꾼이지 뭐, 안 그래? 골프에 빠져서 허우적거리는, 이를테면 노름꾼처럼 말이야. 난 그렇게 불러. 내가 좀 심했나? 하여튼 골프 치고 나서 같이 어울려 술을 마셨나 본데, 술이 거나해서는 그이가 좋아하는 장윤정 노래 〈어머나〉를 '어멋나, 어멋나, 그러지 마세용' 하고 코맹맹이 소리로 부르며 들어오기에 '어이구, 오늘은 공이 잘 맞아 줬나' 했는데, 소파에 벌렁 누우면서 하는 말이 그 노래와는 완전히 다른 분위기더라고. 뭐라고 했는지 알아? '친구? 친구 좋아하네. 인생은 어차피 외로운 거라고. 혼자 왔다 혼자 가는 거, 꺼억!' 하고는 그대로 잠에 빠지더라고. 난 그때, 얼씨구, 매사에 친구 일이라면 자기 일이 아무리 바빠도 우린 '으리의 싸나이들' 아니냐면서 도토리들처럼 서로 어깨동무를 하거나 앞서거니 뒤서거니, 의리 없이는 폭 고꾸라질 사람들처럼 굴더니 이건 또 무슨 헷갈리는 소린가 했지. 얼마나 오래 사귀었다고, 이민 온 햇수가 비슷하고 나이도 비슷한 또래라는 알량한 이유로 금방 말도 트고 '야, 인마, 짜샤' 하면서 마치 수십 년지기 친구 대하듯 하는 건 보통이고,

집에서 술자리라도 벌어지면 부인들 들으라고 그러는지 마누라 팔아 친구 산다고 냅다 큰 소리로 입에 게거품들을 물 때는 언제고. 그 대단한 도토리 친구들이랑 골프 치고 와서는 이제 인생은 외로운 거라니. 지난해 연말에 애 아빠 고등학교 동창회 모임에 갔었지. 그이 대학 동창 모임에 한번 가 봤는데 그건 덜 익은 고구마 씹을 때처럼 서걱거리기만 하고, 고등학교 동창 모임하고는 뭔가 좀 다르더라고. 내 여고 동창 모임엔 안 가도 그이 고교 동창 모임엔 꼬박 가잖아. 여고 동창 모임엔 남자들이 별로 재미를 못 느끼나 봐. 아무튼 참 즐겁게들 떠들어 대더라고. 애들 아빠는 들어가자마자 연거푸 소주를 몇 잔 들이켜 용기를 장전했는지 동창을 보면 다가가서 '야! 이거 누구야, 창석이 아냐? 히야, 오래간만이다. 너 작년 모임에는 안 왔었지? 사업은 잘되고? 그래, 그래, 핫핫핫! 그 정도면 성공한 거지 뭐.' 하다가 선배를 보면 꾸벅 절을 하기도 하고. 또 다른 그룹을 보고는 '하하, 후후' 웃으며 내가 들을 땐 씨 알맹이 별로 없는 소리들만 주거니 받거니 하는 것 같더라고. 나는 억지춘향이식으로 그이한테 껌처럼 붙어 왔지만 남편의 그런 동창 모임도 사실 나는 별로야. 그 의식적으로 박력 있게 터트리는 웃음소리 하며 돈깨나 벌었는지 그 나이에 비해 좀 자만한 얼굴을 한 상대편을 보고는 서로 앞뒤 가릴 것도 없이 냅다 치켜세우며 오고 가는 말과 웃음과 몸짓 속에는 분명 뭔가가 스며있는 듯했어. 이를테면 내보이기 싫은 열등감이나 길바닥에 떨어져 있어도 아무도 안 주워 가는 1센트짜리 동전 같은 자존심, 뭐 그런 게 뒤 섞여 있는 거 말이야. 그리고, 거기 모였던 사내들이 고교 시절 몇 년도 몇 학년 때의 추억을 끌어와 이리 굴리고 저리 굴리고, 아무리 오늘을 홍겹게 요리한다고 해도 그 속에는 결국 상처받기 쉬운 허약한 긴장감 같은 것이 흐르고 있는 걸 난 볼 수 있었어. 돌아오는 차 안에서 애 아빠도 별말이 없더라고. 그리고 집에 와서는 또 소주 몇 잔을 마시더니 그냥 꿈나라로 가더라고. 나는 그이 얼굴에서 외로움 같은 거? 아님, 뒤를 아무리 돌아봐도 쫓아오는 사람이 아무도 없는데, 그냥 뭔가에 쫓기는 삶의 초조와 피로감이 덕지덕지 묻어 있는 걸 봤어. 골프로 그을린 새까만 얼굴은 하나도 건강하거나 행복해 보이지도 않았고. 그이 얼굴이 내 투영된 얼굴로 보이더라고. 난 그이를 꼭 껴안아 줬지. 결국 사람의 마지막 걸음은 혼자서 가야 한다고 하지만 평소에도 그런 것 같아. 아무리 부부가 둘이 붙어 있더라도 한 치나 두 치 옆이냐의 간격은 있게 마련이잖아. 부부가 그런데 남자들이 친구 관계라는 의리나 우정으로 붙어 있다고 해도 그게 단단하면 얼마나 단단하겠어? 난 그동안 늘 그이가 내게 꽃을 들고 다가와야 하는, 그래서 난 기다리고 있기만 하면 되는, 남편을 그런 기대의 대상으로만 여겼던 걸 잠시 후회하기도 했어. 서로 다가가야 하는 관계인데 말이야. 사실 한국에서라면 혹시 그 나이에 넓고 깊은 바다에 생선처럼 싱싱하게 유영할 때 아니겠어? 그런데 미국에서 이민 생활 하는 것이 그렇게 호락호락하지 않잖아. 근데 그이는 지금 꼭 그물에 걸려들어 생선가게 좌판 한구석에 깔아 놓은 지가 여러 날이 된 시든 생선처럼 푹 퍼져 있는 것 같아."

"-----------"

"뭐? 너무했다고? 남편을 시든 생선에 비유하면 어떡하냐고? 후후후, 응, 알아. 그렇지만 난 싱싱함을 빗대서 말하려는 거였어. 사실 내가 나이를 먹어서 그런지 요즘 20대 젊은 남자애들이 요 앞에 아파트 수영장에서 수영하는 모습을 보면 단단해 보이는, 푸르고 은빛 나는 싱싱한 고등어가 떠오르는 거야."

"------------"

"뭐? 그 20대 근육이 알맞게 붙어 있는 파란 눈의 미국인 청년을 두고 하는 얘기냐고? 호호호, 티나 엄마도 불순하긴, 쯧쯧쯧. 나, 티나 엄마 지금 무슨 생각 했는지 알아. 내가 맞혀 볼까? 20대 애들은 남자애들이나 여자애들 다 똑같더라고. 군살 없이 쭉쭉 뻗은 다리하며 납작한 배, 갸름한 허리. 마켓의 냉장 좌판에 막 깔린 싱싱한 생선이 그렇잖아. 아무튼, 우린 LA에 자리 잡은 지가 벌써 10년이 돼 가는 데 늘 힘든 건 똑같아. 남편은 무슨 특별한 기술이 있는 것도 아니고, 그렇다고 영어를 잘하는 것도 아니고. 그냥 그날그날 열심히 사는 수밖에. 물론 LA에서는 영어를 썩 잘하지 못해도 사는 데에 큰 지장이 없긴 하지만, 어떨 땐 우리가 확실히 미국에 사는 건지. 아니면 서울 영등포구 어디쯤에 살고 있는 건지 분간이 안 설 때가 있더라고. 그런데 가끔 한인타운에 있는 우리 가방 가게에 나가 보면 미국 백인이 손님으로 올 때가 있는데, 애 아빠 영어 실력이라는 게, '헬로', '오케이'나 영어 단어 주섬주섬 끌어모아서 조합해 놓고는 짧은 문장 말끝마다 앞뒤 잴 것도 없이 노상 '유 노우, 유 노우'를 붙이는 정돈데 본인은 얼마나 답답하겠어? 그런데 신기한 것은 히스패닉 손님이 오면 백인 손님 때와는 딴판으로 아주 당당하고 낙낙하게 대하는 거야. 미국 백인 손님한테는 손님이 가격을 깎아 달라고 말을 안 했는데도 애 아빠가 알아서 깎아 주지만 히스패닉 손님한테는 손님이 깎아 달라고 사정을 해야 마지못해 크게 인심 쓰듯이 있는 대로 생색은 다 내고 쥐꼬리만큼만 깎아 주더라고. 물론 한국인 손님한테는 무차별적으로 깎이지만 말이야. 이런 그이의 인종에 대한 잠재적인 차별 의식은 골프꾼들이나 다른 친구들이 돌려 가면서 집에서 한 턱씩 쏘게 될 때 더 잘 드러나더라고. 몇 잔씩 걸친 후 취중 잡담 하는 걸 옆에서 들으면 히트곡이 한두 개밖에 안 되는 가수가 몇 해 동안 어딜 가거나 내내 같은 노래만 부르듯이 늘 레퍼토리는 거기서 거기더라고. 단골 메뉴가 우선 한국 정치야. 그놈 죽일 놈이고, 걔는 종북이고, 대통령이 틀렸고, 그러다가 야당파와 여당파가 갈리기라도 하면, 이건 정말 못 봐주겠는 거야. 일촉즉발 전에 눈치 빠른 사람이 슬쩍 자동차 새로 산 이야기나 보험료나 보험 회사 얘기, 누가 차 사고 났고 누가 얼마짜리 집을 산 얘기로 바뀌면 흥분들은 서서히 가라앉더라고. 이런 종류의 얘기엔 자기의 사상이나 주의가 필요 없어선가 봐. 그러다가 대개 로컬 소식으로 미국이란 나라와 멕시칸들에 대한 얘기가 마지막 코스로 오르는데, 다들 미국인들이나 정치인들, 정치나 문화 얘기를 할 때에 보면 미국 사람들을 가리켜 애네들이니 걔들이니 하면서 세계를 이끌다시피 하는 위대한 미국과 미국의 대통령이나 빌 게이츠까지 저 아래로 내려다보면서 얘기하는 게 이해가 안 되더라고. 게다가 한국은 백의의 단일 민족이니 요즘 뜨고 있는 K-Pop이 곧 미국은 물론이고 세계를 휘감을 거라면서 여당파, 야당파 구분 없이 모두 한 입으로 침들을 튀기더라고. 아이고, 술 안 마신 부인들이 술 취해서 떠드는 남자들의 되지도 않는 소리를 생라이브로 들을 때처럼 우습고도 슬픈 코미디가 또 있는 줄 알아? 물론 대부분 여자들은 따로 한쪽에서 수다를 떨지만 말이야."

"――――――"

"티나 엄마도 그런 코미디 수도 없이 들었다고? 호호호, 여기 가나 저기 가나 다들 똑같은 기계에서 구워진 한국의 붕어빵들 어디 가겠어? 아무튼 애 아빠를 비롯해서 그 붕어빵들은 그렇게 한국과 북한, 중국, 일본, 미국 등 세계를 넘나들며 침을 튀기는 거야. 영양가 없는 의견이나 나름의 세계 평화를 위한 방법론까지 떠들고 나면 스트레스가 좀 풀리는 것도 같더라고. 그거면 된 거지 뭐, 안 그래? 뭐 신문 논설로 쓰거나 학회 논문집에 실릴 것도 아닌데. 아무튼 애 아빠가 한국에서 살 때보다 날갯죽지 한쪽이 빠진 것 같아."

"――――――"

"내가 바가지 너무 많이 긁어서 그런 것 아니냐고? 호호호, 그럴지도 모르지. 아마 바가지를 긁었다면 그건 아마 사느라고 힘들어서 투정을 부린 걸 거야. 왜, 그런 시 있지. '생활이 그대를 속일지라도 슬퍼하거나 노하지 말라.' 하는 시 말이야. 난 학창 시절엔 책상 앞 벽에 그 시를 써서 붙여 놨었어. 난 지금도 그걸 가끔 암송해. 한번 들어 볼래? 준비됐어? 자아, 간다.

'생활이 그대를 속일지라도 슬퍼하거나 노하지 말라 실의의 날엔 마음을 가다듬고 자신을 믿으라 이제 곧 기쁨이 오리니, 그리고 지나간 것은 언제나 그리운 것이다'"

"------------"

"오랜만에 들어 보니 진짜 좋다고? 아직도 이걸 외우고 있느냐고? 그럼. 이 푸쉬킨의 시를 한때 의미도 잘 모르면서 입에 달고 다녔지만 말이야. 얼마 전에 이 시를 남편한테 읊어 줬었지. 그랬더니 그러더라고. '그래, 맞아. 그거야, 바로. 생활 때문에 화내지 말라 이거 아니냐? 사실 생활이란 게 서바이벌 게임이잖아. 게임하다가 화내냐?' 그러더라고. 하기야 푸쉬킨이 요즘 여기서 살았더라면 좀 달리 썼을지도 모르지. 나는 그 시에서 요즘 새롭게 '마음은 지나간다. 그리고 지나간 것은 언제나 그리워진다.'는 문장이 마음에 들어. 마음에 왔던 것도 구름처럼 지나가잖아. 지금 생각해 보면 그때 개뿔이나 생활이란 것이 뭔지 알기나 할 때였나? 생활이란 건 우리 엄마 아빠가 짊어져야 하는 몫이고, 그저 소녀의 마음은 소낙비 쏟아졌다가는 무지개 뜨거나 또 금방 햇빛이 비치는 식의 '호호, 하하' 들쑥날쑥하는 꿈이나 꾸던 시절이었는데. 그런데 여기서 지금 살아가는 것이 진짜 생활이 아닐까 해. 남편 말 그대로 서바이벌 게임에서 삶이 나한테 '약 오르니? 용용 죽겠지? 날 잡아 봐라.' 하고 약 올리고 속이는 것도 같기도 하고. '서바이벌 게임 하다가 화내냐?' 하는 남편의 천재적인 순진무구한 말도 아주 틀린 것 같지는 않고. 그 전에 어느 텔레비전 프로그램에서 개 경주 하는 걸 본 적이 있는데, 꼭 경마장의 말 경주와 같은데 딱 하나 다른 건 안쪽 울타리에 설치한 트랙에 개의 먹잇감을 매달아

놓고 그것이 개의 코 한 치 앞에서 트랙을 타고 미끄러지듯 내달리니까 개들은 그걸 물으려고 미친 듯이 달리는 거야. 그렇게 1등, 2등, 3등을 가리더라고. 난 그걸 보는데 슬픈 생각만 자꾸 들더라고. 특히 꼴찌를 한 개는 어떤 놈일까 궁금한데 카메라는 1등만 계속 비춰 주는 거야. 그게 꼭 우리네 사는 모습을 개들한테 오마주시킨 모습이 아닐까 해서 말이야. 어떨 땐 거꾸로 내가 삶을 속이는 것도 같고. 도무지 산다는 게 그 먹잇감을 쫓아 뛰는 그 개들과 뭐가 다른지 모르겠어. 어쩌면 내 마음 밑바닥에 변화라곤 없는 늘 변함없이 똑같은 타령 같은 결혼 생활의 권태랄까, 따분함 때문이 아닐까 했어. 그래서 있지, 애들 아빠의 축 처진 어깨도 추스르고, 내가 미세스 추한테 무시당했던 기분도 풀고 전환할 겸 큰돈 안 들이고 할 수 있는 무슨 좋은 아이디어가 없나, 설거지를 하면서 궁리하다가 하나를 건졌지. 이벤트 아이디어라고 할 수 있지. 사실 이 얘기는 아껴 두었다가 이따가 우리 집 콩나물 잔치에 오면 보여 주며 얘기 할려고 했는데 그때까지 입이 간질거려서 도저히 기다릴 수가 없네. 어제, 제법 큰 장난감을 가지고 소꿉장난 좀 했어. 있지, 소파를 90도로 확 돌려서 파티오 도어를 마주 보게 했고, 침실의 침대도 180도로 뱅그르르 돌려놓았지. 왜 머리는 남쪽 방향으로 두고 자는 것이 풍수지리상으로 좋다는 얘기는 예전에 들었었는데 실천을 못 하다가 님도 보고 뽕도 딴다는 식으로 해치웠지."

"_____"

"별의별 발광을 다 떨었다고? 호호호, 그랬지. 발광, 혹은 점잖은 표현으로 하면 집 가구들하고 나하고 요가를 했지. 그뿐인 줄 알아? 또 있어. 귀한 손님이 오면 접대용으로 사용한다고 사두고 한 번도 써 본 적이 없는 초록색 바탕에 빨간색 줄 체크무늬 식탁보도 꺼내서 깔아 놓았어. 그리고 드럭 스토어에 가서 빨간색 향초 두 개와 빨간 디너 냅킨도 사 왔어. 그리고는 애 아빠가 제일 좋아하는 게 찌개도 끓이고 뚝배기에 호박 큼지막하게 잘라 넣고 새우젓, 파, 마늘, 듬성듬성 썰어 넣고, 그 위에 고춧가루를 뿌린 다음 달걀찜 하듯이 데워 올리고 배추겉절이 새로 만들어 놓고, 그리고 콩나물 시리즈는 뺐어. 지겹다고 할까 봐. 그리고 밑반찬 있는 거 몇 가지하고. 그랬더니 상다리가 휘어질 것처럼 밥상이 가득했어. 아무튼 애 아빠가 올 시간인 9시쯤에는 식탁 위 천장에 매달린 샹들리에는 끄고 대신 두 개의 향초를 촛대가 없어서 대신 간장 종지에 붙여 놓고 불을 밝혔어. 응접실 불은 끄고 향수도 좀 뿌리고, 조니 워커 블랙인가 하는 12년산 스카치위스키도 식탁 위에 대령하고, 물론 애들은 일찍 재우고."

"----------"

"기막힌 아이디어라고? 티나 엄마도 한번 해 봐야겠다고? 땡큐. 그러엄, 해 봐. 그런데 이런 쓸 만한 이벤트를 왜 전에 진작 생각해 내지 못했을까 하며 스스로를 대견해하면서 촛불이 켜진 식탁을 바라보고 앉아 있는데, 기분이 꽤 괜찮더라고. 두 향초의 불꽃은 S라인의 두 여인들이 서로 야들야들한 몸매를 경쟁하듯 까불었고, 촛불은 또 바로 머리 위에 매달린 불 꺼진 샹들리에를 마귀할멈 같은 그림자로 만들어 천장에서 요상한 춤을 추게 하더라고. 그런

감상에 한참 젖어 있는데, 애 아빠 들어오는 소리가 났어. 솔직히 난 그때 남편에게 안기거나 입맞춤이라도 하고 싶었지만 이는 닦았는지 어쩐지 생각도 안 나고, 우선 용기가 받쳐 주질 않는 거야. 순간적으로 후회를 했어. 위스키라도 한 잔 마시고 술김에라도 들이밀걸 하고 말이야. 이윽고 집안에 들어선 남편에게 나는 식탁을 보라며 두 손을 한 방향으로 가지런히 뻗으면서, 왜, 쇼 같은 거 할 때 사회자가 가수를 무대에 모실 때 하는 것처럼 말이야. 나는 '짜잔' 하면서 팡파르를 입으로 연주했지. 그리고는 잠시 침묵이 흘렀어. 눈치 빠르기로 9단인 남편인데 이것은 너무 황송해서 뜻밖이었던 건지, 아님 상황 파악이 금방 안 되었던 건지 그렇게 몇 초가 흐른 뒤 식탁과 응접실을 쓰윽 훑어보더니 그이 일성이 뭐였는지 알아? '이거 뭐야, 야간 민방위훈련이라도 하는 거야?' 하면서 뜨악한 표정을 짓더니, 향초에서 나는 냄새가 코로 기별이 갔는지, 아님 방 안의 은은한 향수 냄새 때문인지 강아지처럼 코를 킁킁거리는 거야. 티나 엄마, 아, 열나! 입으로 연주한 거지만 그래도 라이브로 '짜잔' 하고 팡파르를 울렸고 여린 촛불이 흐느적거리는 죽여주는 분위기의 아늑한 실내, 그리고 식탁엔 예쁜 식탁보가 깔렸고 위스키가 병째로 놓여 있는 걸 보고는, 겨우 야간 민방위 훈련이나 생각해 내는 남자, 대한민국 남자여, 영원하라. 그때 내 머릿속에선 '그래, 이거 민방위훈련 맞다. 어쩔 거야, 이 멋대가리 없는 인간아.'라는 생각과 '참자, 그래. 당신 그래도 돼. 다른 어떤 건 못 참더라도 오늘만은 참자.'라는 생각이 순간적으로 서로 나서려고 싸우고 있었어. 그런데 나도 모르게 내 입에서는 "자기, 얼른 손 씻

고 와요. 좋아하는 게 찌개도 끓였어. 자기 요즘 힘들지?"라는 말
이 불쑥 튀어나오는 거였어. 내 마음은 분을 터트려도 모자랄 판
에 말이야. 입하고 마음이 완전히 따로 놀더라고. '아, 내가 오늘의
이 이벤트를 미리 귀띔이라도 해 줬어야 하는 거 아니었나? 그래야
이 촌 양반이 마음의 준비라도 했었을 텐데.' 하는 자책감이 들기
도 했어. 아무튼 그 인간은 이제 감을 잡았는지 더 이상 아무 소
리 안 하고 덤덤한 표정으로 화장실에 가서 손을 씻고 오더라고.
그사이 나는 얼음통에서 집게로 얼음을 집어 언더 록 글라스에
넣었지. 그 빈 크리스탈 글라스에 첫 번째 얼음이 또르르 굴러 떨
어지는 명징한 소리는 참 듣기 좋더라고. 그가 식탁에 앉자 나는
위스키를 한잔 따라 주었지. 그랬더니 '당신도 한잔해. 술잔 어디
있어?' 하는 거야. 나는 '좋지, 한잔해야지.' 하고 받았지. 그러고는
밥을 푸고 찌개를 가지러 간 사이 그 사람은 '아니, 밝은 전깃불을
놔두고 이게 무슨 청승이냐 그래.' 하더니 글쎄 등 뒤에 있는 스위
치를 찰칵 하고 올렸던 거야. 오, 마이 갓! 난 '하나님 맙소사' 하고
좀 도와 달라는 심정으로 중얼거렸어. 가냘픈 촛발, 아니, 흐흐흐,
말도 제대로 안 나오네. 가냘픈 촛불은 그 밝고 화려한 샹들리에
불빛에 깩 소리 한번 못 지르고 폭삭 압사당하는 꼴이더라고. '아,
하나님, 저 분위기 빵점짜리 불쌍한 인간을 어찌해야 하지요?' 그
리고 샹들리에를 노려보았는데, 딱 그 호화 번쩍하는 미세스 추,
그 여자 몰골인 거야. 나는 꼭 향초 불 꼴이고. 불쌍한 건 그 인
간이 아니고 바로 나라는 생각이 들었어. 그러나 어쩔 거야. 난 애
아빠가 샹들리에와 촛불 두 개가 밝혀진 밥상에서 게 찌개를 게걸

스럽게 먹고 있는 걸 지켜보기만 했지 뭐. 식탁 위에는 붉은 게 등 짝하고 넓적다리 껍데기들을 수북하게 쌓아 놓고 이제 배 채웠으 니 테이블을 떠나면서 '꺼억' 하는 트림의 기적 소리를 날리고는 응 접실로 가는 거야. 날 보고 함께 먹자거나 맛있었다는 인사 한마 디 없이 소파에 누워 TV를 켜더니 1분도 안 되어서 코를 골기 시 작하더라고. 소파가 돌아앉았는지 어떤지 도무지 감이 안 잡히나 봐. 난 더 이상 참을 수가 없었어. 하지만 달리 방법이 없더라고. 나는 고 얄미운 샹들리에를 죽이고 촛불을 다시 부활시켰어. 싱크 대 앞에 서서 그 위로 난 창문 밖을 내다보았지. 어머나, 글쎄, 보 름달이 떠 있는 거야. 콜로라도의 엄청 큰 달빛은 창문을 통해 고 스란히 싱크대 위로 흘러 들어오고 있었어. 참, 사람 마음이 이렇 게 간사하다니, 난 촛불도 껐어. 그새 달빛에 반했던 거야. 실은 아 까부터 달빛은 아마 거기에 이미 들어와 있었을 텐데도 샹들리에 불빛 때문에 자신을 표현할 수 없었던 거지. TV도 껐고. 그랬더니 방안은 은은한 달빛의 반사로 편안한 고요로 꽉 채워진 듯했어. 난 완전히 솔리타리 우먼이 된 기분이었어. 위스키를 한 잔, 두 잔 씩 따라 마시기 시작했어. 알딸딸해지더라고. 세상은 주먹만 해 보 이고. 달은 또 얼마나 크고 밝은지, 내게 날개가 있다면, 혹은 요 술 빗자루라도 있다면 타고 날아올라 달 속으로 쏙 들어가고 싶었 어."

"----------"

"뭐? 울지는 않았냐고? 울기는커녕, 그때 생뚱맞게 우리 결혼식 때 주례 선생님이 떠오르더라고. 남편의 옛 초등학교 선생님에게 결혼식 주례를 부탁하러 갔을 때 해 주신 말씀에 낯 뜨거워진 적이 있었어. 결혼 생활이란 것이 알콩달콩, '사랑하네, 좋아하네' 같은 타령을 하는 기간은 딱 2-3년이고, 그 후부터는 훨씬 더 오랜 시간 동안 상대에 대한 다름을 수용해야 하고, 쓰디쓴 인내가 얼마나 많이 필요한 줄 아느냐는 말씀이었어. 딱 맞는 얘기지 뭐. 지금의 나에게 말이야. 선생님이 물으셨어. '결혼 준비는 다 했나?' 그래서 우리는 이구동성으로 '네' 하고 대답을 했지. 그랬더니 '혼수니 예식장이니 뭐 이런 거 말고'라고 말씀하시더라고. 우리는 무슨 뜻인지 얼른 감이 안 잡혀서 우물쭈물하고 있는데, 그이가 자신만만하고 씩씩한 어조로 '신혼여행지 말씀하시는 건가요? 그럼요. 제주도로 정했지요.'라고 하자 선생님은 '음, 그런 것들도 참으로 중요하지. 그런데 요즘 보면 신부도 신랑도 결혼이나 결혼 생활에 관해 아무런 마음의 준비나 각오도 없이 그냥 서로들 몸뚱이만 뜨겁다고 준비 다 됐다는 식이야. 이제라도 안 늦었으니 정신적으로, 마음으로 공부와 준비를 단단히 해야 하네. 결혼 전이나 후에 부모님들에게나 주위에 자꾸 묻고, 혹시 어느 가정의 안 좋은 일을 봤으면 '나는 어떻게 하면 그 같은 경우에 안 넘어질 수 있을까'도 연구하고 서로 약속도 다지며.' 아휴, 우린 훌륭한 주례 선생님을 만났다고 위로하면서 머쓱한 얼굴로 인사하고 나왔지만, 옳으신 말씀이었어. 사실 우리는 데이트하고 헤어질 때면 달궈진 몸을 가눌 길이 없어 쩔쩔맸었거든. 그래서 여관이나 모텔에 둥지를 잠깐씩 틀긴 했지만 늘 아쉬움만 더 커져 갔고, 여전히 몸은 차가워지지 않았어. 우리가 365일 같이 있자고, 결혼하자고 합의할 때 난 마지못해하는 것처럼 잠깐 내숭을 떨었지만, 속으론 벌써 단연 오케이였지. 얘기가 옆으로 또 샜네? 아무튼, 그날 밤 달빛은 설거지하는 내 가슴과 손등을 위로하듯 어루만져 줬어. 그런데 오늘 아침에 골프 치러 간다고 일찍 일어나더니 침실에서 애 아빠 하는 소리가 '아니, 왼쪽에 있던 창문이 왜 오른쪽으로 돌아섰지?' 그러는 거야. 기가 막혔지만 그러거나 말거나 난 간단한 식사라도 차려 주려고 부엌에서 준비를 하고 있는데, 남편이 응접실로 나오더니 또 구시렁대는 소리가 들리더라고. '어! 여기도 돌아섰네?' 내가 옛날에 눈에 콩깍지가 끼지 않고서야, 아니면 별로 똑 짚을 만한 매력이 없었기 때문이었는지 모르지만, 어찌 이리도 무뚝뚝하고 아둔한 무드 없는 인간을 과묵함이나 매력으로 비껴 보게 되었는지 몰라. 그 안에는 수시로 사람을 피곤하게 하는 고집이나 아집 같은 게 있는 법인데, 내 깍지 낀 눈으로는 그게 무슨 남자다운 굳은 의지쯤으로 보였었나 봐. 그러나 지금은 난 알지. 어떤 것이 똥고집이고 어떤 것이 의지인지를. 결혼하기 전엔 차마 못 물어보다가 큰애 데이빗이 네 살 땐가, 제 또래들보다 키가 좀 작았잖아. 그래서 물어봤지. '데이빗도 당신 닮아서 키가 당신만 해지면 어떻게 하지? 근데 당신은 부모님 키도 그냥 보통이신데, 왜 당신만 작은 거유?' 했더니 자기는 강원도 시골서 자랄 때 지개를 많이 져서 그렇다나? 흥! 그래서 내가 그랬지. '지금 데이빗은 지개가 어떻게 생겼는지 구경도 못 해 본 앤데 왜 그래?' 하고 좀 짓궂은 질문을 했더니 '지개 졌었던 때의 내 DNA가 유전이 됐나?' 하면서 딴청을 피우더라고. 아무튼, 말이 되는 소리를 해야 대꾸할 텐데, 내, 이 콩깍지 낀 눈의 원죄 때문에 입을 닫았지 뭐. 콩깍지 얘기하다 보니까 생각나는 게 있네. 얼마 전에 어떤 색시가 우리 집에 놀러 왔었어. 왜, 한 2년 전쯤인가, 우리 교회에 가끔씩 출석하는 멕시칸 마켓 엄청 크게 하는 집 외동아들 있잖아. 고등학교도 다니다 말고 말썽만 피우며 끄떡하면 술 마시고 행패를 일삼다가 경찰서로 구치소로 뻔질나게 드나들던 총각이 한국서 데려온 색시하고 결혼한 거 말이야. 그 여자는 한국에 색시 구하러 간 신랑감이 단지 미국에서 온 데다가 돈을 물 쓰듯 펑펑 쓰고 다니니까 큰 재벌이나 되는 줄 알고 대학까지 나온 미모의 재원이 콩깍지에 가려 사리 분별을 못하고 시집왔던 색시 말이야. 얼마 전에 어디론가 사라졌대. 갓난아기 놔두고. 그 색시 떠나기 2주 전쯤에 우리 집에 왔었어. 선배, 언니 얘기는 재미도 있고 들어 둘 만한 것들도 많다면서 말이야. 그래도 내 빅 마우스 수다를 일부러 듣겠다고 찾아오는 사람도 있으니, 웃기지, 응? 한참 수다의 꽃을 피웠지. 그 색시 말로 '미국으로 시집간대서 눈 딱 감고 오긴 왔는데, 아무래도 결혼 잘못 한 것 같아요.' 그러더라고. 처음 다툴 때는 살림살이를 집어던지고 부수고 하더니 이젠 손찌검까지 한다면서 친정에다 얘기할 수도 없고, 돌아갈 수는 더더욱 없고. 죽고 싶다고 그러더라고. 그러고는 얼마 전에 아주 떠나가 버린 거야. 난 그 색시 생각만 하면 너무 아깝고 불쌍해. 오죽하면 갓난아기를 놔두고 갔겠어? 미국이 도대체 뭔데 턱도 없는 사내와 알아보지도 않고 덥석 결혼을 해서 망가지느냐 이거야. 신랑이 제 부모가 벌어 놓은 돈으로 흥청망청 개차반으로 쓰고 사는 것도 참기 어려운데, 그 시어머니는 며

느리가 두들겨 맞아서 얼굴에 멍이 시퍼렇게 들었는데도 미국은 이런 거고 남자는 저런 거라면서 미국 타령이나 하고, 남편을 다독거려 주지 못하는 며느리 탓만 하더래. 그뿐인 줄 알아? 신랑은 때때로 마누라 두들기고 나서는 시도 때도 없이 격렬한 그 짓을 한다는 거야. 집 안에서는 이유 여하를 막론하고 스커트를 입어야 했대. 아무 때고 어디서건 쉽게 그 짓을 할 수 있게 하기 위해서였나 봐. 아무튼 그 인간 같은 짐승은 색욕이 비정상적으로 왕성했었나 봐. 색시는 줄곧 남편한테 성폭행을 당하며 살았던 거지. 그런데 더 기가 막히는 일은 점점 색시도 거기에 길들여져 가더라는 거야. 희한한 얘기이긴 한데 너무 기가 막히고 가슴 아파. 그치 응? 갓난 애기가 무슨 죄야, 그 애기는 불쌍하지만 색시를 위해선 잘 도망한 건지도 몰라."

　　"----------"

"티나 엄마도 동감이라고? 땡큐! 글쎄, 애 아빠 골프꾼 동료 중에 고아로 자란 사람이 하나 있는데, 운동화 가게로 시작해서 지금은 무역까지 하면서 억척스럽게 돈을 모아 소위 자수성가한 사람이야. 할 일 없는 노인들이 젊은이들이 묻지도 않은 경험담을 줄줄이 늘어놓듯이 자신은 딸랑 50달러 들고 미국 와서 이만큼 성공했다면서 끄떡하면 성공의 비결이 어떻고, 긍정적 사고방식의 힘이 어떻다고 성공학을 아예 입에 달고 살아. 그리고 꼭 연말에 직원들을 데리고 나이트클럽에 가면 같은 테이블에서 직원들은 보통 위스키나 맥주를 사 주고 자신은 혼자 3-4백 달러나 하는 조니워커 블루인가 뭔가를 병째로 주문해서 마신대. 내가 볼 때 성공이란 것이 무슨 운동화 치수나 키 재기처럼 숫자로 정해지거나 도달해야 하는 것도 아니고, 자의적으로 주장할 일도 아니련만, 남들이 추켜 주면 '요까짓 게 무슨 성공일까요?' 하는 식으로 자신은 겸손하게 내려서야 하는 거 아니야? 오래전 한국에서 모 재벌 회장이 구속되었잖아. 왜, '세계는 넓고 할 일은 많다'며 풍을 떤 사람 말이야. 바위에서 떨어져 세상을 떠난 어느 전 대통령도 그렇고. 진짜 그들은 성공했던 걸까? 초등학생 때나 중학교, 고등학교 때에 우등상 받았다고 성공했다고 할 수 있을까? 그래서 함부로 누구를 가리켜 일찌감치 성공했다고 말하기가 어려운 게, 죽기 전까지 내면이 지닌 행복의 행로에 대해서 아무도 모르니까 말이야. 본인의 속에 무엇이 들어 있는지, 대통령을 지내면서도 마음속에선 궁핍을 떨쳐 내지 못해 돈을 접수하거나 영부인은 명품 시계를 챙기는 등, 내면에선 늘 가난과 한의 열등감 속에서 죽을 쑤는데 무슨 잣대로 성공했다는 것인지. 세상엔 남들이 볼 때 돈 많이 벌고 성공했다고 하지만 불행한 사람들이 아마 꽤 많이 있을걸? 아까 그 운동화 무역으로 돈 벌었다는 자수성가 자칭 성공학 강사 얘기 했었잖아? 그 얘길 계속할게. 왜, 대개 집에서 열리는 파티에 가면 셀프 서브 하라고 뷔페식 차림의 경우가 많잖아. 그런데 어느 파티에나 다들 접시 들고 먹을 거 가지러 가도 그 미스터 자수성가는 늘 응접실에 꼼짝 안 하고 떡하니 앉아 있으면 그 부인이 접시에 요것조것 음식을 수북하게 담아다 주고 술까지 믹스 해서 가져다주는 거야. 그 미스터 자수성가와 부인은 '히야! 저 왕자님은 복도 많으셔라' 하거나 '나는 언제 저런 서비스를 받아 보나?' 주위

남자들의 빈정댐 반, 부러움 반이 담긴 칭송, 그리고 주위 부인들로부터는 은밀한 질시의 눈치인지, 존경스럽다는 찬사인지 분간할 수는 없는 소리들을 이구동성으로 날리면 그 미스터 자수성가나 부인은 그것을 야금야금 즐기는 듯했어."

"----------"

"티나 엄마도 파티나 모임에서 가끔 그런 사람 본 적이 있다고? 음, 그래, 그 부인도 나하고 속내를 털어놓는 수다를 떨어 봤지만 남편은 집에서도 성공의 자작 훈장을 떡하니 매달고 성공한 사람은 어디서든 추앙과 존경을 받아야 한다고 어깨와 가슴을 내밀고 있다는 거야. 아까 그 개차반 식품점 아들보다는 훨씬 덜하지만, 이 부인은 남편의 기세에 짓눌려 집 안에서는 숨쉬기도 어려울 만큼 외롭고 허전해 힘들어서 헤어질 것도 여러 번 생각했었다며 한숨을 쉬더라고. 그건 남편에게 헌신적인 사랑을 받는 아내처럼 보임으로써 관심과 위안을 밖으로부터라도 받으려는 갈구가 아닐까 해. 하기야 지금 내가 남 얘기 할 상황이야? 내 마음도 무거워 죽을 지경인데. 예수님이 그랬다지? '무거운 짐 진 자들아, 다 내게 오라 편히 쉬게 하리라.' 나는 이 말을 참 좋아해. 그런데 교회로 그렇게 오라고 해 놓고는 정작 짐 내려놓는 방법은 아무도 안 가르쳐 주더라니까. '오늘 예배에 참석한 우리 모두에게 은혜를 주시고 우리가 이렇게 저렇게 원하는 바를 역사해 주시길 간절히 원하옵고 기도드리옵나이다' 하는 식의 기도는 방법이 아닌 것 같더라고. 삶이 나를 속이니 마니, 미세스 추 같은 사람을 죽어라 미워하고 분노하면서 외롭다 어쩌고 하는 것들, 낮에 달이 뜨고 밤에 해 뜨는 식의 단순하고 엉뚱한 남편이 허구한 날 속 뒤집어 놓는 걸 어떻게 '그래도 돼' 하고 수용할 수 있는 마음가짐에 대한 팁이라도 왜 가르치느냐 이거야, 실용적으로 말이야. 불평하고 미워하다 보면 이것들이 다 마음의 무거운 짐인데 우선 이런 것들로 가득한 마음 방을 치워야 할 것 같아. 방에 있는 짐과 잡생각, 잡동사니들을 치우면 빈 공간이 드러날 테고 말이야. 사실 그 공간은 어디 다른 데에서 온 것이 아니고 원래부터 거기 있었던 거 아닐까? 땅에 구덩이를 파면 생기는 공간이 어디에서 온 것이 아니듯 말이야. 우리 마음도 그렇게 비우면 그때에서야 고요함이나 평화가 드러난다 이거지. 고요함이나 평화는 누가 은혜로 주거나 밖의 어딘가로부터 오는 게 아니니까. 예수님이 '마음이 가난한 자여 행복하여라, 하늘나라가 그들의 것이다.'라고 한 말은 마음을 가난한 사람 쌀독이나 광이 비어 있듯 비워져 있어야 한다는 말 아닐까? 비우는 일은 '믿습니다' 하며 기도한다고 될 일도 아니고, 나 말고 다른 사람 누구도 대신해 줄 수도 없는 일이고. 마치 아무리 돈이 많은 사람이라도 나 대신 나를 위해 아파해 주거나 운동해 줄 사람을 고용할 수 없듯이 말이야. 고요함이나 행복, 평화, 천국은 비움이나 빔에서 피어난다, 뭐 그런 얘기 아닐까? 아니면 서로 똥줄이 맞는다고 해도 될까?"

"_____"

"똥줄이란 말이 좀 야하다고? 그래? 그럼 점잖은 말로 표현하자면 변선(便線) 어때? 그도 아니면 영어로 코드 어때? 좀 유식하게 들리지? 코드, 마음의 짐이나 잡생각들하고 고요 평화와 서로 성질이 상반되어 코드가 맞지 않는데 어떻게 공존할 수 있겠어. 설사 짐이 가득한 방에 어찌어찌해서 잠시 잠깐 고요와 평화, 행복이 살짝 드러났더라도 빈자리가 없으면 홀연히 사라지는 이유일 거야. 그래서 말인데 머릿속에 미움으로 꽉 차 있는 미세스 추를 놓아야 할 것 같아. 그 여자는 한마디 던진 말로 정작 내게 상처를 안겼는지 어땠는지도 까맣게 모르고 지금도 희희낙락하고 있을 텐데, 그리고 그 일은 내게 엊그제 형체도 없이 일어났다 사라진 일인데, 공연히 나 혼자서만 그걸 아직도 놓아 버리지 못하고 지금까지 붙들고 있음 뭘 하겠어. 과거라는 사건이나 일들이 좋은 것은 그 일을 지금으로 가져올 수 없다는 거라는데. 그런데 나는 그걸 자꾸 지금, 여기로 가져와 살려 내고 있는 중이라는 거야. 에크하르트 톨레가 쓴 『Now』라는 책에서 읽은 적이 있는 얘기인데, 옛날 일본에서 고승하고 젊은 스님 둘이서 폭우가 내린 뒤 진흙탕으로 변한 마을의 길을 지나고 있었대. 그때 기모노를 입은 젊은 여인이 흙탕길을 건너지 못해 쩔쩔매고 있었다지 뭐야. 노스님은 다가가 그녀를 업어서 길을 건너다 주었다는 거야. 두 스님은 산사로 돌아가는 길 몇 시간 내내 침묵하고 있었는데, 아마도 노스님은 지금 걷고 있는 발걸음 하나하나를 알아차리며 깨어 있었을지도 모르지. 그런데 젊은 스님은 그렇지 못했나 봐. 산사에 거의 다 다르자 노스님한테 불평을 하더라는 거야. '아니, 어찌 스님의 몸으로 여자를 업고 나를 수가 있는 겁니까?' 그러자 노스님은 한참 뜸을 들이고 있다가 '나는 몇 시간 전에 입었던 그 여자를 내려놓았는데 넌 여태 그 여자를 머릿속에 업고 있느냐?' 그러더래. 흐흐흐, 그 영양가도 없는 미세스 추도, 내 남편에 대한 불평불만도 지금부터 내려놓아야겠어. 내가 온갖 잡동사니를 머리에 잔뜩 이고는 삶이 무겁다고, 삶이 날 속이고 있다고 나 또한 속았던 것 같아. 지금, 여기 내가 있는 곳에서 잘 살고 싶어."

"----------"

"티나 엄마, 귀가 아파 죽겠다고? 나도 그래. 이 수화기 오늘 열 받았나 봐. 내 귀도 뜨겁고 아프고 그래. 정말 오늘 수다다운 수다 많이 떨었네. 날 보고 돈 줄 테니 수다 더 떨라고 해도 못 하겠어. 침에 입이 말랐어. 아니, 내 정신 좀 봐. 입에 침이 말랐어. 조금 있다가 6시 반 쯤 콩나물 특집 선보일 테니까 꼭 와, 알았지? 조니 워커 블랙도 많이 남았어. 그것도 한 잔씩 하자고. 끊어."

찰칵.

아들의 메달

나는 침대에서 튀어 오르듯 일어나 방문을 제치고 아래층으로 내려오며 에이스를 향해 소리쳤다.

"모닝, 에이스. 아침 식사 뭐 해 줄까?"

잠에서 덜 깬 어눌한 목소리지만 의식은 죄의식과 불안감으로 또렷했고 조급했다.

"나 먹었어."라는 그의 대답에 나는 태연한 척 시치미를 떼고 물었다.

"그래? 뭘 먹었는데?"

"시리얼, 바나나."

"뭐 맛있는 거 더 해 줄까, 에이스?"

"노 땡큐, 대드."

열두 살 난 둘째 녀석 에이스는 내가 으레 일요일 아침이면 늦잠 자는 걸로 접어 두고 여덟 시가 넘도록 깨울 생각을 안 했었나 보다. 또 아침도 여느 주말처럼 제가 차려 먹은 모양이었다.

보름 전부터인가, 에이스는 이 지역 태권도계의 가장 큰 규모가 큰 '콜로라도 태권도 오픈 토너먼트'에 출전할 거라고 몇 번이나 내게 다짐하듯 일러 줬지만, 그럴 때마다 나는 엊그제 겨우 노란띠를 딴 놈이 무슨 가당치 않은 소리냐며 듣는 둥 마는 둥 했었다. 그런데 전날 토요일, 술을 마시느라 자정이 되어서 집에 돌아왔을 때, 녀석은 나를 기다렸는지 자지 않고 있었다. 녀석은 내일이 바로 그 시합 날이고 커피 테이블 앞에 누워 있는 더플백을 시선을 돌리며 자기는 준비가 다 되었다고 말했었다.

나는 그동안 아들의 태권도 시합 출전 결심을 웃기지 말라는 식으로 가볍게 받아넘겼던 것을 후회했다. 그러면서 시합 날이 코앞에 당도하고야 갑작스러운 것처럼 당황해야 했다. 나는 미안하게도 애들에 관해 늘 그런 식이었다. 나는 그걸 만회하려는 듯이 권위를 담은 위엄 있게 큰 목소리로 말했다.

"준비는 다 됐지? 자신 있어? 그래, 남자가 한번 한다면 하는 거야, 알지? 남자는 한번 한다면 하는 거야, 알았지?"

"아빠, 나인 어클락까지 가야 돼."

"근데 네 형은 왜 코빼기도 안 보이냐?"

"친구네랑 스키갔잖아, 말 안 했어?"

"응, 어제 내게 중얼거린 소리가 그 얘기였구나, 의리 없는 놈. 제 동생이 시합 나간다는데."

나는 그제서야 토요일 아침 큰 녀석 제이미가 아라파호 베이신으로 친구네 가족이랑 스키 다녀올 거라는 얘기가 생각이 났다. 작은놈은 뭘 하든 내게 허락을 받고 행동하지만, 큰놈은 통보하기가 일쑤였다. 부활절이 지나고 봄이 와 있는데도 베이신 스키장은 성시를 이루고 있을 터였다. 나는 큰놈을 향할 것도 없이 그냥 허공에 대고 "그래, 너나 가서 잘 놀고 잘 살아라."라고 말하며 마음에서 놓아 버렸다. 응접실에서 괜히 우왕좌왕하던 나는 아들의 늦겠다는 재촉에 화들짝 놀라 날아오르듯 이층으로 올라 샤워를 대충 끝내고 서둘러 나갈 준비를 끝냈다.

표고 1마일 위의 도시라고 해서 '마일 하이'라는 애칭을 갖고 있는 콜로라도 덴버. 덴버의 거리는 높고 깊은 하늘처럼 해맑았다. 게다가 일요일 아침의 붐비지 않는 도로는 한가로이 4월의 아침을 열고 있었다. 해가 떠오른 지가 오랜데 아직 늦잠을 자는지, 길가의 상점들도 주말이라 늦잠을 자는지, 문들은 눈을 꼭 감고 있었다. 도로는 하도 한산해 우리와 우리가 타고 가는 차는 도시와 거리를 독차지한 것 같았다. 오붓하기도 했지만 한편, 쓸쓸한 느낌도 들었다. 우리는 덴버 다운타운으로 향하는 콜팩스 애비뉴 서쪽 방향을 따라 35마일 속도로 달리고 있었다. 대통령이 탄 차가 이런 대접을 받을까. 네거리마다의 신호등은 멈춤 없이 파란불로 잘도 터져 주었다.

어쩐지 제 또래의 다른 아이들이나 열여섯 난 활달한 제 형보다 소극적이고 섬약해 보이는 녀석을 좀 당차졌으면 해서 몇 달을 두고 달래고 꼬셔서 태권도장에 성공적으로 내보낸 게 바로 6개월 전이었다. 녀석은 생각보다 의외로 쉽게 흥미를 붙인 듯했고, 두 달 전 승급 심사에선 노란띠를 따 오기도 했었다. 그러나 숫기 없는 녀석이 겨우 노란띠를 딴 지가 엊그젠데, 어찌 여러 관중들 앞에서 대결을 벌여야 하는 상황의 그림이 내 머릿속엔 도무지 그려지지 않았다.

그렇게 나의 불안하고 헝클어진 퍼즐 같은 상념을 알 턱이 없는 아들은 오랜만의 아빠와 단둘만의 오붓한 드라이브를 즐기는 듯 수다를 떨어 댔다. 워낙 말수가 적은 녀석이기에 나는 그답지 않은 그의 수다가 별일이다 싶으면서도 고마웠다.

그의 수다가 갑자기 속도를 늦추면서 음정도 한 옥타브 내려앉았다.

"아빠, 나 새 게임 피에스 쓰리 사 줄래요?"

"뭐?"

"음, 리포트 카드, 음, 나 올 에이 받으면, 피에스 쓰리 게임 사 줄래요?"

"또 게임? 그래? 그게 얼마인데?"

"어바웃, 헌드레드 섬싱? 잘 몰라요."

"정확하게 얘기해. 네가 가지고 싶은 게 얼마인지 모른다고? 말도 안 돼."

"음, 이그잭틀리 투헌드레드 식스티나인 달러, 대드."

"왓?"

녀석은 가격을 뻔히 알고 있었을 텐데, 제 딴엔 좀 과하다는 생각이 들었던지 능청을 떨고 반값으로 후려쳐 불렀을 것이었다.

잘하는 것인지 어쩐지 모르지만, 나는 평소 너희네들이 특별

한 뭔가를 아빠로부터 얻고 싶으면 너희들도 아빠를 기쁘게 해줘야 한다고 조건을 붙여 놓았었다. 아들들이 내게 주는 기쁨이란 게 뭐 별거 있겠는가. 성적표를 잘 받아 오거나 청소, 설거지, 쓰레기 치우기 등 집안일을 돕는 거겠지. 그러니까, 학교에 필요한 학용품이나 책, 컴퓨터, 의복 등을 제외한 두 녀석이 가지고 있는 게임기나 스케이트보드, 스키, 망원경, CD 플레이어, 아이팟 등은 대부분 나를 기쁘게 해 준, 즉 미션을 완수해 낸 대가로 얻어 낸 것들이었다. 작은 녀석은 하도 꼼꼼해서 갖고 싶은 물건들의 희망 품목 명세서를 만들어 놓고 매 학기마다 성적표에 따라 혹은 크리스마스를 기해 특별 보너스를 받을 때마다 목록을 하나둘씩 지워 나갔다. 학교 성적의 향상이나 별 건의 임무 완수를 독려하기 위한 이런 방식이 작은놈에겐 그런대로 적용이 잘 되지만, 큰놈에게는 작은놈 모르게 억지춘향식으로 꿰어 맞춰 줄 때가 더 많았다. 아무튼 아빠라고 해서 자식들에게 무조건적이고 일방적인 당근의 제공자가 아니라는 점을 인식시키는 데에 도움이 되는 듯했다.

다운타운에 있는 경기장에 도착할 때까지 우리는 차 안의 다정한 분위기 속에서 많은 이야기꽃을 피웠다.

"너 지금 왜 공부를 열심히 해야 하는지 알지? 그 결과에 따라 네가 되고 싶은 대로 되고, 가지고 싶은 대로 뭐든지 갖게 된다, 너? 공부를 잘하려면 건강해야 하고, 그래서 태권도도 배우는 거고. 또 한국 사람은 한국말을 잘해야 되고."

나는 이느새 얘기가 공자 왈 맹자 왈 하고 있음을 알아차렸다. 녀석은 벌써 몸을 이리저리 꼬며 참고 있는 게 보였기 때문이었다.

게다가 내 말을 듣는 둥 마는 둥 하다가 내 말이 끝나자마자 혼자서 희망 품목의 목록을 줄줄이 늘어놓고 있었다. '플레이 스테이션 쓰리'라는 새 게임기나 난 생전 듣도 보도 못한 '스타 호크'나 '고스트 리콘' 같은 게임 디스크 이름들과 그 게임들의 성능 장단점 등을 줄줄이 늘어놓았다. 나는 '응, 그래? 오, 그렇구나!' 하고 맞장구 같은 추임새는 던져 주지만 걔가 하는 말이 뭔지 잘 몰랐다. 녀석은 신이 난 듯 계속해서 신형 스케이트보드가 나왔는데, 자기는 지금 타고 있는 거 바퀴만 갈고 싶은데 가격이 얼마쯤 될 거라며 나를 힐긋 쳐다보고는, 무슨 레고가 새로 나온 게 있다며 마치 스님이 염불을 힘 하나 안 들이고 하듯 끝이 없을 듯했다. 녀석과의 이런 대화가 날이면 날마다 자주 있는 일이 아니라서 나는 그런 동문서답식의 대화라도 나름 즐기고 있었다. 그래도 대화는 대화 아닌가. 결국 아들은 오는 학기 말에 올 에이를 받아 오면 그 '플레이 스테이션 쓰리' 게임기를 사 주겠다는 약속을 받아 냈다. 녀석은 기분이 좋았던지 핼러윈데이에 속을 파낸 그 속에 전등을 밝힌 늙은 호박처럼 환하게 웃고 있었다.

우리는 아홉 시가 조금 넘어서 덴버 메트로 칼리지 체육관에 도착했다. 선수 등록을 하기 위해 2층으로 올라갔다. 거기엔 선수들이 가득했고, 등록을 위해 세 줄로 줄을 지어 서 있었다. 우리는 가운뎃줄에 가 섰다.

"에이스야, 너 진짜 싸울 수 있어?"

나는 그 안에서 왁자지껄 떠들고 있는 여러 선수들과 그 가족들을 보며 지레 겁이 나 모기만 한 소리로 물었다.

"돈 워리, 대드."

그는 제 손으로 내 가슴을 토닥여 주며 나를 안심시켰다. 그리고 이내 제 앞에 서 있는 같은 또래, 다른 도장에서 온 아이들과 얘기를 트고 있었다. 참 별일이다 싶었다. 나는 그러고 있는 녀석의 뒤에서 군대 훈련병처럼 치켜올려 깎은 머리통과 콩나물처럼 키만 삐죽하니 빈약해 뵈는 그의 목과 어깨를 유심히 내려다보면서 다시 불안한 생각이 도지기 시작했다. 그때 한 아이와 한참 수작을 맞추고 있던 녀석이 갑자기 내게로 돌아서는 것이었다. 무슨 영감이라도 떠올랐는지 눈이 반짝이고 있었다.

"아빠, 아이 갓 굿 아이디어."

"한국말! '좋은 생각이 있어요'. 이렇게 해 봐."

"아빠, 좋은 쌩각이요."

"그게 뭔데?"

녀석에게 한국말을 가르치는 일은 마치 불가능한 일처럼 여겨졌다. 아빠하고 있을 때 집에서는 꼭 한국말을 써야 한다고 원칙을 세웠지만 내가 집에 머무는 시간이란 게 뜸하다 보니 한국말을 쓰는 기회가 많지 않은 게 사실이다. 제 엄마라도 있으면 또 모를까, 늘 방과 후 제 친구들이나 집에서 형과 나누는 영어의 양을 내 한국말 사용 원칙이 어떻게 당해 낼 수 있단 말인가?

"음, 오늘 메달, 애니 메달 오케이? 그럼, 음, 피에스 쓰리 게임 오늘 사 줄래요? 리포트 카드 받으면 오래오래 있으니까."

'얘가 지금 잠꼬대를 하고 있나?' 나는 어이가 없어 녀석을 빤히 내려다보며 껄껄 웃어 버렸다. 희망 사항일 테지만 참으로 터무니

없는 생각도 다 하는구나 싶어서였다. 나도 시치미를 떼고 아들처럼 터무니없어져 보기로 했다. 나는 팔짱을 걸며 말했다.

"무슨 메달을 딸 수 있는데? 흠!"

삐죽 새어 나오려는 실웃음을 참으며 정중하게 물었다.

"메이비 골드? 실버? 오어 브론즈?"

녀석은 메달 따기가 뭐 그리 어렵겠느냐는 듯 대수롭지 않은 표정으로 세 개의 메달을 하나하나 읊었다. 나는 녀석의 만화 같은 황당함에 할 말을 잃었지만 당장 돈 걸어 투기하는 것도 아닌 데다, 밑져야 본전 아닌가, 하는 생각에 긍정적 사고의 언어로 대꾸했다.

"아무거나? 애니 메달? 그래, 좋지, 좋다."

나도 황당하게 질렀다. 그러면서 속으로 '네깟 놈이 한 대 얻어맞고 찔찔 짜지나 않으면 다행'이라는 말이 바로 입술 밑에까지 와서 혀를 간지럽히는데도 꾹 참았다. 나는 이번 시합에서 무슨 메달까지를 점치고 있는 녀석의 천진난만함이 그저 좋았다.

사실 아침에 경기장에 오면서 내가 녀석에게 기대했던 건 그저 한판 당당하게 겨뤄 보라는 것이었다. 강인한 정신력을 키우는 데 보탬이 되리라는 기대뿐이었다. 그러나 녀석은 마치 상금이 걸린 무슨 프로 게임을 생각해 낸 모양이었다. 키 크면 싱겁다는 얘기를 숱하게 들었지만 생전 그런 사람을 실제로 본 적은 별로 없지 싶었다. 그런데 내 코 밑에 서 있는, 목이 긴 싱거운 놈이 바로 내 아들이었던 것이었다.

이윽고 아들이 등록할 차례가 왔다. 카운터 안의 남자는 녀석이 내민 신청서를 받아들자마자 몇 종목에 출전할 거냐고 물었다.

'몇 종목이냐? 이것도 출전 종목이 여럿 있다는 얘긴가?' 내가 어리둥절하고 있을 때 녀석은 뒤도 안 돌아보고 남자에게 말했다.

"스파링 앤 브레이킹 보드."

녀석은 이미 출전 종목을 정해 놓았던 듯 내가 아들에게 어떤 종목이 있느냐고 물어보기도 전에 대답해 버렸다.

"야, 에이스, 격파, 브레이킹 보드를 한다고?"

나는 마치 내가 느닷없이 격파에 출전해야 하는 사람처럼 어눌한 어조로 물었다.

"아빠, 돈 워리, 플리즈."

"야, 이눔아, 난 너 브레이킹 보드 하는 거 한 번도 못 봤는데, 해 보지도 않고 네가 그걸 어떻게 해?"

아들은 난처한 표정으로 오른손을 내 가슴에 토닥여 주며 나를 달랬다. 담당자는 우리 둘을 번갈아 보며 재촉했다. 녀석이 재차 둘 다 출전할 거라고 다짐을 하자 남자는 내 의견은 들을 것도 없다는 듯이 뭉개더니 신청서에 S 자와 B 자를 큼직하게 써 넣고 나를 향해 어깨를 추썩이며 120달러를 내라는 것이었다. 나는 돈을 지불했고, 그는 아들의 손등에 S와 B를 써 주는 것으로 영수증을 대신했다. 그리고는 시선을 내 등 뒤로 향했다.

등록을 마치고 나오면서 나는 냅다 소리부터 질렀다.

"야, 너 어떻게 두 개 다 한다는 거야?"

"대디, 유 윌 씨."

녀석은 죽 폈던 손바닥을 반쯤 오그려 잡더니 연거푸 나무판

깨는 시늉을 하면서 나를 앞질러 복도를 빠져나갔다.

경기장인 체육관 실내는 바다처럼 넓었다. 아들은 들어서자마자 고개를 삐죽이 빼어 두리번거리더니 곧 같은 도장에서 온 동료들이 모여 있는 곳을 찾아내고는 그곳으로 달려갔다. 이곳저곳에 선 선수들은 혼자 혹은 사범이나 코치의 지도로 팔을 뻗어 보거나 발을 허공에 찔러 보는 등 준비 운동을 하고 있었다. 그러나 아들은 영 딴청을 피우고 있었다. 제 또래들과 어울려 이리 뛰고 저리 달아나면서 평소 동네의 12살 난 개구쟁이 소년으로 돌아가 있었다. 나는 상관하지 않았다. 얼마 후 있을 경기에서 어쩔 수 없이 긴장하고 있는 힘을 다해야 할 텐데, 지금 와서 팔 몇 번 더 뻗어 보고 발길질을 해 본들 무슨 큰 대수가 나겠느냐는 생각에서였다. 아들이 들판에 피크닉이라도 온 것처럼 뛰어노는 걸 보니 오히려 내 마음이 가벼워졌다.

경기는 개회사, 축사, 경기 진행 방식 등을 설명해 주는 요식 순서가 끝나고 11시가 다 되어 시작되었다. A, B, C, D 네 군데로 나누어진 링에서 나이와 몸무게 그리고 벨트를 고려한 분류로 대진이 결정되었다. 아들은 12, 13, 14세 부문에 들었고, A 링의 여섯 번째 경기에 첫 대전을 갖게 되었다.

나는 지금껏 이러한 경기를 취재하는 기자로 행사에 참여했을 때는 개회식 사진이나 찍고 돌아갔었고, 경기의 결과는 보통 전화로 알아내 기사를 내곤 했다. 또 태권도 토너먼트 행사를 전면 광고로 내준 답례로 주최 측 인사의 사진이나 개회사 하는 사진을 크게 싣곤 했다. 그러나 나는 이번 행사에 카메라를 메고 오긴 했지만, 전과는 전혀 다른, 긴장과 두려움 같은 것이 나를 억누르고 있는 것을 느꼈다. 이 대회가 단지 취재 대상인 남 얘기가 아니었던 것이었다.

이미 A 링에서는 경기를 치를 준비를 끝내고 있었다. 선수들은 링 안으로 들어서기가 무섭게 금방 얼굴이 굳어지는 것이었다. 방금 전까지만 해도 하늘의 새들처럼 조잘대며 자유스럽게 날던 그들은 이제 바닥에 빨간 선으로 쳐진 사각의 링 안에서 오직 기를 쓰고 손을 휘두르며 발길질만 허용될 뿐이었다. 그들의 움직임은 필사적이었지만 목표는 빗나가기 일쑤였고, 표정은 서툴고 곤혹스러워 보였다.

나는 A 링에서 다섯 번의 경기까지 매번 경기가 끝날 때마다 손을 번쩍 들어 올린 승자보다는 풀이 죽어 있는 패자에게 시선이 더 갔지만, 그들의 표정을 제대로 쳐다볼 수가 없었다. 어떤 소년은 진 것이 억울한지 마룻바닥을 발바닥으로 통통 차며 분해했고, 또 어떤 금발의 소녀는 곧 울음이 터질 것 같은 얼굴을 자꾸만 관중의 반대편으로 외면하려 애쓰기도 했다. 그런 아이들만 눈여겨봐서 그런지 내 머릿속엔 '오늘 괜한 짓을 하는 건 아닌가? 녀석이 그나마 어렵게 태권도에 붙인 흥미를 잃어버리는, 본전까지 홀랑 잃게 되는 것은 아닌지?' 하는 불안감이 밀려왔다. 그러나 어쩌랴, 일은 이미 벌어진 것을. 아무튼 이제 내 새끼가 얻어맞고 때리는 광경을 고스란히 지켜봐야 한다니 '히야, 이거 강심장이 아니면 안 되겠다.' 싶기도 해 나는 이를 꽉 물었다.

링 안에서는 아직 다른 선수들이 시합을 벌이고 있는데, 어느

새 홍코너 부근에서 같은 도장 동료들의 도움을 받아 팻을 끼우고 경기를 준비하는 아들이 보였다. '에이스, 그걸 단단히 매거라, 마음도 단단히 매고.' 나는 아들에게 빌고 있었다.

녀석이 가슴 보호대를 묶고 헬멧을 쓴 다음 출전 준비가 다 됐을 때부터인가, 나는 갑자기 오한이 오는 것처럼 으스스했고, 오줌이 마려웠다. 나는 그 갑작스레 긴장과 몸의 경직을 풀어 요량으로 고개를 쳐들고 큰 호흡을 하고 목운동도 했다. 그러다가 까마득한 저 체육관 천장의 높이는 몇 피트나 될까, 백열전등은 몇 개나 될지 셈해 보기도 했다.

어느새 차례가 되었는지 아들은 온통 빨간 헬멧에다 빨간 가슴 보호대로 무장을 하고 링 안으로 엉거주춤 걸어 들어가고 있었다. 그런데 헬멧과 가슴 보호대가 너무 커서 그런지, 아니면 빨간색이 너무 강렬해서 그런지 아들의 얼굴은 숨은 듯 보이질 않고 빨간 헬멧의 로봇이 어기적거리며 걷고 있는 것 같았다. 나는 관중석에서 일어나 갑자기 손바닥에 땀이 배어 오는 걸 느끼며 홍코너로 가까이 갔다. 아들이 맞은 상대는 백인 소년으로, 아들의 노란 띠보다 한 급 위인 보라색 띠를 매고 있어 만만치 않아 보였다. 둘은 키와 덩치가 비슷했고, 스텝이나 펀치, 헛발질의 수준도 그만그만했다. 시간이 지날수록 경기는 점점 치열해졌다.

그렇게 얼마의 시간이 지났을까, 1라운드의 중간쯤? 타닥! 하는 둔탁한 소리가 나자마자 아들은 두 손으로 얼굴을 감싼 채 상체를 구부렸다 폈다를 하면서 몸부림을 치는 것이 아닌가. 그 일은 내가 경위를 자세히 알 수 없을 정도로 순식간에 일어났는데, 아들의 코에선가 피가 흘러나왔다. 주심이 소년에게 뭐라고 주의를 주는 걸 보니 아마도 주먹으로 목 위를 공격해서는 안 되는 경기 규칙을 위반한 모양이었다.

그때 실로 내겐 가히 구세주라 할 만한, 도장의 정 사범이 나타나 링 안으로 달려갔다. 사범이 한 손으로 녀석의 이마를 잡고 다른 손으로 목덜미 어딘가를 잠시 누르자 신기하게도 코피가 멎는 것이었다. 잠시 후 경기는 계속되었다.

'지금이 1라운드던가, 2라운드? 아직 1라운드도 끝나지 않았는데 어느 천년에 2라운드까지 간담?' 나에겐 그때의 1초가 10년보다 더 길고 아득하게 느껴졌다.

말이 씨가 된다는 속담이 있지만, 생각도 씨가 되는지 아들이 메달을 따면 플레이스테이션 쓰리를 상으로 달라는 녀석의 담대한 딜을 '황당무계하다'며 속으로 조롱하며 '한 대 얻어맞고 찔찔 짜지나 않으면 다행'이라고 했던 생각이 씨가 되어 현실로 나타났는가 싶어 내 머리를 쥐어박고 싶었다. 그러나 한편으론 녀석이 상대로부터 반칙이건 뭐건 한 방의 펀치로 코피가 터진 거야 생리적으로 어쩔 수 없다손 쳐도 눈물과 코피가 반드시 자동으로 동반해서 흘러나와야 하는 것은 아닐 텐데, 하는 아쉬움이 들었다.

녀석은 심약한 편이었다. 돌이켜 보면 여섯 살 때부터 엄마 없이 살아왔기 때문일 것이었다. 그 애 엄마는 내게 이혼을 선언하고 우리 곁을 떠났다. 나는 식당에서 학비를 벌기 위해 주말에만 일하는 어느 한국에서 온 유학생과 바람을 피우다 들켰었다. 그냥 짜릿하고 젊은 싱그러움에 나는 맥없이 무너졌고, 늪에 빠진 것처럼 허우적댔다. 우리 부부는 권태기에 들어 있던 때였기는 했지만, 그건 핑계고, 아무튼 그 일로 정신이 퍼뜩 들었고, 나는 아내에게 무릎이 닳도록 몇 달을 이어서 백배사죄를 했어도 소용없었다. 그녀는 나보다도 더 큰 성공에 대한 집념과 사회적 야망을 가지고 있었던 차였다. 게다가 미국의 동서 해안 지방의 대도시처럼 분주함도 자극도 없는, 졸린 듯 나른하기만 한 내륙 지방의 콜로라도 덴버가 성에 차지 않는다고 투덜대곤 했었다. 아내는 울고 싶었는데 뺨 때려 주길 잘했다며, '땡큐'라고 하듯이 훌쩍 친정이 있는 LA로 떠났다. 그녀가 그렇게 떠나는 건 나에 대한 복수는 될지언정 아이들에게 엄마 없음의 멍에를 걸게 하지 말아 달라고 애원했지만, 그녀는 떠났다. 아이들이 울며불며 매달려도 뿌리치고 초라하게 그레이하운드 버스를 타고 그 먼 곳을 향해 떠났다. 애들 엄마는 오랫동안 애들을 찾지 않았다. 나는 속죄를 위해서라도 애들의 아픔을 보듬고, 애들과 더 가깝게 살아야 했지만, 오히려 내 죄와 죄의식은 실재하는 것이 아니라며 괴로움을 떨구려고 애써 모른 척 외면하고 밖으로만 돌며 살았다.

링 안에서 온 힘을 기울여 싸우고 있는 아들을 바라보고 있자니 내 머릿속은 빛처럼 빠르게 아들에 대한 미안한 기억들이 마구 출렁거렸다. 그때 1라운드가 끝났다는 주심의 고함소리가 나의 긴장과 온갖 후회, 혼돈의 기억들이 가까스로 수습되었다.

홍코너에 막 돌아와 앉아 잠시 가슴 보호대를 걷어 낸 아들의 새처럼 조그만 가슴은 거친 숨으로 부풀어 올라 곧 터져 버릴 것처럼 할딱거렸고, 그의 얼굴은 하얀 분칠을 한 서커스의 크라운처럼 창백했다. 그리고 녀석의 콧구멍 언저리는 검붉은 핏자국이 땀과 범벅이 되어 있었다. 나는 가까이 다가가 '잘했다, 에이스.'라는 말을 하고 싶어도 꽉 메인 목에 걸려 나오질 않았다. 다만 그의 동료 꼬맹이들이 녀석의 둘레에서 팔과 다리를 주물러 주면서 수다를 떨고 있었다. 한 친구는 "에이스, 잘했어. 저놈이 공격하자마자 즉시 너도 발로 대응을 해야 한다고. 그것이 네게 기회야, 알았지?" 하며 코치를 해 줬다. 나는 동료들이 마구 던져 주는 훈수를 국외자처럼 바라만 보고 있을 뿐이었다.

"저 망할 자식이 내 코를 때려 반칙을 했다고."

아들은 가빴던 숨이 좀 가라앉게 되자 상대의 반칙에 부아가 치밀어서 그랬는지, 아니면 코피를 흘리고 질질 짰던 것에 대한 변명인지 냅다 영어로 욕을 해 대는 것이었다. 여전히 나는 아들의 둘레에서 우물쭈물하고 있는 사이 2라운드가 시작되는 호루라기 소리를 들었다. 그때서야 나는 녀석에게 '아이 러브 유, 에이스'라는 말만은 꼭 전해 줘야 한다고 생각했지만, 녀석은 어느새 링 안으로 들어간 후였다. 그리고 곧 2라운드가 벌어졌는데, 나는 마치 먼 길을 떠나는 아들을 빈손으로 보낸 것처럼 마음이 켕기고 애가 탔다.

'아, 어제 술을 안 마시고 집에 일찍 들어갔어야 했는데. 오늘 아침에 좀 일찍 일어나서 팬케이크에 프라이에그라도 만들어 줄 걸. 아침이면 어떠냐, 아들이 엄청 좋아하는 피자라도 오븐에 구워 줬어야 했는데.'

2라운드 중반쯤 되었을까, 내 귀엔 녀석이 상대로부터 얻어맞는 소리만 '딱, 턱' 하고 크게 들리는 것 같았는데, 그것은 아마 1라운드 때는 조용했던 상대 백인 소년의 엄마가 영어로 질러 대는 날카로운 말들이 아우성처럼 절정에 달했을 무렵부터였을 것이다. 물론 아들의 동료 꼬맹이들도 가만히 있지는 않고 "에이스, 에이스, 발차기!" 하며 응원을 하고 있었지만, 내게는 아기가 칭얼대는 소리 정도로밖엔 들리지 않았다. 나는 우리 아들이 그 상대 선수 엄마의 아우성을 듣고 기가 죽지는 않을까 걱정스러워 뭔 소리라도 지르고 싶었지만 내 입은 언 생선처럼 붙어 있었고, 머리와 등에선 진땀만 쪽쪽 났다. 겨우 '잘 싸워라, 이겨라, 넌 이길 거야.'라는 메시지만 뇌파로 보낼 수 있을 뿐이었다.

그런대로 잘 싸우던 우리 아이는 극성스러운 엄마의 응원에 힘을 얻은 것 같은 쌩쌩해 보이는 백인 소년을 상대하는 일이 힘겨워 보였다. 그러던 중에 아들은 그 소년의 왼발 돌려차기 어깨에 슬쩍 비껴 맞고는 중심을 잃은 듯 잠깐 비틀거렸다. 녀석에겐 위험한 순간이었고, 실점감일지도 몰랐다. 나는 그에게 뇌파를 보내는 정도로는 충분치 않다고 생각이 들어서였을까, 생전 거들떠보지도 않던 하나님을 냅다 찾기 시작했다.

"하나님, 급합니다. 제 아들이 이기고 지는 일은 상관없습니다. 제발, 다만 얻어맞고 우는 일 없이, 쓰러지지 않고 2라운드를 끝내도록 시간을 좀 앞으로 확 당겨 주실 수 있나요? 염치없지만, 아무튼 급합니다. Oh, God, do you hear me? God dammit."

미국에서 기도를 그렇게 한국말과 영어로 섞어서 해도 한국인 교포니까 봐줄지, 게다가 끝마디에 나도 모르게 뱉어 버린 비속어로 인해 하나님을 화나게 한 건 아닌지, 그래서 이 중차대한 순간에 스스로 상황을 말아먹은 건 아닌가 하는 걱정이 스쳤다. 아무튼 한참의 내 애간장을 더 태우며 무지하게 더디고 긴긴 시간을 보낸 다음, 드디어 2라운드가 끝이 났다. 아들은 다시 홍코너에 돌아와 앉았다. 나는 자석에 쇠붙이가 끌리듯 달려들어 그의 손을 잡았다. 웬일인지 아들의 손은 얼음처럼 차가웠다.

"잘했다, 에이스. 아이 러브 유, 에이스."

나는 숨을 헐떡이며 힘겨워하는 녀석의 차가운 손을 잡은 채 겨우 이 몇 마디만 할 수 있었다. 그리고 까닭 모를 안타까움이 목으로 복받쳐 올라 더 이상 아무 말도 할 수가 없었다. 녀석은 숨이 가라앉자, 의자에서 미끄러져 내려올 듯 축 늘어져 있었다. 꼭 참새 새끼들처럼 조잘거리며 법석을 떠는 녀석의 동료들은 아들에게 달려들어 헬멧을 벗기고, 가슴 보호대를 풀어 주고 있었다.

드디어 판정의 순간이 왔다. 심판석으로부터 종이쪽지를 받아 들고 온 주심은 두 선수를 링 안으로 불러세웠다. 양 코너와 관중은 무거운 침묵에 쌓였다. 주심은 두 선수의 손목 하나씩을 잡고 있었다. 나는 주심의 손에 잡힌 아들의 손이 냅다 올려지는 광경을 상상해 보았다. 또한 상대 선수의 손이 올라간 후 낙심해서 돌아서는 아들의 모습도 순식간으로 상상해 보았다. '아, 실제로 그런 사태가 벌어진다면? 그래, 어떤 결과가 나오든 까짓 피에스 쓰리 게임? 사 주지. 이백육십 달러가 뭔 대수냐? 노 프라블럼, 썬!'이라는 말을 해 주리라고 준비했다.

주심은 얼마의 뜸을 들인 후 "홍코너……"라는 말을 시작으로 뭐라고 고함을 치더니 아들의 손을 번쩍 치켜올리는 것이었다. 나는 그게 믿기지 않아 아들 주위의 꼬맹이들을 보고 확인하고 싶었다. 그들은 박수를 치고 조그만 녀석들이 휘파람을 휙휙 불어 대고 있었다.

"아, 에이스가 해냈구나."

녀석이 코너로 돌아오자 그들은 마구 축하를 날렸다.

"헤이, 유, 썬 오브 어 건!"

"히히히, 이겼구나. 와우, 나는 너 이길 줄 알았어!"

동료들은 아들의 머리통을 흔들고 비벼 대고 야단이었다. 녀석이 그들에게서 놓여 내게로 오자 나는 그를 으스러져라 끌어안았다.

"에이스, 잘했어. 힘들었지?"

"땡큐, 아빠."

나는 녀석의 얼굴은 전쟁터에서 갓 돌아온 병사의 얼굴이 그럴까, 초췌한 몰골이지만 눈만은 승리가 가져다준 자신감으로 빛나는 듯했다.

"이제 어떻게 하니? 또 싸워야지?"

"응, 또."

나는 녀석을 데리고 조용한 구석으로 갔다. 아들은 마룻바닥에 철퍼덕 주저앉자마자 뒤로 벌렁 누워 버리는 것이었다. 나는 축 늘어져 있는 아들을 내려다보며 다음 경기에 대한 걱정보다는 내가 싸울 것도 아닌데 내게 자신감 같은 것이 생기는 것을 느꼈다.

"괜찮니, 에이스? 너 또 싸울 수 있지?"

"아이 게스 쏘."

아들은 힘없이 고개를 끄덕이며 대답했다. 나는 그 애 옆에 무릎을 꿇고 다가가 그의 다리를 주무르기 시작했다. 그에게 뭔가 해 주고 싶어도 그것밖에 할 수 있는 게 없었다.

"시원하지? 이렇게 근육을 풀어 줘야 돼."

"아빠 왜 그래? 뭐 해?"

"가만히 있어, 이눔아. 마사지하는 거야."

"나 마사지 안 할래. 노우, 플리즈, 대드."

마사지가 뭔지 모를 녀석은 멋쩍어서 그런지 벌떡 일어나 주위를 둘러보며 징징 우는소리를 냈다. 그러나 나는 녀석을 다시 바닥에 자빠트리고 마구 주물러 댔다. 내 손은 그 애의 발목, 종아리, 허벅지로부터 팔뚝, 어깨, 목에 이르기까지 아래위 그리고 좌우로 재빠르게 움직였다.

"애, 참, 너 물 마실래? 그래, 미리 마셔 두는 게 좋지."

"----------"

나는 녀석이 대답을 하건 말건 체육관 입구에 있는 식수대로 가서 한 컵의 물을 떠다가 그의 상체를 일으킨 다음 입을 벌리게 하고는 물을 부었다. 그리고는 계속해서 다시 발가락부터 어깨까지 골고루 주물러 올라갔다가 내려오길 반복했다. 뿐만 아니라 프라이팬에 부침개 부치듯 녀석의 몸뚱이를 엎었다 제쳤다 하면서 사정없이 주물러 댔다. 내가 다시 판을 뒤집으려 하자 아들은 불평을 했다.

"물이 나올 것 같애, 아빠."

"엄살 떨지 마, 이눔아. 시간 없어."

육박은 질렀지만 아닌 게 아니라 녀석의 토할 것 같다는 말에 수긍을 하고는 그의 몸을 제자리로 돌려놓았다. 아들의 몸은 종이처럼 가벼웠다. 늘 그렇게 많이, 잘 먹어 대는데도 그게 다 어디로 갔는지 모를 일이었다.

애들은 무슨 음식이든 잘 먹어 치우지만, 사실 난 제대로 된 밥상을 차려 주지 못했다. 내가 음식을 만들어 주는 건 저녁 식사로 고작 일주일에 서너 번이었으니까. 나머지는 저희들이 TV 디너나 린 쿠신, 맨 사이즈 디너 같은 마이크로 웨이브 오븐에 데워 먹을 수 있는, 영혼 없이 꽁꽁 언 인스턴트 음식들이었다. 그래서 내가 어쩌다 일찍 들어가는 날이면 가능한 온갖 종류의 채소와 양념을 이용해 소고기나 돼지고기 닭고기로 스튜나 한국식 찹 수이 혹은 올리브 오일을 듬뿍 넣고 고기프라이를 만들어 주로 밥 위에 얹어 먹곤 했다. 내 음식 솜씨란 게 대부분 어느 나라의 음식 족보에도 없는 국적 불명의 기묘한 것들이었지만 애들은 끄떡없이 잘도 먹어 주었다. 먹으면서도 녀석들은 음식 맛만큼이나 그때그때 명명한 특이한 음식을 뇌까렸다. 고기는 모자라서 조금이고 채소가 더 많을 때, 굴 소스와 감자 가루를 물에 잘 섞어 프라이팬에 볶은 요리는 '오이스터 베지 앤 리틀빗 비프'라고 명명했다. 소의 질긴 엉덩이 살로 스테이크를 굽고 옥수수와 당근, 시금치를 고명으로 곁들여 '스패니쉬 필레미뇽'이라고도 했다. 고기가 질기든 질기지 않든, 속에서 피가 나오든, 너무 구워져 바싹 오그라들었든 애들은 상관 안 하고 게 눈 감추듯 잘도 먹어 치웠다. 그런 푸짐

한 식단은 날이면 날마다 서는 장이 아니고, 또 다음 장은 언제 설지 모르니 장이 열렸을 때 맘껏 먹어 두자는 형국 같았다. 그렇게 맛있게 먹고 나서는 놈들은 늘 가슴속에 묻어 두고 살아왔을지도 모를 '맘'이라는 말을 내게 '땡큐, 미스터 맘'으로 둘러대어 부르곤 했다.

체육관 바닥에 누워 있던 아들은 무방비 상태로 멀뚱히 천장만 바라보고 있었다. A 링에서는 또 한 경기가 끝난 모양이었다. 그때 확성기에서 아들의 이름이 나왔다.

"에이스 김, 마이클 노리스, A 링으로 출전 준비."

아들이 두 번째로 맞은 상대 선수는 에이스랑 키는 비슷하지만, 덩치가 더 컸다. 나는 아들이 지레 겁이나 먹지 않을지 걱정이 됐다. 나는 그 덩치 큰 마이클이라는 선수를 마치 내가 상대해서 싸워야 할 적수인 것처럼 노려보았다. 그러다가 나는 그로부터 놀라운 사실 하나를 찾아냈다. 나는 그 사실이 하도 중요하다는 생각이 들어 출전 준비를 하고 있는 아들에게 다가가 한국말로 하면 다 이해를 못 할지 몰라 은밀하게 그러나 단호하게 영어로 일러 주었다.

"유 노우, 에이스? 쟤를 봐라, 너보다 몸이 크지? 그렇지만 잘 봐. 배가 나온 뚱보일 뿐이야. 그래서 2라운드까지 싸우기에는 몸이 너무 무거울 거야, 히히히. 너 이 말 아니? '적을 이기려면 적을 먼저 알아야 한다'는 말. 중국에서 나온 말인데, 아무튼, 중국은 잊어버리고, 좋아. 쟤는 뚱보라 금방 지칠 거니까 그냥 지치게만 만들어. 그럼 이 게임은 네 거야, 알았지?"

"오케이."

손자병법의 지피지기(知彼知己)면 백전백승(百戰百勝)한다는 말을 내 영어 실력으로 간추려 준 게 제대로 전달되었는지 모를 일이었다. 그래도 나는 제법 그럴듯한 전술을 가르쳐 줬다는 뿌듯함으로 의기양양해하는 데에 비해 녀석의 대답은 시큰둥하고 간단했다.

내 예상과 작전은 적중했다. 상대 소년은 둔한 몸놀림으로 1라운드의 중간도 못 가 벌써 지쳐 있는 듯 보였다. 아들은 첫 경기 때보다 훨씬 더 날렵하게 움직이고 있었다. 나는 분명 내가 마사지와 손자병법의 작전 효과였을 거라고 믿어 의심치 않았다. 1라운드와 2라운드에서도 아들은 시종 펀치나 킥을 여러 번 날려 또 손을 번쩍 들어 올렸다.

코너로 돌아온 아들은 첫 시합 때보다 덜 지쳐 보였다. 헬멧과 가슴 보호대를 벗은 아들은 자신감에 차서 말했다.

"아빠, 마사지 필요 없어요."

"뭐라고?"

나는 '그래, 더 이상 욕심을 내지 말자'고 스스로를 타일렀다. 그리고 그의 동료들과 어울리게 놔두고 체육관 밖으로 나갔다. 밖은 농익은 햇빛으로 더 화사해졌고, 파란 하늘은 정다워 보였다. 그런 봄빛을 시샘하는지 간간이 다운타운의 고층 빌딩들 사이로 비집고 불어오는 소슬바람은 잔디 위의 낙엽 몇 개를 장난치듯 구석으로 몰아가고 있었다. 나는 잔디에 벌렁 누워 하늘을 마주했다. 작은 가슴을 할딱거리며 가쁜 숨을 쉬는 아들을 보는 일은 쉬운 일이 아니었다. 평소 괴롭고 외롭다면서, 나는 '그래도 되겠지'

하며 술로 유희를 즐기느라 늦은 귀가 때마다 큰 녀석은 컸으니까 놔두고 작은 녀석의 잠든 얼굴에 술 냄새를 풍기고 입을 맞추며 미안하다고 말했던 그런 날들이 몹시 아픈 후회로 다가왔다. 나는 하늘에 아이들에 대한 죄의식과 후회를 하나씩 쏘아 올리며 거둬 냈다. 그리고 아무도 내 안으로 침범해 오지 못하도록 쌓았던 울 타리를 무너트리고, 아들과 하나가 된 듯 우린 오늘 경기장에 참 잘 왔다는 생각이 들었다. '아들아, 넌 오늘 내 가슴으로부터 새로 태어났단다. 네 엄마가 너를 낳을 때 산고가 이랬을까. 나도 오늘 아프고 힘들었단다.' 나는 담배 연기를 하늘로 내뿜고는 일어나 체 육관 안으로 들어갔다. 배가 고파서 나오던 뱃속의 꼬르륵 소리는 실내의 아우성과 박수 소리에 묻혔고, 탁하고 후덥지근한 열기는 한없이 달콤하기만 했다.

아들은 벌써 홍코너 의자에 앉아 있었다. 나는 하마터면 그사 이 아들의 경기를 놓칠 뻔했던 일에 당황하면서 아들에게 급하게 달려갔다.

"에이스, 또 경기 하는 거야?"

"아빠, 좀 전에 나 또 이겼어. 이거 파이널이야."

"뭐? 벌써 게임을 했다고? 오, 주여!"

"응, 내가 TKO 했어. 레프리가 게임 스톱 했어. 나 골드 아니면 실버야. 알았지, 아빠?"

"뭐?"

"김 기자님, 오늘 에이스가 정말 잘하네요잉?"

돌아보니 정 사범이 내 옆에 와 있었다.

"글쎄 말예요, 나도 상상 밖이라 도무지 어리둥절하기만 합니다."

아들은 링 안으로 들어갈 준비를 마치고 링 밖에서 대기하고 있었다. 정 사범은 아들의 어깨를 잡고 잠시 상대 선수를 살피더니 이내 코치를 해 주는 것이었다.

"에이스, 쟤는 아기다, 아기여. 너보다 꼬맹이제? 너 이 발꿈치로 엑스 킥 하는 거 알제? 발을 공중으로 올렸다가 쟤 어깨를 칵 찍어 뿔면, 게임은 걍 거기서 끝나 뿐다, 알겠냐? 잘혀라잉."

"예썰!"

정 사범의 코치를 받은 녀석은 제법 절도 있는 대답을 하고는 링 안으로 들어갔다. 결승전의 1라운드 초반은 두 선수가 신경전을 벌이느라 결정적이거나 점수를 따낼 만한 펀치나 킥이 없었다. 그러나 2라운드의 중반에 접어들 무렵부터 양 코너의 응원이 치열해지면서 두 선수의 움직임도 다급해지는 듯했다. 아들은 왼발과 왼손을 앞으로 향했다가 자세와 스텝을 바꿔 보기도 했다. 그렇게 자세를 고치며 기회를 보고 있는 사이 상대 선수는 발 빠른 돌려차기로 공격을 가해 왔다. 사뿐하고 날렵한 공격이었다. 그러나 아들은 얼른 물러섰다가 몸의 균형을 잡자마자 바로 결정적인 엑스 킥을 감행했다. 상대는 시도했던 빗나간 돌려차기로 몸을 휘청일 때 아들의 엑스 킥 공격으로 인해 그대로 나가떨어졌다. 아들의 어느 구석에 그런 옹골찬 면이 있었던 것일까, 스패니시계의 그 소년은 바닥에서 한동안 일어서질 못했다. 결승전은 거기서 끝난 것이었다. 곧 주심은 아들의 손을 번쩍 들어 올렸다. 옆에 있던 정 사범은 축하의 고함을 지르며 내 손을 번쩍 들어 올렸다. 아들은 네 번을 싸워 모두 이긴 것이었다. 난 아무리 생각해도 황당하면서 신이 나서 아무나 붙잡고 고맙고 행복하다고 말하고 싶었다. 대신 정 사범을 껴안았다.

링 밖으로 나온 아들은 동료들이 머리를 헝클고 비비고 하이파이브를 하는 중에도 내 시선을 놓치지 않고 있었다. 녀석은 내게 재빨리 다가와 내 허리를 꽉 껴안았다. 우리는 한참을 그렇게 껴안고 있었다. 그의 등짝은 땀에 흠뻑 젖어 있었다. 그때 내 눈에 매우 낯익은 여인이 멀찌감치서 우리를 응시하고 있는 게 들어왔다. 게다가 그 여인은 눈물을 흘리고 있었다. 나는 아들을 껴안은 채 젖은 눈빛의 애처로워 보이는 그 여인, 나의 옛 아내, 아들 녀석의 엄마임을 알아보았다. 순간 나는 당황하며 부르르 떨리는 몸을 어쩔 줄 몰라 껴안고 있는 아들의 몸에 의지하며 버텼다. 이를 어떻게 받아들이고 수습해야 할지 얼른 떠오르지 않았다. 내 잘못보다는 그녀가 내 용서를 받아들이지 않고 떠나 버린 야속함과 미움이 자라 마음에 증오의 뿌리를 굳건히 내렸는데, 이제 남은 사랑도 하나 없는데, 지금 나타나면 난 어쩌라는 거냐는 심정이었다. 그러나 순간 그녀는 나와 사랑하고 살겠다며 돌아온 것이 아니라 아마 아들 에이스의 게임을 보러 온 것이라는 자각이 얼핏 들며 착각에서 깨어났다. 나는 아들을 떼어내고 그의 이마에 입맞춤을 해 준 후 그의 어깨에 두 손을 얹고 말했다. 아들이 확실히 알아들으라고 영어로 말했다.

"Look who is behind you. Turn around, Ace."

아들은 돌아섰고, 엄마는 아이의 이름을 부르며 재빨리 달려와 그를 껴안고 절규했다. 아들의 동료들과 주위는 숙연해지며 어떤 한 녀석이 천천히 박수를 치자 다들 우르르 따라서 박수를 쳤다. 엄마 품에 안긴 에이스는 두 손을 아래로 축 늘어트린 채 로봇처럼 그저 몸을 내맡기고 있었다. 어쩌면 아들은 내가 느꼈던 것보다 더 감당하기 어려운 혼란이 밀려들었을지도 모를 일이다. 애 엄마는 무반응인 듯한 뻣뻣한 아이를 품에 안고 어쩔 줄 몰라 전전긍긍하고 있었다.

"에이스, 아이 러브 유. 엄마가 많이 미안해."

아들은 아무 대꾸도 안 하고 불편한 듯 몸을 비틀어 그녀의 품에서 벗어났다. 녀석의 얼굴에 아무 감정이나 반응 없이 무표정한 게 내 가슴을 또 아프게 했다.

에이스는 호명하는 이름을 듣고 메달을 수여하는 링 안으로 들어갔다. 아들이 링 안으로 들어간 후 나는 이 상황을 어떻게 풀어 나가야 할지 몰라 초조한 마음이 들었다. 나는 그녀에게 다가갔다.

"오, 마이 갓! 웬일이야, 갑자기. 여긴 어떻게 알고 온 거야?"

"열흘 전에 에이스에게 전화했다가 알았어. 그동안 애들하고 힘들었겠네?"

"애들하고는 그동안 연락은 하고 있었나 보지?"

나는 애들한테 배반이라도 당한 것처럼 감정이 울컥 올라왔지만 그 옹졸함을 금세 뉘우치며 마음을 다잡았다. '모두 내가 자초했던 일의 결과였고 나 모르게 했더라도 엄마와 아들 간의 전화 통화는 차라리 잘한 일 아니겠나?' 하는 생각도 들었다. 그녀, 옛

아내는 매몰차게 서둘러 당당히 떠날 때와는 달리 풀이 많이 죽어 있었고, 얼굴이나 행색도 더 늙고 초라해 보였다. 나는 궁금한 게 너무 많은데도 입은 꽁꽁 언 생선처럼 열리지 않았다. 나는 그녀에게 정신이 쏠려 있어서 메달 수여 장면을 보지도 못했는데 녀석은 어느새 금메달을 목에 걸고 우리에게로 다가왔다.

"와우, 에이스 금메달 땄네? 잘했다, 내 아들."

"땡큐, 댄."

나는 아들을 껴안은 후 곧 그를 돌려세워 엄마에게 슬쩍 밀었다. 녀석은 몸을 돌려 제 엄마에게 안겼고, 엄마는 또 눈물을 흘렸다. 그녀는 아들과 떨어지며 녀석의 목에 걸린 메달을 소중히 두 손으로 잡고는 눈물로 적시고 있었다. 잠시 후, 나는 그들 사이로 끼어들었다.

"에이스, 나도 메달 좀 보자. 어떻게 생겼냐?"

그녀의 손에 들려 있던 눈물 젖은 메달을 받아 자세히 들여다보았다. 아들의 메달은 녀석이나 나의 힘겨웠던 오늘의 시간들, 그리고 지난날의 상처들을 깨부수고 내 가슴으로부터 녀석이 다시 태어났다는 출생증명서처럼 여겨졌다. 한편 아들에게 그 메달은 새 게임기가 보장된 쿠폰이었다. 그러나 무엇보다도 제 엄마를 보고 어색해했던 녀석이지만, 그건 단지 떨어져 지낸 세월이 할퀸 아픔 때문이었을 것이다. 아들에게는 엄마가 나타나 준 것이 가장 큰 보상일지 모를 일 이었다.

"아빠, 나 브레이킹 보드 가요."

"브레이킹 보드? 네가 그걸 언제 연습했다고 그걸 나가? 오, 마이 갓."

녀석은 내 말은 들은 척도 안 하고 제 엄마에게로 돌아서서 약간 우물쭈물하다가는 돌아서 본부석 쪽 격파 경기장으로 쌩하니 달려갔다. 엄마에 대한 그리움을 삼키며 남처럼 떨어져 살아온 시간이 길었던 건지, 엄마에 대한 녀석의 몸은 마음처럼 매끄럽게 따라 주지 않는 듯 어색하고 서먹한 듯했다. 녀석이 가고 우리 둘만 남자, 우리도 어색하고 서먹하긴 마찬가지였다. 그녀는 주위를 두리번거리며 물었다.

"왜 큰애는 안 보여요?"

"응, 그 녀석 의리 없이 제 친구네 가족이랑 스키 갔어."

"저기, 집에서 나 재워 줄래요?"

"뭐? 재, 재워 달라고? 그걸 뭘 물어? 그동안 애들하고 연락은 했나?"

"가끔씩요."

"도무지 이해가 안 되는군. 내 잘못은 내게만 벌하면 될 테지만 애들까지 연좌제로 엄마 없이 살게 하는 억울한 벌을 줬으면 그 길로 빨리 잊게 했어야 도리 아닌가? 그런데 가끔 연락은 했다고? 엄마를 잊지 말아 달라고 물망초라도 던져 주고 있었군 그래. 결국은 애들에게 이중 삼중으로 형벌을 준 거네!"

나는 끓어오르는 화를 참을 수 없어 소리를 질렀다.

"미안해요. 용서해 줘요. 나도 자기 용서해 줄게요."

"하! 감격스러워 눈물이라도 날 지경이네. 당신이 날 용서할 게 있나? 당신의 용서권은 시효가 지났어. 당신이 내 용서를 안 받아들이고 끝내 애들 놔두고 집을 떠났을 때부터 난 이미 두 놈을 키우며 죗값을 치렀고 속죄했어. 당신의 용서 따윈 이제 필요 없어. 이젠 내가 당신을 용서 못 해. 애들 가슴에 멍들게 한 짓."

일단 나는 화나는 대로 내뱉긴 했지만, 정당성 차원에서 켕기는 것 때문인지 말끝은 매가리가 없었다. 그때 아들이 은메달을 목에 걸고 의기양양하게 걸어와 내게 안겼다. 나는 이때까지 녀석의 이런 자신감과 자랑스러운 표정을 본 적이 없었다.

"아빠, 아이 갓 디스, 실버 메달."

"에이스, 유 아 슈퍼 보이. 우리 아들 너무 잘했다."

녀석은 돌아서서 아까보다는 재빠르게 제 엄마 품에 안겼다. 열두 살 난 아들이 힘겹게 싸워서 게임기가 보장된 메달을 두 개나 땄고 보너스로 엄마까지 만났으니, 오늘은 분명 그의 날이었다.

"자, 우리 어디 밥 먹으러 가자. 진짜 배고프다."

우리 셋은 체육관을 나와 주차장을 향해 나란히 걸어갔다. 길섶을 따라 늘어선 회양목 사이로 봄빛은 화사했고, 이파리들은 서로 수화를 하듯이 살랑거렸다. 나는 앞장서 걸으며 흘끗 뒤를 돌아봤을 때 애 엄마는 아들의 목에 걸린 메달을 만지작거리다 아들의 어깨에 팔을 얹어 자기 쪽으로 당기기도 했다. 애 엄마는 서두르듯 아들과의 끊어진 다리를 잇는 보수 공사를 하는 것처럼 보였다.

내 가슴에는 미움과 서운함으로 쌓아 올린 그녀에 대한 증오의 벽은 이미 무너지기 시작하고 있었다. 그리고 비밀처럼 억눌러 숨겨 뒀던 그녀에 대한 그리움이 내 속에서 하나둘 피어나고 있었다.

서간문

종교에 대한 생각의 변화와 성장

친구에게 책과 함께 보내는 편지

박 형, 옛날얘기 하나 먼저 해 보겠습니다.

어렸을 학창 시절 고향에서 목사 아들인 친구가 있었는데, 그는 프로테스탄트 편에서, 나는 천주교 진영에서 '그리스도교회의 원조가 누구냐', '구원은 어느 교를 통해야만 가능한가', '왜 천주교와 프로테스탄트에서 사용하는 신 구약 성서의 숫자가 틀리느냐' 등 참 지금 생각하면 어린애 같은 교회관과 신앙관을 갖고 논쟁이라고 할 수도 없는 말싸움을 벌이느라 애썼던 기억이 납니다. 나는 그 말싸움에서 이기기 위해 아버지가 보던, 당시의 나로서는 어려운 '교부들의 신앙', '상해천주교 교리해설' 등의 책들을 열심히 줄쳐 가면서 읽고는 그것을 배꼽에 차고 나가 그 친구에게 고대로 토해 내곤 했었습니다. 40여 년 전 얘기입니다.

박 형은 내가 왜 이 옛날얘기를 하고 있는지 전혀 짐작이 안 가겠지만 좀 더 들어 보십시오. 그렇습니다, 그때 내가 배꼽에 차고 나가 그 목사 아들 친구에게 뱉어 내곤 하던 천주교회관이랄까, 나의 그 알량한 신관, 신앙관이 지금의 나에겐 어림 반 푼어치도 없는 케케묵은 문자적 관이었음을 깨달은 것입니다.

제2자 바티칸 공의회가 1962년 10월 개최되어 1965년 9월에 끝마쳤는데, 이 공의회의 목적은 천주교 신자들의 종교 생활과 교리(학설)에 관한 'Aggiornamento'를 준비하는 것이라고 개회 선포를 했었습니다. 이 '아기오르나멘토'는 영어로 'Renewal' 또는 'Updating'이라는 말로써 교리 내지 신앙 지침 따위를 최근의 시세에 맞추어 갱신 또는 변경, 일치시킨다는 의미가 있을 겁니다. 이 공의회에서 16개 항목의 당시로서는 천지개벽이라 할 만한 사항을 발표했는데, 그중에서도 압권은 가톨릭의 밖에도 구원이 있다는 선언이었습니다. 이때 벌써 바티칸은 겸손하게 다른 종교들을 인정한 셈입니다.

박 형, 나는 2차 바티칸 공의회의 결과를 아버지로부터 들었어도 내 소아적 천주교회관은 별 변화가 없었습니다. 아니, 꿈쩍도 하지 않았습니다. 지금 생각해 봐도 당시 불란서 신부가 있었던 성당에서 이 선언의 중요하고도 심오한 의미에 대해 한 번도 들어 본 적이 없기 때문이기도 했을 겁니다. 멀쩡히 잘 출석하고 있는 신자들을 향해 "여기 천주교가 아니고 다른 곳에서도 모든 하나님, 창조주의 피조물들은 신하게 살고 좋은 일 많이 하면 구원받을 수 있다."는 얘기를 구태여 해 줄 필요성을 느꼈겠습니까? 물론 지금은 신부나 지식인 신자들은 이를 잘 알고 있습니다.

실제 나도 아버지한테 들은 얘기를 심각하게 생각도 안 해 봤지만, 그 친구에게 공의회의 선언을 얘기할 필요를 못 느꼈습니다. 하물며 몇 년이 지난 후에도 그 친구에게 이런 얘기를 꺼내본 적도 없습니다. 오히려 공의회에서 Renewal 또는 Updating 된 내용은 나를 헷갈리게 할 뿐이었습니다. 그저 옛날의 내 신앙관을 붙들고 의심 한번 없이 성경의 무오류, 동정녀 마리아에게서 나신 예수, 동방박사 출연의 역사를 성경의 글자대로 믿으려 고집했던 것입니다.

1970년대 초반, 내가 오강남 교수를 만났고, 그가 쓴 『종교의 실상과 허상』이라는 책과도 만났습니다. 그 책과의 만남은 내가 종교 문제, 신앙에 대해 우물 안의 개구리 같은 갇힌 신앙이 아니라 높은 곳에서 여러 종교들을 살펴볼 수 있는 소중한 계기였습니다. 내게는 종교에 대해, 마치 우물 안으로부터 나와 넓고 자유스러운 세상을 보는 듯 해방의 기쁨을 만나게 된 계기였습니다. 2차 바티칸 공의회의 선언이 의미하는 것은 무엇인지, 종교란 우물 안의 개구리식의 신관이 얼마나 유치하게 영혼의 멍청함을 가져오는가에 대해 많은 이야기를 들으며 종교의 실상과 허상을 알아 가는 기회가 되었습니다. 그때 내 느낌은 '아!' 하는 놀람의 탄성이었습니다. 나는 오 교수의 종교학자적 관점에서 보는 종교 혹은 기독교에 관한 얘기들을 듣고 도덕경 풀이도 들으면서 나의 천주교나 종교에 대한 유아 소아적 편견을 내려놓고 의식과 관의 성장을 체험했던 것입니다.

박 형, 요즘 LA에서는 I 교회와 P 교회가, 얼마 전엔 N 교회와 D 교회가 두 파로 갈라져서 한 파에서는 경찰이나 외국인 경비원을 교회 안으로 데리고 와서 반대파를 끌어내고 강단을 점령하는 사건이 일어났었습니다. 이런 사건은 한국이나 미국의 한인 동포 사회에서 마치 붕어빵처럼 어쩌면 그렇게도 같은 모양, 똑같은 이유로 심심치 않게 찍혀 나오는 것일까요?

오 교수의 바로 이 책, 그의 말을 빌리면 그런 교회에 그런 신자들이 생각하는 그런 '예수는 없다.'는 것입니다. 서로 자기들 주장이 하나님의 뜻 혹은 예수의 정신이라며 십자가를 엉덩이에 깔고 앉아서 자기들 딴에는 순교자적 용맹 정신으로 싸우는 것일 테지요. 그러나 그게 어디 예수가 몸으로 보여 줬던 자기 비움, 자기 부정이라는 기독 정신에 부합된다고 할 수 있을까요? 예수와 아무 상관도 없는 이상한 싸움일 뿐이지요.

박 형, 좀 심한 표현일지 모르지만, 나는 이러한 사태를 보고 핍박받는(그들 자신의 표현) 목사 쪽이나 운 좋게 교회를 점령한 쪽이나 모두 안됐다고 생각합니다. 그런 막무가내의 무지한 용맹으로 무장된 '하나님의 뜻'을 아전인수하도록 가르친 사람이 도대체 누구입니까? 예수일까요? 하나님일까요? 아니지요, 바로 그 목회자들입니다. 그 목회자들은 오랜 시간 예수의 가르침에 따라 자기를 비우고 이웃 사랑의 행동을 하도록 솔선해서 모범을 보이거나 설교해 주기보다는 율법주의적, 문자적으로 교리를 세우고 덮어 놓고 '예수를 믿어라. 믿기만 하면 복을 주신다.'는 식의 믿음만을 주었던 아닐까요? 그 총체적 결과는 무엇입니까. 바로 그들이 지금 걸려 넘어지고 있는 덫이나 말뚝입니다. 그 목회자들이 스스로 만들고 박아 놓은 말뚝에 넘어지는 꼴입니다. 목회자는 자업자득이라지만 어쩌다 두 파벌로 갈린 교인들이 더 안타깝습니다. 그 교인들은 단지 교회에 갈 때 되도록 텅 빈 순백의 마음으로 예수의 말씀을 들으러 갔을 테고, 그런데 목회자는 그들의 순백한 영혼의 도화지에 시커먼 먹칠을 학습시켜 놓은 것이지요.

박 형, 동봉한 『예수는 없다』를 몇 번이고 읽어 보십시오. 지금까지 생각해 오고 갖고 있던 교회, 예수, 신앙, 종교에 대한 생각이나 관념을 제대로 가질 수 있는 계기가 될지도 모릅니다. 그러나 이 책에서 이야기하는 것을 또 절대적인 것으로 믿으셔도 안 됩니다. 이분의 오랜 학자적 탐구의 결과일 뿐이니까요. 참고하시라는 것이지요.

죄송합니다, 스님,
청을 못 들어 드려서

스님께서 지난주, 그러니까 제가 한국으로 영구적으로 귀국하기 전 마지막 2주 전 주일, 제게 절에 도네이션을 해 달라고 부탁을 하셨는데 청을 들어 드릴 수 없게 됨을 송구스럽게 생각합니다. 스님은 제가 한국 실버타운으로 들어가려고 집을 판 사실을 어떻게 아셨는지 모르지만, 아무튼 집 판 돈이 얼마 있습니다. 그러나 저는 지금까지 스님이, 또 여기 ○○사가 필요로 하는 도움보다 더 절실한 곳들에 정기적으로 도네이션을 해 왔습니다. 이런 걸 밝히는 건 참으로 부덕한 일입니다만, 지금 가난한 나라의 언청이 어린이의 수술을 돕는 자선의료단체(Operation Smile)나 어린이 암 환자를 돕는 병원, 그리고 프리웨이 입구나 출구에서 구걸하는 노숙자나 헐벗은 이들에게 가능하면 직접 조금씩 돕고 있었습니다. 이제 그 기구에 더 이상 도울 수 없다는 통보를 했습니다. 대신 한국 강원도 동해시로 가면 시청이나 동에 수소문해서 병든 부모나 할머니 할아버지를 부양하며 사는 어린이 가장 한두 가족을 찾아 도울 생각입니다.

지금 절에 기부금을 안내도 지난 6년여 정혜사에서 보고 느꼈던 걸 말씀드리는 것이 어쩌면 제가 드리는 보시보다 더 귀한 참고가 될지도 모르겠습니다. 제가 6년여 참석했던 법회와 들었던 법문에서 느낀 소회를 말씀드림으로써 스님과 법문, 법회가 변화하고 ○○사가 변화하길 간절히 기대해 봅니다.

저는 스님의 법문에서 살아가면서 가지게 되는 번뇌나 괴로움을 없애는 데 도움이 되는 말씀을 들어 본 적이 단 한 번도 없었습니다. 참으로 답답한 일이었지요. 이 답답함은 스님과 ○○사의 문제만이 아니었습니다. 제가 나고 자란 배경의 천주교에서도, 그 후 중년이 되어 경험한 기독교회에서도 마찬가지였습니다.

참으로 이런 말씀 드리기가 죄송합니다만, 스님의 법문은 한결같았습니다. 무슨 학위를 딸것도 아닌데 하안거나 동안거에 대한 필요 이상의 자세한 설명들을 자주 해 주셨습니다. 한국 불교와 중국으로부터의 전래 역사에 대해 시도 때도 없이 자주 법문 재료로 삼으셨습니다. 또 신라시대의 불교 역사에 대해, 동남아의 소승불교와 대승불교를 비교하면서 대승불교의 우수성(동남아 여러 나라의 사원들을 많이 여행하셨다면서도)을 강조하시는 걸 많이 들었습니다. 우리 ○○사에서 부처님 오신 날 같은 행사 때면 승복의 색깔이 다른 동남아의 스리랑카나 캄보디아에서 온 스님들을 초대하여 법당 상단에 의미도 없이, 하는 일도 없이 장식품처럼 앉혀

놓곤 했습니다.

금강경의 해석, 묘연 법화경, 천수경, 화엄경에 대한 불경의 유래와 해석 등 신도들에게 하나도 와닿지 않는, 필요한 건지도 모를, 그러므로 무의미한 법문이 늘 지루하게 40-50분씩 이어지곤 했습니다. 스님은 신자들이 그런 불경의 해설이나 불교의 역사를 알고 싶어 봉헌금을 들고 절에 오는 줄 아시는 것 같았습니다. 답답했습니다, 정말 신도들의 속에서 죽이 끓는지, 밥이 끓는지 모르시는 것 같아서요. 중생들의 삶에 과연 스님의 그 지루한 법문이 어떻게 도움이 될까요?

혹시 스님은 그 기사 보신 적이 없으신가요? 얼마 전 미주중앙일보에 '종교를 가진 사람들 대부분이 교회나 절에 다니면서 기대하는 것이 뭐냐'는 질문에 대한 어느 설문 조사 결과가 나온 적이 있었습니다. 종교를 가진 사람들 대부분이 원하는 것은, 뭐, 별로 대단한 것이 아니었습니다. '위로와 평안'을 얻고 싶어 한다는 것이었습니다. 마치 노사연의 노래 〈바램〉에서처럼. 바램은 큰 것도 아니고 아주 작은 한마디, 사랑한다는 말이라잖습니까? 신자들이 불경을 읽고 외우고 스님의 해석을 듣고, 교리를 잘 이해하고 따르는 걸로는 사실 자기도취적 신앙생활이 될지 모릅니다. 그러나 신도들로서는 헌금 낸 것만큼 위안과 평안을 얻고 고통에서 벗어나는 행운 같은 것을 건질 게 별로 없습니다. 대부분 그냥 습관으로 절에 다니는 것 같았습니다.

부처는 삶은 고통이라고 정의를 내렸고, 그 고통의 문제를 해결하기 위해 호흡 명상을 하라고 구체적으로 가르쳤던 겁니다. 부처, 당신도 그 안반수의경(安般守意經)이라는 호흡 명상으로 깨쳤으니까요. 그런데 정작 법회 시간에 단 10분이건 20분이건 부처님이 당부한 그 명상을 왜 안 하는지 모를 일입니다. 한국의 어느 절에서도 법회 시간에 신도들에게 명상하게 한다는 얘기를 들어 본 적이 없습니다. 불란서의 몇몇 천주교에선 미사 끝에 명상을 하니까 신도가 어느 선에서 더 이상 줄지 않는다는 기사를 오래전에 읽은 기억이 납니다. 명상에 대한 불자도 아닌 타 종교인들이 이럴진대 한국의 절과 스님들은 불자들에게 도대체 뭘 전하고, 뭘 깨우치게 하고 싶은 걸까요?

부처가 열반할 때 아난존자에게 한 유언이 '세상에 생겨난 모든 것들은 사라진다(諸行無常) 끊임없이 수행하라'였습니다. 그런데 이런 수행을 왜 스님만, 그것도 극히 일부만(제가 알기로 대부분 스님들 참선 명상 수행도 안 하지만) 하고 그나마 신도들은 왜 맛보기만이라도 구경도 안 시키는지요? 불교의 진수가 명상·참선인데, 왜 그건 빼먹고 법회 방식이 기독교 예배와 판박이처럼 똑같은지요? 불경·성경을 읽고, 찬불가·찬송가를 부르고, 법문·설교를 듣고, 봉헌·헌금을 하고. 참 딱하고 기막힐 노릇입니다.

이제라도 늦지 않았습니다, 시도해 보시지요. 생명력이나 온기도 없는 찬불가 합창이나 법문 시간을 줄여서라도 10분이나 20분 정도 명상을 하게 해서 신도들의 마음에 고요와 평화를 느끼게 하면 어떨까요? 아마도 신도들은 진정한 불자의 길로 들어선 것 같은 기분에 기뻐하며 행복과 위안을 가지게 될지도 모를 일입니다. 이것이야말로 진정 종교가 사람들을 위하고 추구해야 할 덕목 중

하나가 아닐까요? 마치 사람들이 불교나 종교를 위해 있는 것 같아서 어떨 땐 화나고 씁쓸합니다.

게다가, 도저히 익숙해질 수 없는, 발음하기도 어려운 수많은 보살 이름들, 역사적으로 그 보살들의 행적이 뭔지, 또 그 행적들이 우리에게 뭘 가르치고 있는지도 모르면서 이런저런 경을 독경하며 보살 이름들을 줄줄이 불러 봐도 가슴에 와닿는 것은 없었습니다. 뿐 아니라 한글로 번역된 불경이 버젓이 있는데도 굳이 오래 해 온 습관 때문인지, 스님의 입과 곡조에 익숙하다는 이유 때문인지(의미도 모르면서) 툭하면 한문경으로 독경을 하더군요. 송창식의 노래 〈새는〉 가사 중 '새는 노래하는 의미도 모르면서 자꾸만 노래를 한다'에서처럼 의미도 모르고, 또 상관 없이 독경의 곡조에 스스로 빠져서 읊더군요.

아직도 불교는 꿈에서 깨어나지 못하고 있는 듯, 전통만을 고집하고 있는 것처럼 여겨집니다. 천주교는 1962년부터 3년간 바티칸 공의회를 열어 여러 혁명적 변화와 선언을 했었지요. 그때부터 신부가 복사와 함께 라틴어로 들이던 미사를 각 나라의 언어로 번역해 지내도록 했지요. 제가 어렸을 적 복사를 하면서 라틴어로 신부와 응답식의 미사문을 주고받은 기억이 생생합니다. 그때의 어린 나야말로 라틴어는커녕 영어도 모르는 소년이 의미도 모르고 외웠던 라틴어를 신부와 주고받았더랬습니다. 모든 종교는 이렇게 형식과 제도에 빠져 알맹이 본질은 놓치고 허우적거리면서도 그런 줄도 모르고 시간만 보내며 전통만을 중시하고 유지하고 있는 것 같습니다.

저는 매주 법회 시간 30-40분 전에 와서 소법당에서 13분쯤 걸리는 108배를 하고, 나머지 시간에는 명상을 합니다. 스님은 작은 ○○ 스님이 주도하는 법회 후반에 들어와 법문만 하고 법회를 마무리하십니다. 저도 법회 시작 놋쇠 그릇 소리와 목탁 소리가 들리고, 얼마 후면 소법당에서 명상을 끝내고 화장실에 갔다가 법회 중간쯤에 스님과 비슷한 시간에 대법당으로 들어갑니다. 곧 스님의 법문이 시작되면 저는 또 눈을 감고 제 명상에 듭니다. 그게 실속이 더 있으니까요. 저야말로 부처의 수행하라는 유언을 잘 지키려는 중생이 되고자 했고, 그렇게 해서 깨닫고 싶었습니다. 그러면서도 6년여씩이나 절에 나갔던 것은, 솔직히 말씀드리면 나이 지긋하신 선배 어르신 신도분들하고의 친목 때문이었습니다.

스님은 매년 부처님 오신 날이면 큰 행사에 몇 학생들에게 장학금을 주시는 걸 봤습니다. 저는 장학금을 받은 학생들이 누군지 코빼기도 본 적이 없습니다. 절을 위해 마당을 쓸거나 풀을 뽑는 봉사하는 것도 본 적이 없는데 장학금 수여의 선발 기준은 뭔지 궁금했습니다. 그 학생들의 부모가 누군지 모릅니다만. 여기 미국에서 공부는 해야겠는데 돈이 없어서 학교에 못 들어가고, 공부를 못 하는 학생은 없습니다. 장학금이 얼마인지 모르나 그 출처가 신도들이 낸 보시 헌금들이 모인 거라면 그건 전혀 낭비라고 생각합니다. 헌금이 신도들의 피땀이 서린 돈일 텐데 그렇게 의미도 없이 행사 때마다 다홍치마처럼, 보기에만 근사하기 위해 장학금을 주는 것은 무의미하다고 봅니다.

마지막으로, 법당의 앞에 부처가 앉아 있는 단을 제단이라고 하나요? 금색으로 된 부처와 보살들 상 앞에 왜 과일들이, 어떨 때는 떡까지 놓는지요? 제사 지낼 때 부모님이나 선조의 영이 내려와 제사상에 차려 놓은 음식을 드시고 가라는 의미처럼 부처도 내려와 과일, 떡을 들고 가라는 겁니까? 세계에서 제사를 지내는 나라는 우리나라밖에 없답니다. 공자가 뿌려 놓은 유교식 제사의 씨앗이 정작 중국에서는 없는데, 왜 한국에서는 집집마다 명절에, 이 절에서는 매 주일마다 부처상 앞에 제사상을 차려 놓는지 모르겠습니다.

제가 미얀마의 쉐우민이라는 불교 선원에 명상 수련을 갔을 때 대법회당 앞 중앙에 어른 팔뚝 반만 한, 작고 칙칙한 불상이 하나 놓여 있는 걸 봤습니다. 한국의 절에서 보았던 어마어마하게 큰 금덩이 부처와 비교가 되어서인지 미얀마의 부처상은 궁색하고 초라해 보여서 부처가 불쌍하단 생각이 들었습니다. 쉐우민에서는 부처를 부처의 말씀을 실행(명상 수행)하게 하고 따르게 하는 스승이나 지도자로 이해하고 있는 듯 보였습니다.

절에서 세상을 살아가는 사람들의 괴로움을 덜거나 없애는 방법을 안내해 주면 얼마나 좋겠습니까? 부디 스님, 제 뜻을 곡해하지 마시고 헤아리셔서 모든 중생이 괴로움에서 벗어나 평안을 얻고 깨침을 얻는 길로 안내하도록 변화를 빌겠습니다.

시나리오

Cecilia

세실리아

[FADE IN]

[M] Mass In B Minor, Credo Chorus ; Et Resurrexit (J.S. Bach)

S#1. (EXT.) / (INT.) 덴버 시내 / 한인 타운 / 성당 안, 아침

눈 덮인 록키산, 덴버 다운타운의 빌딩들이 보인다.
다운타운에서 동쪽으로 길게 뻗은 한인타운,
이스트 콜팩스의 거리들과 주택들과 성당 하나가 시야에 들어
온다.

[CAPTION] 1989, 덴버, 콜로라도주

[카메라, 성당을 향해 PAN INSIDE]

평일 아침 미사, 신자는 10명 정도,
제대에서는 작은 키의 조대진 신부(39)가 미사를 집전한다.
조 신부의 뒤로 돌아가면 세실리아 수녀(32)가 복사 노릇을 한다.

S#2. (INT.) 성당 안 제대, 아침

[M] 같은 음악 계속

조 신부 (두 손을 벌리며) 주께서 여러분과 함께.

세실리아 신자들(목소리) 또한 사제와 함께.

조 신부 (성호를 그으며) 전능하신 천주 성부와 성자와 성령은 우리에게 강복하소서.

세실리아 신자들(목소리) 아멘.

조 신부 미사가 끝났으니, 가서 복음을 전합시다.

세실리아 신자들(목소리) 하느님, 감사합니다.

조 신부 미사의 폐회식을 마치고 성작을 들고 제대에서 내려와 제의실로 향한다. 세실리아, 합장을 하고 그 뒤를 따라간다.

S#3. (INT.) 성당 제의실, 낮

조 신부 제의 장롱 위에 제의와 영대 띠 등을 벗어 놓는다.
세실리아 다가와 하나하나 접거나 개어서 장롱에 넣는다.
조 신부의 세실리아 수녀를 보는 눈이 야릇하다.

조 신부 참, 복사하던 민우 다리 다친 건 다 나았나?

세실리아, 컵 보드에 성작을 올려놓고 앞, 옆의 것들과 줄을 다시 정확히 맞춘다.

세실리아 그렇지 않아도 오늘 민우 집에 가 볼 거예요.

조 신부, 세실리아의 뒤에서 어깨를 두 손으로 꼬옥 잡았다가 토닥여 주고 방을 나간다.

S#4. (INT.) 코리안저널 사무실, 낮

작은 사무실 안에는 여기저기 묵은 신문 더미가 쌓여 있다. 대머리인 오세봉 대표(62)가 돋보기를 걸치고 원고를 쓰고 있다. 여직원(23)은 책상 앞에 앉아 있는 세실리아 수녀로부터 광고를 접수한다.

여직원 광고 내용은 전에 것하고 똑같은 거죠?

여직원의 말이 끝나자 문이 열리고 카메라 가방을 멘 김준 기자(42)가 들어온다.

오세봉 어이, 김 기자, 잘됐네. 수녀님 인터뷰하고 싶다고
　　　　 했잖아.
준　　 수녀님! 그렇지 않아도 벼르고 있던 참이었는데 잘됐
　　　　 네요.
세실리아 저, 잘못한 거 없는데요?

준도 웃으며 세실리아에게 소파에 옮겨 앉으라고 자리를 권한다. 세실리아는 사양하며 문 쪽으로 걸어가자, 준이 얼른 문 앞을 막아선다.

준　　수녀님, 인터뷰 기사가 나가면 어린이학교 광고보다
　　　　몇 배 효과가 있을걸요?

세실리아 그럼, 광고 안 내도 되겠네요?

준은 세실리아의 왼팔을 슬며시 소파 쪽으로 밀면서 달래고 굽
신거린다. 준이 노트와 펜, 조그만 포켓 녹음기를 들고 의자를 당
겨 그녀와 마주 앉는다.

준　　여기 콜로라도주립대를 졸업하시고 덴버에서 사시다
　　　　가 한국의 수녀원을 지원하셨지요? 흔한 경우는 아닌
　　　　데요, 어떻게 수녀 될 그런 결심을?

세실리아 하느님 열심히 믿고 청빈, 평화한 마음으로 살고 싶어
　　　　서요.

준　　지금은 기대하셨던 대로 잘돼 가나요?

세실리아 노력하고 있어요.

준　　대학에서 뭐 전공하셨어요? 보육 공부 하신 거예요?

세실리아 식품영양학 했고요, 보육은 수녀 되고 나서 컬리지에
　　　　서요.

준　　세상에서 일하고, 연애하고, 결혼하고, 뭐, 보통 사람
　　　　들처럼 그런 생각은 안 해 보셨어요?

세실리아 일도 했었지요. 결혼은 생각 안 해 봤어요.

준　　(실없는 웃음을 지으며) 연애는? 그게 제일 궁금했어요.

세실리아 근데, 왜 어린이학교에 대해선 안 물어보세요?

준   솔직히, 그건 별로 안 궁금하거든요. 하하하. (모두들
        빵 터지며 웃고) 그건 농담이구요.

준이 카메라 가방에서 카메라를 꺼내 들고 사진 찍을 준비를
한다. 세실리아는 일부러 얼굴을 무덤덤하게 풀어 놓으며 준의 의
도를 거부한다.

세실리아 사진은 꼭 찍어야 되나요?

준   아니, 왜 그러세요?

세실리아 (움츠리며 숨어들 듯) 남한테 예쁘게 보이면 수녀 노릇
        오래 못 한대요. 수녀가 왜 베일을 쓰는지 아세요?

준   몰라요. 참, 그거 궁금했어요.

세실리아 머리를 꾸밀 생각 말아라. 스님들의 삭발도 같은 뜻일
        거예요.

준   아, 그런 깊은 뜻이? 그런데 아랍의 이슬람 여인들은
        왜 머리칼은 물론이고 얼굴까지 가리는 나라도 있죠?

세실리아 오직 남편에게만 보여 주라는 의미래요.

오세봉 (돋보기를 내리며) 그래, 김 기자, 일리가 있는 말씀이야.
        원하시는 대로 수수하게 찍어 드려.

준   아, 그런 깊은 뜻이 있었군요.

준이 여러 장의 사진을 찍지만, 세실리아는 비협조적이다.

S#5. (EXT.) 강초이 집 앞, 낮

오래된 빅토리아식 주택, 민우(9)가 문을 열고 나온다. 덱크 기둥에 기대서 담배를 피우고 있는 강 초이(39) 옆을 지나쳐 계단을 내려온다.

강 초이　가게에 가 있어. 엄마 보고 손님 만나고 금방 나간다
　　　　　고 해라.

민우　　(불만 섞인 얼굴로) 손님이 누군데?

강 초이　넌 몰라도 돼, 인마.

민우가 집 앞 울타리를 나와 오른쪽으로 사라진다. 민우와 세실리아가 엇갈리듯 왼쪽에서 세실리아 수녀의 코롤라 차가 나타나 강 초이 집 앞에서 멈춘다. 강 초이는 차에서 내리는 세실리아 수녀를 보고 미소를 짓는다. 수녀는 집으로 걸어가며 누구를 찾는 듯 집 안쪽과 주위를 살핀다.

세실리아　민우는요?

강 초이　아휴, 이렇게 찾아오시다니, 영광입니다.

세실리아　저 민우 아빠 보러 온 거 아녜요.

강 초이　좀 올라오세요. 민우가 안에 있나? 커피라도 한잔, 일
　　　　　단 올라오세요.

강 초이, 흡족한 표정으로 앞장서서 문을 열고 기다리고 서 있다. 데크의 계단을 올라서는 수녀에게 들어오라고 계속 재촉하는 손짓을 한다. 세실리아가 운동화를 벗고 집 안으로 들어선다.

S#6. (INT.) 강초이 집 거실 / 부엌 / 집 앞, 낮

강 초이 누추하지만 좀 앉으세요. (건성으로 방 쪽을 보며) 민우야! 이놈이 방에 있나? 이젠 다 나았어요.

세실리아, 소파에 앉으며 소파 옆, 구석에 어린이용 목발을 본다.

세실리아 민우는 목발 없이 그냥 다니나 보죠? 근데, 제가 5시쯤 오겠다고 전화드렸는데, 민우는 나갔어요?

강 초이 브라질에서 사는 친구가 보내 준 기막힌 커피가 있는데요, 1분만 기다려 주세요. 수녀님이 오셨으니 교황님 오신 것보다 더 영광이죠.

세실리아 성당도 안 나오시면서 교황님이 뭔 상관이세요?

강 초이 아, 그래도 교황님은 세계적으로 끗발 있는 분 아닙니까? 히히히, 우선 커피 한잔 만들어 드릴게요. 민우 금방 올 거예요.

강 초이는 부엌으로 재빨리 날아간다.

세실리아 (부엌 쪽을 향해) 민우 이젠 복사 노릇 할 수 있겠네요?

세실리아는 일어서서 벽에 걸린 가족사진들을 훑어보며 묻지만, 강 초이는 대답이 없다. 그는 부엌 찬장 꼭대기 칸에서 드롭퍼 용기를 꺼내 머그잔 한곳에 방울 여럿을 떨어트린다. 강초이 머그잔 두 개와 크림, 설탕, 그리고 쿠키가 올려진 쟁반을 들고 응접실로 나간다.

세실리아 리쿼 스토어는 지금 민우 엄마가 보시나 보죠?
강 초이 예, 좀 있다가 교대해야죠. 자, 드세요.

강 초이는 커피를 마시며 세실리아를 살핀다. 세실리아는 머그잔을 들고 입바람을 솔솔 불어 식힌 다음 천천히 한 모금씩 마신다. 첫 잔은 생소한 듯, 머그잔 안을 잠깐 들여다보고는 또 마신다. 아무렇지 않게 계속 마신다.

강 초이 신문사엔 무슨 일로? 김준 기자님은 잘 계시나요?
세실리아 광고 내려요. 김 기자님이 인터뷰도 하고요.
강 초이 어서 드세요. 커피 식으면 맛없어요. 쿠키랑 같이요.

강 초이, 쿠키를 세실리아 앞으로 민다. 세실리아, 커피를 다 마시고 일어선다.

세실리아 이제 가야겠어요. 민우는 언제 복사할 수 있나요? (갑자기 손으로 이마를 짚으며) 아니…… 왜?

세실리아 약간 비틀거리며 소파에 슬며시 주저앉는다. 강초이, 갑자기 그녀를 소파에 쓰러트리고 덮치자, 세실리아는 발길로 강초이를 차 낸다. 그는 커피 테이블 위로 나둥그러지며 쟁반과 그릇들이 바닥에 쏟아진다. 세실리아, 일어나 문 쪽으로 몸을 돌릴 때 강 초이가 다시 다가온다. 세실리아 옆에 목발을 집어 강 초이의 어깨를 강타한 후 운동화도 못 신고 뛰어나가 차에 오른다.

S#7. (EXT.) / (INT.) 시내 거리 / 코롤라 차 안, 초저녁

세실리아의 코롤라는 이리저리 우왕좌왕한다. 세실리아, 진땀을 흘리며 흐트러지려는 눈을 바로 뜨려고 애쓴다.

S#8. (EXT.) / (INT.) 시내 거리 / 밴 트럭 안, 초저녁

낡은 빨간색 밴 트럭 안의 강 초이가 다급하게 두리번거리며 운전한다.

S#9. (EXT.) 성당 마당, 초저녁

세실리아 수녀의 코롤라, 가까스로 성당 마당으로 들어온다. 사무실 앞 화단의 하얀 울타리를 부수더니 급브레이크 소리를 내며 멈춘다. 수녀는 차 안에서 핸들에 걸친 두 팔에 얼굴을 박고 잠이 들었다. 얼마 후, 조 신부가 세실리아의 차를 보고 사무실에서 뛰쳐나온다. 차 안에는 세실리아 수녀의 베일이 벗겨진 채 상체가 핸들 위에 엎혀 있다. 조 신부, 차 문을 열고 수녀의 상체를 운전석 의자 등받이로 젖힌다.

조 신부 아니, 수녀님 어떻게 된 거예요? 술 마셨어요?

차 안에서 세실리아 수녀, 눈을 뜨려고, 말하려고 안간힘을 쓴다.

S#10. (EXT.) 성당 앞 거리 / 강 초이 밴 트럭 안, 저녁

강 초이, 성당 입구 앞 갓길에 차를 세우고 먼발치의 성당 마당을 본다. 조 신부가 세실리아 수녀를 들어 안고 사제관으로 들어가는 걸 보고 강 초이, 낙담, 분노한다.

S#11. (INT.) 성당 사무실 / 게스트 룸, 저녁

조 신부, 그녀를 사무실 소파에 내려놓을까 하다가 그냥 사제관으로 들어간다. 사제관 게스트 룸으로 가 침대에 누인다.

S#12. (EXT.) 성당 입구 앞 갓길 / 성당 마당, 저녁

강 초이, 차에서 나와 조심스럽게 걸어서 성당 마당으로 들어간다. 한국 여인(50대) 하나가 마당 안으로 강 초이를 뒤따라가다가 성당으로 향한다. 강 초이 사무실 문으로 다가서 안을 들여다보지만 아무도 안 보인다. 그 여인이 성당 문 입구에서 들어가질 않고 강 초이를 의심스러운 눈으로 살펴본다.

강 초이 (허탈하게 웃으며) 씨발, 죽 쒀서 개 줬나?

강 초이, 포기하지 않고 사제관 뒤로 돌아가 창문을 하나씩 체크한다. 창마다 귀를 대 보고 커튼의 틈으로 안을 들여다보려고 안간힘을 쓴다.

S#13. (INT.) 사제관 게스트 룸, 저녁

조 신부 침대 가장자리에 앉는다. 수녀의 볼을 두드리고 턱을 잡고 흔든다.

조 신부 수녀님, 어떻게 된 거예요? 얘기는 나중에 하고 일단
　　　　　 푹 주무세요.
세실리아 (흐릿한 눈길로) 어, 음, 여기 어디예요? 민우 아빠가 이
　　　　　 상한 커피…….

세실리아 못 알아들을 소리를 웅얼거리다 잠에 빠진다. 깊은 잠에 빠진 듯 미동도 없다. 조 신부, 수녀를 한참 내려다보다가 밖에 나가 술 한잔을 따라 와 마신다. 게스트 룸에는 안을 엿보려고 밖에서 얼쩡거리는 강 초이의 그림자가 나타났다 사라진다. 신부는 눈치를 못 챈다. 조 신부, 잠시 후 자리에서 몸을 돌려 수녀복을 살며시 걷어 올리자 하얀 두 다리가 드러난다. 갈등을 하다가 결심이 선 듯 옷을 훌렁훌렁 벗는다.

S#14. (EXT.) 사제관 건물 뒤쪽, 저녁

강 초이, 방마다 창문을 열려고 시도하거나 귀를 창에 갖다 대며 조심스러우면서도 필사적이다.

S#15. (INT.) 사제관 게스트 룸, 저녁

조 신부, 수녀의 위에 올라 신음한다. 매트리스가 출렁이자 빠져나왔던 묵주가 바닥으로 떨어진다.

세실리아 악! 안 돼, 이거 뭐야, 오 주여. (겨우 눈을 뜨고 떨리고 당
황스러운 목소리로) 신부님! 지금 뭐예요? 성모니임…….

수녀가 온 힘을 다해 조 신부의 머리채를 두 손으로 잡은 채 몸을 왼쪽으로 튼다.

조 신부 침대에서 바닥에 나뒹굴고 수녀가 두려움과 악에 받쳐 소리를 지른다.

세실리아 (기가 막혀 헛웃음을 흘리며) 이게 뭐야? 엄마아…….

조 신부 주섬주섬 옷을 입고 수녀 옆에 걸터앉는다. 세실리아, 상체를 일으키고 상황을 파악한다. 옆으로 쓰러지며 치마 속에 두 다리와 몸을 새우처럼 오그리고 울음을 터트린다.

조 신부 걱정하지 말아요. 내가 책임질게.

세실리아, 숨 가쁘게 분노로 절규하며 몸을 일으킨다.

세실리아 뭐라고? 이 나쁜 놈…….

S#16. (EXT.) 성당 밖, 밤

성당 문 앞에서 강 초이를 지켜보던 여인은 어린이학교 사무실로 들어간다.

S#17. (INT.) 어린이학교 사무실, 밤

한국 여인이 911에 신고한다.

S#18. (EXT.) 성당 마당, 밤

강 초이, 사무실, 사제관 앞으로 다시 돌아와 어찌할까 궁리한다. 경찰차가 경광등을 번쩍이며 성당으로 들어서 세실리아 코롤라 옆에 멈춘다. 강 초이는 성당 사무실 문 앞에서 서 있다가 순찰차를 보고 질겁한다. 경찰차는 그에게 서치라이트를 쏜다.

경찰1　　Hands up! Don't move. Lie down on your stomach.

경찰1은 운전석 문 뒤에서 두 손으로 잡은 권총을 강 초이에게 겨눈다. 경찰 2는 조수석으로부터 나와 두 손으로 총을 겨누며 강 초이에게 조심스럽게 다가간다. 강 초이에게 수갑을 뒤로 채우고 순찰차로 끌고 와 트렁크 앞에 세운다. 50대 한국 여인은 어수선한 상황을 뒤로하고 성당을 빠져나간다.

경찰2　　What are you doing here? Why are you peeping through? Are you trying to break in? What's your name?

강 초이　My name is Kang Choi, sir. I was just want to talk to Father Cho. I know him. He is my friend.

경찰1은 그의 주머니를 뒤져 소지품을 트렁크 위에 올려놓고 지갑을 열어 운전면허증을 들여다본다.

경찰2   If you know him, why didn't you knock or ring the bell? or try calling him.

강 초이   I did, but no answer.

S#19. (INT.) 사제관 게스트 룸, 밤

세실리아, 머리맡에 있던 베일을 들고 헝클어진 머리로 힘없이 비틀거리며 방을 나간다. 조 신부, 착잡한 얼굴로 매달린다.

조 신부   수녀님, 얘기 좀 하고 가요.

S#20. (EXT.) 성당 마당, 밤

사제관 뒷문으로 나온 세실리아, 맨발로 힘겹게 어린이학교를 향해 걸어간다. 두 경찰과 강 초이가 동시에 그 광경을 힐끗 쳐다본다. 경찰 2가 사무실로 가 초인종을 누르자 조 신부가 문을 열고 나타난다.

경찰2   You know him? He was creeping around your property.

조 신부   I'm Father Cho. Yes, I know him. (강 초이를 보며) 최강욱, 웬일이냐, 여기는. (경찰2를 보며) It's OK. No problem.

경찰2   What's going on? Is everything Ok?

조 신부 (마른 입술에 혀를 내밀어 침을 바르며) Everything is fine.

S#21. (INT.) 수녀의 집 복도, 밤

세실리아가 베일은 손에 들고 맨머리에 흐트러진 모습으로 힘없이 들어온다. 마리아 원장 수녀(42)가 입을 가리고 경악하며 그녀를 끌어안는다. 세실리아 마리아 수녀의 가슴에 얼굴을 파묻는다.

마리아 수녀 어머, 무슨 일이야? 신문사에 갔었잖아.

세실리아, 말을 못 하고, 마리아 수녀가 부축해 세실리아의 방으로 이동한다.

S#22. (INT.) 세실리아 수녀의 방, 밤

[M] Adagio For String (Samuel Barber)

세실리아 민우네 집에 들렀죠. 민우는 못 보고 그 애 아빠가 주는 커피를……. 근데 이상했어요. 그 사람이 제게 달려드는데 가까스로 운전하고 성당에 왔는데…… 조 신부가…….

마리아 수녀 또? 오, 주여!

세실리아 또라니요? 저 샤워 좀 할래요.

세실리아, 욕실로 들어간다. 슬라이딩 도어를 열고 들어가 오래 샤워를 한다. 두 손으로 고개를 숙인 채 머리를 감싸고 있거나, 또는 머리를 뒤로 젖힌다. 가슴을 끌어안고 쏟아지는 물을 맞는다. 뿌연 실루엣이 보인다. 샤워를 끝내고 거울 앞에서 넋을 잃은 듯 멍하니 서 있는 세실리아 뒷모습. 세실리아, 롭을 걸치고 욕실에서 나와 침대에 엎어진다. 마리아 수녀가 방으로 들어와 침대에 걸터앉아 세실리아의 등에 손을 얹는다. 잠시 후, 세실리아 일어나 마리아 수녀 옆에 나란히 앉는다.

세실리아 경찰에 신고해야 하나요? 아니면, 주교님한테요? 아까 '또'라고 말씀하신 게 무슨 뜻이에요?

마리아 수녀 경찰에 신고는 안 돼. 세실리아도, 교회도, 어린이 학교도 망가져. 저건 마귀지 신부가 아냐. 전에 있었던 테레사 수녀한테는 일 년 동안 여러 번 그랬어. 테레사 수녀는 결국 한국 본원으로 갔지.

세실리아 마귄데, 신고하면 안 되고. 그럼 어떻게 해야 하죠?

마리아 수녀 실은 나도 몰라, 어떤 게 최선인지.

세실리아 전 늘 신부님의 끈적거리는 시선을 받으며 '이게 뭐지?' 했었어요.

마리아 수녀 그때, 테레사 수녀가 오늘 주교님도 만나서 울며 불며 따졌어도 소용없었어. 수녀한테 여행비 몇 천 달러를 주면서 한국으로 나가라고만 하더래.
조 신부는 주교한테 주의를 들은 것 같아.

세실리아, 망연자실하며 눈물 흘린다. 마리아 수녀, 방을 나갔다가 붉은 와인 두 잔을 들고 들어와 함께 마신다. 마리아 수녀, 세실리아를 침대에 뉜 후 잠들 때까지 가슴을 토닥여 준다. 세실리아, 잠을 자다가 악몽을 꾸는지 신음하며 소리를 치려고 몸부림을 친다.

S#23. (INT.) 강 초이 리쿼 스토어, 밤

밖에서 보이는 가게 전경, 그 앞에 구닥다리 포드 픽업트럭이 멈추어 선다. 준이 차에서 내려 가게 안으로 들어간다. 아크릴로 가려진 카운터 안에 강 초이가 히스패닉 손님에게 돈을 받고 있다. 강 초이는 김준 기자를 보자 반가워한다.

강 초이 웬일이야, 형, 이 시간에.

카운터 뒤편의 선반엔 술병들이 가득하고, 중앙에 사각형의 공간이 있다. 공간 안에는 십자가와 그 십자가를 빙 두르고 늘어져 있는 묵주가 보인다.

준 캐내디언 클럽 하나 줘. 야, 저 십자가에 묵주 걸어 놓으면 장사가 더 잘 되냐?

강 초이   그런 소리 마 형, 어떤 히스패닉은 이 앞에서 (준에게 가슴에 십자를 긋는 시늉을 해 보이며) 십자를 긋고 가는 놈들도 있어, 형. 또 누가 알아, 강도 짓 하러 왔다가 이거 보고 맘 고쳐먹고 그냥 갔을지 그건 아무도 몰라, 하느님만 알지. 안 그래, 형?

강 초이, 술병을 누런 종이 백에 담아 준 앞으로 밀어 놓는다.

준   얼마?

강 초이   형, 나 오늘만 형한테 서비스하면 안 될까?

준   오늘만? 오늘 누가 장가가냐, 제삿날이냐?

강 초이   아니, 그냥 형 사랑하고 싶어서. 근데 형, 조 신부가 과부, 수녀 건드린다는 소문 알아, 형?

강 초이, 이글거리는 눈빛으로 준의 답을 기다린다.

준   야, 큰일 날 소리 하고 자빠졌네. 너, 조 신부님하고 고향 한 동네에, 초, 중, 고 동기 동창 친구라면서 그래도 되냐?

강 초이   그 푼수 같은 덜떨어진 새끼, 어떻게 신부 됐는지 알어, 형? 지 아버지는 6·25 때 빨간 완장 차고 마을서 까불다가 수복되자 월북했다고. 가난하니까 맨날 꽁보리밥만 먹을 거 아녀? 걔네 엄마가 조대진에게 신학

교 가면 학비도 안 내고 기숙사에서 매일 쌀밥만 먹을
수 있다니까, 신학대학에 간 놈이라고, 형.

준 　 신부가 됐으면 된 거지, 네가 그런 걸 왜 따지냐?

강 초이 　 계집애들 밝히던 놈이 얼마 있다 보니까 떡하니 로만
칼라를 하고 나오더라구, 형. 사실 까놓고 얘기해서 로
만칼라 떼고 신부 타이틀 떼면 좃도 아니지 뭐. 안 그
래, 형?

준 　 너, 그런 주접 떨지 말고 너나 잘하세요, 알았지?

강 초이 　 아, 걔 팔자 폈지 뭐. 혼자 사는데도 다 해다 바치니까
손에 흙을 묻히나 땀을 흘리고 일을 하나. 씨발, 그런
데도 무슨 귀족처럼 살잖아.

준 　 그럼 너도 신학대학 갈 걸 그랬네?

강 초이 　 내가 왜 성당에 발 끊은 줄 알아, 형?

준 　 왜?

강 초이 　 걔의 오장육부에 머릿속까지 다 꿰고 있는데 어떻게
나가, 형? 형 같으면 걔한테 무릎 꿇고 고해성사 하겠
어? 난 마누라보고 다른 건 다 좋은데, 걔한테 고해성
사 보지 말라고 그랬어, 형.

준 　 나, 네 얘기 듣고 있으니까, 곧 너랑 같이 지옥 갈 것
같은 생각이 든다.

강 초이 　 (아양 떨 듯 조심스러운 어투로) 참, 오늘 신문사에서 세실
리아 수녀님 인터뷰했어, 형?

준 　 어라? 네가 그걸 어떻게 알아?

강 초이 아, 수녀님을 신문사 앞에서 만났거든. 신문에 사진도

　　　　 나오나? 기대되네, 형.

준　　 느끼하게 수녀님에게 웬 관심?

준, 지갑에서 지폐를 꺼내 카운터에 던져 놓고 종이 백을 들고
나간다. 강 초이, 가게를 나가는 준의 뒤에 대고 큰 소리를 던진다.

강 초이 우리 민우 돌봐 주는 선생님이잖아, 형.

S#24. (INT.) 마리아 수녀 방, 아침

마리아 수녀는 침대 위에서 자고 있다. 세실리아는 바닥의 이불
속에 있다가 일어나 이불을 개어 들고 방을 나간다. 마리아 수녀
도 일어나 침대를 정리하고 욕실로 들어간다.

마리아 수녀 괜찮아 세실리아 수녀? 잠 좀 잤어?

세실리아 모르겠어요.

S#25. (INT.) 세실리아 수녀 방, 아침

세실리아, 사복 차림, 침대 앞에 서 있다가 뒤로 몸을 돌려 벽의
십자가를 본다. 침대 앞에 서 있는 수녀, 그리고 침대 위에 걸쳐
있는 수녀복과 베일이 보인다. 세실리아는 침대 옆에 서 있던 작은

여행 가방을 들고 방을 한 번 둘러본 후 나간다.

S#26. (INT.) 수녀의 집 복도, 아침

세실리아 복도로 나와 마리아 수녀 방문을 노크한다. 마리아 수녀가 잠옷 차림으로 방문을 열어 세실리아 행색을 보고 놀란다.

마리아 수녀 아니?
세실리아 수녀로 사는 게 제 삶의 전부였어요. 저, 이만.

세실리아, 머리 숙여 인사하고 돌아서 나온다. 마리아 수녀, 그녀를 잡지도, 인사도 못 하고 황망히 그녀의 뒤를 따라간다.

S#27. (EXT.) 성당 마당, 이른 아침

[E] 새들의 지저귐 소리

성당의 종탑에서 어떤 비둘기는 십자가에 똥을 갈기고 날아간다. 어디선가 날아온 어떤 놈은 십자가 위에 앉는다. 오른쪽으로 어린이학교, 수녀의 집이 보이고 세실리아, 가방을 들고 나온다. 세실리아, 성당과 어린이학교를 흘깃 쳐다보고는 코롤라에 오른다. 차는 천천히 움직이다가 마당 구석의 뚜껑이 열려 있는 쓰레기통이 보인다. 그녀는 십자 목걸이를 확 낚아채 창문을 내리고 통 안

으로 던져 버린다. 성당 마당에서 성당을 배경으로 코롤라가 빠져
나온 후 시내를 달린다.

S#28. (EXT.) 정순영의 집 앞 / 코롤라 차 안, 아침

세실리아, 오래된 한 작은 집 앞에 차를 세운다. 차 안에서 백
미러를 보고 머리를 매만지고 나서도 나오지 않고 망설인다. 세실
리아, 두 팔로 핸들을 감싸안고 손가락으로 오므리고 펴면서 수를
센다. 열까지 세고는 엔진을 끄고 재빨리 차 문을 열고 밖으로 나
간다. 가방을 꺼내 들고 집으로 다가가 도어 벨을 누른다.

정순영 (목소리만 들리게) 누구세요?
세실리아 엄마, 나야.

문이 열리자, 병색이 완연한 정순영(67), 세실리아를 보고 놀라
서 눈을 껌뻑인다. 세실리아 집 안으로 들어서 엄마를 껴안는다.

S#29. (INT.) 정순영 집 실내, 아침

정순영 아니, 수녀복은 어쩌고. 쫓겨났어?

정순영 세실리아의 품에서 스르르 빠져나와 맥없이 털썩 주저
앉는다. 세실리아 엄마를 일으켜 소파로 옮긴다. 정순영, 왼쪽 가

습을 두드리며 눈을 감고 몸을 소파 등받이로 젖힌다.

세실리아 엄마, 약 필요해?

[E] 도어 벨 소리 그리고 연이어 문 두드리는 소리

세실리아가 쫓아가 문을 열자, 조 신부가 억지 미소를 지으며 서 있다. 조 신부가 쇼핑백을 쳐들자, 세실리아는 생각할 것도 없이 문을 꽝 닫고 잠근다. 세실리아는 소파로 돌아와 풀썩 주저앉아 거친 숨을 쉬며 몸을 떤다.

정순영 누가 온 거야?
세실리아 응, 마귀.
정순영 그게 무슨 소리야? 마귀라니?

[E] 도어벨 소리, 문 두드리는 소리, 밖에서 들려오는 소리

조 신부 (목소리만 들리게) 수녀님! 문 좀 열어 봐요.

[E] 문 두드리는 소리

정순영이 휘청거리며 걸어가 문을 연다. 화들짝 놀라는 정순영.

정순영 아니, 이게 도대체 다 무슨 일이에요?

조 신부 (다급하게) 잠깐 들어가도 될까요?

정순영 들어오세요.

조 신부 (둘을 번갈아 보며) 수녀님, 얼른 이거 입고 돌아갑시다. 가면서 얘기합시다.

정순영 신부님, 수녀도 이제 막 왔어요. 얘기 좀 해 보세요.

조 신부 별일 아니에요. 성당에 돌아가면서 얘기하면 다 풀릴 문제예요.

세실리아 (조 신부 노려보며) 내게 그런 짓을 하고 이게 별일 아니라고? 이 마귀야, 나가!

정순영 아니, 그런 짓이라니? 수녀를? 조 신부님이? 주여.

정순영, 또 가슴을 두드리고 졸도 직전, 가까스로 소파에 풀썩 주저앉는다.

세실리아 얼른 이 집에서 나가. 어서.

세실리아, 일어나 탁자 위에 있던 물병을 들어 조 신부에게 뿌린다. 조 신부, 물벼락을 맞고 손으로 얼굴만 쓸어내릴 뿐, 꼼짝 안 하고 있다.

정순영 어서 자초지종을 얘기해 봐. 신부님이 하든, 수녀가 하든…….

세실리아 무슨 얘기를 더 해? 지금 다 했잖아. 엄마, 이 마귀가 나를 겁탈했다니까. 근데도 별일 아니라잖아. (조 신부를 향해) 나가! 지금 당장 안 나가? 경찰 부른다.

정순영 신부님, 오늘은 돌아가세요. 수녀한테 얘기를 들어 봐야겠어요.

조 신부, 상체가 젖은 몰골로 일어서 나간다.

세실리아, 바닥에 무릎을 세우고 누워서 힘들어하는 정순영을 마주 본다.

세실리아 제발, 다시 수녀원에 돌아가라는 소리 하지 마. 그렇게 당할 때 하느님을 찾고 성모님에게 도와 달라고 했는데 도대체 그들은 어디서 뭐 하고 있었던 거야? 하느님은 전지전능하고 어디든 다 계신다며?

정순영 마귀한테는 하느님도 못 당한다. 어떻게 된 건지 얘기 좀 해 봐.

세실리아 뭘 더 얘기해. 악마나 마귀는 땅속이나 어두운 빈집 같은 데서 나오는 줄 알았어. 이렇게 가까이에 있을 줄은 정말 몰랐어, 엄마.

정순영 우리 수녀 불쌍해서 어쩔 거냐?

세실리아 불쌍할 거 없어. 나 엄마랑 살래.

정순영 (눈을 감으며) 양로병원에 갈 계획 세워 놨어. 내 걱정마라.

세실리아 이 멀쩡한 딸을 두고서 어디로 가시겠다는 말씀이시옵니까? 아니 되옵니다, 마마.

세실리아, 대답 없이 미안함과 연민으로 엄마를 쳐다보다가 그녀의 가슴에 머리를 묻는다.

S#30. (EXT.) 덴버경찰서 주차장 / 세실리아 차 안, 낮

덴버경찰서 방문객 주차장에 주차하고 차에서 나와 민원실로 들어선다.

S#31. (INT.) 덴버경찰서 민원창구 앞, 낮

세실리아는 카운터 앞으로 다가간다.

세실리아 I'd like to speak to female police officer, please.
경찰 3   Sure, no problem, What is your name?
세실리아 Cecilia, Cecilia Jung.

경찰은 구내 어디론가 전화를 건다.

경찰 3   Take a sit. Someone will be with you in just sec.

세실리아, 불안한 얼굴을 하고 대기실 빈 의자에 가 앉는다.

[E] (울리는 마리아 원장 수녀의 목소리)

마리아 수녀 경찰에 신고하면 안 돼. 세실리아 수녀도, 교회
도, 어린이학교도 다 망가져. 저놈은 마귀야, 마
귀야, 마귀야.

잠시 후 여성 경찰(30대)이 현관 대기실에 나타나 세실리아를 찾
는다. 세실리아가 앉아 있던 의자는 비어 있다.

[CAPTION] 며칠 후

S#32. (INT.) 성당 일요일 미사, 낮

신자들 모두 서 있다. 조대진 신부, 성서대에서 복음 낭독을 마
치고 성경을 덮는다

조 신부 이는 주님의 말씀입니다.

신자들 (합창으로) 그리스도께 찬미.

조 신부 복음의 말씀으로 우리의 죄를 사하소서.

사회자 모두 자리에 앉으십시오.

조 신부 오늘 복음은 마지막 심판에 대해 말씀하시고 계십니
다. 성경과 교리를 많이 안다고 좋은 점수를 받는 게

아닙니다. '너희의 주위에 미천하고 힘없는 가난하고 배고픈 이, 목마르고 연약한 이웃에게 베푼 것이 바로 나에게 해 준 것이다라고 말씀하시고 계십니다. 세상에서 소외된 이들은 따스한 사람의 정을그리워합니다. 그래서 실천하는 신앙, 행동하는 사랑이 필요합니다.

S#33. (EXT.) 성당 마당, 낮

신자들 미사를 끝내고 성당 마당으로 나와 신자들끼리 친교를 나눈다. 신자들 몇은 조 신부에게 인사하고 악수를 하기도 한다.
김준 기자, 신부에게 다가서 악수한다.

조 신부 어우, 김 기자님.
준   세실리아 수녀님이 안 보이네요?
조 신부 (잠깐 뜸들이다가) 글쎄요, 세실리아 수녀님은 어쩐 일로?
준   신문이 나왔어요. 세실리아 수녀님 인터뷰 기사 실린
          거요. 이겁니다.

김준 기자가 신문 한 부를 건네자 황급히 펼쳐보는 조 신부. 두 명의 여신자가 허리를 굽혀 인사를 해도 조 신부, 신문을 훑어보느라 거들떠보지도 않는다.

[INS] 2면 상단의 반에 실린 세실리아의 사진과 기사

조 신부 언제 인터뷰했어요?

준 엊그제, 어린이학교 광고 때문에 오신 김에 인터뷰를 했죠.

S#34. (INT.) 정순영 집 거실, 낮

세실리아가 문을 열고 집으로 들어서자, 정순영이 놀란다.

정순영 말도 없이 어디 갔었어?

세실리아 다운타운 경찰서에, 조 신부 신고하러 갔다가. 근데, 그냥 왔어.

세실리아, 부엌 식탁 테이블에 가 앉는다. 밥상이 차려진다.

정순영 까발려서 좋을 게 뭐냐? 소문나면 여기서 어떻게 살려고?

세실리아 그놈 벌받으면 난 상관없어. 소문이 무서워 쉬쉬하니까 먼저 있던 테레사 수녀, 그리고 나까지 차례로 계속 당하는 거잖아.

정순영 세상에, 주여!

세실리아 오늘 왜 성당에 안 갔어?

정순영 그놈의 미사를 어떻게 보나? 차라리 혀를 깨물고 죽지.

세실리아 난 알았어, 엄마. 성당엔, 개뿔, 아무것도 없어. 하느님,

십자가, 성모 마리아, 촛불, 신부, 모두 가짜고 엉터리야.

세실리아, 밥을 먹다 말고 천장을 올려다보며 고개를 젓는다.

정순영 마켓에 가야 하는데, 같이 갈래?

세실리아 마켓?

S#35. (INT.) 한국 식품점 실내, 낮

세실리아가 카트를 잡고 있고 정순영이 채소와 과일을 비닐봉지에 담아 카트에 넣는다.

준, 딸 해나(6)를 데리고 카트를 밀고 오다 세실리아를 만난다.

준 아니, 수녀님. Long time no see. 이게 어떻게 된 겁니까?

해나 (세실리아에게 달려들며) 수녀님!

세실리아 오, 해나. 안녕? 여기 제 어머니, 아시죠? 엄마, 여기 코리안 저널 김준 기자님.

준 예, 알죠. 전에 몇 번 뵈었죠. 성당에서 인터뷰 기사 난 신문 드리려고 했는데. 그런데 이 사복은?

세실리아 저 수녀 옷 벗었어요. 보시다시피.

준 (당황하며 상황 정리가 안 된 듯한 얼굴로) 넷? …… 진짜요? 이거, 어떻게…… 아, 잠깐, (해나를 향해) 여기서 기다려.

준, 카운터에서 신문을 집어 와 세실리아에게 건넨다.

세실리아, 그 자리에서 신문을 펼쳐보고 착잡하고 슬픈 얼굴이 된다.

준　　　그럼, 성당 어린이학교도?

세실리아　네. 인터뷰 수고하셨는데, 아무튼 이 신문 잘 읽어 볼 게요. 그럼 또 봬요.

준　　　어머님도 안녕히 가세요.

준이 세실리아에게 인사하라는 듯 해나의 등을 툭툭 친다.

해나　　수녀님, 안녕히 계세요. 가세요?

세실리아　그래, 해나 잘 가.

해나는 세실리아에게 달려들어 껴안는다. 준은 해나를 데리고, 카트를 밀고 밖으로 나간다. 세실리아와 정순영은 배추와 시금치 등을 담고 두부와 생선을 집는다. 둘은 와인 섹션으로 가서 아무 거나 한 병 집는다.

세실리아　뭐 더 사야 돼?

정순영　수녀, 족발 좋아하지, 저기, 하나 사 가자.

세실리아　나 수녀 아니잖아. 세실리아라고 불러, 엄마.

S#36. (EXT.) 정순영 집 앞, 낮

세실리아의 차가 집 앞에 도착한다. 둘은 차에서 내려 채소를 차에서 꺼낸다.

조 신부가 거리 길 건너 차에서 내려 터벅터벅 그녀를 향해 걸어온다.

조 신부 시장 보셨나 보죠? 내 좀 들어다 드릴게요.

세실리아 (짜증 섞인 소리로) 손 대지 마. 더러워. 그냥 놔둬요.

조 신부 (둘을 번갈아 보며) 나 옷 벗고 세실리아 씨 책임지고 살게.

세실리아 진작 옷 벗고 한국으로 갔으면 여러 수녀에게 몹쓸 짓 안 했을 거 아냐? 더 이상 여기 덴버에서 얼쩡거리며 수녀들 건드리지 말고 돌아가시지. 혹시 고향에 저수지나 강이 있으면 참회하는 마음으로 빠져 죽든지.

세실리아, 정순영이 쌀쌀맞게 돌아서 그로서리 백을 들고 집으로 향한다. 조 신부, 멍하니 서 있다가 돌아서 차를 타고 떠난다.

S#37. (EXT.) 세실리아 집 앞 화단 / 거리, 낮

세실리아, 정순영과 집 앞 처마 밑의 화단을 가꾸고 있다. 준, 구형 포드 트럭 F150을 몰고 정순영 집 앞을 지나다 세실리아를 발

건한다. 차를 멈추고 차창 밖으로 상체를 내민다.

준   (큰 소리로) 안녕하세요, 수녀님,

밀짚모자를 쓴 세실리아, 일어서 흙 묻은 손을 털며 준 쪽으로 걸어간다.

세실리아 안녕하세요? 저 그냥 이름 불러 주세요. 어쩐 일이세요, 여기는?

준   아, 요 옆에 선각사 아시죠? 명상하고 가는 길이예요.

세실리아 명상요?

준   네.

세실리아 명상은 불교 거잖아요.

준   그래요, 한 발은 천주교에, 다른 한 발은 불교에. (웃으며) 빙고 카드가 두 개면 당첨 확률이 높지 않나요.

세실리아 말도 안 돼요.

준   사실은요, 예수나 붓다는 똑같이 마음이라는 걸 다루었거든요. 다만 그분들이 살던 나라와 시대가 달랐을 뿐이죠.

세실리아 (관심과 호감으로) 김 기자님, 안에 들어가서 커피 한잔 하실래요?

준   땡큐. 그런데 나 지금 사무실에 가 봐야 합니다. 다음에 초대해 주세요. 기꺼이 응할 테니까요. 저기요, 다음 주말에 요 밑에 뉴멕시코주로 해나 데리고 사진 찍으러 가는데, 같이 안 가실래요? 바람도 쐴 겸.

세실리아 (반가워하며) 정말요? 뉴멕시코에는 뭐 찍으러 가시는데요?

준 멕시칸들의 옛날 성당과 인디언들의 유적지요. 물론 그날 당일로 돌아오지는 못합니다. 아마 모텔이나 텐트를 치고 야영을 하게 될지도 모릅니다.

세실리아 그래요? 해나도 가요? 저 갈래요.

준 좋죠, 세실리아 씨가 가시면 해나도 나도 덜 심심할 테니까요.

S#38. (EXT.) 25번 프리웨이 남쪽 방향 준의 트럭 안, 새벽녘

[EAGLE VIEW] 낡은 트럭은 꼬불꼬불한 로키산맥의 남쪽을 향해 경쾌하게 오른다.

[M] Lord I Hope This Day Is Good (Don Williams)

S#39. (INT.) 트럭 안, 아침

트럭의 가운데에 해나 그리고 세실리아가 앉아 있고, 왼쪽으로는 아침 해가 떠오른다.

준   앞으로의 계획은 세우셨어요?

세실리아 아뇨, 뭐 어떻게 되겠지요.

준   나는 아내를 잃고 깜깜한 밤중에 길을 잃은 사람처럼
        헤매다가 이제 조금 헤어났어요.

세실리아 다행이네요. 시간이 걸리죠?

준   중국 속담에 아무리 큰일을 닥쳐도 콩알만큼 작게 보
        라는 말이 있어요. 그래야 해결하기가 쉽대요.

세실리아 해나, 잠 깼어? 잘 잤어?

해나   네, 아빠, 우리 다 왔어?

준   아니, 조금 더 가야 돼. 세실리아 씨, 다음 어디 타운
        이 나오면 들러서 식사하고 갑시다.

S#40. (INT.) 정순영 집 응접실, 낮

조 신부, 정순영을 무시하는 뻔뻔한 태도, 정순영은 아직도 옛
날 습성대로 다소곳한 자세로 앉아 있다.

정순영   세실리아 수녀, 머리 식힌다고 어디로 여행 갔어요.

조 신부 혼자서요? 어디로 갔대요? 얼마나 있다 온답니까?

정순영   아니, 신부님은 죄책감이 하나도 없나 봐요. 원, 세상에.

조 신부 그러니까 제가 책임지고 데려가 살게요.

정순영   아니, 수녀가 고아예요?

조 신부 제가 일을 저질렀으니 제가 책임을 지겠다는 거죠.

정순영 돌아가세요. 엊그제 수녀가 경찰서에 갔었다네요.

조 신부 경찰서에요? (빈정대는 투로) 에이, 설마. 수녀들은 그런 거 못 해요.

S#41. (EXT.) 뉴멕시코주, 밴들리어 내셔널 유적지, 낮

누런 흙 절벽 중간쯤에 여러 개의 동굴 구멍들과 올라가는 사다리도 보인다. 준은 카메라 셔터를 누른 후, 셋은 그중 한 구멍의 사다리를 올라 동굴 구멍 안으로 들어간다. 동굴 안에는 불을 땠던 그을린 흔적이 있고 안쪽으로는 방이 몇 개 보인다. 준은 연신 셔터를 누른다.

준 해나, 여기가 옛날, '원스 어폰 어 타임'에 인디언들이 살았던 곳이야. 여기서 밥 짓고, 저 안의 방에서 잠도 자고.

해나 저 안에 이불이 있어?

세실리아 지금은 그 사람들 안 살지.

준 (밖을 향해 가부좌를 한 후 눈을 감으며 명상 자세로) 야, 여기 앉아서 명상하기에 좋겠네요. 해나도 아빠처럼 메디테이션 해 봐. 세실리아 씨도요. 자, 여기 이렇게 앉아서. 눈을 감고.

세실리아 눈 감고 뭘 생각해야 돼요?

해나 나, 엄마 보고 싶다.

준	오, 노우, 명상은 생각을 안 하는 거야. 생각이 나면 없애는 거야, 해나. 알았지? 엄마 생각도 하지 말고.
해나	(눈에 눈물이 고이고 울음이 터질 듯) 아빠는 왜 자꾸 엄마 생각 못 하게 해?

세실리아가 돌아앉아 해나를 가슴에 묻는다. 세실리아 눈이 촉촉하다.

준	생각한다고 엄마가 오나? 안 그래? 이제 내려가서 다른 데에 또 가 보자. 아까 올라올 때처럼, 자, 이렇게.

준이 먼저 내려오기 시작하고 해나 그리고 세실리아가 따라 내려온다. 다른 동굴에는 준 혼자 올라가서 사진을 찍는다. 지상의 옛 인디언 마을 공동체의 흔적만 남아 있는 곳도 카메라에 담는다. 준의 등이 땀으로 젖는다.

S#42. (EXT.) 주니퍼 패밀리 캠핑장 사이트, 밤

준의 트럭 옆에 텐트가 처졌고, 텐트 앞에는 모닥불이 피어 있다. 피크닉 테이블에는 방금 끝낸 저녁의 잔재들이 놓여 있다. 모닥불에 둘러앉아 모두 담요로 어깨를 덮고 있다. 해나는 세실리아의 겨드랑이 밑에 앉아 있다. 반사되는 모닥불 빛이 모두의 얼굴에서 넘실거리며 춤을 춘다. 세실리아와 준은 말없이 모닥불만 응시

하고 있다. 준이 텐트 안으로 들어가 요가 매트 하나 들고나와 세
실리아에게 건넨다.

준   그 위에 누우셔도 돼요.
세실리아 (고개를 들어 하늘을 보며) 해나, 저 별, 스타들을 봐. 많
       지? 예쁘지?

Twinkle, twinkle, little star

세실리아의 노래에 맞춰 해나도 따라 부르기 시작한다.

How I wonder what you are
Up above the world so high
Like a diamond in the sky
Twinkle, twinkle, little star
How I wonder what you are

준이 틴 컵 두 개와 죠니 워커 블랙을 들고 와 컵 하나를 세실
리아에게 건네고, 양쪽 잔에 술을 따른다.

세실리아 벌써 여기 더 있고 싶어졌어요.

해나는 세실리아 품에서 잠에 떨어지자, 준은 해나를 텐트 안으

로 데려가 눕힌다.

준   자, 건배합시다. 죠니 워커 블랙, 12년산인데 목 넘김
            이 부드러워요. 캠핑 간다니까 강 초이가 선물하더군
            요.

세실리아 (어두워진 표정) 그 사람하고 친하세요? 아주 나빠 보이
            던데요.

준   여기서 만났는데, 잘 따라요. 똘마니 같은 기질이 있
            어요. 시골에서 계모의 학대로 정에 굶주린 어린 시절
            을 보낸 놈이죠.

세실리아 어릴 적 가정 문제가, 문제 있는 어른으로 만드나 봐
            요. 세상은 참, 불공평해요.

준   마누라도 여기서 미군하고 이혼한 바텐더가 고향을
            방문했을 때 만나 결혼을 하게 됐죠.

세실리아 아무튼 전 그 사람 끔찍해요. 민우는 전혀 딴판이에요.

준은 한 모금 마시고 '크!' 하는 소리를 크게 낸다. 세실리아는
물을 타서 마신다.

준   진짜 궁금해요. 인터뷰를 한 후, 신문 잉크가 마르기
            도 전에 수녀 옷을 벗으신 이유.

세실리아 저에 대해 신경 끊으세요. 그냥 하나님하고 뜻이 안
            맞은 거라고 알아주세요.

준   (술기운에 반농담조로) 왜, 하나님이 이혼하재요? 하나님
　　　이나 세실리아 씨나 둘 중에 누가 바람피웠을 리 없겠
　　　고, 인터뷰할 때만 해도 자신 있으셨잖아요.

세실리아 왜 자꾸 물으세요? 또 인터뷰하는 건 아니죠……? 살
　　　다 보면 방향이 바뀔 때도 있잖아요?

준   그럼요, 바뀌다뿐인가요, 회까닥 뒤집어지기도 하는걸
　　　요.

세셀리아 맞아요.

준   그렇다면 목적지나 목표도 바뀌겠네요?

준은 술병을 들어 세실리아의 컵에 술을 따른다. 자신의 잔에
도 붓는다.

세실리아 아뇨, 제 소망은 여전히 단순해요. 스트레스 없이 평
　　　화한 가운데에 사는 거요.

준   쉽진 않지만, 충분히 가능할 겁니다.

세실리아 (궁금한 눈으로 쳐다본다) ……?

준   명상에 매달리는 거예요.

세실리아 명상, 참선은 고리타분하고 비생산적인 것 같아요? 묵
　　　상이나 기도하고 다른가요.

준   '뭘 이루게 해 달라, 도와 달라, 은총을 달라'는 되지도
　　　않는 기도는 생산적인가요? 명상은 하나님이든, 기도,
　　　소망이든 뭐든 달라기는커녕 아예 그런 욕망이나 생각

을 내려놓는 거죠.

세실리아 어떻게 생각을 내려놓을 수가 있어요? 생각을 안 하면 뭘 하죠?

준 생각은 기쁨도 주지만 괴로움도 만들거든요. 멍하니 아무 생각 없이 있으면 편안해지지 않나요? 고통을 만드는 것도 마음이고, 없앨 수 있는 것도 마음이에요.

준은 얘기하면서 모닥불 위에 목이 긴 물 주전자를 올려놓는다. 둘은 틴 컵에 커피를 타서 마신다.

세실리아 썩 내키지 않네요.

준 관심이 생기면 그 동네의 선각사 성문 스님을 만나 보세요. ……. 세실리아 씨, 졸리면 들어가 해나 옆에서 주무세요. 나는 여기서 잘래요.

세실리아 싫어요. 저도 여기서 더 있을래요.

[M] Pachelbel-Nocturn (Michael Maxwell)

준과 세실리아는 누워서 타오르는 모닥불 빛을 무심히 바라본다.

S#43. EXT. 캠핑장, 아침

[E] 새들의 지저귐 소리

싱싱한 아침 햇살이 피크닉 테이블을 비춘다. 준은 화덕에서 프라이팬에 햄과 양파, 벨 페퍼, 파를 넣은 오믈렛을 부친다. 세실리아는 옆에서 양철판 위에 토스트를 굽는다. 해나는 테이블 셋업을 한다. 요리가 끝나는 대로 테이블에 올려지고, 셋은 테이블에 앉는다.

준   자, 이제 듭시다.

셋은 여전히 음악처럼 아름다운 새들의 지저귐 소리를 즐기며 조반을 든다. 식탁을 치우고 텐트를 걷어 트럭에 싣고 캠핑장을 떠난다.

S#44. (INT.) 지역 도로 / 차 안, 낮

세실리아 이제 어디로 가지요?

준   (지도를 펼쳐 보며) 타오스 푸에블로요. 옛날 인디언들이 살던 집단 거주 지역이었는데, 그들 고유의 토속 신앙을 버리고 가톨릭으로 개종을 했어요. 황토 흙으로 성당도 지었답니다.

세실리아 전에 와 보셨어요?

준 아뇨, 안내 책자와 사진으로만 본 곳이에요.

S#45. (EXT.) 타오스 푸에블로 인디언 유적지, 낮

준의 일행은 입장료를 내고 다른 관광객들과 섞여 광장으로 안내원을 따라간다. 진흙에 지푸라기를 섞어 만든 다주택이다. 준은 무질서하게 길게 뻗은 흙집들과 실내를, 광장의 구석에 하얀 석회칠을 한 벽의 성당도 찍는다. 낡고 무질서한 십자가들이 삐뚤빼뚤 서 있는 을씨년스러운 인디언 공동묘지도 카메라에 담는다.

준   (혼잣말로) 그림이 너무 좋은데. 아, 미치겠네. 아침 해
        뜨기 전에 왔으면 더 좋았을 텐데. 아니면 기다렸다가
        해 질 무렵에 다시 올까?

세실리아 왜요?

준   해 뜰 녘이나 해 질 녘의 빛이 부드럽거든요. 한낮의
        태양빛보다 해 뜰 때와 질 때는 옆으로 대기권 통과
        길이가 길고 멀어서 빛이 약해지죠. 그래서 피사체는
        빛을 충분히 받지 못하니 벌겋게 비추는 거죠.

세실리아 해 질 때 또 오실 거예요?

준   아니요, 오늘은 그냥 가고 다음에요. 이쪽 십자가 앞
        에 만일 여자 누드모델이 눕는다면 죽여 줄 것 같은
        데, 혹시…… (죄지은 사람처럼) 세실리아 씨, 동참? 관
        심? No?

세실리아 (눈을 동그랗게 뜨고) 제가요? 기가 막혀.

준   지금 영감이 딱 떠올랐어요.

세실리아 근데 왜 하필 여자 나체예요? 남자 나체는요?

준 창조주가 여자를 그렇게 아름답게 만든 걸 난들 어떻게 합니까? 게다가 이브가 뱀의 꼬드김에 넘어가는 바람에 아담과 인류에게 진 빚도 있지요, 히히히.

세실리아 절 보고 그 빚 갚으라는 거예요, 지금? 그런다고 줏대 없이 넘어가는 멍청한 아담은 책임이 없나요? 난 미국에 아담이란 이름 가진 사람 다 멍청하게 보여요.

준 시작은 이브였어요. 그런 걸 원조라고 부르죠.

S#46. (EXT.) 고속도로 / 트럭 안, 밤

준의 트럭은 덴버를 향해 25번 북쪽 고속도로를 달린다.

준 다음에 한 번 더 와서 해 뜰 녘을 잡아 봐야겠네요. 돈을 들여서라도 모델을 찾아서.

세실리아 숱한 아름다운 풍경 놔두고 왜 하필 폐허 같은 음습한 묘지에서 여자의 나체 사진을 찍고 싶어 하세요? 혹시, 변태나 여성에 대한 가학적 취미 아녜요?

준 천만의 말씀. 삶과 죽음, 살아 있는 아름다운 나체와 죽어서나 오는 묘지를 대비시켜서 오히려 이 둘은 하나의 연장선상이라는 걸 보여 주고 싶은 거죠.

해나 (걱정 담긴 표정으로) 아빠, 왜 언니하고 싸우려고 그래?

세실리아 응, 싸우는 건 아니고, 해나 아빠가 이상한 얘기 해서 그래.

해나　언니, 나체가 뭐야?

세실리아　(여유 있게 팔짱 끼고) 대답하시죠. 시작은 김 기자님이 하셨으니까요!

준　해나가 세실리아 씨에게 물은 거 아닌가요? 공은 받은 사람이 쳐내야지요.

세실리아　참 내, 나체란 말은, 음…… 해나야, 너 바비인형 있지? 그 바비인형의 옷을 벗긴 걸 말하는 거야.

해나　왜? 목욕시키려고?

세실리아　(의기양양하게) 김 기자님, 공이 또 넘어갔네요. 호호호, 행운을 빌게요. 해나야, 그건 아주 훌륭한 질문이었단다. '베리 굿', 해나.

준　음…… 아빠가 하려는 건 예술이거든. 아트 말이야. 너 아트 알지? 그림 그리는 거나 사진 찍는 거나 다 아트잖아.

해나　근데 아빠, 바비인형 나체가 아트야?

세실리아　(웃음을 터트리며 해나에게 엄지를 세우고) 해나 최고! Very smart question, Hannah.

준　그래, 내 두 손 들었다. (어깨를 들썩이며) 바비 옷이 더러우면 벗겨서 빨아야 하니까. (세실리아를 향해) 내 아트가 오늘 완전히 깨지네요.

준과 세실리아는 웃지만 해나는 아직도 영문을 모르는 표정이다.

S#47. (EXT.) 트럭 안 / 정순영 집 앞, 밤

세실리아는 자신의 다리를 베고 자고 있는 해나로부터 몸을 뺀다.

준　　　(열차 내의 방송 아나운서처럼) 여기는 덴버, 여기는 덴
　　　　버. 잊으신 물건 없이 안녕히 가십시오.

세실리아 여행 즐거웠어요. 피곤하시겠어요.

준　　　피곤하긴요? 우리도 즐거웠어요. 자, 그럼.

세실리아, 서서 트럭의 빨간 꼬리 불빛이 밤 속으로 작아지며 사라지는 걸 본다.

S#48. (INT.) 정순영 집 거실, 밤

세실리아, 집 안으로 들어선다. 아픈 기색이 역력한 정순영은 소파에 누워 있다.

세실리아 나, 왔어. 괜찮아?

정순영　괜찮지. 여행은 재미있었어?

세실리아 응, 야영이 좋았어. 모닥불 앞에서 별을 보며 잤어.

정순영　춥지는 않았고?

세실리아 계속 장작을 넣으니까 괜찮았어요. 엄마, 와인 한잔
　　　　할까?

정순영 마시고 싶으면 그래라. 어제 조 신부가 다녀갔다.

세실리아 왜 자꾸 오는 거야. 그 나쁜 놈은.

정순영 그래서 네가 엊그제 경찰서에 갔었다니까 뭐랬는지 아니. '수녀들은 그런 거 못 해요' 하면서 콧방귀를 뀌더라.

세실리아 아휴, 이 나쁜 놈.

정순영은 와인을 몇 모금 마시고, 세실리아도 한 잔을 마신다.

세실리아 엄마 좋아하는 노래 불러 볼까?

정순영 그래, 해 봐라, 오래간만에.

세실리아는 주방으로 카세트테이프를 들고 들어간다.
잠시 후, 음악이 나온다.

[M] 안녕 (배호)

노래가 나오자 동시에 배호가 거실로 천천히 걸어 나온다. 머리를 뒤로 올려 중절모 타입의 밀짚모자와 검은 테 안경을 쓴 배호다. 왼손엔 숟가락을 들고, 오른손에는 우산을 들고 립싱크로 노래를 흉내 낸다. 정순영의 얼굴에 행복한 웃음이 피어난다. 세실리아가 우산을 펼쳐 들고 우수에 젖은 쓸쓸한 얼굴을 한다.

세실리아 후회하지 말아요 울지도 말아요. 세월이 흘러가 버린 뒤
　　　　　못 잊어 생각이 나면 그때 빗속에 젖어 서글픈 가로등
　　　　　밑을 찾아와서 다시 또 흐느껴 울 안녕.

세실리아, 노래를 마치자, 정순영이 박수를 친다.

정순영 배호가 살아 나와서 널 보면 뭐라고 할까?

세실리아 언니 말대로 배우를 할 걸 그랬나 봐. 아버지만 펄펄
　　　　　뛰지 않았어도 아마 지원했을지도 모르지.

둘은 와인 잔을 부딪힌다.

S#49. (EXT.) / (INT.) 선각사 앞 / 법당 안

세실리아, 걸어서 오래된 주택을 개조한 선각사에 도착한다.
법당 앞에서 숨을 고른 후 법당 안으로 들어간다.
한 노스님이 법당 앞 중앙, 방석에 앉아 독경을 읊고 있다.
세실리아는 들어선 문 앞에 무릎을 꿇고 앉는다.
성문 스님(70)이 일어서 나가자, 세실리아는 스님의 뒤를 따른다.

세실리아 안녕하세요, 스님. 김준 기자님한테 소개받았어요. 명
　　　　　상 수련을 해 보고 싶어서요.

성문 스님 그래요? 반가워요. 다실에 가서 차 한잔하실래요?

S#50. (INT.) 선각사 다실, 낮

스님이 차를 끓여 내오자, 세실리아, 차를 한동안 유심히, 스님 얼굴도 흘깃 본다.

성문 스님 지금 어떤 종교를 갖고 계시나요?

세실리아 천주교요. 근데, 더는 아니에요.

성문 스님 종교가 뭐든 상관없이 명상은 마음 다스리는 수행이 에요.

세실리아 기도는 하루도 안 빼고 열심히 했어요. 하느님은 사랑 이라고 하지만 그걸 체험하거나 기도의 응답을 받아 본 적은 없어요.

성문 스님 내 안에 사랑과 하나님하고 하나로 존재하는데, 응답 이 어디서 온다는 겁니까?

세실리아 하나님은 우리와 세상을 창조하셨다는데, 왜 우리 기 도를 안 들어주죠?

성문 스님 옛날에 땅은 평평하고 천재지변이 일어나면 원인도 모르고 하늘을 무서워하던 때의 인간들이 만든 구약 시대의 신관이에요. 이런 신관은 신이 외부에 있다며 사람들을 신에게 매달리게 하죠.

세실리아 네? 신에게 안 매달리면 어디에? 그리고 뭘 믿어야 하나요?

성문 스님 분명, 괴로움 때문이겠지요.

세실리아 세상에 괴롭지 않은 사람이 있을까요?

성문 스님 그래요, 어디 있는 줄도 모르는 신을 찾는 것보다 당장 시급한 게 괴로움에서 벗어나는 일입니다. 그러기 위해선 내면으로 들어가야 합니다. 신이나 진리, 집착, 괴로움 등은 모두 내면에서 찾거나 해결해야 해요. 내면에 들면 뭘 붙잡거나 믿고 자시고 할 게 없어요.

세실리아 내면요? 그럼 괴로움은 내면에서 오는 건가요?

성문 스님 그렇습니다. 불교에는 괴로움의 메커니즘을 정의하고 해결책이 있습니다. 부처님이 터득했던 대로요.

S#51. (INT.) 카페테리아, 낮

세실리아와 준은 거리의 지나는 차들이 보이는 넓은 창가에서 커피를 마신다. 구름이 걷힌 듯 밝고 아름다운 세실리아. 그녀를 보는 준의 눈도 다정하다.

세실리아 선각사에 들러서 성문 스님을 뵈었어요. 명상을 하기로 결심했어요. 하나님은 세상을 창조도, 역사하지도 않는다는 얘기에 충격을 받았어요.

준 만일 하느님이 세상일에 참견이나 간섭을 한다면 과연 이 세상은 어떻게 돌아갈까요? 신이 역사하는 세상이 이런 거라면, 이게 신이 바라는 세상이란 말입니까?

세실리아 알고 있던 것과 너무 달라요.

준   하느님이 우리 실생활에 아무 관여를 안 하는데 왜 그
        렇게 하나님에게 집착하고 매달리는지 모르겠어요.

세실리아 근데, 그거 아니면 하느님하고 뭐 해요?

준   하긴 뭘 해요, 고요와 평화하면 되지요.

세실리아 그럼 교회 문 닫으라고요?

준   세실리아 씨, 우리 다른 얘기 해요. 미래 계획이라도
        뭐 세우고 계세요? 이를테면 결혼을 하신다든가.

세실리아 전 결혼에 대한 기대가 없어요. 솔직히, 수녀원은 제
        게 도피처였어요.

준   대부분 여자들은 아름다운 면사포 쓰는 꿈을 꾸지 않
        나요?

세실리아 돌아가신 아버지가 술만 먹으면 엄마 때리는 걸 보며
        자랐어요. 미군에게 시집간 언니도 판박이였어요. 아
        버지가 돌아가신 날, 전 마음속으로 좋아했어요. '드
        디어 죽었구나' 했다니까요. 저, 나쁜 딸이죠?

준   그러셨어요?

세실리아 김 기자님은 부인이 사고로 돌아가신 충격을 잘 이
        겨 내신 것 같은데, 해나는 아직 그 후유증을 겪고 있
        지요?

준   걔는 상담 치료를 받고 있어요. 웨스턴 승마도 하고
        요. 나는 하느님에게 매달려 보고, 술독에 빠져서 헤
        어나질 못하다가 명상을 만났어요. 고통은 순전히 마
        음에서 만들어진다는 걸 조금 깨달았죠.

세실리아 길을 제대로 찾으신 거예요?

준 길, 방향은 찾았는데, 아직 어려워요. 세실리아 씨, 우리 분위기를 바꾸기 위해 언제 흥 나는 데 가실래요?

세실리아 흥 나는 데라니요?

준 식당에 가서 식사, 술도 한잔하면서 춤도 추고. 매사 너무 심각하게만 살 필요 있을까요?

세실리아 술, 춤요? 전 감당 못 해요.

준 Simple life is more happy.

S#52. (INT.) 선각사 대법당, 밤

선명상 클라스, 열두 명이 방석 위에 가부좌하고 앉아 있다.

세실리아, 준과 함께 들어서며 스님에게 목례를 하고 자리에 앉는다. 성문 스님, 목탁을 두드리자 모두 앉은 자리에서 합장하며 반배를 올린다.

성문 스님 호흡에 집중하면서 마음에 생각이 들 때마다 '좋다, 나쁘다', 판단도, 의미도 두지 말고 그냥 들어온 생각을 알아차리고 들여다보는 겁니다. 그리고 내려놓습니다. 그리하여 내면이 공해지면 그것이 괴로움이 소멸된 상태, 참자아이고, 본성이고, 불성입니다.

경쇠의 '떵!' 하는 은은한 소리가 울려 퍼지고, 모두 명상에 든

다. 세실리아, 몸은 반가부좌에 익숙하질 않아 꿈적거리다 일어서
나간다. 얼마 후, 경쇠가 '땡!' 하고 울리자, 수행자들은 눈을 뜨고
현실로 돌아온다.

S#53. (EXT.) 선각사 밖, 밤

세실리아, 문 앞 계단에 앉아 무릎을 세워 가슴에 끌어안고 머
리를 파묻고 있다. 머리를 좌우로 마구 흔들어 대는 세실리아, 법
당 문이 열리고 사람들이 나오는 발자국 소리를 듣고 일어선다.

준   어땠어요?

세실리아 와우. 보통 일이 아니에요.

사람들은 총총히 사라지고, 성문 스님이 세실리아와 준에게로
가까이 온다.

성문 스님 하실 만하던가요?

세실리아 제 마음이 이렇게 복잡한 줄 정말 몰랐어요. 시장 바
         닥 같았어요.

성문 스님 오늘, 그걸 확인한 것만큼 깨달은 거지요.

S#54. (INT.) 선각사 다실, 밤

세실리아, 성문 스님, 준, 셋은 차를 마신다.

성문 스님 대부분의 사람들은 신이나 진리가 마음 안에, 그렇게
　　　　　가까이 있는지 몰라요. 성경은 구약 신약 수십 권, 불
　　　　　경 대장경판은 8만4천 개나 돼요. 아주 많아요.

세실리아 성경이나 불경은 완전히 다른 얘기를 하는 건가요?

성문 스님 성경이나 불경은 마음으로 가는 길을 안내하는 지도
　　　　　책일 뿐이지요. 우리가 가야 할 최종 목적지나 정토
　　　　　가 아닙니다. 지도책인 경들이 가르쳐 주는 대로 발
　　　　　을 내디뎌 길을 떠나고 강을 건너 피안에 도달해야
　　　　　합니다.

세실리아 성경을 잘 알면 일단 신앙심이 깊은 거라고 생각합니다.

성문 스님 신앙심의 기준이 뭔지 모르나 지도책을 달달 외운들
　　　　　괴로움이 없어지지는 않죠. 그래서 역설적이게도 신
　　　　　에게 다다르는 데 가장 멀고 가망 없는 길이 종교에
　　　　　요. 신과 참나 사이엔 종교라는 조직, 교리, 의식 등
　　　　　불필요한 매개체가 너무 많아요. 불교만 해도 일반
　　　　　신도들은 그 많은 불경에 그 많은 무슨 보살 등 이름
　　　　　조차 다 이해를 못 해요.

세실리아 김 기자님은 절과 성당에 양다리를 걸치고 있으면 기
　　　　　도는 누구에게 어떻게 하세요?

준   아무것도 원하는 게 없어요. 내면의 고요에 듭니다.

성문 스님 세실리아 씨, 기도하고 싶을 때, 하느님 찾고 싶으면
      하던 대로 하세요. 명상을 열심히 하면 차차 의식의
      폭이 넓어지고 기도 방법도 성장을 하지요.

세실리아 하느님이 이 세상을 역사하지도 않는다는데, 저는 거
      기에 그토록 매달렸어요.

성문 스님 장자에 나오는 얘기예요. 우물 안에 있던 개구리가
      바다에서 온 거북이한테 드넓은 바다와 세상 얘기를
      듣습니다. 그러나 변화가 싫고 두려우면 우물 밖으
      로 안 나오는 거지요.

S#55. (INT.) 웨스턴 바, 밤

준, 바 카운터에서 카우보이 모자를 구입해 세실리아에게 씌우
자 카우걸이 탄생한다. 라이브 밴드의 연주 전에 라인댄스를 배우
고 싶은 손님을 위한 무료 교습 시간. 백인 여자 강사(40대)가 댄스
플로어에 모인 10여 명에게 스텝을 설명한다.

강사   Start with a grapevine to the right and then tap,
      and a grapevine to the left and tap again. Walk
      back three steps and tap, step forward, step back
      and scuff. So I'm going to turn around, you can
      follow me and we'll break it down. We're gonna

start with that grapevine…….

[M] Electric Boogie (Marcia Griffiths)

준은 라인댄스를 출 줄 알지만 세실리아를 위해 춤을 따라 한
다. 세실리아 음악에 따라 서툴지만, 열심히 연습한다.

강사   Right, tap, back, one two three, left tap.
세실리아 (약간 흥분하고 상기된 얼굴로) 어휴, 너무 빨라. 발이 엉
          켜요, 후후.
준   잘하시네요.

세실리아, 세션이 끝나 박수 치고 다들 자리로 돌아갈 때 준의
손을 뒤에서 잡아당긴다. 준은 몸을 돌려 세실리아에게 처음 잡힌
손을, 그리고 그녀의 얼굴을 본다.

세실리아 저, 우리 좀 더 연습해요. 확실치가 않아요. 네?
준   (반기며) 그럴래요? Ok.

둘이 한참 연습을 하고 있는 중에 라이브 밴드가 오프닝 연주
를 시작한다. 세실리아, 밴드의 광폭한 사운드에 눈이 휘둥그레진
다. 그녀는 모자를 벗어 이마의 땀을 손등으로 훔치며 자리로 돌
아간다. 바 홀에는 사람들이 거의 차 있다. 무대의 밴드가 쏟아 내

는 컨트리 음악. 댄스 플로어에는 벌써 몇 쌍이 나와서 춤을 춘다.

준의 테이블에 웨이터가 술을 가져다 놓는다.

세실리아, 준과 첫 잔을 부딪힌다. 바의 홀은 만원이다. 댄스 플로어도 금세 가득 찼다. 세실리아가 준의 옆에 서서 줄을 맞추고 춤을 추기 시작한다. 준은 신나고 세실리아는 행복한 얼굴이다. 둘은 한 곡이 끝나고 자리에 돌아와 술잔을 기울인다.

준   그거 아세요? 컨트리 음악, 카우보이 모자, 부츠, 청바
         지, 라인댄스는 어느 나라 사람들도 흉내 내기도 어려
         워요.

세실리아 정말 집단 체조 하듯 예쁘고 신나요.

준   컨트리 뮤직과 우리들의 행복을 위해, 건배!

밴드의 느린 음악이 나오자 준은 세실리아를 달래고 구슬려 플로어에 블루스 춤을 추러 나온다. 둘은 처음으로 가장 가까이 몸을 밀착시키고 춤을 춘다. 준의 볼이 세실리아의 볼에 닿았다.

S#56. (EXT.) 선각사 밖 / 법당 안, 낮

불단에는 향 연기가 피어오르고 성문 스님, 간편 복장으로 절 수련을 한다. 세실리아, 법당으로 들어와 방석 위에 반가부좌로 앉아 눈을 감는다. 스님의 절하는 모습을 유심히 보다가 스님 절하는 대로 따라서 해 본다. 두 팔을 양쪽으로 벌려 머리 위로 올리며

중심을 놓쳐 쓰러질 뻔하기도 한다. 성문 스님이 절 수련을 끝내고 걸어 나오며 세실리아 절하는 모습을 보고 미소 지으며 지나친다.

세실리아 (작은 목소리) 스님! 저 절하는 것 좀 가르쳐 주세요.

성문 스님, 되돌아서 세실리아에게 다가간다.

세실리아 (두 손을 모으고 서서) 지금 절을 조금 따라 해 보니까
　　　　　차라리 움직이는 게 잡념이 덜할 것 같아요.
성문 스님 맞아요. 움직임이면 생각이 덜하지요. 108배는 20여
　　　　　분 걸리는 전신 운동이기도 해요. 잘 보고 따라 하
　　　　　세요.

성문 스님이 머리 위로 두 손을 올려 만나게 한다. 세실리아, 따
라 한다.

성문 스님 자 이렇게 올렸던 합장한 두 손을 그대로 가슴 앞으
　　　　　로 내리면서 상체도 같이 90도로 숙이는 거예요. 그
　　　　　리고 그대로 무릎을 꿇고 앉아요.

성문 스님, 나머지 동작도 보여 준 후 처음부터 다시 세실리아
와 함께 절을 한다.

성문 스님 자, 이제 보살님 혼자 해 봐요.

세실리아 이렇게, 맞나요?

성문 스님 예, 잘하셨어요. 오늘 집에 가면 잠 자기 전에 108배
　　　　　　가 힘들면 한 오십 배라도 하고 주무세요. 아마 오늘
　　　　　　은 잠을 푹 잘 수 있을 거예요.

세실리아 푹 잘 수 있다고요?

성문 스님 해 보세요. 짧은 시간에 할 수 있는 훌륭한 전신 운
　　　　　　동이지요.

S#57. (EXT.) 선각사 밖, 낮

성문 스님, 법당 문을 열고 밖으로 나오고, 뒤따라 세실리아도
나온다.

세실리아 스님, 저, 녹차 마시고 가도 돼요?

성문 스님 그럼 다실로 가십시다.

S#58. (INT.) 다실 안, 낮

세실리아가 부엌에서 녹차 준비를 한다.

세실리아 왜 이렇게 생각이 많지요?

성문 스님 생각이 끊임없이 습관적으로 과거와 미래를 날아다

니기 때문이에요. 이유를 대고 변명하고 의미를 부여
하지요. 그러나…… 그러나, 삶은 아무 의미 없어요.

세실리아, 다관을 들고 와서 녹차 백을 각 머그잔에 넣고 뜨거
운 물을 붓는다.

세실리아 늘 풀리지 않는 의문이 있어요. 왜 잘못도 없는 어린
　　　　　애가 장애를 가지고 태어나는지요? 착한 사람이 불행
　　　　　을 겪고요.

세실리아, 머그잔을 입에 대고 녹차를 한 모금씩 마신다.

성문 스님 아기나 그 부모, 그리고 착한 사람의 업보지요.
세실리아 업보라면, 전생과 환생, 말씀인가요?
성문 스님 사람이 죽어도 마음은 잠재 의식 깊은 곳에 정보와
　　　　　기억들을 가지고 다음 생으로 윤회를 이어 갑니다.
　　　　　삶에도 공짜 점심은 없어요.
세실리아 저는 전생에 진 빚이 많았나 봐요. 제게 닥치는 고통
　　　　　이 많은 것 같아요. 게다가 지금 누군가를 증오하고
　　　　　있어요.
성문 스님 살아 있는 동안 증오, 후회, 상처 죄의식과 싸우지 마
　　　　　세요. 허상이니까요. 나쁜 크레디트를 쌓듯, 나쁜 업
　　　　　보를 만들어 갈 뿐이에요. 진정으로 해방하여 자유

인이 되고 싶으면 참회하고, 용서하고, 내려놓아야 합니다.

세실리아 알겠습니다.

세실리아, 허탈한 웃음을 웃으며 고개를 들어 천장을 올려다본다.

성문 스님, 안으로 들어갔다가 염주 목걸이를 들고 나와 세실리아에게 건네준다.

성문 스님 이 염주 알이 108개에요. 절 명상할 때, 혹은 천주교의 묵주 기도처럼 108개 하나하나에 번뇌, 미움을 내려놓으세요. 그리하면 마음이 비워집니다.

S#59. (EXT.) / (INT.) 정순영 집 밖 / 집 안, 밤

세실리아, 걸어와 집 안으로 들어서자, 정순영의 끙끙 앓는 신음 소리를 듣고 세실리아 깜짝 놀란다. 안방으로 달려 들어가자, 정순영, 침대에 누워 세실리아를 반기지만 기운이 없이 초췌하다.

세실리아 (다급한 목소리로) 엄마, 왜 그래? 응? 엄마.
정순영 괜찮다. ……. 좀 전에 조 신부 왔다 갔다. 신부 옷 벗겠다며 네 대답을 기다린다더라.
세실리아 옷을 벗든 말든 왜 여기 와서…….

정순영 이게 뭐 하는 짓이냐고 화를 냈다. 근데, 너 정말 조 신부에 대해 아무런 생각이 없니?

세실리아 엄마, 무슨 끔찍한 소리야. 뭐 좀 먹었어? 뭐 만들어 줄까?

[E] 전화벨 소리

세실리아, 거실로 나가 전화 수화기를 든다.

세실리아 여보세요?

총장 수녀 (수화기 너머 목소리) 세실리아 수녀님? 여기 한국에 총 장 수녀예요.

세실리아 아, 총장 수녀 님?

총장 수녀 마리아 수녀님에게 얘기 들었어요. 아프겠지만 그를 용서하고 돌아와요. 수도 생활을 하다 보면 이런저런 시련이 오게 마련인데, 그때마다 견디고 용서해야 하 늘나라에 공덕을 쌓는 거예요.

세실리아 (기가 막혀 울음이 터질 듯) 공덕요? 공덕? 수녀들이 본당 신부의 희생물이 되는 게 공덕인가요? 여기서 나간 테 레사 수녀는 한국서 공덕 쌓고 잘 지내나요? 노 땡큐.

전화기를 과격하게 내려놓은 세실리아, 허탈한 웃음을 지으며 자신의 방으로 들어간다. 잠옷에 베개를 들고 엄마 방으로 들어가 옆에 눕는다.

정순영 왜, 불편할 텐데 네 방에서 자지.

세실리아, 침대로 들어가 엄마를 아기를 품속에 감추듯 안는다.

세실리아 엄마가 나 아기였을 때 얼마나 많이 이렇게 안아 줬을
까? 오늘은 내가 엄마 안아 줄게.
정순영 (싫지 않은 기색) 김 기자 어떠냐? 사람 진솔해 보이더라.
세실리아 오늘 왜 이래, 엄마? 나 시집보내고 싶어서? 꿈도 꾸지
마! 나 결혼 생각 없는 거 엄마도 알잖아.
정순영 (괴로운 한숨) ······.

S#60. (EXT.) 정순영 침실 / 거실, 아침

방의 창문 커튼 사이로 아침 햇살이 비집고 들어온다. 세실리아
는 침대 아래 바닥에서 자다가 부시시 하품을 하면서 상체를 일으
키고 두 팔을 뻗어 올린다. 몸을 돌려 엄마의 기색을 살피다 말고
뭔가 미심쩍어 일어나 다가간다. 정순영, 이불 위의 손엔 묵주가
들려 있다.

세실리아 (다급히) 엄마! 엄마! 아직도 자? 엄마!

세실리아, 엄마를 마구 흔들지만 아무 반응이 없다. 얼굴을 만져 보고 코와 귀의 뒤쪽에 손을 대 보고는 끝내 소스라치게 놀란다.

세실리아 엄마아…… 안 돼. 엄마, 아니?

세실리아, 엄마 얼굴을 가슴에 끌어안고 통곡한다.

세실리아 어떻게 해, 엄마아……. 흑흑흑. 난 몰라.

얼마 후, 세실리아, 정신을 가다듬고 준에게 전화한다.

세실리아 (울먹이는 목소리로) 저예요, 세실리아요. 흑흑흑.
준　　　 (수화기 너머 목소리) 웬일이세요?
세실리아 (울면서) 엄마가, 엄마가 돌아가셨어요. 어떻게 해요?
준　　　 (수화기 너머 목소리) 네? 기다리세요, 금방 갈게요.

세실리아, 수화기 내려놓고 다시 엉엉 운다. 방으로 돌아와 엄마 위로 엎드려 엄마의 얼굴을 쓰다듬는다. 꿈꾸는 건 아닌지, 울음을 그치고 주위를 둘러보고 자기의 얼굴을 꼬집어 본다. 세실리아, 엄마 얼굴을 유심히 살핀다.

[E] 초인종 소리

세실리아, 방을 나서 문을 열자 준, 들어선다. 준, 세실리아 따라 정순영 방으로 들어간다.

준　　어떻게, 아니, 언제 운명하셨어요?
세실리아 엄마 침대 밑, (누웠던 자리를 손으로 가리키며) 여기서 잤는데 아침에 눈떠 보니까…… 흑흑흑.

고개를 떨구는 준. 잠시 후, 세실리아와 거실로 나간다. 세실리아 소파에 앉아 두 손으로 얼굴을 감싸고 흐느낀다. 준, 손등으로 눈물을 훔친다.

준　　장례 계획 세워 놓은 거 있으세요? 신부님에게 연락하셨어요?

세실리아, 깜짝 놀라듯 얼굴을 감쌌던 두 손을 풀고 머리를 정리하듯 뒤로 넘긴다.

세실리아 안 돼요. 장례 미사는 싫어요. No.

준, 어리둥절한 표정을 짓고 세실리아에게 눈으로 왜 그러느냐고 이유를 묻는다.

세실리아 (다른 곳을 응시하며) 엄마는 장례 미사나 연도 같은 거

절대 하지 말고 그냥 화장이나 해 달랬어요. 수의는 성모 마리아처럼 흰 베일에 드레스를 입혀 달라고 하셨어요. 김 기자님, 밖에는 아무에게도 알리지 말아 주세요.

준   알았어요. 사무실에 들렀다 다시 올게요. 혼자 괜찮으시겠어요?

준은 부리나케 떠나고 세실리아, 전화기로 가서 번호를 누른다.

[E] 신호음 가는 소리

세실리아 (담담하게) 언니? 언니, 나야. 한국은 지금 밤이지? 엄마 오늘 돌아가셨어.

언니   (수화기 너머 목소리) 뭣? 언제? 심장마비였니? 우리 엄마 불쌍해서 어떡해? (외마디 통곡 소리와 함께) 엄마. 넌, 집에 있었어?

세실리아 응, 나 수녀 옷 벗었어. 아무튼 그렇게 됐어. 장례식 같은 거 없고 그냥 화장하려고. 언니, 올 수 있어?

언니   (수화기 너머 목소리) 애들하고, 내가 어떻게 가? 제임스는 지금 독일로 출장 갔어. 네가 수고 좀 해야지 어떡하니? 흑흑흑…… (통곡하는 소리) 엄마.

세실리아 (울음을 터트리며) 언니, 흑흑흑.

언니   (수화기 너머 목소리) 너 한국 나와서 살 생각은 없니?

세실리아 (울음을 뚝 그치고) 언니, 땡큔데, 노 땡큐야. 내 걱정은
하지 마.

S#61. (INT.) 세실리아 집 거실, 밤

정순영의 시신은 화장터에서 가져간다. 해나도 데리고 와서 세
실리아와 함께 시간을 보낸다. 준은 소파에서 자고, 해나는 세실리
아와 잔다.

[CAPTION] 3일 후

S#62. (EXT.) / (INT.) 화장터 밖 / 안, 낮

파킹장에 도착한 준의 트럭. 차에서 베일만 쓰지 않은 채, 수녀
복을 입은 세실리아가 차에서 내린다. 시신 안치실에는 싸구려 관
속에 흰 베일과 드레스를 입은 정순영 잠자듯 누워 있다. 손에 든
묵주가 가슴에서 아래로 길게 누워 있다.

마리아 수녀 수녀가 절대 아무에게도 알리지 말랬다면서? 김
기자님이 그래도 나에겐 알려야 할 것 같다면서 들
렀더라구. 조 신부에겐 말 안 했어.

세실리아 죄송해요. 고마워요, 수녀님.

관의 뚜껑이 닫히고 화구로 들어가기 전 성문 스님이 목탁을 두드리며 나무아미타불 관세음보살을 염송한다.

얼마 후, 재를 담은 유골함이 세실리아에게 인계된다. 세실리아 간단한 인사를 나눈 후 하객들과 헤어져 준의 트럭에 오른다.

S#63. (EXT.) 어느 산길, 낮

[M] 엄마 (도산 스님)

세실리아는 열린 상자에서 재를 한 줌씩 집어 길옆으로 천천히 뿌리며 간다. 쓰러질 듯 힘없이 걷다가 힘이 없어 무릎을 꿇어 앉기도 하고 다시 일어서 가다가 하늘도 올려다본다. 준은 트럭 안에서 운전대를 잡고 멀찌감치 앞에 힘없이 걸어가는 세실리아 뒷모습을 슬픈 눈으로 본다. 두 팔로 핸들을 감싸안고 머리를 박는다. 세실리아, 털썩 주저앉아 유골함을 끌어안고 오열하며 재를 한 옹큼 집어 자기의 머리 위로 뿌린다. 재와 눈물이 섞여 그녀의 몰골은 처절하게 슬프고 기괴하다.

S#64. (EXT.) 시골 말 농장, 저녁

두 개의 마장 안에는 말 타는 사람들이 일으키는 뽀얀 먼지가 피어오른다.

준의 트럭에서 세실리아, 해나, 준이 내린다. 해나는 헬멧을 썼고 준과 세실리아는 카우보이 모자를 쓰고 있다. 여자 승마 강사 리사는 해나가 탈 말을 끌고 나온다. 리사의 말과 해나를 태운 말이 나란히 하얀 울타리가 쳐진 원형 마장 안으로 들어간다.

준   세실리아 씨도 말 타 보실래요?

세실리아 배워야 되잖아요?

준   어렵지 않아요. 가르쳐 드릴게요.

준은 바로 사무실에 들어가 말 두 마리를 렌트한다. 히스패닉 계 일꾼이 말 두 마리를 끌고 나와 준에게 인계한다.

S#65. (EXT.) 연습용 마장, 낮

세실리아는 약간 상기된 표정으로 말의 웨스턴 스타일의 안장에 앉아 있다. 준은 세실리아의 등자 길이를 조정한 다음 자기의 말에 올라탄다. 둘은 붉게 지는 석양을 뒤로 하얀 울타리가 쳐진 원형 마장에서 서행으로 걷는다. 준은 고삐로 가다가 서는 법, 아 랫배와 골반을 움직여 말 등의 움직임에 따라 물결 타는 법을 가르친다. 준은 메고 있던 카메라를 잡고 말을 탄 채 안장 위에서, 때로는 말에서 내려서 세실리아를 찍는다.

준   조금만 타면 막 달릴 수도 있어요, 웨스턴 말타기의
        재미는 들길을 마구 달리는 거거든요.

준은 말을 마치자마자 말의 옆구리를 발로 차며 빠른 속력으로 내달린다. 한 바퀴를 돌고 고삐를 당겨 속도를 늦추다가 다가와 정지한다.

세실리아 와우, 코리안 카우보이!

준과 세실리아 말을 타고 마장 밖 들판 석양을 향해 천천히 나간다.

S#66. (INT.) 선각사 법당, 낮

법당에는 신도 40여 명이 성문 스님의 목탁 소리와 함께 우리말 반야심경을 독경하고 있다. 세실리아, 조심스럽게 발을 옮겨 빈자리에 가 방석 위에 앉는다. 성문 스님과 목탁 소리, 신도들의 독경이 은은하다.

신도들 물질이 비어 있음과 다르지 않고 비어 있음이 물질과 다르지 않으며, 물질이 곧 비어 있음이요, 비어 있음이 곧 물질이니, 느낌, 생각, 하고자 함, 헤아림도 이와 마찬가지니라.

성문 스님 명상 시간입니다. 호흡을 깊게 하세요. 지금, 여기에서 일어나는 들숨, 날숨 호흡에 온전히 깨어 있어야

합니다. 혹시 생각이 끼어들면 분석하거나 파헤치지
마세요. 그냥 알아차리세요.

[E] 경쇠 소리 (한 번)

세실리아와 신도들은 은은한 경쇠 소리가 울리자 모두 눈을 감
는다.

[E] 경쇠 소리 (한 번)

모두 눈을 뜬다. 성문 스님 법문을 하려고 마이크를 가까이
댄다.

성문 스님 누구나 마음이 있습니다. 마음의 다섯 가지 작용을
색-수-상-행-식, 즉 알고, 느끼고, 생각하고, 행하고,
의식을 오온이라고 합니다. 이것들은 실체가 있는 것
이 아니라 공한 것이기에 믿을 게 못 됩니다. 이를 통
해 얻은 인식이 절대적인 것이 아니라는 사실을 알아
차림으로써 괴로움에서 벗어나 고요와 내면에 들어
야 합니다. 몸이나 밖으로 향해서는 참나, 진리를 찾
을 수 없습니다.

S#67. (INT.) 세실리아 집 부엌 / 거실, 밤

세실리아, 식탁에서 한국 신문과 미국 영자지 신문의 구인난을 꼼꼼히 살펴나간다.

[INS] 신문 구인난, 볼펜으로 밑줄을 그은 것, 동그라미를 친 게 보인다.

세실리아, 광고 읽다가 동그라미를 칠까 말까 망설이다 동그라미 친다. 그러다 펜을 식탁에 탁 내려놓는다. 상체를 뒤로 젖히며 두 손으로 뒷머리를 잡고 한숨을 크게 쉰다. 길을 잃고 헤매는 막막한 표정. 그러다 잠에서 깨어난 듯 의자에서 벌떡 일어서 거실로 간다. 세실리아, 헐렁한 복장으로 거실에서 얇은 담요를 깔아놓고 절 수련을 한다.

세실리아 (입술만 달싹거림, 소리 없이, 반복) 참회합니다. 용서합니다. 내려놓겠습니다.

세실리아, 108배를 끝내고 볼그스레한 얼굴, 깊은 호흡, 반가부좌로 명상에 든다.

S#68. (EXT.) 해피어린이학교, 낮

세실리아 알록달록 색색으로 칠한 얕은 울타리를 지나 케이트를 열고 어린이 놀이터에 들어선다. 몇몇 어린아이들이 웃고 떠들며 미끄럼틀에서 놀고 있다. 사무실 사'사무실' 사인을 보고 문을 열고 들어선다.

S#69. (INT.) 해피어린이학교 사무실, 낮

한국인 원장(50대)이 책상에 앉아 있다. 세실리아 머리를 숙여 인사를 한다.

세실리아 안녕하세요? 아침에 전화했던 세실리아 정입니다.

세실리아, 원장에게 다가가 이력서를 건넨다. 원장, 노련하게 활짝 웃으며 책상 앞의 의자를 권한다.

원장 아휴, 학력, 경력이 훌륭하시네요. 그러면 수녀는 완전히 그만두신 거예요?

세실리아 네, 얼마 전에요.

원장 거기서는 얼마를 받으셨어요?

세실리아 수녀니까 월급 같은 건 없었습니다.

S#70. (INT.) 해피어린이학교 교실, 낮

세실리아, 세 살, 네 살 반 교실에서 동물들 그림과 이름이 들어
간 그림책을 들고 한국말로 읽어 준다. 수업이 끝나고 반 아이들
점심 식사를 챙겨 준다.

S#71. (EXT.) 해피어린이학교 놀이터 / 사무실, 낮

세실리아 반 아이들 밖으로 나와서 뛰어논다. 세실리아, 망상에
사로잡힌 듯 차가 지나는 거리나 먼 곳을 응시한다. 원장, 사무실
에서 세실리아의 멍한 모습을 내다본다.

S#72. (EXT.) 해피어린이학교 놀이터, 낮

세실리아 반 8명의 에너지를 주체하지 못하는 거친 아이들.
세실리아, 그들에게 눈을 떼지 않고 뒷짐을 진 채 미끄럼틀 주
위를 돈다. 한참을 푸른 하늘을 올려다보는 세실리아. 앤디(4)가
미끄럼틀 위로 올라가 플라스틱 가림 기둥 사이로 빠져 그대로 아
래 모래밭으로 떨어진다. 앤디의 비명과 울음소리. 세실리아, 떨
어진 앤디의 반대편에 있다가 재빨리 달려가 앤디를 안는다. 팔이
부러진 듯 팔에 손도 대지 못하게 아파하며 울고, 아이들이 모여
든다.

S#73. (INT.) 어린이학교 사무실, 낮

세실리아, 앤디를 사무실로 안고 가 원장에게 보고한다.

세실리아 앤디가 팔이 많이 아픈가 봐요. 앰뷸런스를 불러야 하
　　　　나요? 아님, 제가 데리고 갈까요.
원장　　아니, 어쩌다가?
세실리아 미끄럼틀 위에서 떨어졌어요.

원장이 수화기를 들고 전화를 걸려다 수화기를 내려놓고 침착하
게 말한다.

원장　　선생님이 데리고 갔다 와요. 앰뷸런스 부르면 돈이 많
　　　　이 드니까.

세실리아 품속의 다친 어린이는 울음을 그치지 않는다. 세실리
아도 아이 쪽으로 고개를 숙이고 울 것 같은 얼굴이다.

세실리아 제가 앤디 데리고 갔다 올게요, 그럼.

세실리아, 아이를 안고 밖으로 나가고, 원장도 따라간다.

세실리아 병원에 가서 전화 드릴게요.

원장 (사무적으로) 알았어요. 병원은 어딘지 알죠? 요 옆에 희망병원. 앤디 부모에게도 그리로 가라고 할 테니까, 얼른 가세요.

S#74. (INT.) 병원 응급실, 낮

담당 한국인 의사, 컴퓨터 모니터의 엑스레이를 보며 설명하기 시작한다.

담당 의사 너무 걱정 안 하셔도 됩니다. 뼈에 이상은 없어요. 인대가 놀라서 늘어났어요. 얼음 팩을 붙여 줄 거예요. 집에서도 얼음 찜질 해 주세요.

세실리아 고맙습니다.

담당 의사 자, 그럼.

S#75. (INT.) 해피어린이학교 사무실, 낮

사무실엔 원장, 세실리아, 앤디, 앤디 엄마, 직원이 모여 있다.

세실리아 원장님, 앤디 어머님, 정말 죄송합니다. 뼈에는 이상이 없고 인대가 늘어난 정도래요. 저, 이제 그만두겠습니다.

원장 애들 그럴 수 있죠. 게다가 크게 다친 것도 아닌데. 벌써 그만두시면 어떻게 해요?

세실리아 아직 제 마음의 준비가 안 된 것 같아요. 죄송합니다.

세실리아, 조심스러운 걸음으로 앤디와 앤디 엄마에게 다가간다. 앤디가 앉은 의자에 눈높이를 맞추고 무릎을 꿇는다.

세실리아 (앤디를 보고) 앤디야, 많이 아팠어? 미안해! (앤디 엄마
　　　　를 보고) 죄송해요.

세실리아, 앤디의 볼을 쓰다듬은 후 일어서 원장에게 머리 숙여 인사하고 돌아선다.

앤디 엄마 그냥 이렇게 가시면 안 되죠. 손해를 배상하셔야죠.

세실리아 (날벼락 맞은 듯 놀라서) 네? 손해 배상?

앤디 엄마 오백 불은 주셔야죠.

원장　　앤디 어머니, 안 다쳤다는데, 배상은 무슨……

세실리아, 그 말을 못 들은 채 돌아서 사무실을 나선다.

S#76. (INT.) 선각사 법당 안, 낮

세실리아, 불단에 향 연기만 피어오르는 빈 법당에 들어가 방석 위에서 절을 시작한다.

세실리아, '나는 누구입니까. 몰라, 몰라.' 주문을 작은 소리로 왼다.

108배를 끝내고 이마의 땀을 훔친다.

성문 스님 절이 잘 되던가요?

세실리아 네, 절을 하니까 잡념이 덜해요.

성문 스님 아이러니하게도, '모른다, 모른다'라는 화두를 통해서 진리를 알게 되기도 하지요. 진리를 언어의 세계로 끌어내리는 건 불가능하지요. 본인이 진리가 되는 수밖에 없어요.

세실리아 스님, 천주교의 피정처럼 어디 가서 집중적으로 이런 수행을 하려면 한국의 절로 가야 되나요?

성문 스님 더 깊이 수련하고 싶으신가요?

세실리아 네, 명상과 절 수련을 하다 보니까, 공이나 고요, 평화의 끄트머리를 조금 보았다고 할까요? 그래서……

성문 스님 요 아래, 남쪽으로 한 3시간 운전 거리에 크레스톤이라는 조그만 영성 타운이 있어요. 티베트, 일본, 한국 불교 선원 등이 모여 있어요. 비구니 금강 스님이 운영하는 성불사 선원이 있습니다. 만일 가 보시겠다면 전화번호와 주소를 드릴 테니 궁금한 거 직접 물어보시구려.

S#77. (EXT.) 동정식당 파킹장, 밤

준, 강 초이, 샘 박(36), 재호(39), 조 신부가 얼큰히 취한 상태로
식당을 나선다.

준　　이렇게들 와 줘서 고마워. 조 신부님도요.

재호　박 사범, 김 기자님 생일을 이렇게 간단히 끝내면 서
　　　　운하잖니? 어디 2차 갈 데 없을까?

샘 박　열두 시 넘어서 2차 갈 데가 어디 있어요. 여기 한두
　　　　해 산 것도 아니고, 다 아시면서.

강 초이　만만한 데가 형네 집이지 뭐. 다들 엄처시하에 쩔쩔매
　　　　고 사는 데 형만 자유의 몸이잖아. 술은 내가 가게에
　　　　가서 한 두어 병 들고 갈 테니까, 어때요, 다들?

일행 모두는 준의 대답을 기다리며 그를 응시한다.

준 (떨떠름한 표정) 그래라.

주차장에서 다섯 대의 차량이 꼬리를 물고 한곳으로 빠져나
간다.

S#78. (INT.) 준의 집 거실, 밤

세실리아와 해나는 부엌에서 설거지를 한다. 세실리아가 그릇을 물에 헹궈 주면 의자 위에 선 해나는 마른 수건으로 물기를 닦아 찬장에 넣는다. 거지를 끝낸 둘은 거실에서 두 개의 담요를 깔아 놓고 절 수련을 한다. 세실리아는 진지하게, 해나는 오직 언니와 함께하는 시간을 즐길 뿐이다.

세실리아 자, 두 손을 쳐들고 위에서 두 손을 모은 다음에 가슴 앞으로 천천히 내리고, 허리를 구부리고.

해나 (곧잘 따라 하면서) 이렇게요? 이렇게?

세실리아 그래, 그렇게 트웬티 타임스, 오케이?

해나 이거 왜 해요?

세실리아 응, 그냥 운동, 엑서사이스 하는 거야. 그리고 마음이 캄 다운 되고. 알았지?

세실리아는 절 수련을 끝내고 해나와 함께 소파에 앉아 플라스틱 통에서 빨래를 꺼내 하나씩 개고 있다. 코너 테이블엔 화려한 생일 꽃 꽃병이 보인다. 해나가 하품을 한다. 세실리아, 벽시계를 본다. 12시 10분.

세실리아 해나, 아빠 오늘 친구들하고 파티하느라 늦나 보다. 너 먼저 올라가 잘래? 아빠 오시면 깨울까?

해나 네, 선물 줄 거니까.

세실리아 이 닦았지? 올라가자.

S#79. (INT.) 해나 방, 밤

세실리아, 해나와 이층 방으로 올라가 그녀를 침대에 누이고 굿 나잇 입맞춤을 해 주고 방을 나선다. 세실리아, 거실로 내려와 빨래를 개는 중에 문밖에서 사람들의 왁자지껄한 소리가 가까워진다. 도어가 확 열림과 동시에 세실리아, 번개처럼 반지하로 뛰어 내려간다.

맨 먼저 문을 열고 안으로 들어선 준이 얼핏 세실리아가 반지하로 뛰어 내려가는 뒷모습을 본다. 바로 그 뒤로 조 신부가 들어오고, 나머지 일행이 차례로 들어와 소파나 바닥에 자리를 잡고 앉는다. 준은 코너 테이블 위에 꽃병의 꽃들과 개어 놓은 빨래들과 개다 만 옷을 본다.

S#80. (INT.) 반지하 패밀리 룸 / 옷장 안, 밤

세실리아, 순식간에 반지하 패밀리룸 왼쪽에 접이식 도어의 옷장 문을 앞으로 밀고 들어가 숨는다. 세실리아, 옷들이 걸려 있고 이불 몇 개가 쌓여 있는 이불 위에 걸터앉는다. 준은 아래 반지하로 내려와 두리번거리다가 곧장 옷장으로 다가간다.

준 (소곤대는 소리로 문고리를 잡고 살며시 밀며) 안에 계세요?

세실리아 (안에서 문을 밖으로 밀어내며) 쉿! 저리 가세요.

준　　이왕 이렇게 된 거, 나와서 우린 그냥 친구 사이라고
　　　　알리는 게 어때요?

세실리아 (소곤대는 소리로 단호하게) 안 돼요. 여기 이렇게 이불
　　　　위에 앉아 있으면 돼요. 올라가세요. 얼른욧!

S#81. (INT.) 준의 집 거실 / 부엌 / 반지하 패밀리 룸, 밤

준, 내키지 않는 발걸음으로 시끌시끌한 거실로 올라간다. 강
초이가 밖에서 들어오더니 누런 종이 백에서 치바스 리갈 두 병을
꺼내 테이블 위에 내려놓는다.

준　　자, 내가 속풀이 된장국 기차게 끓일 테니 한 잔씩 하
　　　　면서 잠시만 기다려들.

준은 부엌으로 가 국 끓일 준비를 한다. 강 초이가 술병 한 개
의 뚜껑을 연다. 샘 박이 부엌에 가서 술잔을 날라오고 얼음과 먹
던 감자칩, 치즈, 반찬을 내온다. 사람들은 술잔에 위스키와 소다
를 따르며 쨍하고 부딪히고 마신다. 재호는 박상연에게 부동산 집
값에 대해 브리핑한다. 그러다가 재호는 생각난 듯이 시선을 조 신
부에게 돌린다.

재호 참, 조 신부님, 최근에 일본 조총련에 반정부 활동 자금 얻으러 다녀오셨다는 소문이 사실입니까?

재호는 조 신부의 잔에 위스키를 따르고 자신의 잔에도 따른다.

조 신부 (씩 웃으며) 예, 몇 달 됐죠.

강 초이 조 신부야, 여기 사석이니까 불알친구로서 말 깐다, 괜찮지? 오케이?

조 신부 네 맘대로 해라.

강 초이 야, 너 민족민주사제모임의 미국 조직책이라며? 얼마 전 북한에 밀 입북한 전대협 조인경을 데리고 판문점 군사분계선을 넘어온 최현무라는 신부하고 한 패거리냐?

재호 도대체 그 사제들 뭐 하자는 겁니까?

조 신부 민중이 자주적으로 민족끼리 통일하자는 거지요. 외세의 힘 빌리지 않고.

샘 박 외세라면? 미국인가요?

조 신부 그렇다고 봐야지요. 민족 통일이 안 되는 이유가 한국의 반민주적 정부에다 미국이 군사적 주도권을 갖고 있기 때문이라고 보는 거죠.

재호 6·25 한국 전쟁 때 미군이 3만5천여 명이나 희생하면서 지켜 준 동맹인 미국을 외세라고 하면 말이 됩니까 신부님? 헉!

샘 박, 재호, 강 초이의 얼굴엔 모두 웃음기가 사라지고, 냉소적
으로 바뀐다. 준은 부엌에서 음식 준비에 여념이 없다.

샘 박　이 민사협이나 반정부 하는 신부 목사들 대부분이 모
　　　　두 똥구멍이 찢어지게 가난하게 살아온 놈들이라면서
　　　　요? 그래서 노상 정부에 대들거나 뒤집어엎는 꿈만 꾸
　　　　죠. 안 그래요?

강 초이　조 신부야, 샘이 딱 네 얘기 하네. 일본 조총련에 가서
　　　　자금 얻어오고 세뇌 교육 받은 얘기 좀 들어 보자.

강 초이가 또 조 신부의 술잔에 또 술을 따르며 재호에게 눈을
씽긋, 동조해 달라는 신호를 보낸다.

재호　신부님, 한잔 드시죠. 솔직히 조총련이 일본에서 조직
　　　　을 만들 때는 식민 시대의 한국 사람들이 받은 수탈
　　　　과 압박이라는 동기 부여가 있었겠지만, 여기 미국의
　　　　교포들은 총련식의 동기나 방식이 먹히겠어요? 조총
　　　　련에서 뭐랍디까?

조 신부　말은 안 하지만, 눈치를 보니 자기들 문제도 힘든지,
　　　　미국은 흥미 없어 합디다.

강 초이　그럼 퇴짜맞은 거네? 흐흐흐.

재호　왜 민족민주사제단에 속한 신부들은 삐딱한 일도 그
　　　　렇게 신자들에게 당당하게 설교하고 국가를 대놓고

반역하는 겁니까?

강 초이 난 알지. 신자들이 통속에 들어가서 신부에게 죄를 고
백하잖아. 신부가 모든 신자들이 지은 죄를 손바닥 들
여다보듯이 다 꿰고 있는데 꼼짝달싹할 수 있냐? 솔직
히, 내가 내 불알친군데 어떻게 너한테 고해성사를 보
냐? 안 그래? 내 마누라도 마찬가지고.

조 신부 넌 성당 안 오는 게 도와주는 거여, 인마.

강 초이 아무튼, 과부들 건드리지 말고 조심해, 너. 소문이 파
다해.

그때 준은 해장국 냄비를 국자하고 가져다 커피 테이블에 놓는
다. 샘 박이 일어서 부엌에서 밥과 국그릇, 수저도 가져다 놓는다.

조 신부 너야말로 몸뚱이, 주둥이 조심해라, (자리에서 일어서며)
이 미친놈.

조 신부, 짜증스러운 몸짓으로 일어서 문 쪽으로 향한다. 강 초
이, 어수선한 틈에 문으로 가는 조 신부의 어깨를 강압적으로 움
켜잡아 돌려세운다. 아무도 눈치채지 못하는 사이 조 신부는 강
초이에 의해 반지하 쪽으로 끌려 내려간다.

준 해장국 얼른 들고 가라. 내 속이 영 말이 아니다.

준은 부엌으로 가다가 갑자기 '으악' 소리를 지르며 두 손으로 입을 틀어막고 이층으로 뛰어 올라간다.

S#82. (INT.) 준의 집 위층 / 화장실 / 준의 침실, 밤

준, 변기에 토하고 나서 물을 내린 다음 비틀거리며 자신의 방으로 가 침대 위로 나가떨어진다.

S#83. (INT.) 준의 집 반지하 / 옷장 안, 밤

강 초이, 반지하로 조 신부를 반강제로 데려와 냅다 바닥에 내동댕이친다. 조 신부, 맥없이 나둥그러진다. 강 초이, 참았던 분노가 폭발하듯 조 신부에게 발길질, 주먹 등을 마구 휘두른다.

강 초이 솔직히 다 털어봐. 거짓말 시키면 넌 여기서 죽어, 씹새야. 너 세실리아 수녀 범했지? 그래서 수녀 옷 벗었잖아. 이거 내가 덴버에 소문내면 넌 덴버에서 끝장이야, 인마.

조 신부 이놈아, 네가 이상한 커피 줬다며?

강 초이 어, 네가 그걸 어떻게 알아? 에라이, 씨발 놈. 한 대 더맞어.

세실리아, 옷장 안에서 이들의 말을 듣다가 몸서리를 친다. 귀를 막고 머리를 도리질하며 소리 없는 절규를 한다.

S#84. (INT.) 준의 집 반지하, 밤

강 초이, 분노로 들끓어 제정신이 아닌 채 뭔가를 찾느라 두리
번거린다. 그는 화분을 받치고 있던 각목을 발견하고 두 개 중에
서 하나를 빼낸다. 그는 커피 테이블에 걸터앉아서 버둥대는 조
신부 다리를 발로 찍어 누르고 엉덩이를 때린다. 조 신부의 엉덩
이에서는 살 찢어지는 소리가 난다. 조 신부는 신음 소리를 낼 뿐,
속수무책이다.

강 초이 그래, 씨발, 내가 약 먹였다. 죽 끓여 놨더니 개새끼가
처먹었네. 에이, 씨발. 한 대 더 맞어, 빨갱이 새끼야.

S#85. (INT.) 준의 집 거실, 밤

재호, 샘 박은 반지하에서 희미한 비명 소리가 들려오자 서둘
러 자리를 뜬다.

S#86. (INT.) 준의 집 반지하, 밤

강 초이는 엎어져 있던 조 신부를 발로 밀어서 뒤집는다. 일어
서려고 하는 조 신부를 강 초이가 발길로 걷어차자 나뒹구는 조

신부. 강 초이는 일어서 각목을 바닥에 내던지고 널브러져 있는
조 신부에게 침을 뱉고 거실로 올라간다.

S#87. (INT.) 준의 집 거실, 밤

거실로 올라온 강 초이는 일행이 아무도 안 보이자, 밖으로 나
간다.

S#88. (INT.) 반지하 / 옷장 안 / 해나 방 / 준의 침실, 밤

[E] 왁자지껄하던 소리, 도어가 꽝 닫히는 소리

집 안이 조용하다.
얼마 후, 세실리아, 옷장 문을 살며시 열고 나온다.
접이식 옷장 도어가 열리면서 드르륵 소리에 누워 있던 조 신
부, 눈을 뜬다.
세실리아는 모른 채 조 신부의 옆을 사뿐히 지나치려 하자 조
신부가 돌아누우며 그녀의 발목을 잡는다.

세실리아 악!
조 신부 수녀님이 거기 있었어? 호호호, 나 좀 봐 봐, 수녀님.

세실리아, 죽을 만큼 놀라 소리를 지르며 넘어진다. 발을 빼려

고 발버둥 치는 세실리아, 필사적이다. 조 신부는 그녀의 허벅지와 상체를 끌어당기자, 세실리아 필사적으로 몸을 뒤틀며 소리친다.

세실리아 김 기자님, 사람 살려요!

세실리아 눈에 오른쪽 커피 테이블 밑의 원형의 크리스탈 재떨이가 보인다. 그녀는 재떨이를 잡아당겨서 몸을 돌려 일으키며 그의 왼쪽 머리를 여러 번 가격한다. 조 신부, 귀 뒷머리에서 피를 흘리며 널브러진다.

S#89. (INT.) 준의 집 거실 / 부엌, 밤

거실로 올라간 세실리아, 부엌 싱크대 앞에 서서 떨며 헐떡이는 숨을 고른다. 그녀는 자기의 손에 들려 있는 재떨이를 발견하고 설거지통 그릇들 사이로 쑤셔 넣는다. 거실 테이블 위에는 술병과 그릇 등이 어지럽게 널려 있다. 세실리아, 거실의 코너 테이블 밑에 핸드백을 찾아들고 서둘러 밖으로 나간다.

S#90. (EXT.) 준의 집 밖, 밤

세실리아, 코롤라에 들어가 시동을 걸고 떠난다.

S#91. (EXT.) 준의 집 거실 / 부엌, 아침

준, 빗질 안 한 더부룩한 머리, 꺼칠한 모습으로 지저분한 거실로 내려온다.

준은 빈 그릇들과 술잔 등을 가져다 설거지를 한다. 해나가 층계를 내려온다.

준　굿 모닝, 해나.

해나　굿 모닝, 아빠.

준　해나, 테이블 위에 있는 그릇들 이리 가져와, 플리즈.

해나가 커피 테이블 위를 정리하고 숟가락을 들어다 부엌으로 가져다 놓는다. 준이 배큠을 하는 등 뒤로 보이는 거실의 벽시계는 9시 30분을 가리킨다. 해나, 반지하에서 올라오며 아빠를 부른다.

해나　아빠, 아빠, 저기서 신부님이 자. Blood 많이 있어.

준, 배큠 소리 때문에 잘 못 듣는다.

준　뭐라고?

해나　준에게 가까이 와서) 저기에 신부님이 자.

준　뭐? 신부님이 잔다고?

반지하로 내려온 준, 조 신부와 그 주위의 피를 보고 질겁을 하고 놀란다. 그의 몸을 흔들지만 아무 반응이 없자, 준이 그의 옆에 쪼그리고 앉는다. 준이 귀를 조 신부의 코 앞에 바짝 대 보고는 다급해지며 손으로 목 옆의 맥박을 체크한다. 준은 피 묻은 손으로 조 신부의 몸을 흔들어 본다.

준　　오, 마이 갓! 죽은 거야?

준, 그래도 한 번 더 조 신부의 코에 귀를 대 보고 손목의 맥박을 체크하고는 절망하며 뒤로 벌렁 주저앉는다. 해나, 준의 뒤에서 지켜보고 있다.

해나　　아빠, 신부님 어디 아퍼?

준, 그제서야 생각이 난 듯, 다급히 옷장을 밀어젖히자 안은 비어 있다. 준은 해나를 데리고 거실로 올라가 전화기 앞에 섰지만, 번호가 생각이 나질 않는다. 머리를 쥐어뜯으며 도리질을 한다.

준　　(혼잣말로) 오, 지저스…….

준, 겨우 생각해 내고 다이얼을 돌린다.

[E] 전화 신호 가는 소리

준   세실리아 씨, 어젯밤, 몇 시에 가셨어요?

세실리아 (수화기 너머 목소리) 한 시쯤 될 거예요.

준   그때 조 신부님 보셨어요? 어떠셨어요? 지금 숨을 안
        쉬어요.

세실리아 (수화기 너머 목소리) 숨을 안 쉬어요? 아니, 실은 어제
        거기서 민우 아빠가 조 신부님 마구 때리는 소리를 들
        었어요. 너무 무서웠어요.

준   그럼 강 초이가……?

세실리아 (수화기 너머 목소리, 잠시 정적) …… 글쎄요?

준   알았어요.

세실리아 (수화기 너머 목소리) 저는 거기, 아니, 해나 방에 있었던
        걸로 해 주세요.

준   알았어요.

준, 다급히 떨리는 손으로 다시 다이얼을 돌린다.

[E] 전화 신호음 가는 소리

준   야, 강혁아, 어저께 무슨 일 있었니? 조 신부님 숨을
        안 쉰다. 주위엔 피가 흥건하고. 네가 팼니?

강 초이 (수화기 너머 긴장한 목소리) 형, 주, 죽어요? 숨 안 쉰다
        고 형? 난 각목으로 엉덩이 몇 대 때리긴 했는데……?

준   각목? 일단 난 경찰에 신고할 테니까, 얼른 와 봐.

강 초이 (수화기 너머 목소리) 조 신부, 완전 좌빨에다가 세실리
        아 수녀 범한 거 알아, 형? 그래, 볼기짝 좀 때렸지 군
        대서 빠따 맞고 죽었다는 소리 들어 봤어, 형?

준   조 신부가 수녀를? 네가 어떻게 알아?

강 초이 (수화기 너머 목소리) 내가 성당 사제관 밖에서 봤거든,
        형. 그날 후로 수녀 옷 벗었잖어, 형.

준   아무튼 빨리 와 봐, 인마.

준은 강 초이와 전화를 끊고 잠시 숨을 몰아 내쉬고는 911을
누른다. 전화기를 잡은 그의 손이 몹시 떨린다. 준, 절망과 공포로
일그러진 얼굴로 고개를 들어 천장을 올려다본다.

[E] 전화 신호음 가는 소리

준   I need help. There's a body. He is not breathing.
        Looks like he is dead. I'm not sure.

구급 대원 (수화기 너머 목소리) Not breathing, you said? What
        is your name? And your location?

준   My name is Joon Kim, 2341 Boston St. Denver.

준, 전화를 끊고 어쩔 줄 몰라 우왕좌왕하다가 해나를 데리고
집 밖으로 나간다.

S#92. (EXT.) 준의 집 밖, 낮

준, 해나와 문 앞에 앉아 무릎을 세워 얹은 두 팔에 얼굴을 파묻고 몸을 떤다. 해나가 준의 옆에 앉아서 걱정스러운 얼굴로 아빠를 올려다본다.

해나　　아빠, 추워?

준　　　응, 추워. 이리 와.

준, 한 팔로 해나를 끌어당겨서 턱 밑에 안고 눈을 감는다.

[E] 경찰과 앰뷸런스의 사이렌 소리

앰뷸런스와 덴버 경찰차가 사이렌, 경광등을 번쩍이며 집 앞으로 와 선다. 앰뷸런스에서 응급처치 요원 둘이 내리고 그중에서 하나가 준에게 다가온다. 경찰 둘이 다가오고, 동네 사람들이 모여든다. 경찰은 집 앞에 노란 테이프를 두른다. 준이 앞장서서 들어가 거실에서 경찰을 지하 쪽을 손으로 안내한다.

S#93. (INT.) 준의 집 반 지하 / 거실, 낮

응급처치 요원이 조 신부의 맥박을 잰 후 고개를 가로젓는다. 과학수사원이 시신을 여러 방향에서 사진 촬영을 한다. 응급요원은 시신을 뒤집어 엉덩이에 묻은 피를 보고 바지를 벗겨 본다. 볼기짝이 걸레처럼 찢어져 피범벅이다. 반지하실과 거실은 경찰의 무전 소리들로 어지럽다.

형사 하나가 반지하에서 올라와 준에게 자신이 래리 왓츤 형사라고 소개한다. 형사는 준의 얼굴에 묻은 피를 유심히 보며 준의 손에 묻은 피도 확인한다.

래리   Did you kill him?

준   No, No way. It wasn't me. I don't know anything. I just checked to see if he was breathing, that's all.

래리   Why do you have blood on your face and hand?

S#94. (EXT.) 준의 집 앞, 낮

TV 카메라 기자들과 사진기자들이 준과 준의 집 등을 향해 셔터를 눌러 댄다.

래리   What do you do, Mr. Kim?

준   I'm a reporter for the Korean Journal.

래리   What Happened?

준   I don't know what happened exactly. Last night after my birthday party at the Korean restaurant,

my friends and I came back to my home to party
some more and I······.

래리   Alright, you can talk about it later. You're being
arrested on suspicion of murder. You have the
right to remain silent. Anything you say can and
will be used against you in court of the law.

래리 왓츤 형사가 경찰6에게 고갯짓을 하자 그는 준에게 수갑
을 채운다. 그때, 응급요원들이 들것에 검은 비닐백을 싣고 집에서
나온다.

경찰6, 준을 데리고 가려 하자 준이 형사에게 부탁한다.

준   Hold on please, Can I make a phone call to
somebody who can babysitter for my daughter?

경찰이 수갑을 풀고 준을 집 안으로 데리고 들어간다. 해나도
겁먹은 얼굴로 준의 바짓가랑이를 잡고 따라 들어간다. 준이 다이
얼을 돌린다.

준   세실리아, 우리 집에 오셔서 해나를 좀 봐 줄 수 있어
요? 경찰서에 가야 돼요.

세실리아 지금요? 알았어요.

준   Could you wait a little bit? Babysitter will be here
few minutes.

잠시 후, 세실리아가 도착하고, 수갑을 찬 준을 보고 곤혹스러운 얼굴로 준에게 다가온다. 세실리아는 해나의 손을 잡고 아무 말도 못 하고 경찰차로 향하는 준을 뒤에서 따라간다. 경찰은 차 뒷문을 열고 준의 머리통을 구겨 넣듯이 밀어 넣는다. 해나와 세실리아, 경찰차 옆에 서 있다. 경찰차 안에서 닫힌 유리문을 통해 해나와 세실리아를 내다보는 준의 착잡한 표정, 침착하려 애쓴다. 해나, 경찰차 옆에서 눈물이 잔뜩 고인 채 무서워 말을 못 하고 있다. 세실리아는 왼손은 해나를 잡고 오른손은 가슴에 얹은 채 말을 하려 하지만 입이 떨어지질 않는다.

차 안에서 세실리아에게 말하지만, 밖에서는 안 들린다.

준   (말하는 입 모양만 보임, 묵음) 해나야, 아빠 괜찮아. 금방 올 거야. 언니 말 잘 듣고 있어, 응? 알았지? 세실리아 씨, 부탁해요.

해나와 세실리아, 사이렌도 없이 떠나가는 경찰차를 바라보며 눈물 흘린다.

S#95. (INT.) 덴버경찰서 심문실, 낮

철제 테이블 하나와 양쪽에 육중한 의자, 검은 사각형 유리창이 있는 심문실. 준이 경찰의 안내를 받아 심문실로 들어선다. 래리 왓츤 형사가 경찰로부터 준을 인수하고 수갑을 풀어 준다.

래리	What happened that day? And tell me all your friends names who were at the party.
준	Yesterday was my birthday. After the party at the Korean restaurant. Jaeho, Sam Park, Kang Choi, umm, yeh, Father Cho that's about it.
래리	Anybody else in your home?
준	My daughter Hannah.
래리	Who would beat Father Cho to death and why?
준	I don't know. Really I don't understand. It's driving me crazy. Right after I brought soup from the kitchen to them at the living room, I went upstairs for throw up and I passed out. The other guys might know more.
래리	Do you know if anyone had any grudge against Father Cho?
준	No, I don't know.
래리	Mr. Kim, you are going to county jail for hearing next week.

감방 안으로 돌아온 준, 뒤로 수갑 찬 두 손을 개구멍으로 내밀
자 간수가 수갑을 풀어 준다.

S#96. (INT.) 강 초이의 집 거실, 낮

강 초이가 준에게 전화해도 안 받는다. 신문사에 전화를 한다.

강 초이   오 사장님, 김 기자님 전화해도 안 받네요?
오세봉   (수화기 너머 목소리) 좀 전에 경찰에 잡혀갔다는군. 조
         신부가 죽었다는 건 알아?
강 초이   경찰한테요? 알았습니다.

강 초이가 가게로 전화한다.

강 초이   나 어디 좀 갔다가 올 테니까, 그런 줄 알아라.
순옥   (수화기 너머 목소리) 뭐라고? 갑자기 돌았나? 또 사고
         쳤구마, 잉?
강 초이   가서 연락할 일 있으면 언니네 집으로 할게.
순옥   (수화기 너머 목소리) 옘병, 내가 못 살어, 못 살어.

S#97. (INT.) 경찰서 유치장, 낮

준이 유치장에서 두 손을 뒤로 모아 철창 네모난 구멍 밖으로
내밀자, 경찰이 밖에서 수갑을 채운다. 경찰은 밖으로 나온 준의
발에도 족갑을 채운다. 허리를 두른 체인이 수갑을 거쳐 아래로
족갑까지 체인으로 이어진다. 준, 체인 여러 개가 짤그랑 소리를

내면서 어기적어기적 걸어 하적장으로 간다. 준과 호송 경찰은 창에 닭장처럼 망으로 쳐진 흰색 죄수 호송 밴에 오른다. 준은 차창 밖으로 지나치는, 늘 보아 오던 낯익은 거리의 풍경을 보고 눈물을 흘린다.

S#98. (INT.) 강 초이 집 안방, 낮

강 초이, 옷장에서 옷가지 몇 개를 넣는다. 나이트 테이블 뒤쪽으로 손을 뻗쳐 권총을 꺼내 실탄을 확인한 후, 가방에 넣는다. 강 초이, 안방의 침대를 밀어 옮긴다. 주위를 살핀 후 드러난 방바닥 가운데에 카펫 조각을 들어내고 비밀 금고를 연다. 강 초이, 돈뭉치 3개를 꺼내 가방 안에 집어넣고 침대를 제자리에 돌려놓자 울리는 벨소리.

[E] 전화벨 소리

강 초이는 잠깐 망설이다가 수화기를 집어든다.

래리 (수화기 너머 목소리) Mr. Choi, this is detective Larry Watson Denver PD. I have a few questions about Father Cho's murder at Joon Kim's house last night. You were there, right?

강 초이 I didn't kill him, goddam it!

강 초이 전화를 팽개치듯 끊고 방을 나서 뒤뜰 차고로 뛰쳐나
간다.

S#99. (EXT.) 강 초이 집 뒤 차고, 낮

집 뒤 차고로 가서 검정 쉐비 카메오 안에 가방을 던져 넣고는
몰고 나선다.

S#100. (EXT.) 강 초이 집 앞, 낮

형사 래리와 피어스가 한발 늦게 강 초이 집에 들이닥친다.

S#101. (INT.) 강 초이 차 안 / 준이 탄 경찰 호송 차량 안, 낮

[CROSS SCENE / CUTTING]

강 초이의 눈, 핸들을 잡은 손도 떨리며, 불안정하다. 콜팩스 애
비뉴 북쪽 방향으로 달리다 빨간불에 멈춰 선다.
준, 닭장 같은 철망 안에 갇힌 호송 밴 트럭이 강 초이의 차가
서 있는 네거리 앞을 가로질러 지나친다. 마치 서로의 운명이 엇
갈리듯.
강 초이, 25번 북쪽 고속도로에 들어서서 달린다.
준이 탄 호송 차량이 덴버 카운티 구치소 지역 법원 사인 앞을

지나간다.

S#102. (INT.) 덴버 카운티 구치소 죄수 하적장, 낮

준, 허리에서 발목까지 늘어진 체인이 드르렁 소리를 내며 밴에서 내려 독방 대기실로 들어간다.

쉐리프가 수갑만 남기고 족갑과 허리의 체인을 푼다. 쉐리프는 준의 수갑을 풀어 주고 오렌지색 수감복을 건넨다. 7번 하우싱 입구에서 초인종을 누르니 철문이 자동으로 열리고, 한 쉐리프가 나와 준을 인계받는다.

S#103. (INT.) 구치소 7번 하우싱 안, 낮

하우싱 안에는 쉐리프 테드 길록이 준을 기다리고 있다가 준에게 손을 내민다.

테드   Welcome, Mr. Kim. My name is Ted Gillock.

준은 그와 악수를 한다.

준   Hi.

S#104. (INT.) 카운티 구치소 7번 하우싱 대합실, 낮

쉐리프, 준을 안내해 7번 하우싱으로 들어간다. 피크닉 테이블이 몇 개 놓인 대합실을 지나 아래층 맨 왼쪽 1호실로 데리고 간다.

테드   Hey, Asco, here's your new roommate Mr. Joon Kim. Mr. Kim is a Korean newspaper reporter. Mr. Kim, this is a Asco. He is a photographer.

준, 아스코와 악수를 나눈다.

테드   Asco will show you around here. Also, let me know if you need to talk to me about anything. I'll be up there.

그가 가리킨 곳은 2층 높이에 전망대의 넓은 유리가 보이고 그 안에는 쉐리프 몇이 보인다. 아스코는 동그란 눈에 똘똘한 인상, 까만 머리의 이태리 계통처럼 보인다. 준, 방 안에 아스코가 촬영했다는 여자들 나체 사진이 가득 걸려 있는 걸 보고 놀란다.

준   Are you a photographer? What a coincidence! So am I.

아스코   Are you? Oh, my God.

준   Yeah, Why are you here?

아스코   The FBI is involved with my case. A 17-year old girl showed me her sister's fake ID and I took lots of nude photos of her.

준   Damn!

준, 아스코를 따라서 밖으로 나간다. 아스코는 20여 명의 미결 수들에게 자신의 절친을 소개하듯이 준을 소개한다. 그들 중 하나는 벽에 걸린 TV를 손으로 가리키며, 준을 좀 전에 뉴스에서 봤다며 반긴다.

S#105. (INT.) 덴버경찰서 심문실, 낮

샘 박이 살인 5과 사무실 대기실에 앉아 있고, 재호는 심문실 안에서 심문을 받고 있다.

래리   What did you do at the party?

재호   Just drink, eat, talk.

래리   Did you know Father Cho is dead?

재호   Yes, I did today.

래리   Do you know who killed Father Cho or how he died?

재호	No, but I saw Kang Choi took Father Cho to the basement.
래리	Do you know why Kang Choi beat up Father Cho?
재호	I don't know, but we were talking about Father Cho being a lefty communist. And Kang Choi hates that.
래리	That's still violence which is against the law. Why didn't you call the police?
재호	We were all drunk. And I thought they were just messing with each other because they are long time friends.
래리	Then, what happened? Sam Park and I left Joon's house.

S#106. (EXT.) 25번 고속도로 북쪽 방향 차 안, 낮

강 초이, 고속도로에서 빠져나가 도심으로 들어간다.

[CAPTION] Welcome Fort collins

중앙의 외지인을 위한 '환영' 사인을 지나친다. 도시 초입의 캑터스 모텔 사인을 보고 들어간다.

S#107. (INT.) 구치소 7번 하우싱 대합실, 밤

저녁 식사 후, 수감자들은 대합실 피크닉 테이블 위나 혹은 붙박이 의자에 앉아 TV를 본다. 몇몇 수감자들은 땀을 흘리며 구석에서 제자리에서 스쿼드를, 혹은 팔 굽혀 펴기를 하기도 한다. 준은 저녁 식사 후 자유 시간에 방 안에 틀어박혀 노트에 뭔가를 쓰고 있다.

S#108. (INT.) 준의 집 거실 / 부엌, 밤

세실리아와 해나 산책을 하고 거실로 들어온다.

세실리아 저녁은 뭐 먹고 싶어? 우리 칼국수 해 먹을까?
해나　　칼국수, 칼국수, 칼국수, 네.
세실리아 칼국수가 그렇게 좋아? 우리 같이 만들어 보자.

세실리아와 해나 부엌으로 가 밀가루, 양재기, 냄비 등을 꺼내 준비한다. 냄비에 물과 멸치를 넣고 불에 올려놓는다. 애호박과 파를 썰어 놓고 테이블 위에 반죽을 올리고, 해나와 번갈아 롤러로 문지른다. 세실리아는 밀가루를 해나 코와 얼굴에 묻히고 해나도 세실리아의 코와 얼굴에 밀가루를 뿌린다. 밀가루 전쟁이 벌어진다. 물이 끓자, 세실리아는 얼른 납작해진 밀가루 반죽을 칼로 썰어 냄비에 넣는다. 둘은 얼굴과 머리에 밀가루로 분장을 한 채 환상적인 칼국수를 즐긴다.

S#109. (INT.) 강 초이 가게, 낮

[INS] '인슐린과 주사기, 약, 쌀, 전기밥솥, 김치, 벼개, 이름 모를 위스키 3병'이라고 적혀 있는 쪽지

순옥이 창고에서 상자 안에 쌀과 김치, 전기밥솥, 벼개, 술병 3개를 넣고 테이프로 단단히 밀봉을 한다. 박스에 매직펜으로 발신자, 수신자 주소를 적는다. 뒷문으로 들고 나간다.

S#110. (EXT.) 강 초이 가게 뒤 주차장, 낮

순옥이 빨간 밴 트럭에 박스를 집어넣고 어딘가로 떠난다. 케네스 형사가 가게 뒷골목에서 나오는 순옥의 밴을 미행한다.

S#111. (EXT.) UPS 스테이션 파킹장, 낮

순옥이 밴에서 큼직한 박스를 꺼내 들고 스테이션 안으로 들어간다. 케네스는 차에서 굴러다니는 서류 봉투를 주워 들고 그녀를 따라 들어간다. 순옥이 데스크에서 송장을 기입한 후에 박스를 들고 카운터 앞에 줄을 선다. 케네스도 송장에 뭔가 기입하는 척하고는 순옥의 뒤에 가서 선다. 순옥은 차례가 오자 카운터로 가 박

스와 송장을 내밀고, 요금을 지불하고, 돌아서 나간다. 케네스는 카운터로 가 경찰 배지가 달린 지갑을 보여 주고 활짝 웃으며 순옥의 송장을 재빨리 낚아챈다.

케네스   Excuse me, this guy is a murder suspect. I need this address. Thank you, sir!

케네스는 자신의 수첩에 옮겨 적고는 카운터에 송장을 다시 건네주며 두 손가락으로 거수경례를 한다. 그는 주차장으로 가 차를 몰고 떠난다. 순옥의 밴이 앞서 주차장을 빠져나간다.

S#112. (INT.) 강 초이 가게, 낮

순옥이 전화 통화를 한다.

순옥   언니, 민우 아빠한테 전화 좀 해. 내가 가져가려다 여기가 바빠서 UPS로 지금 보냈응께 내일 받을 거라고. 통화 짧게 혀, 잉? 혹시 모릉께.

S#113. (EXT.) 25번 북쪽 방향 고속도로, 낮

두 형사가 탄 쉐비 임팔라가 맹렬한 속도로 달리다 포트 콜린스로 빠진다. 쉐비 임팔라는 캑터스 모델 밖 길가에 서고, 래리와 케네스가 차에서 내린다.

S#114. (EXT.) 캑터스 모텔 사무실, 초저녁

두 형사 사무실로 들어가 사무원에게 배지를 보여주자, 사무원은 검지손가락으로 위쪽을 가리킨다. 두 형사는 사무실을 나선다.

S#115. (EXT.) 모텔 2층 복도, 초저녁

두 형사는 긴장한 채 계단을 올라 210호 방문 손잡이를 돌려본다. 노크를 하지만 응답이 없자, 다시 노크를 한다. 아무 응답이 없다.

케네스　Mr. Choi, open the door. Now.

S#116. (INT.) 모텔 방 안 / 밖, 밤

강 초이, 렌즈 구멍으로 밖을 보고는 방을 가로질러 뛰어가 뒤쪽 창문을 연다. 두 형사는 동시에 발을 쳐들고 방문을 내려 차자, 문이 안쪽으로 자빠진다. 동시에 강 초이는 창문을 열고 창턱으로 올라서 뛰어내린다. 그는 뛰어내릴 때 오른발을 헛디뎌 아스팔트 바닥으로 머리를 박고 떨어진다. 두 형사가 달려와 창문 아래를 내려다보고는 재빨리 현장으로 달려간다.

S#117. (EXT.) 모텔 뒤쪽 주차 공간, 밤

밴 트럭의 상단 모서리에 부딪히고 다시 바닥으로 떨어진 강 초이의 머리 주위에는 피가 흥건하다. 달려온 래리 왓츤 형사 현장을 보고 손으로 자신의 이마를 때리며 포효한다.

래리   Goddam it, fuck.

케네스   Shit.

S#118. (INT.) 덴버경찰서, 형사 래리 데스크, 낮

래리는 데스크에서 조 신부의 부검 결과를 읽으며 완전 맥이 풀린다. 그때, 5과 반장 루테넌트 제프 보일이 불만이 가득한 얼굴로 래리의 데스크 앞에 와 선다.

제프   Larry, the Korean priest case, Is autopsy finished?

래리 왓츤 형사와 피어스 형사 풀이 죽어 반장 앞에서 얼굴을 못 든다.

래리   Father Cho's cause of death was blunt force trauma to the head.

제프   So, you guys got nothing. You believe Kang Choi killed Father Cho uh. Case is over?

래리   Yes.

제프가 안 좋은 얼굴로 그 자리를 떠난다.

S#119. (INT.) 강 초이 집 거실, 밤

순옥, 거실 바닥에 넋을 놓고 퍼질러 앉아 있다. 언니(47)와 동네 사람들 몇이 거실에 모여 있다.

순옥   이 염병할 놈이 이제 살 만허니께 개지랄을 하고 다니 다 이 꼴이 되아 부렸네. 아이고, 내 팔자야. 이놈 없 이 난 어찌 산다냐? 오메, 나 못 살어.

언니   너, 애 앞에서 어떻게 그런 소리를 하니?

민우   엄마, 울지 마. Please.

순옥   (민우를 끌어안으며) 민우야, 그래, 울지 말아야제, 네가 있응께. 네가 있는디, 뭐, 흑흑…….

언니가 순옥 옆에 앉으면서 어깨를 잡아 준다. 이웃들도 다가와 순옥을 감싼다.

S#120. (INT.) 카운티 구치소 7번 하우싱, 준의 감방, 낮

준의 감방 문 앞에서 쉐리프 테드가 준을 향해 종이를 흔들고

서 있다.

테드   Good news, Mr. Kim, you're a free man. Prosecutor has dropped the charge. A suspect tried to run from the police and was killed.

준은 1호실을 나와 대합실 벽에 매달린 공중전화기로 달려가 세실리아에게 전화를 건다.

준   (흥분한 목소리로) 세실리아 씨, 사건이 기각되었어요. 오늘 나가니까 조금만 기다리세요.

준, 아스코와 다른 수감자들, 그리고 쉐리프 테드의 축하 인사를 받으며 하우싱을 나선다. 준이 구치소 현관문을 나서자 오세봉 대표가 두부 냄비를 들고 그를 맞이한다. 준은 두부를 손으로 집어 꾸역꾸역 입에 넣는다.

S#121. (INT.) 준의 집 거실, 낮

준, 거실로 들어서 해나를 번쩍 들었다가 가슴속으로 꼬옥 안는다. 해나를 내려놓고 옆의 세실리아에게 잠시 망설이다 얼른 다가가 포옹한다. 해나는 기뻐하는 표정으로 올려다보며 작은 팔을 벌려 둘을 힘겹게 껴안는다.

준   정말 고마웠어요, 세실리아 씨.

세실리아, 포옹한 채 눈이 촉촉해진다. 준은 포옹을 풀고 음식
이 차려진 식탁을 보고 흐뭇해한다.

세실리아 다 잘된 거예요? 모두 끝난 건가요?
준   예, 다 끝났어요. 강 초이가 형사들한테 쫓기다가 모
       텔 이층에서 떨어져 죽었대요. 어이구, 멍청한 놈.

세실리아, 그 소식에 흠칫 놀라지만 냉정하려 애쓴다. 준은 잠
깐 세실리아의 표정을 살핀 후 이층 욕실로 뛰어 올라간다. 세실리
아, 냉장고에서 반찬을 더 꺼낸다. 오븐 위에서는 찌개가 끓는다.
샤워를 끝내고 식탁으로 다가온 준의 눈이 휘둥그레진다.

세실리아 흉보면 안 돼요. 전 음식 못해요.

준, 해나 옆에 그리고 세실리아는 앞에 앉는다.

준   사실 집에 오면서 식당을 가야겠다고 생각했는데, 뜻
       밖이네요. 고생하셨고 고마워요.

셋은 식탁에서 저녁 식사를 한다. 준과 세실리아는 설거지도 함
께 한다. 설거지를 끝내고 세실리아는 문으로 향한다.

준   세실리아 씨! 지금……?

세실리아 푹 잘 쉬시고, 해나에게 밀린 사랑 많이 주세요.

준   안 돼요. 어떻게 이럴 수가 있어요? 경찰서에서, 구치
         소에서 내내 세실리아 씨를 얻는다면 이런 정도의 고
         생이나 억울함은…… 견딜 수 있다는 생각에 용기를
         잃지 않았는데……. 어딜 가시려구요. 제발, 오늘은 여
         기서…….

세실리아 미안해요. 제 마음 약하게 만들지 마세요. 괜찮아요.

준은 천천히 문으로 가 막아선다. 그래도 나가려고 천천히 다가
오는 세실리아. 준이 달려들어 포옹 길게 한다. 그러나 그뿐이다.

S#122. (EXT.) 준의 집 앞, 밤

준은 해나를 업고 세실리아 차 있는 곳까지 걸어간다.

준   무서울 때나 적적하면 언제든 우리 집에 오세요. 우리
         집과 내 마음은 세븐 일레븐이에요. 24 Hrs. 7 days.

세실리아, 준의 등에 업혀 있는 해나와 포옹하고 차에 올라 떠
난다.

S#123. (INT.) 강 초이 가게 안, 낮

준이 가게 안으로 들어선다. 순옥이 카운터에서 준을 반긴다.

순옥   김 기자님. 오메, 감옥소에서 고생 많이 하셨지라우?

준   별로요. 제수씨에 비하면요. 민우랑 잘 지내죠? 저기, 술, 캐내디언 클럽 하나 주세요.

순옥   자주 오셔요, 김 기자님. 처음엔 김 기자님 원망도 쪼께 했지요잉. 가만히 생각해 보니께 그건 택도 없지라. 자기가 신부님한테 개지랄을 떨다가 제명에 간 건디.

준   알았어요, 제수씨. 강 초이 얘기는 그만 잊어요. 전에도 얘기했지만 도움이 필요한 거 있으면 언제든 전화 줘요.

순옥   (자신 없이 그러나 간절히) 그럼은요. 근디…… 언제 제가 저녁 식사 대접해도 될까요? 해나랑 우리 민우도 다 같이요.

준   좋죠. 내가 사 드릴게요. 언제가 좋으세요?

순옥   (달력을 보며) 내일모레 저녁 6시 한일관 어떠세요? 지가 모실게요.

준   예? 목요일요? 알았습니다.

S#124. (INT.) 한일관, 밤

준과 해나, 순옥과 민우는 두 가족이 저녁 식사를 하는 중. 준은 위스키 잔을, 순옥은 맥주잔을, 아이들은 물잔을 들어 건배를 한다.

순옥   김 기자님, 해나 간수하기가 힘드시죠잉?

준   잘 따라와 주고 있어요. 오히려 제수씨가 어렵죠? 곧 익숙해질 거예요.

순옥   민우 아빠가 백만 불짜리 생명보험을 든다고 했을 때, 옘병 지랄을 떤다고, 아이고, (입을 가리고 쑥스러워하며) 내 말 좀 봐……. 막 뭐라고 했었지라우. 근디 그게 기양 쩍 팟을 터트러 부렀네요.

준   강혁이가 준비는 아주 잘해 뒀네요.

해나와 민우는 저희끼리 얘기를 나누고, 순옥과 준, 건배를 하며 즐거운 시간을 누린다.

순옥 김 기자님은 외로울 때가 없으세요?

준   외로워할 틈도 없더라고요. 신문사 일에 사진 찍으러 다니랴, 해나 돌보랴.

순옥 (수줍게) 그럼 재혼 같은 거 생각 안 해 보셨어요?

준   재혼요? 노 웨이!

순옥, 다소 실망. 그러나 주제를 바꿔 자신감을 가지고 다음 얘기를 이어 간다.

순옥　지금 이걸 어찌해야 좋을지 좀 가르쳐 주셔요. 보험료 나온 것으로 집하고 가게 모기지 남은 거 다 갚았더니 그래도 한 칠십만 불이 남었는디, 이걸 어째야 쓸지 모르겠구만요. 집, 가게도 현금화하면 백만 불은 넘을 거고요.

준　와우! 그 정도예요? 제일 안전한 건 은행에 넣어 두는 거예요. 누가 투자하라고 권해도 아주 신중하게 해야 합니다.

순옥　사실은 벌써 여럿이 투자하라고 댕겨갔지요. 절라도 고향에서도 아주 들어와 살라고 형제들이 난리지라우. 근디 고향 절라도나 여그 콜로라도나 뭐, 같은 라도니께 여길 고향으로 알고 살라고 결정했어라.

준　히히히, 콜로라도, 절라도. 그러네요, 같은 라도. 잘하셨어요. 정들면 고향이지요.

홀엔 느린 곡의 한국 노래 조용필의 〈기다리는 아픔〉이 흘러 나오고, 순옥, 준에게 춤을 추자고 손을 내민다.

순옥　(멋쩍게) 김 기자님, 춤추실래요?

준은 당황하며 어쩔 줄을 모르는 얼굴이다. 민우는 엄마의 얼굴을 유심히 살피고 무안한 얼굴. 해나도 아빠의 얼굴을 살핀다.

준　　(난처해하며) 저기요, 제수씨, 저, 그래도 민우 아빠 죽은 지가……:

순옥　　(손바닥으로 이마를 치며) 오메, 내 생각이 짧았네요.

준　　술이나 듭시다. 자.

S#125. (INT.) 세실리아 집 침실, 밤

[FLASHBACK] 세실리아에게 달려드는 조 신부, 다리를 붙잡힌 세실리아 빠져나오려고 안간힘을 쓰다가 리스탈 재떨이로 조 신부의 옆머리를 가격하는 지난 사건이 반복해서 떠오른다.

세실리아, 자다가 한밤중에 악몽에 시달리다 소리를 지르고 깬 후 거실로 나간다.

S#126. (INT.) 선각사 다실, 낮

세실리아, 성문 스님과 마주 앉아 차를 마신다.

세실리아 만일 누군가 저를 해코지하려고 할 때 그를 다치게 했다면 죄가 되겠지요?

성문 스님 죄, 죄의식은 실재하는 게 아니에요. 실체가 없는 허
상이에요. 그 허상이 세실리아 님을 심판하게 하지
마세요. 남을 심판할 신은 어디에도 없어요. 마음을
고요와 공으로 비우세요, 그러면 편안해집니다.

S#127. (EXT.) 프리웨이 / 크레스톤 다운타운 입구, 낮

프리웨이를 벗어난 세실리아의 코로나가 크레스톤 다운타운으
로 들어서고, 성불사에 도착.

S#128. (INT.) 성불 선원, 금강 스님 방, 낮

세실리아, 금강 스님하고 대면 인사를 나눈다.

금강 스님 성문 스님한테서 말씀 들었어요. 부디 계시는 동안
다 내려놓으시고 편하게 지내시길 바라요.
세실리아 있는 동안 잘 지도해 주세요. 참선이나 명상에 대해
하나도 모릅니다, 스님.

S#129. (INT.) 크레스톤 성불선원 법당, 아침

법당 중앙에는 작고 키 큰 책상 위에 단출한 작은 불상이 있다.

금강 스님 북소리가 나오면 좌선을 하든지, 일어나서 몸을 흔들며 나를 내맡기며 명상을 하든지, 자유롭게 하세요.

대북 소리가 나기 시작하자, 세실리아, 일어서서 북소리에 몸을 맡기고 무아의 상태로 몸을 천천히 흔든다.

금강 스님 다 같이 맨 앞장의 예불문을 펴세요. (다 같이) 부처님께 맑은 물을 올리오니 감로수가 되기를 바라옵니다. 원하옵나니 이 정성을 받아 주시옵소서. 원하옵나니 이 정성을 받아 주시옵소서. 원하옵나니 이 정성을 큰 자비로 받아 주시옵소서. 계율, 선정, 지혜, 해탈, 지견의 향 내음이 온 누리에 가득하게 하소서.

작은 종소리가 울린다. 금강 스님 부처님을 향해 다시 돌아앉는다.

S#130. (INT.) 금강 스님 방, 낮

세실리아, 금강 스님 방으로 들어선다. 교자상 앞에 앉아 있는 스님에게 합장 인사를 한다.

금강 스님 오늘 돌아가시죠? 번뇌 망상이 많이 없어졌나요?
세실리아 많이 비워졌어요. 그리고 곧 또 오고 싶어요. 아주 여기로 출가할 수 있나요?

금강 스님 원하시면 언제든 오세요.

S#131. (EXT.) 선원 밖, 낮

세실리아, 작은 가방을 차에 실은 다음 금강 스님을 향해 90도로 허리를 굽혀 합장 인사를 한 다음 선원을 떠난다.

S#132. (EXT.) 세실리아 집 앞, 낮

세실리아 집 앞 화단에 집 매매 입간판이 선다.

S#133. (INT.) 덴버 시내 거리 / 빨간 밴 트럭 안, 낮

차 안에 순옥이 운전하고 옆에 준이 앉아 어리둥절해하고 있다.

순옥   쪼께 기달리시오. 지가 어디로 모시고 가서 뭘 보여
      드릴 게 있어라우.

Ford 트럭 딜러에 도착하고 순옥, 준과 내려서 쇼룸으로 들어간다. 미리 얘기해 놓은 사람인 듯, 미국인 세일즈맨이 다가와 순옥에게 인사를 한다. 세일즈맨은 이 두 사람을 데리고 Ford F150 모델의 새 차를 보여 준다.

순옥	김 기자님 트럭이 하도 오래된 거라 지가 새 놈으로 바꿔 드리고 싶어서 모시고 왔어라, 민우 아빠한테 동생처럼 잘 대해 주신 거 감사도 할 겸.
준	네? 안 돼요. 난 제수씨 차 사는 데 도움이 필요하신 줄로 알았는데……. 마음만 고맙게 받을게요.
순옥	글고 앞으로 신세도 많이 질 텐데요. 그러니 맘에 드는 색깔을 골라 보셔요. (세일즈맨을 향해) Show him, what color you have available.
준	(손사래를 치며) 땡큐. 내 트럭 주저앉으면 그때 얘기할게요.

S#134. (INT.) 세실리아 집 거실, 밤

세실리아, 1천배 절 수련을 끝내고 마룻바닥에 엎드려 숨을 고른다. 얼굴과 이마, 그리고 셔츠의 등 뒤는 땀으로 흥건히 젖어있다. 세실리아, 천천히 일어나 방석 위에 가부좌로 눈을 감고 한동안 도리질을 계속한다.

S#135. (INT.) 리맥스부동산 / 최건식 독립 사무실, 낮

최건식, 서류 봉투를 책상 위에서 세실리아에게 밀어 건넨다.

최건식 이제 완벽하게 끝났습니다. 한국에서 유학생 부부가

현금 들고 와 구입하는 거라 아주 수월했어요. 거기
다가 가구까지 놓고 가신다니. 수표 다시 한번 꺼내서
확인하세요.

세실리아, 봉투를 벌려서 작은 봉투를 꺼내 확인하고 다시 넣
는다.

세실리아 네, 맞아요. 수고하셨어요.
최건식 그럼요. 이 수표 발행 은행으로 가셔도 되구요.

S#136. (INT.) 준의 집 거실, 밤

준과 세실리아, 저녁 식사 후 술잔을 나눈다.

세실리아 푸에블로 인디언 묘지의 누드모델은 구하셨어요?
준 아뇨. 아직요. 돈을 많이 달래요.
세실리아 제가 해 드릴게요.
준 정말이에요? 농담하는 거 아녜요?
세실리아 도움이 되고 싶어요. 단, 제 얼굴이 안 나오게 할 수
있나요?
준 그럼요. 할 수 있죠.
세실리아 좋아요. 그럼 날 잡으세요. 전 언제든 빠를수록 좋
아요.

준   갑자기 무슨 연유로 이런 큰 선물을 주시려고 하는
        거죠?

세실리아 그냥 도움이 되고 싶어서요, 나를 내려놓으면서요.

준   이거 너무 황송한 선물인데, 이번 토요일이면 해나도
        데려갈 수 있습니다.

세실리아 좋아요. 그렇게 해요.

S#137. (EXT.) / (INT.) 25번 고속도로 남쪽 방향 / 트럭 안, 밤

세실리아를 태운 준의 포드 트럭이 밤을 가르며 달린다. 세실리
아는 담요를 머리까지 뒤집어쓰고 잠을 자는지, 요지부동이다. 트
럭 밖의 차갑고 깜깜한 밤공기처럼 트럭 안의 분위기도 차갑고 쓸
쓸하다.

S#138. (EXT.) / (INT.) 인디언 공동묘지 주차장 / 트럭 안, 새벽

준은 트럭의 히터를 올려 실내 온도를 높이고 세실리아에게 미
니취 위스키 병뚜껑을 따서 그녀에게 물병과 함께 건넨다.

준   세실리아 씨, 밖은 좀 추워요. 자, 한잔합시다. (술병을
        하나 더 꺼내면서) 추위도 덜겠지만 쑥스러움도 덜게.
        자, 여기 하나 더 있어요.

S#139. (EXT.) 인디언 공동묘지, 새벽

새벽 5시의 적막하고 을씨년스러운 묘지. 오른쪽의 타오스 공동 마을의 흙집 유적들은 어둠 속에 유령의 집들처럼 보인다. 준은 카메라를 설치하고 세실리아가 자리 잡을 곳에 작은 검은 천을 놓는다. 카메라 뷰파인더로 피사체의 위치와 뒷배경, 초조하게 시간을 수시로 확인한다.

S#140. (INT.) 인디언 공동묘지의 트럭 안, 새벽

준은 밖에 카메라를 셋업 해 놓고 트럭으로 돌아온다.

준   여기 차 안에서 다 벗고 이 담요만 걸치고 계세요. 포즈를 취할 장소에 가면 담요를 벗어 버리고 그 자리에 누우면 돼요. 누울 자리는 검은 헝겊으로 마크를 해 놨어요. 아셨죠? 좀 이따 모시러 올게요.

준은 트럭 문을 닫고 카메라 쪽으로 가며 손목시계와 하늘을 번갈아 본다. 새벽 묘지의 두서없이 삐뚤빼뚤 솟은 낡은 나무 십자가들이 기괴하다. 흑청색의 하늘은 동쪽 하늘부터 옅은 붉은색으로 물들더니 차차 넓어진다.

준은 시간을 확인하고 트럭에 가서 까만 담요를 머리부터 덮어 쓴 세실리아를 데리고 나온다. 세실리아 중세시대의 흑기사 모습으로 준이 가리키는 지점으로 걸어간다. 검은 헝겊이 깔린 지점 앞에 멈춰 서서 붉어 오는 동쪽 하늘과 주위를 둘러본다.

세실리아 저는 그냥 누워만 있으면 되나요? 눈은 감고요?

준　　서너 가지 간단한 포즈를 취할 텐데요, 그때마다 얘기 해 드릴게요.

준은 세실리아에게 누울 자리를 가리킨다. 세실리아가 담요를 덮은 채 눕자, 준은 그녀 손의 위치를 잡아 준다. 그리고 뒷걸음질 로 몇 발짝을 가서 뷰파인더로 다시 확인한다.

준　　자, 준비됐죠? 담요 걷어 냅니다.

준이 그녀의 담요를 마술사처럼 단숨에 걷어 내자 드러나는 나 신. 준은 재빨리 카메라에 다가가 뷰파인더에 눈을 박고 셔터를 누르기 시작한다. 해가 떠오르며 부드럽게 잠식해 오는 붉은빛은 세실리아 몸의 굴곡을 훑는다. 세실리아의 몸은 단지 모래사막의 언덕인 양 석양의 아름다운 등선으로만 보인다. 준은 카메라의 위 치와 높낮이를 조금씩 바꿔 가며 계속 셔터를 누른다.

준　　자, 오른쪽으로 고개를 조금만 돌려 보세요. 잠시만, 그렇게.

준은 집중이 안 되어 들떠서 우왕좌왕한다. 해는 점점 자라 올라가고, 준의 손길은 들뜬 채 바쁘다. 카메라의 위치를 바꿔서 셔터를 누른다. 해는 조금씩 드러내며 빛으로 세상을 점령해 간다.

준이 촬영을 마치고 세실리아의 몸을 담요로 덮고 일으켜 세운다. 세실리아는 추위 때문인지 몸을 몹시 떤다. 준은 담요로 그녀를 둘러싸 안고 트럭 앞으로 가서 내려놓는다. 세실리아 트럭 문을 열고 안으로 들어가 오돌오돌 떨며 옷을 입는다.

S#141. (INT.) 고속도로 위 트럭 안, 아침

[M] Heaven's Window (Peter Kater)

준의 트럭이 북쪽으로 덴버를 향해 달린다. 트럭 안 두 사람은 말이 없어 분위기는 마치 장례식장에 다녀온 사람들처럼 침울하다.

S#142. (INT.) 준의 집 거실, 밤

세실리아, 준과 잠시 말없이 술만 마신다. 세실리아, 말문이 안 열려 두 손을 맞잡고 손가락만 꼬거나 비튼다.

세실리아 크레스톤 성불사 선원으로 아주 들어가려고 마음먹었어요.

준   네? 크레스톤요? 아주요? ……. 언제요?

세실리아 곧 떠나려고요. 미안해요, 김 기자님.

준은 얼어맞은 듯 충격에서 벗어나지 못하고 멍하니 있다.

준   해나와 우리에게 하는 걸 보면서 고백해도 될까 싶다
        가도 세실리아 씨는 마치 냉탕과 온탕을 오가는 것처
        럼 분간이 어려웠어요. 손님처럼 거리가 느껴졌어요.

세실리아 ……. 사실, 그랬어요.

준   왜 그랬어요?

세실리아 외로우면서도 그걸 어떻게 해야 하는지 몰라서 그랬
        나 봐요. ……. 그리고 사랑은 아프기만 할 건데, 자신
        이 없어요.

준   아프기만 할 거라고 누가 그래요? 사랑을 한 번이라도
        해 보기는 한 거예요?

세실리아 아뇨. 꼭 해 봐야 아나요?

준   지난번 처음 입을 맞췄을 때, 그게 우리 사랑의 시작
        인 줄 알았어요. 난 자격이 없는 놈이지만 언젠가 결
        혼하자고 청혼할 날이 오겠지 하고 있었는데…….

세실리아 알아요, 생전 처음 김 기자님에게 가까이 가고 싶었었
        어요. 그런데도 꽁꽁 언 제 몸과 마음은 녹지를 않아
        요. 그리고 여기서는 두렵고, 후회되고, 우울감에서
        헤어나질 못하겠어요.

준   조 신부와 강 초이가 죽은 사건은 다 잊어요. 난 강 초
       이가 도망가기 전에 들려준 얘기와 사건의 연관성을
       알아요. 그건 그들의 업보일 뿐이니까요. 이젠, 나를
       믿고 두려워하거나 후회하지도 말고 여기서 우리 같
       이 살아요.

세실리아 (고개를 떨구고) 조 신부와 민우 아빠 사건으로 저는 아
       직도 정말 많이 힘들어요.

소파 세실리아 옆에 있던 해나가 졸려하자 세실리아가 데리고
해나 방으로 올라간다.
잠시 후, 준은 오디오에 음반을 넣는다

[M] Almost Blue (Chet Baker)

마침 세실리아가 이층에서 내려오자, 준은 그녀를 잡아당겨서
춤을 춘다.

S#143. (INT.) 준의 침실, 밤

나이트 테이블의 전등만 희미한 방. 준은 세실리아의 상의를 벗
긴다. 준은 그녀의 청바지의 단추를 열고 바지 허리춤을 약간 벗
기고는 발 쪽으로 바지 끝을 잡아당긴다. 팬티 속에서 솟아오른
불두덩이가 드러난다.

준은 그녀의 몸에 옆으로 밀착하며 이불을 당긴다.

세실리아는 준에게 몸과 마음을 다 내맡긴 듯 눈을 꼬옥 감고 있다. 잠시 후, 평온을 찾은 준이 왼팔로 세실리아의 목을 감고 당긴다. 준은 세실리아의 왼팔을 자신의 가슴 위에 올려놓는다. 옆으로 누워 준을 바라보는 세실리아의 눈이 쓸쓸하고 슬프다.

세실리아 고마워요. 미안해요, 김 기자님.

준   뭐가요? 내 마음을 멈출 수가 없어요. 가지 마세요. 다른 보통 사람들처럼 우리도 서로 기대고 사랑하며 살아요.

이튿날 일찍 잠에서 깬 세실리아, 조용히 침대에서 빠져나와 옷을 입고 해나 방으로 들어간다. 잠자고 있는 해나를 껴안고 볼에 입을 맞춘다. 아래층으로 내려온 세실리아는 핸드백에서 은행 적금 통장을 꺼내 식탁 위에 놓는다. 세실리아, 식탁 위에서 종이에 몇 자 적어서 접어 놓고 살금살금 밖으로 나간다.

S#144. (EXT.) / (INT.) 시내 거리 / 차 안, 이른 아침

세실리아의 코롤라, 콜팩스 애비뉴를 달리고 있다.

세실리아 (독백하듯이) 미안해요, 미안해요. 죽고 싶도록 미안해요. 김 기자님.

세실리아의 차는 쓸쓸한 회색빛의 이른 아침, 덴버 다운타운을
가로질러 집으로 향한다.

S#145. (INT.) 세실리아 집 거실 / 집 앞, 낮

거실 한쪽 구석에 쌓아 놓은 여행 가방과 박스, 보따리를 들어
차에 옮긴다. 집 열쇠를 문에서 가까이에 있는 화분 밑에 넣는다.
차에 타기 전 집을 물끄러미 바라보고는 얼른 고개를 돌리며, 울
지 않으려 애쓰며 차에 오른다.

S#146. (INT.) 선각사 다실, 낮

세실리아, 성문 스님하고 차를 마신다.

세실리아 스님은 저의 길잡이 스승님이셨습니다. 우물 안에 있
던 저를 밖으로 꺼내 주셨어요.
성문 스님 진리를 찾아 우물 밖으로 나오신 건 보살님이지요.
명상하다가 죽어도 좋다는 각오로 하세요.

세실리아, 봉투를 손가방에서 꺼내 성문 스님에게 머리 숙이며
두 손으로 건넨다.

세실리아 이건 스승님께 보시하는 겁니다.

성문 스님 (봉투를 두 손으로 받으면서) 나무아미타불 관세음보살.

성문 스님이 안채로 들어갔다가 큼직한 목탁과 손바닥만 한 목불상 그리고 책 몇 권을 들고 나온다.

성문 스님 이 예불 책의 반야심경을 독송하실 때 이걸 두드려 보세요. 이 불상을 보면서 나도 깨달아야겠다고 마음을 다지세요. 부디 괴로움으로부터 해방하시고, 성불하십시오. 이 문 밖으로 나가시거든 이 늙은 중도 잊어버려야 합니다. 명상 수행을 할 때도 내가 떠오르면 죽여 없애 버리세요.

세실리아, 일어나 존경의 마음을 담아 합장으로 고개를 90도로 숙여 인사를 한다. 성문 스님도 일어서서 합장하고 똑같이 90도로 숙여 세실리아에게 절을 한다.

성문 스님 나무아미타불 관세음보살.

S#147. (INT.) 준의 집 거실, 아침

눈을 뜬 준, 세실리아의 부재를 알아채고 얼른 일어나 해나 방문을 열어 보고는 아래층으로 내려간다. 거실에도 반지하에도 세실리아는 없다. 준, 낙담하며 소파에 풀썩 주저앉는다. 해나도 눈을 비비며 아래층으로 내려온다.

해나　굿 모닝, 아빠. 언니는 갔어?

준은 해나의 인사도 못 듣고 소파에 앉아 두 손으로 턱을 받친 채 생각을 고르고 있다. 해나는 냉장고에서 오렌지주스 병을 꺼내 들고 식탁으로 가서 유리잔에 주스를 따라 마신다. 준도 머리를 좌우로 흔들며 일어서 해나 곁으로 가 앉는다. 준, 편지와 통장을 발견하고 부리나케 편지를 편다.

[INS] 편지

[E] (세실리아 목소리) 김 기자님, 저는 떠납니다. 저는 너무 메말라 있어서 김 기자님의 따뜻하고 크나큰 사랑을 받을 수도, 받아서 키울 가슴도 없답니다. 저를 부디 용서하시고 잊어 주세요. 그동안 정말 감사했습니다. 그리고 이 통장은 해나 대학 들어갈 때 쓰라고 해나에게 주는 겁니다.

준은 통장을 펼쳐 보고는 테이블 위에 던져 놓고 해나 손을 잡고 밖으로 나간다.

S#148. (EXT.) 주차장 / 도로, 아침

준이 해나를 차에 태우고 서둘러 주차장을 빠져나와 거리로 나선다.

S#149. (EXT.) 세실리아 집 앞

화단에는 집 세일 입간판이 팔렸다는 표시와 함께 박혀 있다. 준이 차에서 내려 주위를 둘러봐도 세실리아 차가 안 보인다. 집으로 가서 벨을 누르다가 두드리기도 한다. 대답이 없자 거실 큰 창으로 안을 들여다보지만, 커튼이 쳐져 있다.

준은 낙담하며 잔디 위에 털썩 주저앉는다. 차 안에 있던 해나는 차창에 얼굴을 대고 슬픈 눈으로 준을 유심히 쳐다보다가 눈물을 흘린다.

S#150. (EXT.) 프리웨이 285 남쪽, 록키산, 폰차 스프링스, 낮

[EAGLE VIEW] 세실리아의 코롤라, 꼬불꼬불한 록키산 남쪽 도로를 달린다.

[M] 홀로 가는 길 (심수봉)

S#151. (INT.) 고속도로, 세실리아 차 안, 낮

[FLASHBACK]
A. 준, 해나와 승마한다.
B. 웨스턴 바에서 라인댄스를 춘다.
C. 해나와 칼국수 만들며 밀가루로 장난치는 세실리아.
D. 성문 스님과 법당에서 108배 절을 하는 준과 세실리아.

S#152. (EXT.) 크레스톤 다운타운 입구 삼거리, 낮

세실리아의 코로나 타운 입구에서 오른쪽으로 돌아간다.

S#153. (EXT.) 성불사 선원 밖, 낮

세실리아 선원에 도착해 차에서 내린다. 큰 가방을 들고 건물
안으로 들어간다.

S#154. (INT.) 금강 스님 방, 낮

세실리아, 합장하고 큰 인사 올린다.

금강 스님 어서 와요, 보살님. 정리는 잘하셨어요?
세실리아 (종이에 싼 두툼한 뭉치를 내밀며) 네, 이거, 모두 정리하

고 남은 겁니다. 절 받아 주셔서 얼마나 감사한지 몰
라요.

금강 스님 아이고, 고마운 일이네요. 삭발을 하고 입문식을 할
래요? 생각해 봐요.

세실리아 저, 그냥 수련생으로 있을래요.

금강 스님 좋을 대로 하세요. 요식 행위는 중요하지 않죠. 방은
전에 썼던 그 방으로 하세요.

세실리아, 합장으로 인사하고 물러난다.

S#155. (INT.) 선원 안, 아침

금강 스님, 목탁을 두드리며 아침 예불을 인도한다. 천수경의
「신묘장구대다라니」를 우리말로 다 같이 독송한다.

금강 스님 (다 같이) 삼보에 귀의합니다. 거룩하신 관자재보살님
께 귀의합니다. 위대하신 존재님! 대자비의 주인님께,
진리의 세계로 돌아가 마음을 청정하고 고요하게 하
여 우주와 하나가 되어 소리를 냅니다. '옴'.

S#156. (EXT.) 선원 밖, 낮

금강 스님을 가운데 두고 법당 뒤쪽 빈터에 8명의 수련자들이

빙 둘러서 있다.

금강 스님 자, 이 삽으로 여기 표시된 곳 안을 파 내려가는 거예요. 그러면 무엇이 나타나는지 봅시다. 한 사람이 약 몇 분씩 돌아가면서 파내는 겁니다.

수련생들이 삽을 들고 번갈아 가며 땅을 파낸다. 허리 깊이로 파 내려갔을 때, 스님이 삽질을 멈추게 한다.

금강 스님 자, 여기 이 빈 구덩이 공간은 어디서 왔나요? (아무 대답이 없자) 이 공간은 어디 다른 곳으로부터 온 것이 아니에요. 원래부터 여기 있었어요. 다만 여기 있던 흙을 치웠을 뿐이에요. 이 빈 공간이 어디 다른 곳으로부터 온 것이 아니듯, 깨달음이 어디 하늘이나 석가 부처님이 주는 은총이 아니라 여러분 내면을 비워서 공이 되면 바로 부처가 되는 거예요.

세실리아 저는 예수님의 '마음이 가난한 사람들은 복이 있다.'는 말씀을 이제야 이해했습니다.

금강 스님 그래요, 결국 마음 비움은 모든 종교나 영성의 궁극적 목적이자 정토입니다.

S#157. (INT.) 선원 식당, 낮

세실리아, 한식과 양식이 혼합된 뷔페를 준비한다. 뷔페 테이블
엔 밥과 빵이 있고 반찬은 김치와 시금치 무침, 오이 피클, 샐러드,
브로콜리, 감자가 있다. 수련생들이 식당 안으로 들어온다. 세실리
아, 냉장고에 있던 물병을 내놓는다. 수련생들의 식사가 끝나자 남
은 음식들을 그릇에 담고 빈 그릇들을 설거지한다. 부엌일을 끝내
고 이마를 훔치며 법당으로 돌아간다.

S#158. (INT.) 선원 안 / 밖, 낮

세실리아, 다른 사람들과 밖에서 걷기 명상을 한다. 그러다가 시
계를 보고 안으로 들어가 부엌으로 간다. 부엌에서 프레첼을 큰 그
릇에 담아내고 오렌지주스와 사과주스 그리고 물병을 내놓는다.

S#159. (INT.) 선원 안, 낮

금강 스님 머리를 자르는 것은 나의 에고와 번뇌, 그리고 집착
을 자르는 것을 의미합니다.

금강 스님이 세실리아의 긴 머리를 가위로 잘라 보자기 위에 소
복이 쌓는다. 면도기로 머리를 밀자 파릇한 민머리가 드러난다. 금
강 스님으로부터 회색의 간편 승복을 받아 든다.

S#160. (EXT.) 선원 밖, 낮

세실리아, 무릎에 보호대를 매고 수련생들과 3보 1배 수련을 한다. 법당 건물을 계속 돈다. 금강 스님은 앞장서서 목탁을 두드리며 염불을 한다. 세실리아의 이마와 등짝에 땀이 흥건하다. 시간이 지날수록 내딛는 발짝이 무거워지고 절 동작도 굼뜨다.

S#161. (INT.) 식당 부엌, 낮

금강 스님, 점심 음료 공양 후 세실리아에게 돈과 종이쪽지를 주면서 마켓에 다녀오라고 부탁한다.

S#162. (INT.) 타운 코끼리 마켓, 낮

털모자에 회색의 간편 승복을 입은 세실리아, 쪽지를 보면서 카트에 채소와 식료품들을 담는다. 자신에게 시선이 꽂히는 느낌을 받는다. 세실리아, 뒤돌아보니 긴 머리와 수염이 덥수룩한 히피 백인 청년(30대 초반)이 뒤에 있다. 백인 히피의 얼굴은 성자처럼 맑고 편안하다.

S#163. (EXT.) 마켓 밖, 길옆 주차장, 낮

세실리아, 마켓에서 식품이 가득한 카트를 밀고 나오자, 히피는 기다렸다는 듯이 다가온다. 그는 카트를 잡고 세실리아에게 앞장 서라며 고갯짓을 한다. 세실리아 차로 향하고 히피는 그 뒤를 따라 간다. 히피는 차 트렁크가 열리자, 물건들을 집어 넣는다.

> **세실리아** Thank you so much. My name is Cecilia. (손을 내 밀며) What's your name?
>
> **개리** My name is Garry. Nice to meet you.

히피는 악수를 하고 두 손을 합장, 목례를 하고 록키산을 향해 말없이 떠난다. 붉은 석양이 히피의 등을 비춘다.

S#164. (INT.) 식당 부엌, 낮

세실리아, 식료품들을 정리하고 거스름돈과 영수증을 금강 스 님에게 건넨다.

S#165. (EXT.) 법당 뒤뜰, 낮

일행은 티베트식 오체투지 수련, 먼지를 뒤집어쓰고 흙길 위를 기듯이 몸을 끌고 간다.

S#166. (INT.) 식당 부엌, 초저녁

세실리아, 앞치마를 두르고 저녁 공양을 마친 후의 설거지와 부엌 정리에 바쁘다. 다른 두 수련생이 도와준다. 금강 스님이 부엌으로 들어와 세실리아에게 다가간다.

금강 스님 세실리아 보살님, 밖에 어느 분이 면회 오셨어요.
세실리아 면회요? 저를?

세실리아, 싱크대 앞에 걸린 수건에 손을 닦고 법당 밖으로 나간다.

S#167. (EXT.) 선원 밖, 초저녁

세실리아, 법당 앞에 카우보이 모자를 쓰고 무법자처럼 서 있는 준을 보고 놀란다.

세실리아 I can't believe it.
준 보고 싶어서 왔어요. 많이 변하셨네요. 아주 많이.

준이 허그를 하기 위해 용기 내어 두 팔을 벌리며 다가서지만, 세실리아 뒷걸음질로 몸을 뺀다.

준　　　저, 타운에 있는 카페에 가서 얘기 좀 해요.

세실리아 김 기자님, 제가 덴버를 떠나올 때 모든 인연 끊었어
　　　　요. 제발 이러지 마세요.

터질 듯한 울음을 참고 세실리아, 돌아서서 건물 안으로 들어간
다. 준, 세실리아가 법당 안으로 사라져 들어가는 모습을 보며 거
친 숨을 몰아쉰다. 준, 차 안으로 들어가 주먹으로 핸들을 내려치
더니 글로브 박스에서 위스키병을 꺼내 마신다.

S#168. (INT.) 식당, 밤

준, 금강 스님과 마주 앉아 있다.

준　　　제가 사랑하는 세실리아를 여기서 데리고 나가게 해
　　　　주세요. 죽을 것 같아요.

금강 스님은 준을 무시하는 노골적인 태도로 술 냄새를 피하며
코를 막는다.

금강 스님 참, 무례하시네요. 세실리아 보살님이 한 결정을 무
　　　　슨 자격으로······. 어서 나가세요.

준, 말문이 막히자, 자리를 박차고 일어서 나간다.

S#169. (EXT.) 선원 밖, 낮

준, 트럭에 올라 또 위스키를 마신다. 그리고 갑자기 생각난 듯이 트럭의 시동을 걸고 급발진으로 요란한 굉음과 함께 선원의 정원과 밭 위로 무법자처럼 무차별로 마구 내달린다. 그 굉음에 놀란 세실리아가 밖으로 나온다. 준은 세실리아가 법당 앞에 서 있는 걸 보고 트럭을 법당 쪽으로 가까이 댄다. 세실리아, 화난 얼굴로 그 광경을 지켜보다가 준의 트럭으로 다가간다.

세실리아 뭐 하시는 거예요? 제발 김 기자님 마음에서 절 놓아 주세요.

준, 갑자기 차 문을 열고 나와 세실리아를 어깨에 메고 차 안으로 메다꽂는다. 그리고 트럭을 몰고 선원 밖으로 나간다. 수련생들 여럿이 그 상황을 지켜보며 비명을 지른다. 금강 스님은 안으로 들어가 911에 신고한다.

S#170. (EXT.) 크레스톤 다운타운 입구 삼거리, 밤

준의 트럭이 크레스톤 다운타운 입구 삼거리에서 왼쪽으로 돌아 서쪽으로 뻗은 T 스트리트로 들어선다. 멀리서 경광등을 번쩍이고, 사이렌을 울리며 쉐리프 순찰차가 맹렬한 속도로 준의 트럭을 지나친다.

S#171. (INT.) 준의 트럭 안, 밤

준, 왼쪽 백미러로 크레스톤으로 달려가는 쉐리프 순찰차를 본다. 세실리아, 팔짱을 끼고 냉정하려고 애쓰며 앞만 응시한다.

S#172. (EXT.) 성불사 선원 밖, 밤

쉐리프의 순찰차가 번쩍이는 경광등과 사이렌을 울리며 선원에 도착한다. 쉐리프 둘이 차에서 내려 금강 스님의 설명을 듣는다.

쉐리프1 What kind of truck was it? And when he lefts here?

금강 스님 I don't know the exact model. But it's a Ford pickup and pretty old, dark blue. He kidnapped one of our ladies, and left about 10 minutes ago. He's a Korean and from Denver.

쉐리프1 (입가에 무전기를 가져다 대며) Suspect kidnapped a woman and he is driving an pretty old model dark blue Ford pick up. Fled about 10 minutes ago likely headed towards Denver. (금강 스님을 쳐다보며) We'll be back.

쉐리프 차가 경광등을 켜고 사이렌을 울리며 선원을 떠나간다.

S#173. (EXT.) 다운타운 스트리트, 준의 트럭 안, 밤

준은 쉐리프의 차를 지나친 다음 2마일쯤을 달리다가 길가에 트럭을 세운다. 세실리아는 여전히 미동도 없이 마네킹처럼 차가운 얼굴로 앞만 응시하고 있다.

준   (악에 받쳐서) 왜, 세실리아 씨를 사랑하면 안 되나요?
        어쩌다 내가 이렇게 미친 바보가 됐네요. (차를 세우고,
        고개를 그녀에게 돌리고) 미안해요, 내리세요. 참, 돌아
        갈 때 아무 차나 타지 마세요.

세실리아가 트럭에서 아무 말 없이 내리자, 준의 트럭이 빠른 속도로 내달린다. 다운타운 스트리트에서 17번 고속도로를 만나자, 오른쪽으로 꺾는다. 들판 한가운데의 17번 고속도로는 왕복 2차선 시골 도로. 두 대의 순찰차는 경광등을 번쩍이며 17번 고속도로 남쪽에서 오는 용의자 포드 픽업트럭을 기다린다.

S#174. (INT.) 17번 고속도로 북쪽 방향, 준의 트럭 안, 밤

준, 앞쪽 멀리서 쉐리프 차의 경광등이 번쩍이는 걸 발견하고 난처해한다.

준   (잠깐 갈등하다) Shit!

S#175. (EXT.) 17번과 285번 고속도로 교차점, 밤

준의 트럭이 순찰차에 다다르자 바로 코앞에서 오른쪽 고랑으로 핸들을 꺾는다. 트럭은 곤두박질치듯 하다가 쉐리프 차를 지나 17번 고속도로 위로 난폭하게 올라선다. 곧바로 오른쪽 285번 고속도로에서 오른쪽으로 돌아 북쪽 방향 덴버를 향해 달린다.

S#176. (INT.) 준의 트럭 안, 밤

준. 눈을 꼭 감았다가 뜨면서 정신을 차리려는 듯 머리를 좌우로 흔든다. 백미러로 쉐리프의 추격해 오는 차를 확인한다.

S#177. (EXT.) 285번 고속도로, 밤

순찰차 두 대가 맹렬한 기세로 준의 트럭을 따라붙는다. 준의 트럭은 마주치는 차들이 하나도 안 보이는 비어 있는 도로를 달린다. 멀리 2-3마일쯤 앞쪽에 경광등을 켠 쉐리프 차 여러 대가 길을 막고 서 있다. 뒤로 수십 대의 차들이 헤드라이트를 켠 채 정차해 있는 것이 눈에 들어왔다. 준의 트럭은 쉐리프 차에 다다르자 다시 한번 오른쪽 고랑으로 방향을 튼다.

[SLOW MOTION] 트럭은 움푹 파인 고랑으로 빠졌다가 점프하듯 튀어 오르며 실루엣으로 바뀐다. 검은 실루엣의 트럭은 콜로라

도의 엄청 큰 보름달로 향해 날다가 달 속에 잠시 박힌 채 멈춘다.

S#178. (EXT.) 밀밭, 밤

트럭은 내동댕이쳐지듯 요동을 치며 공중으로 떴다가 밭에 떨어진다. 밀밭 들판은 콜로라도의 크나큰 보름달이 야간 야구경기장처럼 밝게 비춘다. 의도하지 않게 밀밭에 떨어진 트럭은 내친김에 들판 안으로 서서히 들어간다. 준의 오른쪽 눈두덩이는 핸들과 부딪혀 출혈이 일어나고, 부어오른다. 얼마간 서행을 하던 트럭이 밭 한가운데서 멈춰 선다. 준, 두 손을 하늘로 쳐들고 트럭에서 내리더니 힘없이 차 앞쪽으로 가 사지를 벌리고 눕는다. 준의 부어오른 오른쪽 눈과 왼쪽 눈가로 동시에 눈물이 주르르 흘러나온다.

쉐리프 차 두 대가 대각의 양쪽에서 경광등만 켠 채 준의 트럭으로 천천히 온다.

[FLASHBACK]
A. 세실리아와 승마하는 준
B. 라인댄스 교습 후, 세실리아가 뒤에서 잡던 손
C. 첫 입맞춤
D. 누드 촬영
E. 카메라 박살

[FLASHBACK END]

그때, 샛바람이 살짝 불어와 준의 이마에 올라 있던 몇 가닥의 머리칼을 흐트러뜨린다.

S#179. (EXT.) 크레스톤 다운타운 스트리트, 밤

가로등도 없는 깜깜한 도로를 힘없이 걷는 세실리아. 앞이나 뒤에서 헤드라이트가 비춰 오면 길옆으로 내려가 몸을 숙이거나 엎드린다. 크레스톤의 삼거리에 다다르자 다운타운 안의 가로등 불빛이 멀리 보인다. 삼거리에서 오른쪽으로 돌아 성불사 선원을 향해 계속 걸어간다.

S#180. (INT.) 한 쉐리프 차 안, 밤

천천히 움직이는 한 쉐리프 차 안의 넓은 시야에 달과 밀밭, 트럭이 들어온다. 그리고 트럭 앞에 사내가 누워 있는 모습도 보인다.

S#181. (EXT.) 밀밭 한가운데, 밤

쉐리프 차가 준의 트럭 가까이에 서고 4명의 쉐리프들이 두 대의 차에서 내린다. 두 쉐리프는 두 손으로 총을 움켜쥐고 준에게 가까이 다가간다.

쉐리프3 Don't move! Lay on your stomach!

준은 쉐리프의 명령에 따라 두 손을 올리고 몸을 굴려 바닥에 엎드린다. 쉐리프3이 준에게 뒤에서 수갑을 채우고 일으켜 세운 다음, 순찰차에 태운다.

S#182. (INT.) 금강 스님 방, 낮

금강 스님, 교자상 뒤에 앉아 있다.

금강 스님 그 김 기자 어젯밤에 잡혔다네요. 보살님은 이제 떠나 주세요. 불도를 수행하는 곳에서는 도저히 있을 수 없는 일이 벌어졌어요. (세실리아가 건넸던 돈뭉치의 절반을 내놓으며) 자, 여기 수련비로 주셨던 거 일부를 제하고 돌려 드립니다.

세실리아 기회를 한번 주실 수 없나요?

금강 스님 기회는 드릴게요. 단, 덴버에 가서 그 사람과 완전히 정리가 되면 다시 오세요. ……. 여기 수련생들의 반대도 너무 심해요. 그럼.

금강 스님, 자리에서 일어나 밖으로 나간다.

S#183. (INT.) 선원 밖 / 타운 도로, 낮

세실리아, 가방 하나 들고 밖으로 나가 차에 타기 전에 뒤돌아보지만 아무도 없다. 차에 오르고 코롤라는 삼거리에 가닿는다. 왼쪽은 덴버 쪽, 오른쪽은 타운 중심지 방향. 코롤라는 잠시 멈춰섰다가 오른쪽 타운으로 들어간다.

S#184. (EXT.) 코끼리 마켓 밖, 낮

세실리아, 오갈 데 없는 고아가 되어 코끼리 마켓 밖 야외 피크닉 테이블에 앉는다. 멍하니 있다가 두 팔을 포개어 테이블 위에 얹고 얼굴을 파묻는다. 상체를 일으켜 맑은 하늘을 올려다본다. 새들 몇 마리가 하늘을 난다. 회색 산 사슴 두 마리가 길 건너 주택의 울타리 언저리에서 어물쩡거린다. 앞 도로에는 간간이 먼지를 흠뻑 쓴 차들이 지나간다. 세실리아, 몸과 마음을 추스르려는 듯 호흡을 깊게 하면서 명상에 든다.

[카메라 PAN 하면서 뒤로 물러난다]

코끼리 마켓의 옆길 오른쪽으로 비탈 아래의 집 야트막한 지붕 위에서 머리 긴 흑인 남자가 명상을 한다.

S#185. (EXT.) 코끼리 마켓 밖 게시판 앞 / 거리, 낮

세실리아, 쪽지 몇 개를 훑어본다. 강아지나 고양이 입양 광고가 있다.

[INS] House for rent - 3 bedroom $800 / Free Cat. etc. / Car for sale Used tool box for sale etc.

세실리아, 바로 앞에 있는 크레스톤 인 호텔 쪽으로 걸어간다.

S#186. (EXT.) 크레스톤 인 호텔 앞 / 가게 안, 낮

세실리아, 호텔 앞에서 발코니처럼 툭 터진 1, 2층 복도와 호텔 방들을 바라보며 갈등한다. 아래층 호텔 사무실을 보다가 그 옆에 중고품을 파는 가게가 눈에 띈다. 그녀는 호텔 사무실이 아니라 옷 가게로 들어서 돌아본다. 손글씨로 'Washed'라는 종이가 붙은 중고 슬리핑백을 펼쳐 보고는 가슴에 안는다. 겨울용 잠바도 입어 보고는 계산대로 간다.

세실리아, 밖으로 나와 여전히 호텔의 복도와 방들을 훑어보며 미련을 못 버린다. 그러나 돌아서 코끼리 마켓으로 간다.

S#187. (INT.) 코끼리 마켓 안, 낮

세실리아, 닭고기와 채소, 감자가 곁들여진 냉동 음식과 물 한 병을 계산한다. 냉동 음식은 마켓의 코너에 있는 전자레인지에 데운다.

S#188. (EXT.) 코끼리 마켓 밖, 낮

세실리아, 피크닉 테이블에 앉아 방금 가져온 음식을 먹는다.

S#189. (INT.) 록키산맥 지역 메디컬센터 응급실, 낮

머리에 붕대를 감고 여전히 오른쪽 눈 주위가 부어오른 준의 얼굴. 침대 프레임에 한 손이 묶여 있던 수갑을 쉐리프가 풀어 준다.

쉐리프5 Mr. Kim, you're free to go. Someone paid your bail.

준 I see.

준은 쉐리프 차 보관소에 2백 달러를 지불하고 트럭을 찾아 덴버를 향해 달린다.

S#190. (INT.) 준의 트럭 안, 낮

차 안에서 그는 머리를 감았던 붕대를 신경질적으로 풀어 젖힌다.

S#191. (INT.) 코끼리 마켓 앞 주차장 세실리아 차 안, 밤

세실리아, 캄캄한 차 안, 뒷좌석에 반가부좌로 앉아 목탁을 두드리며 반야심경을 독송한다. 반복한 후에 목탁을 옆에 놓고 명상에 든다. 옆으로 쓸어져 슬리핑백 속에서 잠든다.

S#192. (EXT.) 코끼리 마켓 앞 주차장, 아침

오전 9시경, 히피 개리가 빗자루로 주차장을 쓸다가 낯익은 세실리아의 차를 발견한다. 개리, 머리를 갸우뚱거리며 가까이 가서 안을 들여다본다. 성애 낀 유리창을 통해 뒷좌석에서 새우처럼 잠자고 있는 세실리아를 발견하고 흠칫 놀란다. 얼마를 기다린 후, 세실리아가 차 밖으로 나오자 개리가 다가간다.

> **개리** What's going on? Why did you sleep in here?
>
> **세실리아** Because, I got out from there. As matter of fact, they kick me out.
>
> **개리** Oh, no. Why?

세실리아 (어깨를 으쓱하며) It's a long story.

개리 If you don't have a place to stay, join my cave. There is an extra space.

S#193. (EXT.) 동굴 앞 / 안, 낮

세실리아, 개리를 따라 동굴에 도착해 두려움과 호기심으로 안을 들여다본다. 동굴의 입구는 성인이 무릎을 접어 약간 구부리고 들어가야 하는 높이이다. 안에는 해먹이 매달려 있고, 해먹 위에는 이불이 덮여 있다.

개리 You want to take a look inside? Come on in.

개리가 앞장서고 세실리아 따라 들어간다. 동굴 안은 입구와 달리 넓이와 천장 높이가 족히 7-8피트는 되어 보인다. 그리고 한쪽 벽에는 작은 찬장과 그릇들이 보인다. 그 앞에는 무쇠 난로가 놓여 있다.

그 안쪽으로는 어두운 통로가 보인다.

세실리아 It's amazing! But, I wonder how you can survive in severe cold winter time?

개리 I make a fire in the stove. You want to see another smaller space in (가리키며) there.

세실리아 Let's see.

개리는 램프를 켜 들고 허리를 구부린 채 세실리아에게 따라오라며 손짓한다. 약 7피트 안쪽에 통로로 들어가자, 군용 야전 침대가 놓여 있는 작은 공간이 있다.

세실리아 Can I rent this?

GARRY You can have it. I wonder, what happened at the meditation center?

세실리아 This guy I know, Joon. He is a reporter for the Denver Korean Journal, he tried kidnap me and destroyed the center's yard with his truck.

S#194. (INT.) 개리 동굴 밖, 저녁

산에는 석양이 물러가자, 어둠이 깃들기 시작한다. 세실리아는 여행용 가방, 겨울 잠바, 슬리핑 백을 들어다 구석에 내려놓는다. 그녀는 동굴 앞에 서서 발아래에 바다처럼 끝 간데없는 평원의 장관을 내려다본다. 개리가 땔감 나무를 한 아름 안고 온다.

S#195. (INT.) 개리 동굴 안, 낮

개리는 난로에 불을 지핀다. 세실리아는 깡통을 따서 위너스 소시지가 든 삶은 강낭콩을 프라이팬에 쏟는다. 둘은 강낭콩이 보글보글 끓자, 국자로 떠서 구운 토마토 위에 얹어 먹는다.

개리   He loves you, uh!

세실리아 I guess he was looking for a chance to take out from there. But I don't believe in man and woman's love.

개리   You're pessimistic about love?

세실리아 Am I? Um…… maybe.

개리가 복판에 모닥불을 피운다. 세실리아와 개리는 명상 자세로 고쳐 앉고 눈을 감는다.

S#196. (INT.) 동굴 안, 아침

세실리아는 세면도구를 목탁과 함께 톳백에 집어넣고 계곡의 냇가로 내려간다.

[E] 냇물 소리, 새들의 아침 지저귐 소리

물가에 앉아 천천히 양치질을 하고 세수를 한다.
세실리아, 목탁을 꺼내 옆에 있는 바위에 올라앉아 눈을 감는다. 그리고 목탁을 두드리며 반야심경을 독송한다.

세실리아 마하반야바라밀다심경 관자재보살이 오묘한 반야바라밀다를 닦으실 때 몸과 마음의 욕망이 모두 공한 것임을 비추어 보시고 온갖 괴로움과 재앙의 바다를 건너셨느니라. 사리자야, 삼라만상은 공한 것이며 공한 그 모습이 삼라만상이니……

[E] 반야심경 독경 배경으로 계속되는 독송 소리.

세실리아, 톳백을 들고 한 발 한 발 발자국마다 알아차리며 산을 오른다.

S#197. (INT.) 동굴 안 / 밖, 아침

세실리아, 동굴로 돌아와 성문 스님한테서 받은 손바닥만 한 목불상을 벽 틈새에 올려놓는다. 그때 세실리아가 뒤돌아보니 동굴 울타리 앞에 회색 산 사슴 두 마리가 서 있다. 자리에서 일어나 상자에서 당근을 꺼내 들고 천천히 울타리로 다가간다. 그리고 큰 어미 사슴의 주둥이에 당근을 디민다. 다른 하나는 새끼 사슴에게. 두 사슴은 태연하게 당근을 받아먹는다.

세실리아 잠깐만 기다려, 응? 내 더 가져올게, 알았지?

박스에 있는 시든 나머지 당근 3개를 들고 다시 사슴에게로 간다. 어미에게 두 개, 새끼에게 하나를 먹인다. 그리고 울타리 안에 쪼그리고 앉아 두 사슴을 들여다본다.

세실리아 너희 집은 어디니? 저 아래 타운에도 나타나는 애들 이니?

세실리아는 당근을 다 주고 난 후 쪼그리고 앉아서 가까이 그들과 눈을 맞춘다. 그러다 세실리아가 쓰다듬어 주기 위해 손을 머리 쪽으로 내밀자, 자리를 떠난다.

세실리아 또 와, 얘들아, 다음엔 더 많이 줄게, 알았지?

S#198. (EXT.) 동굴 밖, 낮

아침 세실리아가 밖으로 나와 동굴 위쪽을 오르다가 움푹 패인 곳을 발견한다. 천정은 큰 바위 끝자락이 모자의 차양처럼 앞으로 삐죽이 나와 있다. 안은 어른 키만큼의 높이에 좌우로 터진 공간이 있다. 세실리아, 바닥에 앉아 보니 동굴에서보다 아래의 평원이 눈에 더 잘 들어온다. 세실리아, 슬리핑 백을 들어다 바닥에 깔고 그 위에서 절 수련을 한다. 절 수련이 끝나고 슬리핑 백 위에 앉아 숨을 깊게 내쉬고 눈을 감는다.

세실리아 (내면의 목소리) 나는 누구냐? 참회합니다. 참회합니다.

개리가 마른나무 가지들을 주워 오다가 바위 밑에 있는 세실리아를 발견한다. 세실리아는 개리에게 양팔을 벌려 '여기가 어떻냐'고 몸짓으로 묻는다.

개리   It's awesome.

세실리아, 만족스럽게 웃으며 고개를 끄덕인다.

S#199. (INT.) 동굴 안, 아침

세실리아, 개리 옆에 앉아 축배의 술잔을 들어 올리듯 음식 그릇을 들어 올리며 개리에게 감사의 뜻을 전한다. 그리고 천천히 떠먹는다.

세실리아 I want to reach enlightenment. I don't want to have to come back in this world after I die.

개리   Me either. but how can we avoid it?

세실리아 If we know how to empty our inner mind completely. So we should practice, practice, only practice. We don't have to know all the Buddhist scriptures. Those are only fingerpost. That's what I think.

세실리아, 그릇에 담긴 옥수수와 위너 소세지볶음을 조금 떠서 먹고 옆으로 치운다.

세실리아 Do you do immersion well?

개리　　Sometimes yeah, sometimes no.

세실리아 After I learned and practiced deep bowing, it helped me achieve total immersion. The Korean word 'JUHL'. I do mostly 108 times, then I meditate.

개리　　I saw you bowing. Can you teach me how to do that?

세실리아 Not a problem. Do you want to try now?

S#200. (INT.) 세실리아 명상 처소, 낮

세실리아와 개리는 흙바닥 위에 담요를 깐다. 밖을 향해 둘이 나란히 선다. 세실리아가 동작 하나하나를 설명하고 개리는 따라 한다.

개리　　Why 108 times? Why not 150 or 100.

세실리아 Because in Buddhism, humans have 108 felings of anguish. Those feelings cause human suffering. It's not idol worship.

개리　　You mean, each bow erases one feeling of anguish?

세실리아 Not only that. Each bows also allows repentance and forgiveness, etc. Also it's a real good form of exercise for me. 108 bows take only 15 to 20 minutes but it's such an effective full body exercise from head to toe without any equipment. I even do 500 or 1,000 bows.

세실리아와 개리가 108배를 한다. 개리는 힘들어하며 땀을 많이 흘린다.

S#201. (INT.) 개리의 동굴 안, 낮

둘은 식사를 끝내자, 세실리아는 비닐로 싼 돈뭉치와 코롤라 차 소유권 증명서를 개리에게 건넨다.

세실리아 You take this money and use it for us, Also I signed to transfer the title of my car over to you.

개리 (놀란 듯 쳐다보며) Hey Cecilia, we don't need money here.

세실리아 I know that. You just keep it for us, alright?

개리 Okay.

S#202. (EXT.) 코끼리 마켓 뒤, 낮

개리가 마켓의 바깥을 청소하고 창고의 빈 박스들을 정리한다. 시든 채소나 과일, 유통기한이 지난 깡통, 빵 봉지가 든 박스를 들고 나간다. 개리, 가게 뒤편에서 냉장고를 담았던 것인지 접혀 있는 큰 박스를 발견하고 차 위에 싣고 떠난다.

S#203. (INT.) 동굴 밖 / 명상 처소, 낮

개리가 가져온 어른 앉은키만 한 박스를 동굴 앞에 내려놓는다. 박스를 펼쳐서 앞면을, 그리고 상단은 돔처럼 둥그렇게 오려낸다. 그리고 세실리아가 명상하는 바위 밑으로 들고 올라가 그 자리에 초소처럼 생긴 박스를 놓는다. 세실리아가 슬리핑 백을 박스 안으로 집어넣고 들어가 앉아 슬리핑 백도 뒤집어써 본다. 세실리아 박스 안에서 개리에게 두 손을 합장하고 고마운 인사를 한다.

세실리아 Garry, you want to play mantra Banyasimkyung with me? I'll do it in Korean with percussion wooden gong. We're gonna have a fun. Go ahead and bring any pan and wood stick, so you can use it as a drumstick.

개리, 아래로 달려갔다가 잠시 후 막대기와 냄비 하나를 들고 올라온다. 박스를 접어 옆에 세워 놓고 세실리아와 개리는 악기 하나씩 들고 나란히 선다.

세실리아 Ok, When I hit this wooden gong, then you can follow with the same rhythm by beating your pan. Or you can beat your pan on the off beats, alright? Here we go.

세실리아가 반야심경을 한국말로 독송하며 목탁을 두드리고 개리가 따라서 냄비를 두드린다. 목탁의 두드림은 주로 디스코 풍의 8분음이고, 가끔씩 4분음을 넘나들며 경쾌한 리듬을 만들어 낸다. 세실리아는 장단에 맞춰 몸과 어깨를 추썩이며 춤을 추자, 개리도 냄비를 두드리며 따라서 춤을 춘다.

세실리아 마하반야바라밀다심경, 관자제보살이 오묘한 반야바라밀다를 닦으실 때 몸과 마음이 모두 공한 것임을 비추어 보시고 온갖 괴로움과 재앙의 바다를 건너셨느니라. 사리자여, 삼라만상은 공한 것이며 공한 그 모습이 삼라만상이니, 감정이나 생각 욕망 의식 등 마음의 작용도 또한 공한 것이니라. 사리자여, 이 모든 공한 모습에는 생기고 없어지는 것도 없으며 더럽거나 깨끗함도 없으며…….

독송은 계속되고, 개리는 목탁의 리듬을 따라 냄비를 두드리다가 깡통을 두드려 보기도 한다. 흥겹게 죽이 잘 맞는 두 사람. 독송과 연주와 춤을 마친 둘은 목탁과 냄비를 내려놓고 서로 하이파이브를 하고 자축의 박수를 친다.

개리　　That was amazing! I loved it.

세실리아, 법회 의식 책의 영문 반야심경을 개리에게 펴 보인다.

세실리아 Yes, This mantra chant will guide us to enlightenment. This is the Banyasimkyung chant in English. 'Heart Sutra'. You should chant it everyday.

개리　　OK, I'll do.

세실리아는 부서진 나무판에 '공의 집', 개리는 영어로 'Emptiness Temple'를 매직 펜으로 쓴다. 개리가 동굴 입구 오른쪽에 십자 모양의 이정표로 만들어 땅에 박는다. 개리는 싸리 같은 나뭇가지로 세실리아의 명상 처소 앞에 울타리를 만든다.

S#204. (EXT.) 동굴 안, 낮

개리는 난로에 불을 붙이고 프라이팬을 난로 위에 올려서 요리한다. 캐비닛에서 식용유를 꺼낸다. 세실리아는 채소를 자르고, 자른 채소를 프라이팬에 넣고 식용유를 붓고 볶는다. 개리는 검은콩의 캔을 따서 세실리아에게 건넨다. 세실리아, 콩을 채소와 함께 더 볶는다. 그때, 동굴 앞에 청바지 차림에 카우보이 부츠에 모자를 쓴 준이 나타난다. 준, 세실리아와 개리가 동굴 안에 함께 있는 걸 보고는 놀란다.

준   (개리를 향해) How're you doing?

개리, 그가 준이라는 걸 직감하고 다만 미소를 보낸다. 세실리아, 음식 준비하던 손길을 멈추고 밖으로 천천히 웃으며 걸어 나온다.

S#205. (EXT.) 개리 동굴 밖, 낮

세실리아, 평원 쪽을 내려다보고 서 있다. 준도 같은 방향으로 돌아선다.

세실리아 웬일이세요, 여기까지?
준   여기 사구아치 카운티 법정에 다녀오는 길이에요. 운 좋게 벌금형만 받았죠.

세실리아 (무표정으로) …….

준　　(못마땅한) 여기서 둘이 사시는 거예요?

세실리아 (어깨를 추썩이며) 보시는 대로요.

준　　제발 날 용서해 주고 덴버로 가십시다.

세실리아 용서할 게 어디 있어요? 다 제 잘못인데요. 다 잊었어
　　　　요. 생에 대한 의미, 기대, 욕망 다 내려놓고 비우는
　　　　중이에요. 지금, 여기서 태양과 바람, 새들과 사슴들,
　　　　그리고 (몸을 돌려 개리를 쳐다보며) 저 친구 개리와 어울
　　　　려 잘 살고 있어요.

준　　동굴에서, 이게 잘 사는 거예요?

세실리아 저를 마음에 담고 있으면 얼마나 무겁겠어요. 미움은
　　　　물론이고, 사랑이나 그리움조차 무거운 집착 아닌가
　　　　요? 이 산에 모두 내려놓고 가볍게 돌아가세요. 저도
　　　　그리 오래 살지는 않을 거예요.

석양은 록키산을 붉게 물들이고 있다. 준은 말을 잃고 그 자리
에 주저앉아 두 무릎을 세워 두 팔을 감고 그 위에 얼굴을 포갠
다. 세실리아는 서로 말없이 서 있다. 얼마 후 준, 힘없이 자리에
서 일어난다.

준　　(합장하고) 성불하세요.

하산하는 준의 얼굴은 슬픔으로 종잡을 수 없이 복잡해 보인다.

S#206. (INT.) 동굴 안 세실리아 방 / 개리의 공간, 밤

저녁 식사, 하지만 세실리아, 몇 숟가락 뜨다가 만다. 개리는 핫소스를 넣고 휘휘 휘파람을 불면서 매운 음식을 즐긴다. 개리의 통통하게 튀어나온 배의 배꼽이 짧은 셔츠 사이로 보인다.

세실리아, 조그만 램프가 켜진 자신의 동굴에 앉아 명상을 한다. 목탁을 두드리며 독경을 한다.

세실리아 나무아미타불 관세음보살, 나무아미타불 관세음보살…….

S#207. (INT.) 세실리아 명상 처소, 낮

[M] Temple Of Slience (Deuter)

세실리아, 명상 박스 안으로 들어가 반가부좌로 앉아 염주를 쥐고 명상에 든다. 밤이면 슬리핑 백을 머리부터 뒤집어쓰고 얼굴만 내놓고 지퍼를 올린다. 아침이 되어도 꼼짝하지 않고 정진하는 세실리아. 개리가 자주 올라와 보지만 그녀의 삼매경을 차마 방해할 수 없어 그냥 내려온다. 사슴 모자가 울타리 앞에 왔다가 세실리아를 물끄러미 바라만 보다가 돌아가기도 한다. 개리는 전전긍긍하며 올라와 보지만 세실리아는 미동도 하지 않는다. 기온이 내려가는 밤이면 명상 박스 옆에 조그만 모닥불을 피워 온기를 만든다.

[CAPTION] 금식 명상 13일째

개리가 동굴에 들어가 눈에 띄게 수척해진 바위처럼 단단한 자세를 보고 놀란다. 개리는 편안한 표정의 세실리아 앞에서 큰절을 한다.

개리　(망설이며 조용히) Cecilia…… Cecilia.

세실리아, 대답이 없자 개리가 물러 나온다. 자신의 동굴로 돌아가며 근심 어린 얼굴로 뒤돌아본다. 새 몇 마리가 싸리 울타리에 앉았다가 날아간다. 개리는 헌 비닐하우스용 비닐 조각으로 명상 박스를 면사포처럼 덮는다. 개리는 나무를 들고 와 상자 옆에서 모닥불을 피운다.

S#208. (INT.) 코끼리 마켓, 공중 전화 박스, 낮

개리, 공중전화 수화기를 들고 통화를 한다.

개리　Cecilia is not eating, sleeping, talking, moving, but only doing meditation. Don't you want to come and check on her?

준　(수화기 너머 목소리) Really? For how long?

개리　A couple of weeks, I guess.

준　　　(수화기 너머 목소리) Thanks, Garry. I'll be there within a few hours.

S#209. (EXT.) 세실리아 명상 처소, 낮

준이 성문 스님, 개리와 함께 헐레벌떡 처소로 올라 세실리아 앞에 나란히 선다. 준은 뒤꿈치를 세워 무릎을 꿇고, 성문 스님은 절을 한 다음 자리에 앉는다. 개리는 가장자리에서 슬픈 얼굴로 세실리아를 보고 있다. 성문 스님이 목탁과 예불문을 꺼내 '경허선사 참선곡'을 독송한다.

성문 스님　　　홀연히 생각허니 모두 꿈속이로구나 천만고 영웅호걸 북망산이 무덤이요 부귀문장 쓸데없다 황천객을 면할소냐 오호라 이내몸이 풀끝에 이슬이요 바람앞의 등불이라 삼계대사 부처님이 정녕히 이르시되 마음깨쳐 생불하여 생사윤회 영원끊고 생명없는……

성문 스님 독경을 끝내고 미동도 없는 세실리아를 안타까운 눈길로 바라본다. 준은 성문 스님을 성불사에 내려놓고 덴버로 향한다.

S#210. (INT.) 성불사 금강 스님 방, 밤

성문 스님, 금강 스님과 차를 들며 얘기를 나눈다.

성문 스님 세실리아 보살님에 대해 김 기자님에게서 얘기는 들
    었어요. 우리와의 인연은 거기까지였나 봅니다.

금강 스님 제가 생각이 좀 짧았어요. 지금이라도 여기로 다시
    데려올까요?

성문 스님 그럴 시간은 지난 것 같아요. 몸 마음이 무심, 무아
    의 바닷속에 돌처럼 가라앉았어요.

금강 스님 무슨 말씀이신지요?

성문 스님 파도가 이는 바닷물 저 아래에 고요히 머물고 싶어
    스스로 가라앉은 돌부처, 꺼내 올 필요는 없지 싶습
    니다.

S#211. (EXT.) 세실리아 명상 처소, 아침

금강 스님이 성문 스님과 함께 세실리아 앞에서 반가부좌로 앉
아 '천수경'을 목탁을 두드리며 독송한다.

금강 스님 입으로 지은 죄업을 밝히는 진언, '수리 수리 마하수
    리 수수리 사바하'(세 번 반복), 오방의 모든 신을 위로
    하는 진언, '나무 사만다 못다남 옴 도로도로 지미

사바하'(세 번 반복), 부처님의 거룩한 법 한없이 높고 깊어 오랜 세월 만나기가 어려워라. 내가 이제 보고 듣고 받아 지녔사오니……

S#212. (EXT.) 세실리아의 천상 세계, 낮

세실리아, 어느 순간 큰 들숨을 마지막으로 숨이 멎는다. 영혼은 몸에서 갑자기 휙 빠져나와 공중에 떠서 자신의 육신을 내려다본다. 세실리아의 영혼은 자신이 죽은 건지 분간이 안 되어 자기의 몸으로 돌아가려고 시도해 본다. 그러나 영혼은 그림자처럼 자기의 몸을 지나칠 뿐이다. 세실리아의 영혼은 걷는 것도 아닌데 어디든 간다. 천수경을 독경하는 금강 스님과 성문 스님과 그 옆에 눈 감고 서 있는 개리도 본다. 학교에 있는 해나, 마리아 원장 수녀, 최건식 부동산 세일즈맨, 해피어린이학교와 원장과 앤디도 본다. 그리고 묘지에서 자신의 누운 나체도 본다. 마치 홀로그램을 들여다보듯이 모든 사물과 배경, 사람 행동들이 한 판에 들어 있다.

홀로그램을 옆으로 기울이면 또 다른 과거들이 펼쳐진다. 아름다운 빛이 쏟아지는 가운데에 엄마가 다가와 세실리아를 반긴다. "아, 엄마!" 하고 부르기도 전에 세실리아 안에서 사라지고 바로 아버지가 두 손을 벌리고 환영한다. 조 신부도 싱긋이 웃으며 지나가고 강 초이도 다가와서는 지나친다. 아무 말도 감정도 없이 그저 고요하고 평화한 환상 같은 만남이다.

수많은 과거의 일들이 약간 빠른 속도로 달리는 기차의 차창 밖 풍경처럼 지나간다. 이윽고 세실리아는 빛으로 둥그렇게 말린 듯한 환한 통로를 지난다. 황홀하고 밝은 빛이 쏟아져 내려 온통 주위는 평화롭고 아름답다.

세실리아의 영혼은 민들레 꽃씨처럼 가볍게 수평으로 혹은 수직으로 날아다닌다. 그렇게 날고 싶었던 록키산 아래 끝없이 펼쳐진 대평원 위를 날고 있다 아름다운 초원을 누비는가 하면 별들로 가득한 낮의 하늘로 오르기도 한다. 이 모든 일들은 한꺼번에 한 곳에서 이리저리 시선을 돌릴 때마다 다른 게 나타났다 물러나곤 한다. 그러나 아주 물러난 것은 아니고, 그냥 거기에 머문다.

S#213. (EXT.) 세실리아 명상 처소, 낮

금강 스님이 독경을 마치자, 성문 스님이 몸을 일으켜 세실리아에게 다가간다. 성문 스님이 손을 세실리아의 코에 대려고 하자 콧속에서 묽은 코피가 흘러내린다. 손수건을 꺼내 코를 닦아 주고 손의 맥을 짚어 본 후, 큰절을 하고 자리로 돌아가 앉는다. 성문 스님은 걸망에서 예불집을 꺼내 '왕생극락 발원문'을 독경한다.

성문 스님 일심으로 발원하니 무명업장 소멸하고 반야지혜 깨
　　　　 달아서 생사고해 벗어나 해탈열반 성취하여 극락왕
　　　　 생 하옵소서…….

성문 스님은 독경을 끝내고 금강 스님과 개리를 보며 말한다.

성문 스님 세실리아 보살님이 입적하셨습니다. (개리를 향해) She
passed away.

금강 스님, 세실리아를 향해 목탁을 두드리며 '나무아미타불'을
계속 독송한다. 개리는 자꾸 세실리아만 처다보며 오열한다.

개리　　(슬퍼하며 거의 울 듯이) What should I do now?
성문 스님 Go to the town office, make arrangement for
cremation 3 days after today and get a death
certificate. Bring her Photo ID.
금강 스님 시신 곁을 누군가 지켜야 하지 않을까요?
성문 스님 내가 지켜야지요, 오늘 밤부터. 이불이나 좀 가져다
주세요.

개리는 타운 오피스와 '크레스톤 생의 마지막 과정(CEOLP:
Crestone End-of-Life Project)'에 들러 비용 $300을 지불하고 화장 날
짜를 예약한다.

S#214. (EXT.) 세실리아의 천상 세계, 낮

세실리아의 영혼이 여전히 황홀한 빛들과 색깔들이 흘러서 오

고 가는 하늘 정원에서 유영을 한다. 배경으로는 웅장하고 아름다운 음악이 깔리며 안정되고 평화한 고향처럼 아늑하다.

[E] 그대는 지금 죽음 후의 세계에 와 있노라. 낯설고 어리둥절하겠지만 죽고 난 후, 그대에게 남은 것이라곤 이 마음뿐이다. 그대는 지금 생애 동안 그토록 찾으려 했던 그대 마음의 본성, 참자아, 하나님의 나라에 와 있음을 알라. 그리하여 환한 빛, 온갖 색채의 아름다운 빛들이 평화와 사랑을 담아 다가올 것이다. 때로는 반대로 축축하고 어두운 곳으로부터 탁한 빛들이 다가오고 천둥소리가 들릴 것이다.

이어서 동물들의 울부짖는 아우성 소리가 분노와 괴로움을 담아 엄습해 오기도 할 것이다. 이 모든 밝은 빛, 혹은 어두운 빛, 아름답거나 무서운 소리들은 먼 우주나 땅 속, 혹은 외부에서 오는 것이 아니라, 그대의 생애 동안 마음 가운데 무의식에 쌓였던 기억과 업보가 그대의 내면으로부터 환영과 소리로 드러나는 것일 뿐이니 두려워하지 말라. 그대를 해치지는 않을 것이다. 공함과 무념의 상태에 머물도록 온 힘을 다하라.

S#215. (INT.) 성불사 금강 스님 방, 낮

성문 스님, 준에게 전화한다.

성문 스님 세실리아 보살님이 입적하셨어요. 장례와 화장은 내일모레 오후 2시로 잡았으니 선각사 명상반 도반들이 오시면 좋겠지요. 김 기자님은 아침 일찍 오시는데 염을 하려면 약 10미터 길이의 흰색 천이 필요해요. 그리고 흰 국화꽃 한 서른 송이 정도 필요해요.

S#216. (EXT.) 세실리아 명상 처소, 밤

록키산의 깜깜한 밤, 세실리아의 시신 앞에 작은 호롱불이 가물거린다. 성문 스님이 '왕생극락 기도 발원문'을 독송한다. 개리가 옆에 앉아 있다.

성문 스님 일심으로 발원하니 무명업장 소멸하고 반야지혜 깨달아서 생사고해 벗어나 해탈열반 성취하여 극락왕생 하옵소서…….

성문 스님이 독송을 끝내고 옆에 깔아 놓은 이불 속으로 들어가 잠든다. 개리도 그 옆에서 이불을 뒤집어쓰고 잠을 잔다.

S#217. (EXT.) 세실리아 명상 처소, 낮

개리가 예불집의 영어로 된 반야심경을 펼쳐 독송하면서 목탁을 두드린다.

개리   The Heart Sutra, the Maha Prajna Paramita Hrdaya Sutra Avalokitesvara Bodhisattva when practicing deeply the Prajna Paramita perceives that all five skandhas are empty and are saved from all suffering and distress…….

세실리아는 여전히 명상 박스 안에서 슬리핑백을 어깨와 몸에 두르고 앉아 있다. 금방 일어설 것처럼 생생하다.

S#218. (EXT.) 세실리아 명상 처소, 낮

화장하는 날 아침 성문 스님, 흰 공단 천으로 세실리아의 시신을 염한다. 명상하던 반가부좌, 간편 승복, 손에 쥐고 있던 염주도 그대로 머리부터 발까지 빙빙 둘러 감는다. 염을 마친 세실리아의 시신은 반쯤 쪼그라든 크기다.

S#219. (EXT.) 동굴 앞 /산 비탈길/ 화장터로 가는 도로, 낮

준과 개리가 하얗게 포장된 시신을 가마처럼 생긴 들것에 고정시켜 들고 산을 내려온다. 준의 트럭 짐칸에 실린 세실리아 시신, 개리가 시신을 붙들고 옆에 앉는다. 성문 스님은 마리아 원장 수녀의 차를 타고 앞장서고 준의 트럭을 따라 비포장도로를 달린다.

S#220. (EXT.) 야외 화장터 울타리 밖 / 안, 낮

준의 트럭이 화장터 앞에 도착한다.

'크레스톤 생의 마지막 과정(CEOLP)'에서 준비한 시신 운반용 들 것이 있다. 그 옆에는 CEOLP 회장인 리처드 길핀(72)이 시신을 기다리고 있다. 폭이 65피트의 원형 마당에 나무 기둥의 울타리가 쳐져 있다. 준과 개리는 들것에 세실리아의 시신을 옮겨 싣고 화장터 안으로 들어간다. 그 뒤로 성문 스님, 금강 스님, 마리아 수녀가 따르고 시신은 앉은 자세 그대로 화덕 위로 옮겨진다. 조문객들은 대부분 덴버에서 온 20여 명의 한국 사람들. 화덕 앞 화장터 입구 쪽에 작은 테이블 위에는 향이 피어오르고 옆에는 하얀 국화 여러 개가 쌓여 있다. 화장터 안 한가운데엔 3피트 폭의 화덕이 있다. 쇠 파이프가 가로로 적쇠처럼 박혀 있는 모양이 영어 알파벳 대문자 H 자 모양이다. 그 밑에는 장작이 가득 차 있다. 조문객들은 화덕을 중심으로 둥그렇게 원으로 서 있다.

금강 스님 정 행자님은 얼마 전까지 콜로라도주립대학을 나오시고 카톨릭 수녀로 계시다가 무슨 인연으로 불교에 입문하셨고 여기 성불사까지 오시게 되었습니다. 행자님은 두 달 전부터 여기 록키산 토굴에서 세상에 대한 집착 원망과 욕망을 다 내려놓은 듯, 정진, 정진, 또 정진만 하시다가 반가부좌한 채로 입적하셨습니다. (잠시 쉬었다가) 선각사 성문 스님께서 왕생극락 기도를 하시겠습니다.

금강 스님이 목탁을 두드린다.

성문 스님 (요령을 흔들며) 일심으로 발원하니 무명업장 소멸하고
　　　　반야지혜 깨달아서 생사고해 벗어나 해탈열반 성취
　　　　하여 그락왕생 하옵소서. 사대육신 허망하여 결국에
　　　　는 사라지니 이 육신에 집착 말고 참된 도리 깨달으
　　　　면 모든 고통 벗어나 부처님을 친견하소서.

성문 스님의 기도가 끝나자, 금강 스님은 마리아 수녀에게 기도
를 부탁한다. 마리아 수녀는 앞으로 나가 고개를 숙인다.

마리아 수녀 주여! 주님의 뜻대로 살아온 세실리아 자매에게 길
　　　　이 평안함을 주시고 천국의 문을 활짝 열어 맞이
　　　　해 주시옵소서. 죽은 이들에게 생명을 돌려주시는
　　　　예수 그리스도여, 세실리아 자매에게 영원한 생명
　　　　을 주시옵소서. 아멘.

사람들은 국화꽃 한 송이씩 드럼통 안에 던져 넣는다.
시신에는 아래위가 뚫린 쇠로 된 드럼통 같은 원통이 씌인다.
장작들을 원통 안에 집어넣는다. 화장터 일꾼은 분무기로 화덕 아
래의 장작에 기름을 뿌린다. 회장이 사인을 보내자 불을 붙인다.

화덕의 나무들은 맹렬히 타오르고 드럼통 안에서 불길은 꽃처럼 하늘로 피어오른다.

S#221. (EXT.) 세실리아의 천상 세계, 낮

세실리아의 영혼은 화장터 위 공중에서 흰 천으로 염을 한 자신의 시신과 다비식을 내려다본다. 참석한 조문객들의 얼굴들도 스치듯 하나하나 훑고 지나간다.

[E] 두려움과 공포에 전율하지 말라. 다만 생사윤회를 반복하며 업보와 과보의 대가를 치러야 한다.

S#222. (EXT.) 화장터, 낮

성문 스님 나무아미타불 관세음보살, 나무아미타불 관세음보살, 나무아미타불 관세음보살……

조문객들은 성문 스님 주위에 모여 금강 스님과 합장 인사를 나누고 담소를 나눈다.

그때, 화장터 위의 공중 마른하늘에 작은 무지개가 생기더니 점점 커지며 동쪽으로 움직였다. 무지개는 세실리아의 동굴이 있던 록키산 위로 올라가더니 멈춘다. 한 사람이 그것을 발견하고 소리를 치자 모두 그쪽을 바라보며 비명을 지른다. 화장터는 금세 슬픔이 놀람과 환희로 바뀐다. 준은 무지개를 쳐다보다가 앞가슴의 옷깃을 움켜잡고 오열한다. 준, 화덕 앞에서 무너지듯 무릎을 털썩 흙바닥에 꿇는다. 두 손을 무릎 위 허벅지에 박고 고개를 숙인 채 서글피 운다.

S#223. (EXT.) 세실리아의 천상 세계, 낮

[E] 그대는 이제 세상을 완전히 떠나는구나. 죽음은 누구에게 나 찾아오는 것이다. 세상을 원망하거나 세상에 집착이나 애착을 갖지 말라. 그대가 집착을 버리지 않으면 그만큼 고통을 겪게 되 리라.

요란하지도 않고 그저 고향처럼 아늑하고 편안한 빛이 다가온 다. 그 앞에 예수님이 석가모니 부처와 함께 자비롭고 다정한 모습 으로 세실리아를 감싸듯 덮고는 사라진다.

[E] 그대는 지금까지의 사후세계에서 깨달음과 구원을 얻지 못 하고 여기까지 왔다. 그러나 지금이라도 진리를 깨달으려 한다면 공함과 무에 머물러야 한다. 그렇지 않으면 그대는 다시 환생할 때 까지 사후 49일 동안 이 죽음과 환생의 바르도 세계에서 끊임없이 움직이며 방황하게 될 것이다. 마음이 흩어지지 않게 하라. 기쁨 에 매달리지 말고 슬픔에 고통스러워 말라. 만일 그대가 보다 높 은 차원에서의 환생을 진정으로 원한다면 높은 차원의 환영이 나

타날 것이다.

S#224. (EXT.) 화장터, 낮

화덕 속의 장작이 재만 남고 불기가 죽자, 리처드 길핀 회장과
일꾼이 드럼통을 들어 올린다. 유골 몇 가락만이 적쇠 위에 남아
있다. 길핀 회장은 그 자리에서 쓰레받기에 긁어모아 쇠 절구로 분
쇄한다. 유골함에 분골을 담아 보자기에 싼 다음 개리에게, 개리
는 준에게, 준은 성문 스님에게 전달한다.

S#225. (EXT.) 세실리아의 천상 세계, 낮

[CAPTION] 49일째

[NARR] 그대가 업보에 따라 자궁문에 들어가야 한다면 선택하
는 요령이 있다. 그대는 기원을 해야 한다. 결점이 없고 세상에 봉
사를 기꺼이 하며 행복과 자비의 훌륭한 가문에 태어나게 해 달라
고 기원하라.

세실리아 영혼은 왼쪽 후미진 곳에서 개 두 마리가 교미하고 있
는 걸 본다. 영혼은 그것을 외면하고 지나친다. 영혼이 오른쪽으
로 고개를 돌리자 아름다운 정원의 웅장한 저택이 보인다. 그 저
택의 거실을 거쳐 넓은 침실에서 성교를 하고 있는 고귀한 부부가

보인다. 세실리아의 영혼은 그들 부부의 위에서 무중력의 깃털 같은 꽃잎으로 변해 점점 작아지더니 그들의 사타구니 안으로 회오리바람처럼 휙 들어가 사라진다.

그 부부는 성교를 끝낸 후 이불 속에서 옆으로 서로를 끌어안으며 행복해한다.

[M] Tibetan Incantations- Mantra Of Avalokiteshvara

[FADE OUT]

부록

영어 대사 - 한국어 번역

(234쪽)

경찰1　손 들어! 움직이지 마. 바닥에 엎드려.

경찰2　당신 여기서 뭘 해? 왜 창문을 들여다보는 거야? 부수고 들어가려고? 당신 이름은?

강 초이　내 이름은 강 초이입니다. 난 그저 조 신부를 보려고 했을 뿐이요. 난 그의 친구요.

(235쪽)

경찰2　그를 알면 노크를 하거나 벨을 누르거나, 아니면 전화를 할 일이지.

강 초이　그랬는데 대답이 없었어요.

경찰2　이 사람 알아요? 여기를 몰래 들어가려고 했어요.

조 신부　소 신부라고 합니다. 나 이 사람 알아요. 괜찮아요, 아무 문제 없어요.

(236쪽)

경찰2   무슨 일이 있는 겁니까? 다 괜찮은 거요?

조 신부   다 좋습니다.

(247쪽)

세실리아 여성 경찰과 얘기하고 싶은데요?

경찰3   그러죠. 이름이 뭡니까?

세실리아 세실리아, 세실리아 정입니다.

경찰3   자리에 앉으세요. 누군가 도와줄 겁니다.

(276쪽)

강사   그렙바인 교차 스텝으로 오른쪽 발을 터치하고 왼쪽
으로 교차한 후 뒤로 세 발짝 갔다가 터치한 다음 다
시 앞으로 갔다가 뒤로 왔다가 뒤꿈치를 터치합니다.
그리고 빙 돕니다. 나를 따라 제자리에 정리했다가 다
시 교차 스텝으로 나갑니다. 오른쪽 터치하고 뒤로 돌
고, 하나, 둘, 셋, 왼쪽 발로 터치하고.

(314쪽)

준   도와주세요. 여기 사람이 숨을 안 쉬어요. 죽은 것 같
아요. 확실히 모르겠어요.

구급대원 숨을 안 쉰다고요? 당신 이름은? 주소는?

준   김준, 2341 보스톤 스트리트, 덴버.

(316쪽)

래리 당신이 죽였소?

준 아뇨. 아닙니다. 모르겠어요. 난 그저 그가 숨을 쉬는 지 첵체크해 봤을 뿐입니다.

래리 왜 당신 손과 얼굴에 피가 묻었죠?

래리 당신 직업은 뭐죠, 미스터 김?

준 코리안 저널 기잡니다.

래리 무슨 일이 있었던 겁니까?

준 정확히 모르겠어요. 지난밤에 한국식당에서 생일 파티를 하고 모두 2차로 내 집에 왔거든요.

(317쪽)

래리 좋아요. 나중에 더 얘기할 수 있어요. 살인 용의자로 당신을 체포합니다. 당신은 묵비권을 행사할 수 있고 당신이 말하는 게 법정에서 불리하게 작용할 수 있습니다.

준 잠깐만요. 베이비시터 할 누군가와 전화할 수 있을까요?

준 조금만 기다려 주시겠습니까? 금방 올 거예요.

(319쪽)

래리 그날 무슨 일이 일어났죠? 파티엔 누구누구가 있었는지 이름을 대 봐요.

준   어제가 내 생일이라 한국식당에서 식사가 끝나고, 위 재호, 샘 박, 강 초이, 조 신부.

래리   집에는 또 누가 있었지요?

준   내 딸 해나요.

래리   누가 조 신부를 폭행하고 죽였을까요? 왜?

준   난 몰라요. 정말 나도 이해가 안 가서 미치겠어요. 국 을 끓여 주고는 이층에서 토하고 정신을 잃었어요. 아 마 다른 친구들은 알 겁니다.

래리   누군가 조 신부에게 원한이 있는 사람이 있나요?

준   몰라요.

래리   미스터 김, 다음 법정 심문이 있을 거고, 일단 카운티 구치소로 이송될 겁니다.

(321쪽)

래리   미스터 초이, 덴버경찰서 형사 래리입니다. 미스터 김 의 집에서 일어난 조 신부 살인 사건에 대해 몇 가지 질문이 있어요. 당신 거기에 있었죠?

강 초이   난 안 죽였어요, 제길.

(323쪽)

테드   어서 와요, 미스터 김. 나는 테드 길록이요.

준   안녕하세요?

(324쪽)

테드 이 아스코, 여기 당의 동료가 될 미스터 김준이요. 미
스터 김은 한국신문의 기자요. 미스터 김, 여기는 아스
코, 사진사랍니다. 그리고 뭐든지 말하고 싶은 거 있으
면 날 찾아요.

준 당신 사진사라고? 이런 우연이. 나도 그렇소.

(325쪽)

아스코 당신도? 오, 주여.

준 여긴 왜 오게 된 거요?

아스코 내 건은 FBI 케이슨데, 17살 먹은 미성년 서녀가 언니
신분증으로 날 속이고 나체 사진을 많이 찍는 바람에.

준 옘병.

래리 파티에서 당신은 뭘 했죠?

재호 그냥 술 마셨죠.

래리 조 신부가 죽은 건 알았소?

재호 예, 오늘요.

래리 조 신부를 누가, 어떻게 죽였는지 아시오?

(326쪽)

재호 아뇨, 그러나 강 초이가 조 신부를 반지하로 데리고
가는 건 보았죠.

래리	강 초이가 조 신부를 왜 때렸는지 아시오?
재호	몰라요. 다만 우린 거실에서 조 신부의 좌파 활동과 공산주의자인 것에 대해 얘기를 했죠. 강 초이는 그걸 싫어했죠.

래리	그건 범죄 행위요. 왜 경찰에 신고하지 않았나요?
재호	우린 술을 마셨고, 난 그들이 장난치는 줄 알았어요. 그들은 어렸을 때부터 친구였으니까요.
래리	그래서 어떻게 됐나요?
재호	샘 박하고 집으로 갔죠.

(329쪽)

케네스	실례하오, 이 친구가 살인 혐의자요. 이 주소가 필요하거든요. 고맙소.

(330쪽)

케네스	미스터 초이 문 여시오. 지금.

(331쪽)

래리	제길, 씨발.
케네시	똥이다.
제프	래리, 한국 신부 부검 결과는 나왔소?
래리	머리에 입은 타박상이 원인이랍니다.

제프   달라진 건 없네? 살인범은 강 초이고, 그럼 케이스는 끝난 거다?

(332쪽)

래리   예.

(333쪽)

테드   준, 좋은 소식이요. 이제 자유요. 검찰에서 기소를 취하했다는군요. 용의자가 경찰로부터 도망치다 떨어져 죽었답니다.

(343쪽)

순옥   무슨 색이 있는지 보여 줘요.

(361쪽)

세실리아 대단히 고마워요. 내 이름은 세실리아예요. 당신 이름은?

개리   내 이름은 개리예요. 만나서 반가워요.

(365쪽)

쉐리프1 무슨 트럭이죠? 언제 여길 떠났죠?

금강 스님 정확한 모델은 모르고 구형 진한 남색 포드 픽업트럭이에요. 여기 여자 수련생을 납치해 갔어요. 10분쯤

됐고, 그는 덴버에서 왔어요.

쉐리프1 (무전) 여자를 납치한 용의자의 트럭은 진한 남색 포드 픽업트럭. 10분 전쯤 달아났다. 덴버 쪽일 것이다. 다시 오지요.

(370쪽)

쉐리프3 움직이지 마. 바닥에 엎드려.

(372쪽)

(삽입) 집 세 놓음 - 방 3개 $800 / 고양이 오케이

차 매매 / 중고 연장 박스 매매

(373쪽)

쉐리프5 미스터 김, 집에 가도 좋습니다. 누가 보석금을 대납했어요.

(374쪽)

개리　무슨 일이에요? 왜 여기서 잤어요?

세실리아 왜냐, 왜냐하면 거기서 나왔어요. 실은 쫓겨났어요.

개리　아니, 저런. 왜요?

(375쪽)

세실리아 얘기가 길어요.

개리	머물 데가 없으면 내 동굴로 와요. 공간이 하나 있어요.
개리	안을 볼래요? 들어와요.
세실리아	대단하네요. 근데 추운 겨울엔 어떻게 살아요?
개리	난로가 있어요. 다른 작은 방을 볼래요?

(376쪽)

세실리아	그러죠.
세실리아	내가 세 들 수 있어요?
개리	당신은 그냥 쓸 수 있어요. 그런데 명상 선원에서 무슨 일이 있었어요?
세실리아	덴버의 코리안 저널 기자라는 친구가 날 납치하려 했고 선원 마당을 트럭으로 다 망가트렸어요.

(377쪽)

개리	그는 당신을 많이 사랑하는가 보군요.
세실리아	그래요. 그래서 내가 선원에서 나오는 기회를 엿봤던 것 같아요. 그러나 난 남녀 간의 사랑은 안 믿어요.
개리	당신은 사랑에 대해 비관적이군요.
세실리아	내가요? 아마도.

(380쪽)

| 개리 | 훌륭하네요. |
| 세실리아 | 난 구원 받고 깨닫고 싶어요. 죽은 후 이 세상으로 환생하고 싶지 않아요. |

개리   나도 그래요.

세실리아 만약 우리가 내면을 완벽히 비울 수만 있다면 수행하
       고, 수행하고, 수행해야죠. 그 많은 불경을 다 알 필요
       는 없다고 봐요. 그것들은 가리키는 손가락이잖아요.
       난 그렇게 생각해요.

(381쪽)

세실리아 개리는 몰입이 잘 돼요?

개리   어떨 땐 잘되고, 어떨 땐.

세실리아 절 수련을 하면 몰입하는 데 도움이 돼요. 한국말로
       절이라고 하는데 주로 108번을 하고 명상을 하지요.

개리   당신 절하는 거 봤어요. 가르쳐 줄 수 있어요?

세실리아 문제없어요. 지금 해 볼래요?

개리   왜 108번이죠? 100번이나 50번이 아니고?

세실리아 불교에서 인간은 108개의 가지고 있고 그 번뇌가 인간
       을 고통스럽게 한다는 거지요.

개리   절 하나에 번뇌가 하나씩 없어지나요?

(382쪽)

세실리아 그뿐 아니라 참회하고 용서하고. 게다가 108배는 약
       1.20분 걸리는, 머리끝에서부터 발끝까지 장비 없이하
       는 전신 운동이에요. 난 가끔 500 또는 1,000배도 한
       답니다.

세실리아 이 돈을 받아요. 우리를 위해 써요. 그리고 이 자동차
　　　　 등록증은 양도 서명을 해 놨어요. 언제든 소유자 이
　　　　 름을 바꿀 수 있어요.
개리 헤이, 세실, 우린 돈이 필요 없어요.
세실리아 알아요. 그냥 우리를 위해 간직해 둬요. 알았죠?
개리 알았어요.

(383쪽)

세실리아 개리, 나랑 만트라 반야심경 독송하며 춤출래요? 나
　　　　 는 한국말로 목탁 두드리며 연주할 거예요. 개리는 냄
　　　　 비하고 드럼 스틱 같은 걸 가져와요.

(384쪽)

세실리아 자, 내가 이걸 두드릴 때 냄비를 두드리며 날 따라오던
　　　　 가, 또는 목탁의 리듬 중간중간에 끼어들어서 두드리
　　　　 든가. 자, 시작합니다.

(385쪽)

개리 멋지네요. 좋아요.
세실리아 그래요, 이 만트라는 우리를 깨달음으로 인도할 거예
　　　　 요. 여기 반야심경 영어로 된 거 있으니 매일 보세요.
개리 그럴게요.

(386쪽)

준   어떻게 지내요?

(389쪽)

개리   (망설이며 조용히) 세실리아, 세실리아······.

개리   세실리아가 먹지도, 자지도 않고 말도 안 하고 움직이
        지도 않고 오직 명상만 하고 있어요. 좀 와서 살펴봐요.

준   그래요? 언제부터요?

개리   약 2주 전부터요.

(390쪽)

준   고마워요, 개리. 몇 시간 내에 갈 거예요.

(394쪽)

성문 스님 돌아가셨습니다.

개리   내가 뭘 할까요?

성문 스님 타운 사무실에 가서 3일 후로 화장하는 날을 예약해
        줘요. 사망 증명서도 필요하다고 해요. 갈 때 세실리
        아 운전면허증 잊지 말고요.

(397쪽)

개리   반야심경 - 본문 386쪽 참조